Leta Blake & Alice Griffiths

Überraschend ... verheiratet!

Band 1-3

Aus dem Amerikanischen von T.A. Wegberg

dead soft

Impressum
© dead soft verlag, Mettingen 2016
http://www.deadsoft.de

Titel der Originalausgabe
„Will & Patrick:
Wake Up Married“
Band 1-3

Übersetzung: T.A. Wegberg

Cover: Irene Repp
http://daylinart.webnode.com/
Bildrechte:

1. Auflage
ISBN 978-3-96089-039-3
ISBIN 978-3-96089-040-9 (epub)

Widmung

Diese tropuslastige Serie ist den Girls Who Cried Havoc und ihren wunderbaren Gleichgesinnten gewidmet, um uns erkenntlich zu zeigen für den Laufstall dieser Community, in dem wir uns voller Vergnügen die Hörner abgestoßen und unsere Kreativität geschult haben.

Teil I: Über Nacht verheiratet

Kapitel eins

Will blinzelt gegen das helle Licht an, das durch die geöffneten Vorhänge hereinströmt. Sein Herz hämmert, und er hat den Geschmack von Alkohol und Sperma im Mund. Es fällt ihm schwer zu atmen. Die Panik ist jedes Mal dieselbe, wenn Ryan Schluss macht, aber diesmal fühlt sie sich anders an. Endgültiger. Und Will kann immer noch nicht atmen. Das kann nicht wahr sein. Das *kann* nicht wahr sein. Dieses Mantra läuft in einer Endlosschleife durch sein Gehirn.

„Wenn es nicht wahr sein kann, dann ist es das auch nicht. Also, könntest du bitte die Klappe halten?“, murmelt das Gewicht auf Wills Brust.

Will schaut herunter. Dort liegt ein Mann, der auf Wills Brustmuskulatur sabbert, vielleicht fünfunddreißig, mit kurzem kastanienbraunem Haar, das sich lockt. Ein Mann mit langen, sehnigen Muskeln und durchtrainierten Schultern und Hüften.

Ein Mann, den er definitiv nicht kennt.

Und er ist nackt. Sie sind beide nackt. Gemeinsam.

Will schießt hoch, wobei er ihn wegschiebt. „Was zum Teufel …“

Der Typ stöhnt und rollt auf den Rücken. Er legt die Hand schützend über seine Augen.

In Panik blickt Will sich um. Weiße Laken, Vorhänge, ein Hotelzimmer. Er erinnert sich an Las Vegas, einen Medizinerkongress, den er besucht hat, um Ärzte für das nagelneu renovierte Krankenhaus von Healing anzuwerben, an das Geräusch von Münzen, die aus einem Spielautomaten rasseln, an einen Anruf von Ryan und an eine Hotelbar mit einer Menge sehr verlockendem Alkohol.

Das kann nicht wahr sein.

Der Mann stützt sich auf die Ellbogen, lässt seinen Blick anerkennend über Wills Nacktheit wandern und grinst.

„Wer sind Sie? Wie sind Sie hier reingekommen?" Will zieht sich die Bettdecke hoch bis zum Hals.

Der Mann verdreht die Augen, und als er spricht, klingt seine Stimme wie ein tiefes Schnurren, das Will einen Schauer über den Rücken jagt. „Das ist mein Hotelzimmer. Ich glaube, du solltest dich lieber fragen, wie *du* hier reingekommen bist."

„Ich … ich kann … ich kann mich nicht erinnern", sagt Will und schluckt schwer. Er rückt so weit wie möglich von dem Mann ab. Sein Arsch schmerzt, was ihn nach Luft schnappen lässt.

Er starrt den Fremden neben sich an. Der Fremde starrt zurück, ohne Scham oder erkennbare Besorgnis darüber, sich in einer postkoitalen Situation mit Will zu befinden. Nein, das kann er nicht gemacht haben. Würde er niemals machen.

„Haben Sie … haben Sie mir was in den Drink getan?", fragt Will.

„Fragst du mich gerade, ob ich dich *vergewaltigt* habe?" Der Mann sieht ebenso verletzt aus, wie Will sich fühlt. „Äh, nein. Ich muss andere nicht medikamentös außer Gefecht setzen, um zu vögeln. Ich kann dir versichern, Mr. Wer-immer-du-bist, dass dies hier absolut einvernehmlich war." Er runzelt die Stirn und fügt hinzu: „Betrunken einvernehmlich. Auf beiden Seiten. Wir waren beide ziemlich breit."

Will ist nicht sicher, ob er ihm das glaubt, aber er ist zu benommen, um ordentlich darüber nachzudenken. Er muss seinen Blutzucker überprüfen, und er muss sofort eine Zurück-Taste drücken. Mein Gott, haben sie überhaupt Kondome benutzt? In Anbetracht dessen, wie sein Körper heute Morgen schmerzt, hatte er offenbar eine Menge Sex mit diesem Typen, und er weiß nicht mal, ob sie dabei auf Nummer sicher gegangen sind. Panik und Übelkeit schwellen in ihm an, bis er glaubt, erbrechen zu müssen.

„Könnten Sie mal nachsehen, ob da Wasser drin ist?", bittet Will mit einem Nicken in Richtung der Minibar. „Und könnten Sie mir meine Klamotten holen?"

Der Typ faucht: „Ich glaube, ich habe dich gestern bereits genug bedient. Hol sie dir doch selbst."

Eine Erinnerung blitzt in Wills Gedächtnis auf, wie er gefickt wird, während er sich ins Laken krallt. Sein Hals und seine Wangen werden heiß, und er reibt sich mit der Hand über das Gesicht im Bemühen, das alles wegzuwischen.

„Ich bin praktisch nackt hier drunter, und meine Unterhose liegt am anderen Ende des Zimmers. Ihre ist gleich hier vorne." Will zeigt darauf, und die Bewegung versetzt das Zimmer in eine Drehbewegung. Er wird definitiv krank.

Der Typ starrt ihn mit wirklich intensiv blauen Augen an. Will hört den unausgesprochenen Gedanken laut und deutlich: *Bisschen spät für Schamhaftigkeit, oder?*

Doch schließlich zuckt der Mann die Achseln, wirft die Bettdecke beiseite und geht nackt zum Kühlschrank. Will errötet und schaut weg, riskiert jedoch wieder einen Blick, als der Mann sich vorbeugt. Sein kleiner Hintern ist perfekt geformt, und seine Eier hängen tief zwischen seinen

Schenkeln. Blau-schwarze Pünktchen kreisen vor Wills Augen.

Der Typ wirft Will eine Flasche Wasser zu, ehe er sich selbst eine öffnet und einen langen Schluck nimmt. Und dann steht er einfach da. Vollständig nackt.

Will öffnet seine Flasche und lässt das kalte Wasser seine ausgetrocknete Kehle hinabrinnen. Er meidet seinen Blick und konzentriert sich auf die sehr weiße Bettwäsche, doch immer wieder schweifen seine Augen zu dem Brustkorb des Typen, seinem Bauch und dem Büschel hell kastanienfarbenen Schamhaars um seinen …

O Gott, das *kann* nicht wahr sein.

Noch mehr Pünktchen verschleiern ihm den Blick.

„Nicht, dass es mich wirklich interessiert, aber ich versuche mich gerade zu erinnern, was zum Teufel gestern Abend passiert ist. Also, wie heißt du?“, fragt der Typ.

Will starrt ihn stumpf an. Er kann die Vorstellung nicht abschütteln, dass dies hier nicht passiert ist – dass er nicht nackt im Bett liegt und dieser Mann ihn anstarrt. Aber so ist es. Er ist nach wie vor hier. Es hört einfach nicht auf. Er will zu Hause in seiner Wohnung bei Ryan sein.

Und o Gott, Ryan wird ihm das hier niemals verzeihen. Nicht mal wenn Will ihn davon überzeugen kann, dass es ein Fehler war, mit ihm Schluss zu machen. Nein, wenn das hier wahr ist und er tatsächlich mit diesem Fremden geschlafen hat, dann wird Ryan ihn jetzt niemals mehr zurückhaben wollen.

„Jetzt mal im Ernst. Hast du einen Namen?“, fragt der Typ mit so viel Ungeduld, dass Will ihm einen verärgerten Blick zuwirft, doch dann schaut er schnell wieder weg, denn er steht immer noch nackt und ohne jedes Schamgefühl dort.

Will konzentriert sich auf die Wasserflasche und nimmt noch einen Schluck. „Will Patterson." Er zögert, aber er sollte es wahrscheinlich auch wissen. Wenn es schon schlimm ist, aufzuwachen, ohne den Namen des Typen zu kennen, dann muss es noch schlimmer sein, ihn jetzt nicht danach zu fragen. Das Blut rauscht ihm in den Ohren, als er fragt: „Und Sie?"

„Dr. Patrick McCloud."

Ein Arzt. Er hatte Sex mit einem Arzt von der Tagung. Was zum Teufel ist mit ihm nicht in Ordnung? „O mein Gott …" Will reibt sich übers Gesicht.

„Hey, das kommt mir bekannt vor." Patrick setzt sich auf die Bettkante, ein Bein unter den Körper gezogen. „Ich erinnere mich, dass du das letzte Nacht auch gewimmert hast."

„Könnten Sie sich vielleicht eine Hose anziehen?", fleht Will. „Bitte."

Patrick grinst und verlagert sein Gewicht, so dass seine Schamgegend nun noch besser in Wills Blickfeld liegt. „So langsam kommt die Erinnerung zurück. Wir hatten Sex. Jede Menge Sex."

Will atmet tief durch. „Das war ein Irrtum. Das alles. Ich *mache* so was nicht!"

„Ich weiß." Patrick wird ernst. „Ich erinnere mich, dass du sagtest, dein Ex wäre praktisch dein Erster gewesen. Dein Einziger."

„Ryan", flüstert Will und schüttelt den Kopf. „Das wird er mir nie verzeihen." Er beißt sich auf die Lippe, um nicht in Tränen auszubrechen.

Patrick spricht seinen Namen aus wie ein unanständiges Wort. „*Ryan* ist ein Arschloch."

Wills Kopf ruckt hoch. Dieser Mann, dieser *Dr. McCloud*, hat ihn verführt und sein Leben zerstört, und jetzt spricht er auch noch schlecht über Ryan? „Sie kennen ihn doch gar nicht."

„Er hat dich fallenlassen. Am Telefon. Ich sag es dir nur ungern, aber ich glaube, er ist nicht gerade scharf auf dich."

Will zappelt unbehaglich herum, die Welt gerät wieder ins Schlingern, und sein Magen macht einen Hüpfer. Er zwingt sich zum Stillhalten, bis es vorübergeht, und lässt die Augen abgewandt. „Er braucht ein bisschen Freiraum – so ist Ryan nun mal. Sie kennen ihn eben nicht." Er hält seinen schmerzenden Kopf fest. „Sie wissen überhaupt nichts über Ryan und mich."

„Oh, und ob. Wenn du betrunken bist, wirst du redselig. Du hast gestern Abend all die schmutzigen Details verraten."

Will zuckt zurück.

„O ja." Patrick wendet sich ab und kratzt sich am Oberschenkel. Will starrt Patricks lange Finger an und erinnert sich plötzlich, wie der sie ihm in den Hintern geschoben hat. Mein Gott, es hat sich unglaublich angefühlt.

Patricks Lippen biegen sich aufwärts, als könne er Wills Gedanken lesen. Mit der linken Hand kratzt er sich träge an der Brust und schabt dabei etwas weg, das getrocknetes Sperma zu sein scheint. Will erkennt voller Beschämung, dass es vermutlich sein eigenes ist, oder vielleicht eine Mischung aus ihrer beider, und dann bleibt sein Blick an dem goldenen, glänzenden Ring am linken Ringfinger des Typen hängen. „O mein Gott. Sie sind verheiratet!" Brechreiz steigt in seiner Kehle auf, und er drängt ihn mit einem Schluck Wasser zurück.

Patrick fährt zusammen und starrt seine Hand an.

Erneut reibt Will sich das Gesicht. „Das kann nicht wahr sein. So was würde ich nie tun. Ich würde *niemals* mit einem verheirateten Mann schlafen. Das ist ein Scherz. Nein, sagen Sie nichts, lassen Sie mich raten: Sie sind mit einer Frau verheiratet. Weiß sie überhaupt, dass Sie schwul sind? Oder sind Sie total ungeoutet?"

„Ich bin mit keiner Frau verheiratet", sagt Patrick, und seine Stimme ist so ernst und tief, dass Will verstummt. „Und du bist entweder mehr als nur ein bisschen scheinheilig, oder …"

Da bemerkt Will das ungewohnte Gewicht an seinem Finger. Er hebt seine Hand, und das Zimmer neigt sich seitwärts.

„O mein Gott." Mit jählings auf ihn hereinbrechendem Entsetzen fällt Will alles wieder ein. *Nein, nein, das kann nicht wahr sein.* „Wir haben geheiratet."

Patrick drückt sich die Handballen gegen die Augen und schüttelt heftig den Kopf. „Um Himmels willen … oh, du musst … Nur fürs Protokoll, *das* kann nicht wahr sein."

Nun ist auch Patrick in Panik geraten, und Will ist bereit, sie mit ihm zu teilen, aber sein Blick verschwimmt, und sein Mund fühlt sich taub an. Er stöhnt. Ein Rauschen erklingt in seinen Ohren, und dann ist da nur noch Dunkelheit.

***

Für einen Tag, der eigentlich ganz prima angefangen hat, wenn man bedenkt, dass er mit dem Gesicht auf der haarigen Brust eines scharfen Typen erwacht ist, geht alles ganz schön schnell den Bach runter. *Rasend* schnell.

Erst flippt der besagte scharfe Typ aus und bezichtigt ihn der Vergewaltigung. Patrick kann sich deutlich daran erinnern, wie Will ihn letzte Nacht darum *angebettelt* hat, und, na schön, betrunkenes Einverständnis ist praktisch kein Einverständnis, aber sie waren beide hackedicht, also wenn überhaupt, haben sie sich *gegenseitig* vergewaltigt. Immer und immer wieder. Und die ganze Zeit Spaß dabei gehabt.

Dann erweist der Bursche sich im nüchternen Zustand als total prüde. Eine Zimperliese, die wegen eines noch prüderen Exfreundes ausrastet, der sich anhört wie ein völliges Arschloch. Und mit Arschlöchern kennt Patrick sich aus, er ist schließlich selbst eins.

Und dann findet Patrick auch noch heraus, dass er diesen Idioten *geheiratet* hat. *Warum?* Wieso hätte er so was tun sollen? Er hat keine Ahnung. Er kann sich nicht mal daran erinnern. Bestimmt gibt es eine gute Erklärung, zum Beispiel weil jemand ihm eine Knarre an die Schläfe gehalten hat. Wenn hier irgendwer unter Drogen gesetzt wurde, dann doch wohl eindeutig er. Er ist ein kategorischer Gegner der Ehe in all ihren Formen und Gestalten.

Er hat nicht mal einen unterschriebenen Ehevertrag. Dieser hübsche Trottel könnte ihn ausnehmen wie eine Weihnachtsgans. Und er ist Neurochirurg, also gäbe es eine Menge zu holen. Wenigstens haben sie Kondome benutzt. Er kann sich daran erinnern, sie übergezogen zu haben, und ein rascher Blick in den Papierkorb zeigt, jawohl, dass sechs Stück darin liegen. Himmel, kein Wunder, dass ihm die Eier wehtun.

Eine plötzliche Erinnerung lässt seinen Atem stocken.

Will ist über das Bett gebeugt, fasst nach Patricks stoßendem Schwanz und sagt: „Alle sagen immer, Sex in der Ehe wäre langweilig, aber das … das ist doch fantastisch!“

Darauf fickt Patrick Will noch härter, grunzend vor Lust an seinem engen Arsch und dem Aufeinanderklatschen verschwitzter Haut. „Ja, wer hätte das gedacht?" Und er kommt und beugt sich hinter, um Will in die Schulter zu beißen, während er abspritzt.

Und jetzt, als Krönung der ganzen Sauerei, ist sein frisch Angetrauter plötzlich grau im Gesicht geworden und umgekippt.

Das Notfallarmband, das Patrick an Wills rechtem Handgelenk findet, besagt, dass er ein Typ-1-Diabetiker ist und dass das Komasaufen seiner errötenden Braut letzte Nacht eine ziemlich dämliche Idee war. Ein kalter Schauer läuft Patrick über die Haut. Er war auch zu besoffen, um das Armband zu bemerken. Sicher, es ist ein teures, schickes, das außer im Notfall unaufdringlich sein soll, aber er ist doch verdammt noch mal Arzt. Er hätte es bemerken müssen.

„Hey", ruft Patrick und tätschelt Wills Wange. „Hey. Aufwachen."

Will öffnet warme braune Augen und sieht genauso geschockt aus wie beim ersten Mal. Er macht Anstalten, sich zu bewegen, und Patrick ermuntert ihn. „Setz dich hin."

Will gehorcht. „War ich bewusstlos?"

„Nur ein paar Sekunden. Wo ist dein Glukagon-Set?" Patrick sieht sich im Zimmer um auf der Suche nach irgendetwas, das einem Glukosetest ähnelt. „Du musst deinen Blutzucker messen. Ist das Messgerät bei dir im Zimmer? Ich habe keine Insulinpumpe an dir gesehen, also nehme ich an, dass du dir Spritzen setzt."

„Ja."

„Okay. Nimmst du dein Langzeitinsulin morgens oder abends?"

„Äh, abends."

„Hast du es gestern Abend genommen?"

„Ich glaube? Ich weiß nicht."

Patrick entdeckt ein kleines Etui auf dem Boden neben den ihm unbekannten Jeans, dem zusammengeknüllten Hemd und den Boxershorts. „Ist das dein Handtäschchen?"

„Was?"

„Dieses Etui. Das ist deins. Ist da dein Messgerät drin? Teststreifen?" Ohne auf eine Antwort zu warten, geht er hinüber und öffnet es. „Bingo." Er wirft das Etui aufs Bett. „Teste dich."

„Lass mich in Ruhe. Ich bin bloß müde. Ich muss schlafen. Mir geht's gut."

„Ist das nicht großartig? Das Letzte, was ich brauche, ist ein wildfremder Kerl, mit dem ich verheiratet bin, der in meinem Hotelzimmer wegen Unterzuckerung ins Koma fällt."

Will antwortet nicht, doch er holt das Messgerät heraus und testet sich. „Zu niedrig. Fünfunddreißig." Er sieht aus, als würde er gleich wieder ohnmächtig.

„Du brauchst Glukose. Hier, trink das." Patrick holt eine Flasche Saft aus der Minibar und sieht zu, wie Will sie zur Hälfte leert.

Im Zweifelsfall zu jemandes Gunsten zu entscheiden ist nichts, was Patrick oft oder gerne tut, aber vielleicht weiß Will ja wirklich nicht, dass Komasaufen für ihn tabu ist. Schließlich kommen auf einen kompetenten Arzt jede Menge Idioten; durchaus möglich, dass Will das Pech hat, bei einem Vollpfosten in Behandlung zu sein.

„Wenn du damit fertig bist, musst du noch mal testen. Um zu sehen, ob du noch mehr Glukose brauchst oder ob es Zeit ist, dich mit Fetten und Eiweiß zu stabilisieren." Patrick geht zum Kühlschrank, holt eine zweite Flasche Orangensaft heraus und wirft sie Will zu. Dann greift er sich ein schick verpacktes Stück Käse aus dem Kühlschrank und nimmt die Schachtel mit den Vollkornkeksen aus dem Snackkörbchen.

„Danke", murmelt Will. „Ich habe mein Langzeitinsulin gestern Abend vermutlich nicht genommen. Ich war wohl betrunken und … abgelenkt." Er errötet und guckt weg.

Patrick nickt in Richtung des Notfallarmbands an Wills Handgelenk. „So zu saufen wie gestern Abend ist gefährlich."

Will nimmt einen großen Schluck Orangensaft. „Erzähl mir mal was Neues."

Im Zweifelsfall zu seinen Gunsten ist also unnötig. Wie immer.

Mit einem Messer schneidet Patrick kleine Scheiben zurecht und macht rasch ein paar Crackersandwiches. Er sieht zu, wie Will sich erneut testet, und ist erleichtert, dass der Wert sich deutlich verbessert hat.

„Es gibt eine Menge Gründe, warum ich nicht trinken sollte."

Will bekommt allmählich eine gesündere Gesichtsfarbe, und er ist wacher. Patrick reicht ihm die Crackersandwiches. „Aufessen. Alles."

Will bleibt still, offensichtlich panisch, als er das letzte Stück Keks und Käse kaut und herunterschluckt. Patrick sitzt neben ihm auf dem Bett, nimmt Wills linke Hand und testet ihn ein drittes Mal, nur um sicherzugehen. „Achtdrei", murmelt Patrick. „Gut. Krise abgewendet."

Will lutscht an seinem zerstochenen Finger und meidet den Blickkontakt, während Patrick die offensichtlichen

Belege für Wills Trainigsprogramm betrachtet – fester Bauch und starke Schultern, die Silhouette V-förmig in Richtung der schmalen Hüften verlaufend. Seine kurzen Haare leuchten golden im vom Fenster hereinfallenden Licht, und sein wohlgeformter Brustkorb ist großzügig von blondem Haar bedeckt. Will erscheint ihm hübsch, obwohl er größer ist als Patrick. Er kann nicht älter sein als sechsundzwanzig, ein Naturbursche und, wenn die Erinnerung des gestrigen Abends etwas taugt, normalerweise mit gesundem Teint. Im Moment hat er keinen gesunden Teint.

Patrick kommt zur Sache. „Nur zur Info, ich hab keine Geschlechtskrankheiten. Und es wurden Kondome benutzt. Ich weiß, was du mir gestern Abend darüber gesagt hast, dass dein Ex dein einziger war. Aber du hast mir auch von dem dubiosen Treffen mit seinem neuen Freund erzählt."

„Er hat nichts mit Hartley."

„Gestern Abend dachtest du was anderes."

„Halt die Klappe."

„Ich will bloß sagen, falls er seinen Docht noch in irgendeinen anderen Wachstopf gesteckt hat, könntest du dir vielleicht irgendwas eingefangen haben, von dem du noch nichts weißt."

Will reißt die Augen auf. „Nein. Das ist unmöglich."

Patrick hebt eine Augenbraue an. „Ach so, klar, weil dein Ex kein besonders guter Liebhaber war, stimmt's? Es ist doch, was hast du noch mal gesagt? Sechs Monate her seit dem letzten Mal?"

Will schüttelt den Kopf, sagt jedoch nichts, während er errötet.

Ein Verlust ist das nur für diesen Idioten Ryan, echt. Will ist gut im Bett. „Egal, wir sollten beide ein Auge darauf werfen, ob es da unten irgendwelche Schwierigkeiten gibt, zum Beispiel Schmerzen oder Blut im Urin oder …"

„Lass mich raten, du bist Urologe?"

„Nein, ich bin Neurochirurg."

Will schnaubt und verdreht die Augen. „Ja, klar."

Patrick ist sich nicht sicher, warum er gekränkt ist. Vielleicht, weil er jetzt, wo sie sich beide an all die Methoden erinnern, mit denen Patrick Will zum Orgasmus gebracht hat, ein bisschen Respekt erwartet?

„Was? Seh ich deiner Meinung nach nicht wie ein Neurochirurg aus?"

„Du siehst aus … du siehst aus …" Will mustert ihn. „Als wenn du immer noch keine Hose anhättest." Erneut bedeckt er sein Gesicht, als wäre er nicht die Anschlussbuchse für den Schwanz gewesen, den anzusehen er jetzt so fürchtet. „Bitte. Gib mir meine Klamotten. Ich muss hier raus."

„Du musst erst mal alles aufessen, ehe du irgendwas anderes machst. Ich bin Arzt."

„Und das heißt, ich muss tun, was du sagst?", gibt Will zurück.

Patrick erbarmt sich seiner und zieht seine Boxershorts und die Jeans an, ehe er Will seine Klamotten zuwirft.

„Da. Da Nacktheit dir ja so unangenehm ist, muntert dich das vielleicht ein bisschen auf, und wir können über den ersten Schritt nachdenken, wie wir uns aus diesem Scheiß rausmanövrieren."

Will leert den O-Saft, ehe er unter der Bettdecke herumzappelt, um sich Unterwäsche und Hose in prüder Privatheit anzuziehen. „Bestimmt ist dir mein Armband gestern schon aufgefallen. Warum hast du dir da anscheinend keine Sorgen um meinen Alkoholkonsum gemacht?"

Will kniet auf dem Bett. Patrick stößt in ihn hinein, während er immer wieder über seinen Rücken reibt. Ein seltsamer, besitzergreifender Gedanke erfüllt ihn: Er gehört jetzt mir, und ich muss gut auf ihn achtgeben.

Patrick schüttelt die Erinnerung mit einem Schulterzucken ab und antwortet: „Du trägst eins von diesen gefährlichen modisch-schicken Armbändern statt des traditionellen Notfallarmbands. Wenn du nicht so eitel wärst und versuchen würdest, deine Krankheit zu verstecken, hätte ich es sofort gemerkt, und das alles", er gestikuliert zwischen ihnen beiden hin und her, „wäre nicht passiert. Und was gestern Abend angeht, da war ich zu betrunken und konnte nicht klar denken." Patrick hebt die Hand und wackelt mit dem Ringfinger. „Offensichtlich."

Während Will sich aufregt, konzentriert Patrick sich darauf, wie sie aus ihrer Zwangslage herauskommen können. Hoffentlich schaffen sie das bald. Wenn man in Vegas in weniger als fünfzehn Minuten heiraten kann, sollte eine Scheidung doch nicht viel länger dauern, oder?

„Hör mal", sagt Patrick. „Jetzt mach dich deswegen nicht fertig. Du bist ein anständiger Kerl – das weiß sogar ich nach einer Nacht. Wir lassen uns scheiden, du gehst zurück nach wo zum Teufel du herkommst. Ich gehe zurück nach Atlanta, und wir müssen uns nie wiedersehen."

Wills Augen weiten sich beim Wort „Scheidung". „Was? Nein. Oh, nein. Nein, nein." Er hyperventiliert schon wieder. „Ich hab alles vermasselt. O mein Gott, es ist vorbei. Es ist alles vorbei."

Patrick ist auch nicht erfreut, verheiratet zu sein, und er wird sich darüber aufregen, sobald Will ihm mal die Gelegenheit dazu gibt, aber er glaubt wirklich nicht, dass das, was zwischen ihnen vorgefallen ist, das Schlimmste auf der

Welt ist. Na klar, er wird nie wieder Alkohol trinken, denn das hier liegt so weit außerhalb seiner Komfortzone, dass es ihn schockiert, nicht in Flammen zu stehen. Aber es ist ja niemand *gestorben*.

Und auch wenn es absolut nicht seine Stärke ist, in allem das Positive zu sehen, war der Sex doch großartig, und bisher war er Will gegenüber gar kein so mieses Schwein, und diesen Idioten von Ryan los zu sein ist doch ein Segen. Also könnte Will seine Verzweiflung ruhig mal einen Gang runterfahren, wenn es nach ihm geht. Wenigstens so lange, bis er an der Reihe ist, mit den albernen Witzchen loszulegen.

„Komm schon, Kopf hoch." Patrick findet es furchtbar, dass er hier den Aufmunterer geben muss. „Reiß dich zusammen."

„Du verstehst das nicht", sagt Will mit aufgerissenen Augen. „Wir können uns nicht scheiden lassen."

„Und ob wir das können." Patricks Stimme geht ein paar Oktaven nach oben. „Was bist du denn? Katholisch? Die halten sowieso nicht viel von diesen ganzen Homohochzeiten. Ich bin mir sicher, dass sie einer Homoscheidung ihre volle Unterstützung anbieten würden."

Will steht auf und fängt an, auf und ab zu laufen. Er hat O-Beine vom Ficken, und jeder seiner Schritte wird von einem Humpeln begleitet. Patrick stellt das mit Stolz fest. Es hat natürlich immer etwas unglaublich Befriedigendes, eine Aufgabe gut erledigt zu haben. Nur dass er diese spezielle gut erledigte Aufgabe *geheiratet* hat, was die Freude daran ziemlich trübt.

„Nein, es ist …" Will schüttelt den Kopf. „Es ist wegen der Guten Taten. Ich verliere die Guten Taten!"

„Wovon zum Teufel redest du?"

„Von der wohltätigen Stiftung Gute Taten." Wills Hand beschreibt einen Bogen. „Ich leite eine karitative Stiftungseinrichtung. Ich habe sie mit dem Geld ins Leben gerufen, das ich von der Familie meines Vaters geerbt habe."

„O-kay. Na und?"

„Mein Vater ist Tony Molinaro."

Patrick starrt ihn an. „*Der* Tony Molinaro? Der Mafiaboss?"

Will nickt.

„Moment mal. Du hast gesagt, du heißt Patterson."

„Tu ich ja auch. Das ist der Mädchenname meiner Mutter. Ich habe eigentlich nichts mit der Familie Molinaro zu tun."

Wenn die Familie Molinaro im Spiel ist, wer weiß schon, welche ausgeklügelten und illegalen Abläufe hier vor sich gehen? Patrick hat zwar keine Ahnung, was sie von ihm wollen könnten oder warum sie sich wünschen könnten, dass er Will heiratet und ihn besinnungslos vögelt, aber er fragt sich jetzt doch wieder, ob dieser Nachwuchsgangster ihn vielleicht unter Drogen gesetzt hat. Vielleicht ist er gerade dabei, unter Waffengewalt in irgendeine ruchlose und verwickelte Verschwörung des internationalen Verbrechens und der Gehirnchirurgie hineingezogen zu werden.

„Na super. Dann habe ich also in eine weltbekannte Familie von Kriminellen eingeheiratet. Warum habe ich das Gefühl, dass das nicht gut ausgeht?"

„Ich sag doch, ich gehöre nicht dazu", protestiert Will. „Meine Mutter hat Tony verlassen, als ich noch ganz klein war. Sie hat mich allein großgezogen. Tony ist nur … er ist nur …"

„Ein sehr beängstigender Samenspender?"

„Das ist kompliziert."

„Wie auch immer.“ Patrick schüttelt den Kopf. „Du hast mir noch nicht erklärt, wieso wir uns ‚nicht scheiden lassen können‘.“ Er malt Anführungszeichen in die Luft.

Wills Hände zittern, aber seine Stimme ist fest. „Vor ein paar Jahren ist mir ein Treuhandfonds zugefallen, der von meinem Urgroßvater Molinaro eingerichtet wurde.“

„Blutgeld. Reizend.“

„So ist das nicht.“ Will reibt sich die Augen, seine Wangen erröten wieder. „Du hast ja keine Ahnung, was ich alles getan habe, um etwas Gutes aus der Vergangenheit meiner Familie zu machen.“

Patrick zuckt die Achseln. „Ich bin nicht hier, um mir Geschichten anzuhören. Ich will bloß die Scheidung. Aber anscheinend sagt die Mafia, dass ich keine kriege, also beeil dich und erklär mir warum.“

Wills Kiefer spannt sich an, aber er fährt fort. „Ich habe das Fondsvermögen geerbt, als ich einundzwanzig wurde, aber ich habe es nicht für mich selbst verwendet. Ich habe eine wohltätige Stiftung gegründet.“

„Toll. Gut gemacht.“

„Sei still und hör zu, okay? Es gibt einen Haken. Wenn ich jemals heirate, muss das für alle Zeiten sein. Wenn ich mich scheiden lassen, verliere ich den Anspruch auf das Geld. Es geht alles zurück an die Familie.“

„Was?“ Patrick lacht. „Das ist doch verrückt. Jeder Zweite lässt sich heutzutage scheiden.“

„Ich weiß!“ Will wirft die Hände in die Luft. „Das Problem ist, dass Urgroßvater Molinaro streng katholisch war …“

„Ein strenger Katholik, der eine Verbrecherfamilie lenkt. Also vom Feinsten.“

Will wirft ihm einen weiteren wütenden Blick zu. „Er hatte es satt, dass jeder die Einstellung der Kirche zur Scheidung missachtet. Er hat gesagt, das macht es unmöglich, das Wertesystem der Familie Molinaro aufrechtzuerhalten …"

„Das Wertesystem von Mord und schwerer Körperverletzung?"

„… für die Kinder aus gescheiterten Ehen. Er ist besonders an dieser letzten Generation verzweifelt. Sieh mal, meine Mutter hat sich von Tony scheiden lassen, und er hat danach noch zwei Mal geheiratet. Und Tonys Cousin Mario ist drei Mal geschieden, und seine Cousine Evelyn ist geschieden, und ein anderer Cousin, Gino …"

Patrick hebt eine Hand. „Bitte. Hör um Gottes willen auf damit."

Will funkelt ihn an. „Ich kann mich nicht scheiden lassen, sonst verliert meine Stiftung, Gute Taten, ihr Vermögen. So einfach ist das."

„Erwartest du, dass ich dir das glaube?"

„Ja. Weil es stimmt."

Patrick starrt Will an, schätzt ihn ab und entscheidet, dass er viel zu verschreckt aussieht, um sich das alles ausgedacht zu haben. Aber trotzdem …

„Von wie viel Geld reden wir denn hier?"

„Millionen. Hunderte Millionen. So viel Geld, dass es das Leben von Tausenden Menschen verändern kann."

Tja, wenigstens muss er sich jetzt keine Sorgen mehr um den fehlenden Ehevertrag machen. Er hat Richie Rich geheiratet. „Zu dumm", sagt Patrick. „Du wirst das Geld verlieren. Wenn du glaubst, ich wäre einverstanden, dass wir …"

„Natürlich werden wir nicht ewig verheiratet bleiben. Wir müssen nur einen Weg finden, um diese Regelung zu umgehen. Ich darf Gute Taten nicht verlieren. Du verstehst das nicht. Das Geld darf nicht an die Molinaro-Familie zurückfallen. Ich tue so viel Gutes damit!“

Will lässt sich zurück auf die Bettkante fallen, und Patrick setzt sich neben ihn. Wärme strahlt von Wills nacktem Oberkörper aus.

„Okay, hör zu“, beginnt Patrick sanft. „Raste jetzt nicht aus. Wir besorgen uns einfach eine Annullierung. Das verstößt doch nicht gegen die Regeln, oder?“

„Weiß ich nicht genau. Ich hoffe nicht.“ Will starrt lange vor sich hin, doch dann atmet er tief ein und nickt. „Ja. Das könnte klappen.“

„Siehst du. Problem gelöst. Es wird sein, als wäre es nie passiert.“

Es klopft an der Tür. Patricks Magen knurrt, und er hofft, dass er genügend Verstand hatte, um irgendwann während ihrer volltrunkenen Ausschweifungen ein Frühstück vorzubestellen. Er reißt die Tür auf. Leider nicht.

„Chef.“

„Dr. McCloud.“ Laurence Schaeffer, sein Chefarzt, nickt. Er rümpft die Nase und mustert Patrick von oben bis unten. „Lange Nacht gewesen?“

„So in der Art.“

Schaeffer tippt auf seine Armbanduhr. „Es ist schon nach zehn, Dr. McCloud. Ich bin gekommen, um Sie zu den Vorträgen des heutigen Tages zu begleiten, die, nebenbei bemerkt, vor zwei Stunden angefangen haben.“

„Na, so was!“

Schaeffer betritt unaufgefordert das Zimmer. „Ich wusste, Sie würden es sich niemals verzeihen, den Rest davon zu versäumen, Herr Doktor.“

Eigentlich hatte Patrick genau das vor. Er ist immer noch sauer, dass Schaeffer ihn überhaupt hierher mitgeschleppt hat. Natürlich hatte er versucht, sich zu drücken, aber nachdem sein Chef das Interesse von Dr. Andrew Morris an dieser Konferenz erwähnt hatte, saß Patrick in der Klemme. Er konnte nicht zulassen, dass Morris bei den bevorstehenden Bewerbungen für die Stationsleitung die Oberhand gewann. Wenn Patrick es auf diese Weise betrachtet, ist das ganze Chaos mit Will die Schuld seines Chefarztes, denn aufgrund seiner Manipulation ist er überhaupt zu dieser blöden Konferenz gefahren.

„Oh.“ Schaeffer bleibt abrupt stehen, als er Will auf dem zerwühlten Bett sitzen sieht. „Ich wusste gar nicht, dass Ihr, äh, *Partner* mit Ihnen nach Las Vegas fährt, Dr. McCloud.“

„Nein, nein“, sagt Patrick. „Er ist nicht mein Partner. Er ist ein danebengegangener One-Night-Stand.“

Schaeffer schmunzelt, als habe Patrick einen Witz gemacht. „Aha, ja, so ist das wohl heutzutage. Sagen meine Kinder jedenfalls. Zu meiner Zeit war alles noch ganz anders. Wie lange sind Sie denn schon mit Ihrem Partner zusammen, Dr. McCloud? Es ist wirklich nachlässig von mir, dass ich so wenig über Ihr Privatleben weiß.“

Patrick starrt Schaeffer an und versucht zu ergründen, ob der Mann wirklich so blöd ist oder ob er auf seine alten Tage senil wird.

„Noch nicht mal einen Tag“, sagt Patrick, und Schaeffer wirkt verwirrt. Was ist so schwer daran verstehen, dass man in Vegas mit jemandem in der Kiste landet? Ist Vegas nicht genau dafür *da*? „Er könnte auch ein Stricher sein“, fügt er hinzu. Grobheit hat manchmal die erstaunlichste Wirkung.

Wills Augenbrauen heben sich bis zu seinem Haaransatz, aber Schaeffer sieht aus, als wäre ihm der Witz entgangen und er würde ihn jagen, bis er ihn gefunden hat. Will lächelt Schaeffer höflich an.

„Hallo.“ Er steht auf und streckt die Hand aus. „Ich bin Will Patterson.“

„Dr. Laurence Schaeffer.“ Er schüttelt Wills Hand. „Ha ha“, sagt er mit einem jovialen Lachen. „*Noch nicht mal einen Tag*. Jetzt hab ich’s verstanden. Dr. McCloud, ich kann nicht umhin zu bemerken, dass Sie einen Ehering tragen.“ Er blickt wieder zu Will. „Sie auch, Mr. Patterson. Glückwunsch!“

Patrick sprudelt heraus: „Ich weiß nicht, wie ich Ihnen das noch besser verdeutlichen soll, Chef, aber abgesehen vom biblischen Sinn kenne ich diesen Typen nicht seit Adams Zeiten.“

Warum erklärt er das alles? Es geht Schaeffer doch eigentlich einen Dreck an.

Schaeffer hebt die Hände. „Entschuldigung, aber sind Sie jetzt verheiratet oder nicht?“

Dieser Mann könnte eindeutig nicht begriffsstutziger sein.

„Wir haben uns gestern in einer Bar kennengelernt, etwas zu viel getrunken und offensichtlich beschlossen, dass es eine gute Idee wäre, den Bund der Ehe einzugehen.“

„Lustige Geschichte, nicht wahr?“, fällt Will ein und schiebt die Hände in die Taschen seiner Jeans. Patrick bemerkt, wie das seinen immer noch nackten Oberkörper wunderbar stark und seine Schultern breit aussehen lässt.

„Urkomisch“, fügt Patrick mit todernstem Gesicht hinzu.

Schaeffer sieht überhaupt nicht erheitert aus. „Dr. McCloud, wollen Sie mir erzählen, dass Sie und dieser junge Mann aus einer Laune heraus geheiratet haben? Als Sie betrunken waren?"

Patrick seufzt. „Ich bin genauso erschüttert wie Sie."

„Das kann ich mir kaum vorstellen, Dr. McCloud."

Schaeffer wendet sich Will zu. „Sind Sie …?" Er sieht wieder Patrick an. „Ist dieser junge Mann ein Stricher?" Er spuckt es regelrecht heraus.

„Falls ja, sollte Sie das nicht interessieren." Patrick kocht. Für wen hält Schaeffer sich eigentlich? Was hat das alles mit Neurochirurgie zu tun?

„Ich *bin* kein Stricher!", lässt sich Will vernehmen.

„Damit ich das richtig verstehe", bellt Schaeffer, und Patrick steht kurz davor, ihn aus dem Zimmer zu schubsen. Er ist es so *satt*, heute alles erklären zu müssen. „Sie haben einen Fremden geheiratet, während Sie unter Alkoholeinfluss standen?"

„Das bringt es auf den Punkt." Patrick zuckt die Achseln. „Wir lassen es annullieren. Kein Grund, sich Ihr Köpfchen zu zerbrechen, Chef. Ende gut, alles gut und so weiter."

„Sie können die Ehe nicht annullieren lassen, Dr. McCloud. Korrigieren Sie mich, wenn ich mich irre, aber es scheint, dass die Ehe vollzogen wurde." Schaeffer wirft einen betonten Blick auf Patricks Brust, die immer noch Spuren von getrocknetem Sperma aufweist. Will presst sich die Hand gegen den Mund und wird hellrot im Gesicht. „Und ich kann mir nicht vorstellen, dass Sie irgendwelche anderen stichhaltigen Gründe haben."

„Betrug zum Beispiel", sagt Patrick.

„Das war kein Betrug!", japst Will.

Patrick greift nach Wills Handgelenk und zeigt auf sein Armband. „Die Zurückkhaltung von Informationen über eine ernste Erkrankung zählt sicherlich als Betrug. Und dann stellt sich die Frage nach der geistigen Gesundheit zum Zeitpunkt der Eheschließung, und in Anbetracht des Ausmaßes unseres Alkoholkonsums kann keiner von uns die für sich beanspruchen. Und wenn wir schon dabei sind, ich würde auch bei der Definition von Vollzug der Ehe bedenkenlos schummeln, um aus diesem Schlamassel herauszukommen. Was die für eine Annullierung zuständigen Arschlöcher nicht wissen, macht sie auch nicht heiß. Ich würde sagen, wir haben Gründe genug."

„Dr. McCloud." Schaeffer klingt besorgter, als Patrick ihn je erlebt hat. Er ist überrascht, dass das überhaupt möglich ist. „Wollen Sie damit sagen, dass Sie die Absicht haben, vor Gericht zu lügen?"

„Na, ich kann doch wohl kaum mit irgendeinem Treuhandfonds-Fuzzi verheiratet bleiben, den ich in einer Bar kennengelernt habe, oder?" Patrick ist von dieser Idiotie verblüfft. Obwohl er eigentlich gar nicht sagen kann warum. Fast jeder ist ein Idiot. Das Leben beweist ihm das immer wieder.

Schaeffers Augen verengen sich, und Patrick wird daran erinnert, warum er ein hervorragender Vorgesetzter ist. Er hat Standpunkte und eine ermüdend aufrechte Moral, und er scheut nicht davor zurück, sie zu vertreten. Schwachsinn.

„Dr. McCloud, ich muss schon sagen, dass ich Ihre lässige Einstellung in dieser Frage ziemlich verwerflich finde."

„Tja, und ich finde die Vorstellung einer Art *Heiligkeit der Ehe* ebenso verwerflich", erwidert Patrick, inzwischen verärgert.

„Ich rede nicht von der Heiligkeit der Ehe, Dr. McCloud – obwohl es mich durchaus auch irritiert, wie leicht Sie diese ehrwürdige Institution zu nehmen scheinen. Ich bin extrem beunruhigt von Ihrer Einstellung zur Übernahme von Verantwortung für Ihr Handeln und Ihrer Bereitwilligkeit, zu Ihrem eigenen Nutzen einen Meineid zu schwören."

„Wie bitte? Das war ein besoffener Irrtum, kein …"

Schaeffer lässt ihn nicht ausreden. „Wenn Ihre moralische Grundlage so schwach ist, dass etwas Alkohol und eine Nacht in Las Vegas ausreichen, um Sie schlechte Entscheidungen treffen zu lassen, und wenn Sie dann auch noch bereit sind, diesen Mangel an Moral durch eine vorsätzliche Lüge vor Gericht zu kompensieren, um sich den Konsequenzen Ihres Handelns zu entziehen, dann kann ich mir vorstellen, welche Lügen Sie möglicherweise dem Georgia Medical Review Board erzählt haben, um Ihre Approbation zu behalten."

Patrick beginnt zu frieren. „Wenn Sie damit sagen wollen, dass ich …"

„O ja, das will ich, Dr. McCloud. Wenn Sie hier gerade versuchen, sich auf kürzestem Wege aus der Verantwortung zu schleichen, sehe ich keinen Grund zu der Annahme, dass Sie dies nicht auch neulich bei Ihrer disziplinarischen Anhörung im Zusammenhang mit dem Tod von Jake Taylor getan haben."

Patricks Blick verschleiert sich vor Zorn. Die kalte Hilflosigkeit, die in ihm aufstieg, als er erkannte, dass er den Jungen verlieren würde, hat ihn monatelang verfolgt. „Ich habe alles getan, um Jake zu retten. Sein Tod war ein Unglück, aber kein ärztlicher Fehler. Ich stehe zu meiner Arbeit und zu den Entscheidungen, die ich an jenem Tag getroffen habe. Die Kommission ist mir bei der Anhörung gefolgt."

„Das sagen Sie, Dr. McCloud. Das sagen Sie. Wir kennen ja beide die Gerüchte, die unter den Mitarbeitern kursieren …"

„Halten Sie wirklich die schmutzigen Gerüchte des Pflegepersonals, die mich in die Sache verwickeln wollen, für glaubwürdiger als die Ergebnisse der Kommission?"

Schaeffer schüttelt den Kopf und wirft Will einen Blick zu. „Offen gestanden sehe ich nicht, wie jemand, der seinen Mangel an Vertrauenswürdigkeit so freimütig zugibt, damit rechnen kann, irgendeine Abteilung meiner Klinik zu leiten. Ich glaube, Sie haben mir gerade die Entscheidung erleichtert, wer der künftige Leiter der Neurochirurgie sein wird."

„Sie machen wohl Witze", schreit Patrick. „Ist Ihnen das Gehirn eingetrocknet? Mein Privatleben hat keine Auswirkungen auf meine Leistungen als Chirurg, und Sie können doch nicht allen Ernstes Andrew Morris für diese Position in Betracht ziehen. Da können Sie genauso gut den Metzger an der Ecke einstellen."

Wills Hand legt sich um seinen Arm, und durch das Rauschen des Blutes in seinen Ohren hört er Will warnend seinen Namen aussprechen, als versuche er, Patrick zum Schweigen zu bringen.

„Morris ist ein guter Chirurg, Dr. McCloud, und auch wenn er vielleicht nicht so talentiert sein mag wie Sie, kann ich ihm wenigstens vertrauen."

„Vertrauen in Bezug auf was? Dass er Ihnen in den Arsch kriecht und dafür sorgt, dass Verfahren wegen ärztlicher Kunstfehler auf Sie herabregnen?"

„Patrick", zischt Will erneut.

„Dr. McCloud, ich betrachte dieses Gespräch als Ihre Kündigung.“ Schaeffer wendet sich zur Tür. „Ich bin nicht bereit, Ihnen ein Empfehlungsschreiben auszustellen, aber ich vermute ohnehin, dass Sie keines benötigen werden. Ihr Ruf eilt Ihnen voraus. Möge Gott dem Krankenhaus beistehen, das bereit ist, Sie einzustellen. Sie werden es brauchen.“ Er legt eine Pause ein und sieht Will an. „Ein Prostituierter? Absolut widerlich.“

Patrick knallt die Tür hinter dem aufgeblasenen Idioten zu. Einige Sekunden lang steht er nur da und starrt schweigend das Bett an. Auf der anderen Seite des Zimmers zieht Will sein Hemd an und fingert unbeholfen an den Knöpfen herum.

„Hast du mitgekriegt, was hier gerade passiert ist?“ Patrick zeigt auf Will. „Ich hatte dieses Arschloch im Griff, bis du mich dazu genötigt hast, dich zu heiraten.“ Er weiß, dass dies nicht mal annähernd der Wahrheit entspricht. Schaeffer hat ihn immer mit Argwohn betrachtet, und das Klinikpersonal wollte ihn immer schon loswerden. Die Position der Stationsleitung hätte der ultimative Stinkefinger für sie alle sein sollen. Sieht so aus, als wäre der Schuss nach hinten losgegangen.

„Was?“, fragt Will ungläubig. „*Du* hast *mich* genötigt!“

„Oh, bitte“, blafft Patrick. „Du hast dich mir da in der Bar doch regelrecht an den Hals geworfen. Du hast mich sozusagen am Schwanz in die Hochzeitskapelle gezogen!“

Auch das ist weit von der Wahrheit entfernt. In seiner Erinnerung blitzen Bilder auf, wie er Will zu der Treppe zerrt, die zu der Kapelle hinaufführt, während Will ihm errötend und lachend folgt.

Vielleicht erinnert sich Will auch an all das, denn er öffnet und schließt mehrmals den Mund, doch kein Laut dringt heraus. Er steht da und schnappt nach Luft wie ein Fisch. Ein sehr anziehender Fisch. Mit einem attraktiven streitlustigen Leuchten auf den Wangen.

„Fick dich doch ins Knie", sagt Will schließlich, schiebt sich das Hemd in die Hose und geht auf die Tür zu. „Wir treffen uns in dreißig Minuten in der Lobby, und dann gehen wir zum Gericht und lassen diese Ehe annullieren. Hab ich mich klar ausgedrückt?"

Ein bestimmender Will ist sexy. Patrick salutiert. „Sir! Jawohl, Sir!"

Will macht ein finsteres Gesicht und knallt die Tür hinter sich zu.

„Na denn."

Kapitel 2

Unter der Dusche seift Will sich ein. Sein Arsch schmerzt unaufhörlich und lässt Erinnerungen an die vergangene Nacht in ihm hochkommen. Das Schrecklichste daran ist, dass diese Erinnerungen gar nicht schrecklich sind. Er erinnert sich, wie Patrick sich neben ihm an die Bar gesetzt hat, und an das anfängliche Gefühl der Genervtheit über diese Unterbrechung seines Besäufnisses. Doch das wurde augenblicklich verdrängt durch Patricks aufblitzendes Lächeln, wie etwas Verborgenes, das Will durch Zufall entdeckt hat und dann unbedingt erneut sehen musste.

Er hat Patrick gestern *gemocht*. Er hat sich an ihn gelehnt, nur um seinen Körper zu spüren, straff und fest an seinem eigenen, und ist in eine überstürzte, betrunkene Zuneigung verfallen, die sich in diesem Moment so echt angefühlt hat. So intensiv und großartig und dennoch ruhig unter all der Verrücktheit.

Er greift nach hinten, um seinen Arsch zu waschen, und berührt die zarte Öffnung mit den Fingern. Er erschaudert, als ihn die Erinnerung durchfährt, wie Patricks Zunge ihn dort geliebkost hat. Patrick war so sanft gewesen, bestimmend und kontrollierend. Will schüttelt den Kopf und hält ihn unter den Wasserstrahl. Er reibt das getrocknete Sperma aus seinem Brust- und seinem Schamhaar und ignoriert seinen hart werdenden Schwanz.

Blitzartig aufflackerndes Lächeln und gute Leistungen im Bett ändern nichts an der Tatsache, dass Will es mit einem Fremden getrieben hat, der sich im Lichte der Morgensonne als totaler Blödmann herausgestellt hat. Patrick ist überhaupt nicht charmant. Oder lustig. Oder auch nur nett.

Wenn Will einen Grund benötigt, um in Zukunft nüchtern zu bleiben, dann hat er ihn geheiratet.

Mit etwas Glück ist das Gelöbnis ewiger Treue etwas, das er wie eine unter Alkohleinfluss geschriebene E-Mail löschen kann, die er entworfen, aber nie beendet hat, weil er vor dem Absenden das Bewusstsein verloren hat. Er tritt aus der Dusche, rasiert sich, putzt sich die Zähne und zieht eine anständige Hose sowie ein verantwortungsbewusst aussehendes blassgelbes Hemd mit Button-up-Kragen an.

Als der Zimmerservice mit dem Frühstück kommt, checkt er erneut seinen Blutzuckerspiegel, errechnet den Anteil an Kohlenhydraten, den er zu sich nehmen wird, und spritzt sich die korrekte Dosis Insulin. Er schlingt das Essen ohne jedes Vergnügen hinunter und geht dann im Zimmer auf und ab. Nachdem er die Vorhänge aufgerissen hat, starrt er hinab auf den Las Vegas Strip. Er sieht bei Tage weniger glamourös aus: staubig, sonnengebleicht, müde. Schließlich setzt er sich aufs Bett und holt mit zitternden Händen sein Handy aus der Tasche, um seinen Anwalt Owen Marsh anzurufen.

„Will, ich hätte heute keinen Anruf von dir erwartet. Wie ist Vegas? Du hast dir doch keinen Ärger eingehandelt, oder?“ Owen lacht, aber Will hört die Sorge aus seinem Scherz heraus. Es ist ja nicht so, als wäre Will nicht schon früher mal rückfällig geworden, und Vegas ist ein gefährlicher Ort für einen Trinker.

Will schluckt seine Scham herunter. „Eigentlich rufe ich genau deshalb an.“

Owens Kichern erstirbt. „O nein.“

„Ja. Es ist schlimm. Bitte halt mir keine Predigten, Owen. Ich brauche deine Hilfe.“

Owen schweigt lange, ehe er fragt: „Was brauchst du?“

Wills Magen arbeitet sich durch seine Kehle aufwärts, aber er schafft es, einigermaßen ruhig zu klingen. „Du müsstest bitte mal in den Treuhandbestimmungen meines Urgroßvaters die Regelungen zum Thema Ehe nachschlagen, oder, tja, vielleicht auch Scheidung oder Annullierung? Ich kann mich nicht an die Einzelheiten erinnern."

Owen bleibt sehr lange stumm, und Will sieht ihn geradezu vor sich, wie er sich, kahl werdend und in einem zerknitterten Anzug, vom Computer abwendet und die Brille auf dem Nasenrücken hochschiebt. Will wünscht sich, er könne jetzt bei ihm sein, sicher in Owens biederem, unordentlichem kleinen Büro im Gute-Taten-Gebäude, umgeben von Owens Ledersesseln und langweiligen Gesetzbüchern. Er würde sich weniger schämen, wenn er Owen bei ihrem Gespräch in die ruhigen grauen Augen sehen könnte.

„Einen Moment, Will. Ich lasse Marcy den Ordner raussuchen."

„Danke."

Er bleibt am Telefon, dann meldet sich Owen wieder. „Marcy hat in ein paar Minuten, was wir brauchen."

„Prima."

„Möchtest du darüber sprechen?"

Will schüttelt den Kopf, obwohl Owen ihn nicht sehen kann. „Ich kann nicht. Jetzt noch nicht."

„Bist du im Moment nüchtern?"

„Ja. Total verkatert, aber nüchtern."

Owens leiser Seufzer dringt durch die Telefonleitung.

Gut fünfundvierzig Sekunden lang herrscht Schweigen, und heiße Tränen drücken gegen Wills Augenlider. Sein Flüstern ist rau. „Willst du gar nicht fragen, warum ich abgestürzt bin?"

„Du weißt, dass ich dich das nie frage. Wann hätte ich das jemals getan in all den Jahren, da ich dein Sponsor bin? Du stürzt aus denselben Gründen ab wie jeder Alkoholiker. Du wolltest trinken. Es schien die einzige Option zu sein, um den Augenblick durchzustehen. Der gesamte Kontext rund um die Entscheidung ist ungeachtet seiner Absichten und Zwecke nur eine Ausrede." Owen redet niemals um den heißen Brei herum. Das gehört zu den Dingen, die Will an ihm mag. Owen seufzt. „Außerdem kenne ich dich gut genug, um es zu erraten. War es wieder wegen Ryan?"

„Ja."

„Wieder mal vorbei?"

„Ja."

„Ich weiß, wir haben schon mal darüber geredet, aber Ryan kann wirklich nicht deine Definition von Genesung sein. Für ihn ist diese Verantwortung zu groß, und für dich ist es eine gefährliche Angelegenheit. Deine Genesung sollte aus etwas bestehen, das du unter Kontrolle hast, Will. Und einen anderen Menschen kannst du niemals kontrollieren."

Wills Kehle schmerzt. „Ich weiß, ich weiß. Es ist bloß so, dass ich ihn liebe."

Warum tut Liebe so weh? Warum schmiegt sie sich nie weich und leicht an seine Haut wie ein bequemer Pullover? Es ist ungerecht, dass Liebe so schwer ist.

„Ist es wegen des jungen Mannes, den ich mit Ryan zusammen in der Stadt gesehen habe?"

Ja.

„Nein, es ist wegen mir. Es ist immer wegen mir. Ich bin schwach und zu bedürftig." Die Liste seiner Schwächen und Fehler ist lang, aber schwach und bedürftig steht immer ganz oben. „Ryan sagt, wenn er mit mir zusammenbleibt, ziehe ich ihn wieder in die Abhängigkeit rein. Er war jetzt so lange trocken. Im letzten Herbst neun Jahre. Er kann das nicht riskieren.“

Owens Schweigen spricht Bände. Aber er ist Wills Sponsor, nicht Ryans, und seine Loyalität ist eindeutig. „Na gut. Reden wir mal über unsere erste Priorität: dass du zu einem Treffen gehst. Kannst du das heute einrichten? Ich kann die Treffpunkte in Vegas nachschlagen. Da gibt es bestimmt Dutzende Gruppen.“

„Ich kann nicht. Ich hab etwas anderes zu erledigen.“

Owens Stimme ist wie die Granitstufen der öffentlichen Bibliothek in Healing nach einem sonnigen Tag: warm, aber fest. „Ich habe das starke Gefühl, dass du im Moment ein Treffen am dringendsten brauchst.“

„Es besteht keine Gefahr, dass ich in absehbarer Zeit wieder trinke, Owen. Ich habe ein viel größeres Problem zu lösen.“

„Das Eheproblem“, sagt Owen mit einer Veränderung seines Tonfalls, die Wills Herz mit Scham erfüllt.

„Ja“, flüstert Will. „Ich war betrunken und habe gestern Abend jemanden geheiratet.“

„Mein Gott, Will.“ Owens Stimme ist rau. „Wen denn?“

„Einen Arzt. Genauer gesagt, einen Neurochirurgen, den ich gerade kennengelernt habe.“

„War das jemand, auf den Don dich angesetzt hat, damit du dich bei ihm einschmeichelst?“

Will wünscht sich, er könne ja sagen. „Nein, ich wusste bis heute Morgen nicht mal, dass er Neurochirurg ist. Also, jedenfalls glaube ich, dass ich es nicht wusste.“

„Warst du betrunken, als du ihn kennengelernt hast?“

„Schon so ziemlich.“

„Verstehe.“

„Ja. Eins kam zum anderen." Will macht ein hilfloses Geräusch.

„Will, das ist … Ich weiß gar nicht, was ich sagen soll. Die Konsequenzen könnten immens sein. Du weißt, dass die Richtlinien des Treuhandfonds im rechtlichen Sinne in Stein gemeißelt sind und dass sie ebenso starr wie absurd sind."

„Ich weiß, ich weiß." Vom Fenster her fällt ein starkes Licht auf den Hotelteppich und beleuchtet sein Wirbelmuster.

Einen Augenblick lang hört Owen sich genau wie ein echter Vater an, als er fragt: „Was hast du dir dabei bloß *gedacht*?"

„Gar nichts. Offensichtlich. Ich bin in die Bar gegangen, um nach ein paar von den Neurochirurgen auf meiner Liste Ausschau zu halten. Ich dachte, sie säßen da vielleicht bei einem Drink, und ich war bereit, stark zu sein und nur Mineralwasser zu trinken."

Owen seufzt.

„Und während ich da so saß und versuchte, die Namen mit irgendwelchen Gesichtern zu verbinden, rief Ryan an, um mit mir Schluss zu machen. Das Nächste, woran ich mich erinnere, ist, dass ich vier Gläser Whisky getrunken und gerade irgendeinen Cocktail in der Hand hatte. Das ist alles ganz verschwommen."

„Will, warte kurz. Ja, Marcy, danke. Machen Sie bitte die Tür wieder hinter sich zu."

Will hört, wie Owen Papiere umherschiebt. „Es darf keine Scheidung geben, nicht mal auf Wunsch deines Ehepartners, sonst geht das Geld zurück an die Familie Molinaro."

„Ich weiß."

„Die Kriterien für eine Annullierung sind sehr streng. Kein Betrug, keine moralischen Gründe welcher Art auch immer. Wir können das noch ausführlich besprechen, aber es gibt noch eine andere Bedingung, die du sicherlich nicht vergessen hast. Das ist die strengste von allen. Und ich muss gestehen, ich habe nie verstanden, wie die Molinaros das beweisen oder widerlegen sollten, aber in deiner Situation ist es ein absoluter Hammer und ein riesiges Problem."

Wills Kehle ist trocken, aber er schafft es zu schlucken. „Sag's mir einfach."

Nachdem Owen die Bedingungen in erschöpfender Ausführlichkeit erläutert hat, sitzt Will auf dem Bett, mit einem Gefühl der Enge in der Brust und einem Rauschen in den Ohren.

„Ich kann heute Nachmittag zu dir fliegen", sagt Owen. „Du solltest jetzt nicht allein sein."

„Nein, ich komme heute nach Hause. Ich kann hier nicht bleiben. Ich weiß das."

„Und was willst du Don sagen? Ich nehme an, du hast keine Neurochirurgen für die neu gestaltete Abteilung angeworben? Oder auch nur mit einem von ihnen über das Krankenhaus gesprochen?"

„Mit einem anderen als dem, den ich geheiratet habe? Nein."

Will erinnert sich, Healing Regional bei seinem Flirt mit Patrick kurz erwähnt zu haben, aber danach waren die Ereignisse so breit gestreut.

„Wie kann ich dir helfen, Will?"

„Das muss alles vertraulich bleiben. Du weißt, wie viel davon abhängt, dass wir das perfekt durchziehen. Erzähl niemandem auch nur das Geringste davon, Owen."

„Als dein Anwalt bin ich gesetzlich dazu verpflichtet. Als dein Sponsor würde ich dein Vertrauen nicht auf diese Weise missbrauchen. Und was Gute Taten angeht, ich würde lügen, wenn es nötig wäre, um dafür zu sorgen, dass wir nicht alles verlieren."

„Danke. Wenn wir das aus den einzigen für mich verfügbaren Gründen annullieren können, ist das kein Problem. Wenn nicht, weiß ich wirklich nicht, was passiert."

Owen gibt einen leisen, sorgenvollen Ton von sich, und Will wünscht, er könne den Mann umarmen und sich Stärke von ihm holen. „Du musst deine Großmutter anrufen. Eleanora wird wissen, was man tun kann."

Will erschaudert bei dem Gedanken. „Vielleicht. Wenn ich es nicht alleine klären kann."

Owens Schweigen drückt seine abweichende Meinung aus, doch er sagt nur: „Ruf mich an, wenn du wieder über das Trinken nachdenkst. Ich mache mir Sorgen, bis ich dich persönlich wiedersehe."

„Danke, Owen. Es tut mir so leid. Wenn ich wieder zu Hause bin, arbeite ich weiter an meinem Programm."

„Du arbeitest jeden Tag an deinem Programm, Will. Also arbeite auch jetzt daran. Aber vergiss nicht, es kann dich nicht weiter bringen als bis zu deiner Definition von Genesung, und solange deine Definition von Genesung Ryan lautet, wird es dich nur so weit bringen, wie deine Beziehung zu ihm reicht. Das ist nichts, worauf du dein Leben aufbauen kannst."

„Ich wünschte, ich könnte es."

Owens Atmen klingt ihm leise im Ohr. „Wenn Wünsche Wahrheit wären …"

„Dann wäre ich nicht in diesem Schlamassel."

„Amen."

***

Fünfundvierzig Minuten später zockelt Patrick in die Lobby. Die Weihnachtslieder, die aus den Lautsprechern dringen, sind widerwärtig munter, und die riesigen Christbäume im Zentrum der ohnehin schon überladenen Lobby sind schreiend bunt, aber er hat ein Zimmerservice-Frühstück im Bauch und ist daher deutlich besserer Laune. Irgendwie hat Essen für ihn eine heilsame Wirkung.

Er grinst, als Will halb stampfend und halb hinkend herankommt.

„Du bist zu spät." Will blickt zornig drein.

Patrick zuckt die Schultern. Will hat geduscht und frische Kleidung angezogen. Er hat die Ärmel seines Hemds hochgekrempelt und die obersten drei Knöpfe offen gelassen, was einen verführerischen Blick auf sein Brusthaar erlaubt, in das Patricks Gesicht heute früh beim Erwachen eingekuschelt war. Patrick muss den Kopf ein bisschen zurückneigen, um seinem Blick zu begegnen. „Wer schön sein will, braucht länger."

Will mustert Patrick und schluckt dann, als er die Augen abwendet. „Egal. Ich muss dir etwas sagen. Es ist wichtig."

„Schieß los."

Will blickt auf seine Füße. Patrick sieht, wie die Scham in ihm aufsteigt. „Es gibt da ein Problem mit der Annullierung", murmelt Will. „Ich habe meinen Anwalt angerufen, und es hat sich herausgestellt, dass es ein paar mehr Bedingungen in dem Treuhandvertrag gibt, als ich in Erinnerung hatte."

„Sag jetzt nicht, dass wir nicht annullieren können."

Er erwidert Patricks Blick nicht. „Doch, können wir. Wahrscheinlich. Allerdings aus keinem der Gründe, der sich für uns anbietet. Nicht wenn ich Gute Taten behalten will. Es gibt nur einen Grund, den wir für die Annullierung angeben können."

„Oh, um das mal klarzustellen. Ich habe bei dieser Sache nichts zu verlieren. Also kann ich jeden Grund angeben, der mir gefällt."

„Musst du aber nicht, das ist der Punkt. Wir können das hier durchziehen, ohne dass Gute Taten irgendeinen Verlust erleidet."

„Super. Immer raus damit. Ich bin zwar brillant, aber Gedanken lesen kann ich nicht." Patrick klopft sich mit den Fingern gegen das Bein. Als er sich dabei ertappt, schüttelt er die Hand aus, um seinen nervösen Tic zu beenden.

Wills heißer, verzweifelter Blick durchbohrt Patrick. „Wenn ich die Annullierung aufgrund irgendeines moralischen Grundes beantrage, zum Beispiel Betrug oder Trunkenheit oder Drogenmissbrauch, fällt das Treuhandvermögen unverzüglich zurück an die Molinaros."

„Dieser bizarre Fokus auf eheliche Moral durch eine Verbrecherfamilie ist mehr als nur ein bisschen übertrieben, findest du nicht auch?"

„Es spielt keine Rolle, oder? Es ist, wie es ist. Jedenfalls bedeutet es, dass wir gearscht sind."

„Was passiert denn, wenn das Geld an die Molinaros zurückfällt?"

„Keine Ahnung. Ich nehme an, es kommt wieder in den Topf, den sich die anderen Nachfahren meines Urgroßvaters teilen müssen. Und das sind nicht alles gute Menschen, Patrick."

Patrick starrt ihn an. „Das glaub ich jetzt nicht. Wo ist die Kamera? Ich dachte, *Verstehen Sie Spaß* wäre schon vor Ewigkeiten abgesetzt worden."

Will schüttelt den Kopf.

„Scheiße, ist das dein Ernst?"

Will presst die Lippen aufeinander und blickt wieder auf seine Schuhe herunter.

„Und was ist mit Vollzug der Ehe? Ist es unmoralisch, wenn man seinen Ehegatten nicht in der Hochzeitsnacht vögelt?"

„Nein, das steht uns immer noch offen."

„Prima. Ich habe dir und meinem Exchef bereits gesagt, dass ich bereit und willens bin, über unsere gestrigen Aktivitäten zu lügen. Ich werde bedenkenlos leugnen, dich jemals angefasst zu haben, wenn es sein muss. Also, lass es uns hinter uns bringen. Ich muss mich nach einem neuen Job umsehen, da ich zurzeit offensichtlich keinen habe."

„Klingt gut", sagte Will knapp und geht voran nach draußen. Patrick bewundert Wills Hintern in seiner gut sitzenden Hose, dann haut er sich in Gedanken selbst auf die Finger. Er hat auch so schon genügend Schwierigkeiten.

***

Die Schlange vor dem Gerichtsgebäude ist nicht annähernd so lang, wie Patrick erwartet hat.

Heiratet in Vegas nicht jeder total besoffen? Wie eine Art Initiationsritus oder so? Das hat er sich während der ganzen Taxifahrt eingeredet, während er absolut *nicht* bewunderte, wie scharf Will bei Tageslicht aussieht, so blond und leuchtend (was eine Beschreibung ist, die bloß … uff).

Er hat auch die selbstbeglückwünschenden Kommentare geflissentlich ignoriert, die ihm gänzlich ungebeten in den Sinn kommen, zum Beispiel: *Wow, Patrick, diesen Typen hast du gestern geheiratet? Großartig!* Oder: *Hast du diesen Arsch gesehen? Den hab ich gefickt, stell dir vor!* Oder: *Da hast du's, Dean Wellington! Ich wette, mit deinem dürren Hintern wirst du dir nie so was Scharfes klären!* Oder, am verstörendsten, als Will sein Gesicht auf eine ganz bestimmte Weise wegdreht und die Sonne durch das Taxifenster hereinscheint: *Du hast echt einen guten Geschmack, Patrick. Zu schade, dass du ihn nicht ein bisschen länger behalten kannst.*

Es ist der letzte Gedanke, der ihn wieder wütend macht und in ihm den Wunsch auslöst, er hätte sich noch ein oder zwei Muffins vom Zimmerservice mitgenommen, denn dieser Idiot, den er hier anschmachtet, ist der Grund dafür, dass er derzeit arbeitslos ist. Er sollte jetzt wirklich am Telefon hängen und im Johns Hopkins anrufen oder bei Vandy oder in der Mayo-Klinik, um den Bieterwettstreit in Gang zu setzen. Jeder verschwendete Moment ist einer, in dem er kein Leben rettet.

Doch am Gerichtsgebäude angekommen, wird er wieder von einem unangebrachten, lächerlichen Stolz erfüllt. Wenigstens hat seine idiotische Stümperei ihn nicht dazu getrieben, sich von einer dieser heulenden Frauen scheiden lassen zu wollen, die immerzu wiederholen, dass ihre Eltern sie umbringen werden. Gott sei Dank ist sein Schwanz schwul, egal wie besoffen er ist. Und seine biologischen Eltern sind viel zu tot, um sich für seinen Zivilstand zu interessieren.

Nach zwanzig langen Minuten, in denen Will nervtötend gut aussieht, während er ängstlich von einem Fuß auf den anderen tritt, fängt er an, naseweise, nervtötende Fragen zu stellen.

„Und, hat dein Chef Recht mit dem, was er gesagt hat?"

Patrick hat keine Ahnung. „Er hat eine Menge gesagt."

„Ich meine, dass du mal bei einer Anhörung zu einem Kunstfehler gelogen hast?"

Hitze steigt ihm den Hals hinauf. „Mr. Patterson, nur dass wir uns da verstehen, ich würde über alles Mögliche lügen, um meine Approbation als Arzt zu behalten. Aber nein, ich habe nicht gelogen, was den Tod dieses Jungen angeht. Ich bin Gehirnchirurg. Patienten sterben nun mal. Das ist scheiße, aber es ist unvermeidlich."

„Echt? Warum bist du dann so aus der Fassung geraten?" Will verschränkt die Arme vor der Brust und rückt in Patricks persönliche Distanzzone vor.

„Wenn du noch näher kommst, können wir auch gleich verschmelzen, und ich finde, davon hatten wir gestern Abend schon genug, oder?"

Will tritt nicht zurück. Wenn überhaupt möglich, belagert er Patrick sogar noch mehr. „Du warst sauer, als er dich beschuldigt hat. Und jetzt bist du sauer auf mich, weil ich das Thema anspreche."

„Können wir uns mal auf das konzentrieren, weshalb wir hier sind? Die Annullierung? Ich finde, wir sollten die Beklopptheit meines früheren Chefs nicht in einen Agatha-Christie-Roman verwandeln."

„Na gut, dann lass ich es." Will legt eine Pause ein. „Aber nur wenn du mir das Ende verrätst. Also, wer war der Mörder, Dr. McCloud?"

„Krebs. Krebs und eine Gehirnblutung während des Eingriffs. Nichts und niemand sonst ist verantwortlich für den

Tod von Jake Taylor. Und das war's. Ich werde mit dir nicht über meinen Patienten diskutieren."

Will wirft den Kopf zurück und mustert ihn. „Sind Chirurgen alle so kalt? Hast du auch einen Schalter oder so, damit du etwas fühlen kannst, oder genügt dir das?"

„Du kriegst das, was du siehst." Patrick erinnert sich, wie sehr warmherzig er letzte Nacht war. Wenn Will das für kalt hält, dann stehe Gott dem Mann bei, den Will heißzumachen schafft.

Wills Augen sind verengt und argwöhnisch.

Patrick seufzt. „Wirklich, Mr. Patterson, warum kümmert's dich? Wir klären diesen ganzen Schlamassel hoffentlich innerhalb der nächsten zehn Minuten und sehen uns nie wieder."

„Aus Versehen einen Mörder zu heiraten ist vermutlich ein akzeptabler Grund für eine Annullierung, findest du nicht?"

Eine der verheulten Frauen hinter ihnen schnappt hörbar nach Luft, und Patrick starrt sie an. „Erstens glaube ich, dass deine geschätzten Molinaros aus Mord kein großes Ding machen. Und zweitens nehme ich an, das fällt unter die Kategorie Betrug, die, wie du mir bereits erklärt hast, aufgrund des kleinen Moralproblems deiner Familie nicht in Frage kommt."

Will lässt das erste Lächeln seit Längerem sehen und stupst Patrick mit der Schulter an. „Lach doch mal, Dr. McCloud. Oder kannst du keinen Witz vertragen?"

„Nicht, wenn er nicht lustig ist."

Will zieht die Augenbrauen zusammen und die Unterlippe zwischen die Zähne. „Ja, sorry. Mein Humor ist im Moment ein bisschen aus dem Gleichgewicht geraten.

Anscheinend habe ich einen Fremden geheiratet und könnte alles verlieren, was mir im Leben wichtig ist."

„Hui. Das kann ich nachfühlen", murmelt Patrick.

Will schenkt ihm ein halbes Grinsen.

„Kopf hoch. Wir scheinen als Nächste dran zu sein. In nur wenigen unbestimmbar langen Minuten sind wir frei."

Fünf Minuten später starrt ein Angestellter sie an, während seine Augenbrauen unter einer rosa-weißen Weihnachtsmannmütze verschwinden. „Wollen Sie beide mir *wirklich* weismachen, dass Ihre Ehe nicht vollzogen wurde?"

„Ganz richtig", erwidert Patrick.

Der Angestellte trägt einen Button mit der Aufschrift *Lieblingswichtel des Weihnachtsmanns*, was in Patrick den Wunsch auslöst, zu lachen, zu weinen oder zu kotzen. Vielleicht alles zusammen. „Und Sie erwarten, dass ich das glaube?"

„Ja", sagt Will, der sich vorbeugt, um das Namensschild des Angestellten zu lesen, und lächelt gewinnend. „Ja, Joe. Dr. McCloud und ich hatten keinen sexuellen Kontakt nach unserer ansonsten völlig einvernehmlichen und legalen Eheschließung."

Joe schnaubt. „Oh, Schätzchen, so, wie Sie hier reingehumpelt sind, gehe ich davon aus, dass Sie eine ganze *Menge* sexuellen Kontakt hatten."

Wills Unterkiefer klappt herunter, und Patrick kann ein Kichern nicht unterdrücken. Natürlich sind sie ausgerechnet bei einem schwulen Mitarbeiter gelandet. Heute ist eindeutig nicht ihr Glückstag. Die Sache ist gelaufen, ganz klar.

„Da haben Sie Recht, Joe“, erklärt Patrick stolz. „Wir haben es mehrfach gemacht, in vielen verschiedenen Stellungen. Es war fantastisch.“

„Patrick, du bist so ein Witzbold!“ Will lacht gekünstelt und tritt Patrick unsanft gegen das Schienbein. „Was machst du denn?“

„Oh, gib’s auf, Will. Unser Joe hier kauft uns die Sache nicht ab, stimmt’s, Joe?“

Patrick ist auch enttäuscht, aber je schneller sie hier rauskommen, umso eher kann er etwas essen. Er stirbt vor Hunger. Sie können ja später noch mal wiederkommen, wenn ein anderer Mitarbeiter hier hinter dem Schreibtisch sitzt. Und wenn das auch nicht funktioniert, müssen sie sich eben scheiden lassen. Zur Hölle mit Wills Geld.

„Nein, absolut nicht“, stimmt Joe zu. „Tut mir leid, Schätzchen“, erklärt er Will mit mitfühlendem Lächeln. „Aber Sie sind kein besonders guter Lügner.“

„Wissen Sie, wer ich bin?“ Will wechselt die Taktik, und Patrick stöhnt, während er sich in den Nasenrücken kneift. Er hat tatsächlich einen zauberhaften kleinen Möchtegern-Gangster geheiratet.

„Sie sind Guglielmo Michael Patterson-McCloud, so steht es in Ihrer Heiratsurkunde.“ Joe wedelt mit dem Papier in der Luft herum.

„Gugli… was?“ Patrick gluckst vor Lachen.

„Mein Vater ist Tony Molinaro.“ Will ignoriert Patrick und legt eine Pause ein, als wolle er Joe die Chance geben zu spüren, wie ernst es ist, einen Spross der Molinaro-Familie zu beleidigen. „Ich bin sicher, der Name sagt Ihnen was.“

„Es interessiert mich nicht, wer Ihr Daddy ist, Schätzchen. Es gibt keinerlei Grundlage für eine Annullierung, denn ‚Ich hab meine Meinung geändert' steht nicht auf der Liste, und Sie haben bereits erwähnt, dass Sie bei klarem Verstand waren, keine Drogen genommen haben und dass kein Betrug im Spiel war."

„O mein Gott", jault Will schließlich mit hysterisch erhobener Stimme. „Wir wollen nicht mehr verheiratet sein! Was gibt es denn daran nicht zu verstehen?"

Joe zuckt geduldig die Achseln. Das ist eindeutig nicht das erste Mal, dass er mit einem hysterischen Bräutigam zu tun hat, der ohne weitere Konsequenzen von seinem Gelöbnis entbunden werden will. „So sind nun mal die Regeln. Übrigens, ich hab jetzt Mittagspause. Oh, und nur für den Fall, dass Sie gleich noch mal wiederkommen und es mit einem anderen Mitarbeiter versuchen wollen: Ich habe im Computer eine kleine Notiz bei Ihren Namen hinterlassen." Joe zwinkert ihnen zu.

„Hey, danke, Joe", sagt Patrick. „Sie sind ein Arsch."

Joe grinst gutmütig. „Sie sollten Babysalbe für den Hintern Ihres Ehemanns besorgen. Das hilft gegen die Schmerzen." Er zwinkert erneut und stellt ein *Geschlossen*-Schild auf.

Patrick und Will sehen einander nicht an, als sie das Gerichtsgebäude verlassen und erneut ein Taxi herbeiwinken.

In Patricks Hotelzimmer läuft Will auf und ab. „Was machen wir jetzt?"

„Wir lassen uns scheiden", sagt Patrick sachlich vom Bett aus. Er hat den Laptop aufgeklappt und nicht weniger als fünf Websites gefunden, die eine Scheidung in Nevada innerhalb von zwei Tagen garantieren. An eine davon hat er bereits eine Mail geschickt, und die automatische Antwort hat ihm einen Termin für den kommenden Morgen zugesandt.

In der Zwischenzeit hat er den Zimmerservice bestellt, und er muss die prestigeträchtigen Kliniken in seiner engsten Auswahl über seine Verfügbarkeit informieren. Er kann es kaum erwarten, Schaeffer, Morris und dem gesamten Team in Atlanta Patienten abzujagen. Was ihn betrifft, ist alles geritzt, nun, da er beschlossen hat, ohne Rücksicht auf Wills Angelegenheiten fortzufahren. Es überrascht ihn, dass er ein Problem innerhalb von zehn Minuten klären kann, während andere Menschen sich tagelang Sorgen machen und doch keine Lösung finden. Ein Genie in einer Welt voller Idioten zu sein ist entweder sehr nervtötend oder sehr bewundernswert. Meistens kann er sich nicht entscheiden.

„Ich *kann* mich nicht scheiden lassen, Patrick", erklärt Will und zerrt frustriert mit seinen langen Fingern an seinen blonden Haaren herum.

„Du musst mal den Unterschied zwischen kann nicht und will nicht lernen. Und zu meinem Glück hast du in dieser Angelegenheit keine Wahl." Patrick beobachtet, wie Will vom Bett zum Fenster geht. Sein Hintern sieht großartig aus, und auf seinem Weg zurück ziehen seine breiten Schultern und das Grübchen an seinem Kinn Patricks Aufmerksamkeit auf sich.

Will blickt finster drein. „Wie meinst du das?"

Patrick schiebt den Laptop in seine Richtung und zeigt ihm die E-Mail, die er soeben an Three Steps Divorce geschickt hat.

„O mein Gott, was hast du da getan, Patrick?"

„Ich habe mich auf den Weg zur Freiheit gemacht. Ich werde meine Ketten abschütteln. Wie meinst du das, ‚was hast du da getan‘? Hast du wirklich erwartet, dass ich einfach mit dir verheiratet bleibe? Nur wegen ein bisschen *Geld*?“

„Es ist nicht nur ein *bisschen* Geld, Patrick. Es geht um Hunderte Millionen Dollar, die an gemeinnützige Einrichtungen wie Ärzte ohne Grenzen gehen können, oder um leukämiekranken Kindern zu helfen, oder um die Forschung für einen wissenschaftlichen Durchbruch zu unterstützen, der Tausende Leben retten kann. Es sichert die Gesundheitsversorgung von Hunderten amerikanischen Ureinwohnern in den Reservaten von South Dakota, und es baut eine völlig neue neurologische Station in Healing auf, mit der unser Krankenhaus zur Regionalklinik aufgewertet wird und den Einwohnern von vier Staaten zugutekommt. Bedeutet das jemandem wie dir etwa nichts, Dr. McCloud? Oder bist du wirklich so kaltschnäuzig, dass du lieber zusiehst, wie dieses ganze Geld zurückfällt in die Hände einer kriminellen Familie, die es dazu verwendet, um Auftragskiller zu bezahlen oder Drogenkartelle zu errichten oder …“

Patrick hebt die Hand. „Ja, ja, ja. Du kannst aufhören, ehe du zu dem Teil kommst, wo du die Wasserschleusen aufdrehst. Was genau willst du jetzt von mir?“

„Zeit.“ Will macht einen Schritt nach vorne, die Hände in den Hosentaschen, und offensichtlich sind es die Erwachsenenhosen, denn für den Moment klingt er vernünftig. „Sieh mal, ich brauche ein bisschen Zeit, das ist alles. Ich finde heraus, wie ich die Regeln umgehen kann, und dann stimme ich einer Scheidung mit *Freuden* zu.“

Patrick ist von Wills merkwürdig bezwingendem Gesichtsausdruck stärker überzeugt, als er eigentlich sein möchte. „Und was soll ich bis dahin machen? Ich habe mein Leben in Atlanta, zu dem ich gerne zurückkehren würde."

„Hast du einen Freund?"

„Nein." Patrick ist empört über diese Unterstellung. „Sonst hätte ich dich nicht aufgegabelt. So ein Typ bin ich nicht."

„Okay, du hast keine Arbeit mehr, und du hast auch keinen Freund. Es gibt also nichts Dringendes, zu dem du zurückkehren musst."

„Logik ist eindeutig nicht deine starke Seite", erwidert Patrick finster. „Weißt du, ich könnte auch behaupten, dass du mir eine Entschädigung schuldest. Für den Einnahmenausfall."

Will starrt ihn ungläubig an. „Das *kannst* du nicht ernst meinen."

„Hey, ich habe wegen dieser Heirat meinen Job verloren. Wie soll ich jetzt meine Rechnungen bezahlen?"

„Du hast wegen *dir selbst* deinen Job verloren. Wenn du auch nur ein bisschen Anstand bewiesen hättest …"

„Anstand? Wer braucht denn Anstand? Leute, die nichts mit ihrer Zeit anzufangen wissen, die brauchen so was. Ich bin ein viel beschäftigter Mann, und diese ganze Angelegenheit verschwendet meine Zeit. Ich will aus dieser Ehe raus und das erste Flugzeug zurück nach Atlanta nehmen. Aber wenn ich nicht beides haben kann, dann nehme ich auch eins von beiden. Also betrachte mich als weg."

Patrick klappt seinen Laptop zu und steht auf mit der Absicht, sich ein Taxi zu rufen und so schnell wie möglich zum Flughafen zu fahren. Er wird keine weitere Sekunde mit Will verbringen. Da kommt nichts Gutes bei heraus. „Mein Anwalt wird sich mit dir in Verbindung setzen."

Patrick öffnet seinen Koffer und wirft seine Socken und Unterwäsche hinein.

„Warte." Will klingt hin- und hergerissen. „Lass mich doch erst mal ausreden."

„Ich glaube, ich hab genug von dir gehört für mein ganzes Leben."

„Du kannst nicht weggehen."

Patrick begreift nicht, warum er immer noch darüber diskutiert. Er hat keine Lust, sich um das Geld zu kümmern oder um die Menschen, denen Will angeblich damit hilft. Er will einfach dorthin zurück, wo er sich sicher fühlt: in einen OP. „O doch, das kann ich, und das werde ich. Geh mir aus dem Weg."

„Dr. McCloud – Patrick, ich verliere Gute Taten. Wegen dieser Entscheidung werden Menschen sterben. Menschen, die mit medizinischer Behandlung gerettet werden könnten, die meine Stiftung finanziert. Kannst du wirklich damit leben?"

Patrick seufzt. Er weiß nicht recht, ob er das kann. Es ist nur so, dass er ohne seine Arbeit, ohne eine Beschäftigung und ohne zu rettende Patienten nicht weiß, was er mit sich anfangen soll. Wenn er nicht bald eine neue Anstellung findet, könnten *Gefühle* aufkommen. Er hasst Gefühle. Besonders die alten aus seiner Kindheit. Erinnerungen. Ängste. Am besten ist es, wenn er zu beschäftigt ist, um nachzudenken.

„Mr. Patterson, wir werden immer noch mindestens drei Tage lang verheiratet sein, und wahrscheinlich sogar noch länger, egal ob ich in Atlanta bin oder in der Antarktis. Meine unmittelbare Abreise aus dieser Hölle von einem Hotelzimmer und deine endlosen Befürchtungen bezüglich unseres beiderseitigen Fehlers werden sich nicht sofort auf dein kostbares Geld auswirken. Du kannst diese Zeit, um die du mich gebeten hast, auch haben, wenn ich in Atlanta bin und du in … wo immer ihr Hinterwäldler eben zu Hause seid."

„Nein – kann ich nicht."

„Doch. Kannst du."

„Aber da ist noch etwas, das ich dir nicht erzählt habe."

Patrick blickt zur Decke hoch. „O mein … Also schön, was noch?"

„Die Molinaro-Regeln. Sie umfassen nicht nur die Scheidung oder die Annullierung, sondern auch die Umstände der Eheschließung." Will schluckt schwer. „Wir müssen aus Liebe geheiratet haben."

„Was?", fragt Patrick, als würde das irgendeinen Sinn ergeben. Das alles.

„Kein anderer Grund ist akzeptabel. Fehlender Vollzug wäre unser einziger Ausweg gewesen."

„Ich höre, was du sagst, aber das ist alles Blödsinn."

„Patrick, mein Urgroßvater hat auf einer Liebesheirat bestanden."

Patrick reibt sich den Nasenrücken. Herr im Himmel, er hat sich einen Irren angelacht.

Kapitel 3

Es braucht noch einige weitere Minuten der Erklärungen, in denen Patrick ihn mit offenem Mund und weit aufgerissenen Augen anstarrt, ehe er schreit: „Das soll wohl ein Witz sein! Wer zum Henker ist denn dieser demente Molinaro-Patriarch? Der Marquis de Sade?“

„Na ja, er ist inzwischen verstorben, aber er hat fest daran geglaubt, dass die Ehe ausschließlich aus Liebe geschlossen werden sollte und dass Scheidungen niemals vorkommen dürfen.“ Will weiß, dass das lächerlich ist. Er findet das auch. Na ja, irgendwie. In gewisser Weise hat er dieselben Werte. Nicht dass irgendjemand das nach letzter Nacht annehmen würde.

Er schließt die Augen und atmet tief durch. *Gott gebe mir die Gelassenheit, Dinge zu akzeptieren, die ich nicht ändern kann, den Mut, Dinge zu ändern, die ich ändern kann, und die Weisheit, den Unterschied zu erkennen.*

Er ist sich nicht sicher, ob er jemals ein Bekehrungserlebnis hatte, jenen mythischen Moment, der für einen Alkoholiker alles verändert und den Weg zu wahrer und anhaltender Nüchternheit öffnet, aber er nimmt an, dass die Bestimmtheit, die er im Augenblick empfindet, dem ziemlich nahekommen könnte. Er muss eine Möglichkeit finden, um Gute Taten zu behalten und aus dieser Ehe herauszukommen.

„Du behauptest also, dass ich nicht nur legal mit dir verheiratet bleiben muss, damit du dieses ganze Geld behalten kannst, sondern du willst auch noch, dass ich so tue, als wäre ich *verliebt* in dich? Für wie lange denn?“ Patrick kribbelt es überall, während er Will anstarrt.

„So lange, wie es braucht?“

„Das ist verrückt! Weißt du eigentlich, wie gestört sich das anhört?“

„Ja, natürlich weiß ich das.“ Will streckt die Hand aus und hofft, wenn er ruhig bleibt, springt Patrick nicht ab. „Aber es ändert nichts an der Realität unserer Situation.“

„*Unserer* Situation? Nein. *Deiner* Situation …“

„Ich weiß, ich weiß“, sagt er begütigend. „Du hast Recht.“ Er hofft, dass er Patrick beruhigen kann, denn er ist sich nicht sicher, ob er körperlich stark genug ist, ihn daran zu hindern, falls er versuchen sollte, das Zimmer zu verlassen. Er ist vielleicht größer, aber Patrick ist drahtig und kräftiger, als er aussieht. „Schau mal, ganz ernsthaft, das wäre alles so viel einfacher, wenn wir einfach zusammenarbeiten.“

Patrick starrt ihn an, als wären ihm zwei Köpfe gewachsen. Will wertet das als Erfolg. Wenigstens prescht er nicht mit seinem Koffer zur Tür hinaus.

„Also“, sagt Will. „Lass uns zusammenarbeiten. Was sollten wir als Nächstes tun?“

Patricks Augen wandern an Wills Körper herab und wieder herauf. Er schweigt lange, während seine rechte Hand ein nervöses Stakkato auf sein Hosenbein trommelt. Will hält seinem Blick stand und versucht, offen auszusehen, bereit, Patricks Vorschlägen zuzuhören.

„Wir könnten ein paar der Aktivitäten von letzter Nacht wiederaufleben lassen?“

„Das ist doch wohl nicht dein Ernst.“

„Warum nicht?“ Patrick zuckt die Achseln. „Schließlich sind wir verheiratet. Es ist nichts Sündiges daran, egal wie du es drehst und wendest. Und ich könnte ein bisschen Dampf ablassen, so auf gesunde, sportliche, orgasmische Art. Du auch, um ehrlich zu sein. Du warst ziemlich entspannt, nachdem wir gevögelt hatten. Sogar abgeschlafft. Und es hat dir gefallen."

„Nein! Auf keinen Fall. O mein Gott, was machst du denn bloß?"

Patrick knöpft sich das Hemd auf.

„Hör auf damit!"

„Ach, komm schon", spottet Patrick. „Letzte Nacht hast du hier auf diesem Bett gelegen und mich angebettelt, deinen Arsch zu lecken. Du kannst die falsche Scham jetzt ablegen."

Will glüht vor Demütigung, kann jedoch nicht bestreiten, dass es stimmt. Er erinnert sich lebhaft daran. Patricks Zunge an seinem Loch war fantastisch gewesen. Rimming war etwas, das Will immer hatte ausprobieren wollen, aber Ryan wollte nicht mit der Begründung, anale Spielereien wären ein zu starker Auslöser für seine Trinkerei. Patrick dagegen hatte sich überhaupt nicht geziert. Er hatte es gern getan. Und ja, Will hatte um mehr gebettelt und ihn dann angefleht, nicht aufzuhören, bis er schließlich nach Patricks Schwanz in ihm geschrien hatte. O ja, Will erinnert sich. Und sein Körper anscheinend auch, denn sein Schwanz ist hart geworden.

Will dreht sich diskret zum Fenster um, atmet tief durch und starrt auf die silberne, grüne und rote Weihnachtsdeko entlang des sonnenüberfluteten Strip. „Also gut, wir machen Folgendes. Wir fahren zurück nach South Dakota. Meine Großmutter wird wissen, was wir tun können."

„Ich fahre überhaupt nirgendwo mit dir hin …"

Will wirbelt herum. „Aber du bist willens, mit mir ins Bett zu gehen?"

„Na ja, wir sind Eheleute. Da kann ich auch genauso gut ein bisschen von dieser Ehe profitieren."

„Nein."

Patrick verdreht die Augen, lässt jedoch sein Hemd aufgeknöpft. „Es scheint also doch zu stimmen, was sie über Sex in der Ehe sagen."

Das Blut schießt Will in die Wangen. Er starrt wieder aus dem Fenster und knirscht mit den Zähnen, bis er in der Lage ist, ohne das leiseste Schwanken in seiner Stimme zu sprechen. „Meine Großmutter wird uns helfen können, aber über so was kann ich mit ihr nicht am Telefon sprechen. Ich muss mit ihr persönlich reden."

„Sag mir mal bitte, was irgendeine kleine alte Oma in South Dakota gegen die Mafia ausrichten soll?"

„Sie ist die Mutter meines Vaters. Eleanora Molinaro, Witwe von Max ‚The Ear' Molinaro."

„The Ear."

„Ja. Weißt du, warum er so genannt wurde?"

„Ich vermute, du wirst mich ins Bild setzen."

„Weil er so hochrangig und wertvoll für die Bosse in Brooklyn war, dass er nie mit seinem Namen genannt wurde. Sie zupften sich stattdessen am Ohr, und diese Geste reichte aus, um einen Mann in Panik zu versetzen."

„Was für ein stolzes Erbe." Patrick wischt sich eine gespielte Träne aus dem Auge.

Will spannt den Kiefer an. „Der Punkt ist, dass meine Großmutter zwar die Mafiawelt verlassen hat, als Max ins Gefängnis kam, aber sie hat immer noch Verbindungen."

„Faszinierend. Erzähl."

„Herrgott, du bist so ein Idiot."

„Nein, wirklich, sprich weiter. Ich will alles darüber erfahren."

Will atmet durch. „Na schön. Meine Großmutter und mein Vater, Tony, kamen nach South Dakota, als Max ins

Gefängnis kam, und so haben meine Eltern sich kennengelernt. Sobald die Regierung ihre Aufmerksamkeit von den RICO-Gesetzen auf den Terrorismus verlagert hatte, war Tony wieder im Geschäft und ein gemachter Mann. Meine Mama verließ ihn, und meine Großmutter enterbte ihn – vorgeblich. Aber sie ist immer noch eine mächtige Frau. Sie hat Geld, Verbindungen, und wenn irgendjemand rausfinden kann, wer die Macht hat, die Regeln des Molinaro-Trusts zu verändern, dann sie."

„Verstehe. Dann soll ich also meine Zukunft in die Hände einer Frau legen, die ich noch nie gesehen habe, nur aufgrund ihrer kriminellen Kontakte und aus gutem Willen gegenüber ihrem Enkel?"

„Ich bin ihr Lieblingsenkel", sagt Will sanft. „Sie wird mir helfen. Und sie ist vertrauenswürdig. Sie weiß, wie man ein Geheimnis bewahrt."

Patrick schüttelt den Kopf. „Mir ist nicht klar, wieso das die beste Lösung sein soll." Aber sein Ton ist nicht mehr so streitbar. Will ist sich ziemlich sicher, dass er einknicken wird. Er muss bloß Patricks wachsende Panik wegen seiner plötzlich verpfuschten Karriere niederschlagen.

„Wir haben bereits festgestellt, dass du keine Arbeit in Atlanta, keinen Freund und tatsächlich überhaupt keinen Grund zur Rückkehr hast. Mit anderen Worten, du hast nichts Besseres zu tun, als mit mir nach Healing zu fahren, gegen volle Kostenerstattung natürlich …"

„Ich fahre nicht nach Hölling oder wo immer du herkommst."

„Healing." Will beschwatzt ihn: „Komm schon, das ist doch ein Name, der einen Arzt ansprechen muss, oder?"

„Ich muss mich mit Krankenhäusern in Verbindung setzen und sie wissen lassen, dass ich zur Verfügung stehe. Sie werden sich alle um mich reißen."

Will spöttelt: „Bisschen eingebildet, was?"

„Ich bin der beste Neurochirurg im Land. Das ist eine Tatsache. Aber weißt du was? Es ist nicht nur meinetwegen. Es ist auch wegen meiner Patienten. Von denen viele Monate darauf gewartet haben, einen Termin bei *mir* zu bekommen. Nicht bei Dr. Morris oder irgendjemand anderem. Sie sind echt in Not. Manche davon sind dem Tode nah, und jeder von ihnen braucht die Art von Hilfe, die nur ich ihnen geben kann. Bis ich an einer Klinik untergekommen bin, werden sie nicht wieder gesund. Du sagst, dass Menschen sterben, wenn du dein Geld verlierst, aber ich habe Patienten, die sofort ums Leben kommen, wenn ich nicht arbeite. Wir reden nicht über hypothetische zukünftige Todesfälle, sondern über reale. Menschen, die Jobs und Kinder haben und deren Gesichter ich mit eigenen Augen gesehen habe."

„Wir können das Problem lösen. Versprochen."

„Und wie?"

„Dazu kommen wir bald. Alles, was ich weiß, ist, dass wir uns jetzt nicht trennen können. Das würde verdächtig aussehen."

„Und dann? Kommen die Molinaros reingerauscht und nehmen dir dein ganzes Geld weg, nur weil wir ein paar Tage nicht zusammen sind?"

„*Vielleicht!*" Will wirft verzweifelt die Hände in die Luft. „Ich hab keine Ahnung! Sie könnten alles Mögliche machen! Das versuche ich dir doch die ganze Zeit zu sagen!"

„Wir sind doch hier nicht bei *Der Pate*. Die beobachten nicht jede deiner Bewegungen, und ich habe meine eigenen Probleme, um die ich mich kümmern muss."

Will rauft sich die Haare. Herrgott, Patrick könnte wirklich *nicht* schlimmer sein. Warum musste er jemand so dermaßen Unausstehlichen und Sturen heiraten? Für Will ist das Ganze hier auch nicht gerade ein Spaziergang, und es könnte alles so viel einfacher sein, wenn Patrick mal aufhören würde, über alles mit ihm zu streiten.

Ein Schwindelgefühl erfasst ihn, und er beugt sich vor. „Oh", haucht er. „Ich glaube, der Blutzucker ist wieder niedrig."

Patrick hilft ihm aufs Bett.

„Mach einen Test. Wie hoch ist er?"

Will sticht sich erneut und stöhnt, als er die Messskala abliest. „Achtunddreißig."

„Das ist der Stress und die Aktivität von letzter Nacht. Dein Insulin wird zu rasch abgebaut." Patrick plündert erneut den Snackkorb und drückt Will Obst in die Hand. „Ich bestell was. Burger für uns beide."

Es überrascht Will, wie schnell Patrick in den Beschützermodus wechselt. Er knistert immer noch vor Energie und milder Besorgnis, aber jetzt ist er ganz auf Will als Patient konzentriert. Er gibt die Bestellung durch, setzt sich dann neben Will aufs Bett und sieht zu, wie er das Obst isst. Er testet erneut Wills Blutzuckerspiegel und berührt seine feuchte Stirn mit sanften, kühlen Fingern, ehe er seinen Puls fühlt. „Das wird schon wieder. Iss weiter."

Will lächelt. „Wow, Doc, ich wusste gar nicht, dass es dich kümmert."

„Tut es auch nicht." Patrick steht auf, nimmt noch einen Orangensaft aus der Minibar und wirft ihn ihm zu. „Es ist bloß …“ Er starrt Will an, und einen Moment lang werden seine Lippen und seine Augen weich, ehe er die Stirn runzelt. „Wie bescheuert muss man sein, um sich in Vegas so dermaßen ins Koma zu saufen, wenn man Diabetiker ist?“

„Vielleicht wenn man Alkoholiker ist und gerade abserviert wurde. Und was ist deine Entschuldigung?“ Will stopft sich Obst in den Mund, um nicht noch mehr zu sagen.

Patricks Augen flackern. Will weiß nicht, ob vor Mitgefühl oder vor Abscheu, aber Patrick sagt nur: „Wie war dein Urin heute Morgen? Hat er fruchtig gerochen? Süß? Irgendeine Verfärbung …“

„Ich komm schon wieder auf die Beine.“

Patrick verengt die Augen und drückt Will erneut seine langen Finger auf die Stirn, als wolle er Fieber messen. Er holt seine Arzttasche und zieht ein Stethoskop hervor.

„Leg dich einfach hin. Ich hör mal dein Herz ab. Wenn du den Burger gegessen hast, den ich bestellt habe, musst du noch mal den Blutzucker messen. Das ist wichtig …“

„Patrick, mir geht’s gut. Ich weiß deine Besorgnis zu schätzen, aber es wird wieder.“

Patrick zuckt die Achseln und wirft das Stethoskop wieder in die Tasche. „Wann warst du das letzte Mal beim Endokrinologen?“

„Letzten Monat.“

„Und dein letzter HbA_{1c}-Spiegel?”

„Das geht dich zwar nichts an, aber der war fünf Komma neun. Ich bin allerdings ziemlich sicher, dass dieses Abenteuer mir den nächsten versauen wird.“

Patrick scheint zu überlegen, ob Will die Wahrheit sagt.

Will nippt noch mal an dem Saft, isst ein weiteres Stück Obst und bemüht sich dann, ihr Gespräch wieder in die richtigen Bahnen zu lenken. „Weißt du, ich hätte mir das vorher überlegen sollen, aber mir war nicht bewusst, wie dringlich es ist, deinen Patienten zu helfen. Gute Taten hat eine großartige neurologische Abteilung in Healing finanziert. Die wird zum neuen Standard werden. Da werden die Träume aller Neurochirurgen wahr. Wir haben schon eine Menge Geräte vor Ort, und wir könnten mit den Operationen anfangen, sobald wir einen Chirurgen haben." Er lächelt auf eine Weise, von der er hofft, dass sie gewinnend ist. „Warum kommst du nicht für ein paar Tage auf meine Kosten nach Healing und schaust dir mal an, was wir da aufgebaut haben? Wir würden dich für deine Beratung bezahlen. Du könntest schauen, ob es für deine Arbeit hilfreich ist, was wir da haben, und vielleicht ein paar Operationen durchführen an Patienten, von denen du glaubst, dass unsere Klinik für sie geeignet ist. Und dann, ehe du dichs versiehst, sind wir geschieden oder unsere Ehe wurde annulliert, und du kannst weiterziehen, wenn du beschließt, dass du nicht dableiben willst."

„Nein, ich …" Ein Klopfen an der Tür unterbricht Patrick. „Das ging aber schnell. Super, ich verhungere fast." Patrick öffnet schwungvoll die Tür.

„Ich suche Dr. und Mr. Patterson-McCloud", sagt ein dunkelhaariger Mann im Anzug mit starkem Akzent.

Patricks Gesicht rötet sich vor Zorn, aber er macht einen Schritt zurück, damit der Mann das Zimmer betreten kann. Der Dunkelhaarige lächelt, geht hinüber zum Bett, auf dem Will sitzt, und überreicht ihm einen gigantischen Strauß leuchtend roter Rosen.

„Sind die für mich?", fragt Will.

Der Mann verneigt sich und geht wieder hinaus, ohne auf ein Trinkgeld zu warten.

Patrick runzelt die Stirn, und seine blauen Augen spiegeln Verwirrung. Will ist sicher, dass sein eigener Gesichtsausdruck nicht viel anders aussieht. Sind diese Blumen vielleicht von Ryan? Wills Herz setzt einen Schlag aus. Vielleicht will er doch noch alles wiedergutmachen? Aber das wäre zu extrem für ihn und nicht sein Stil. Und Moment mal, der Bote hat doch gesagt, Dr. und Mr. Patterson-McCloud.

Und das ist nicht Wills Hotelzimmer.

Mit klopfendem Herzen nimmt er die Karte heraus, die zwischen die Blüten gesteckt ist.

„Von wem sind die?“, fragt Patrick.

Während Will liest, weicht ihm das Blut aus dem Gesicht.

Herzlichen Glückwunsch zur Hochzeit, Guglielmo.

Wir wünschen Dir und Dr. McCloud ein langes, glückliches gemeinsames Leben.

Familie Molinaro

***

Patrick muss es sich eingestehen. Er hat eine gute Partie gemacht. Wie sich zeigt, sind Privatjets zwar schrecklich klein, aber echt klasse. Keine Warteschlangen. Keine Sicherheitskontrolle. Einfach hinlaufen, ins Flugzeug steigen und wegfliegen. Patrick sollte bei ihrer Scheidung Unterhaltsausgleich verlangen und die uneingeschränkte Nutzung des Gute-Taten-Privatflugzeugs auf Lebenszeit fordern. Kein Wunder, dass sein kleiner Lord Fauntleroy Angst davor hat, seine Kröten zu verlieren. Wäre bestimmt blöd, das hier aufgeben zu müssen.

Der Pilot versorgt sie mit Getränken und Snacks. Will nimmt eine ordentliche Packung Käse und Cracker. Patrick nimmt drei Tüten Chips und einen in Zellophan eingepackten Muffin. Dann begibt sich der Pilot, dessen Namen zu behalten Patrick sich nicht bemüht hat, ins Cockpit. Patrick hat vorhin eine Xanax eingeworfen, als er die winzige Blechbüchse gesehen hat, mit der sie fliegen würden, und die tut jetzt ihre Wirkung. Er nimmt noch eine Zeitung aus seinem Aktenkoffer und nippt an seiner Sprite, ehe er sich eine Hand voll Chips in den Mund stopft. „Es gibt doch noch mehr davon, oder? Ich will nämlich nicht nachher ohne dasitzen."

Will wirft den Kopf zurück und betrachtet Patrick mit einer Miene, die zu sagen scheint: Du machst wohl Witze. „Du hast doch was gegessen, ehe wir das Hotel verlassen haben. Es ist nur ein vierstündiger Flug. Das wird wohl gehen."

„Na und? Ich hab Höhenangst. Essen beruhigt mich. Wenn du nicht zusehen willst, wie ich eine Szene aus dem *Exorzisten* nachspiele, versorg mich lieber mit Chips und Limo."

Wills Augenbrauen heben sich. „Leidet der allmächtige Dr. McCloud unter menschlichen Schwächen?"

Patrick gibt keine Antwort und wendet sich der Zeitung zu.

Er ist überrascht, dass Will lockerlässt. In der kurzen (und doch umfassend katastrophalen) Zeit, die sie zusammen sind, hat sich Will im Großen und Ganzen wie ein Hund in jeden Knochen verbissen. Jetzt gibt er nach. Patrick kann einen gewissen Argwohn nicht unterdrücken.

Will beugt sich nach vorne, die Ellbogen auf den Knien. Er lässt den Kopf in die Hände sinken und bleibt so. Patrick guckt auf den Artikel – *Der Stellenwert der neurochirurgischen Ausbildung für Kinderärzte: Ergebnisse einer Studie von pädiatrischen Neurochirurgen.* Langweilig. Er hat nichts mit Ausbildung zu tun. Er redet nicht, er schneidet. Trotzdem ist Aldana, der Hauptautor, jemand, den er nicht komplett verabscheut, und er bleibt beruflich gern auf dem Laufenden. Aber eine Studie? O bitte. Das ist doch nicht richtig wissenschaftlich.

Will macht ein Geräusch, das sich verdächtig nach einem Schniefen anhört.

Patrick blättert zum nächsten Artikel. *Die passive Bandbreite bewegungsfunktionaler Kernspintomographie zur Lokalisierung des sensorimotorischen Cortex bei sedierten Kindern.* Ogg ist ein guter Wissenschaftler, und Patrick würde sich normalerweise viel mehr dafür interessieren. Kinderheilkunde ist nicht sein primäres Fachgebiet, aber es ist ein Unterbereich, den er bereitwillig übernommen hat, weil er die Eier dafür hat. Nicht viele Menschen haben genug Selbstvertrauen, um in die Köpfe von Kindern zu schneiden.

Will setzt sich auf, wischt sich mit der Hand über das Gesicht, und wenn das keine Tränen sind auf seinen Wangen, dann stehen doch zumindest einige in seinen albern hübschen braunen Augen, da ist Patrick sicher.

Er fragt nicht nach. Er liest. Über Kernspintomographie und Kinder.

Will schnieft wieder.

„Alles okay?“

„Mir geht's gut.“ Will lehnt sich in seinem Sitz zurück, verschränkt die Arme vor der breiten Brust und starrt aus dem Flugzeugfenster. Sein Gesicht ist fleckig, und Patrick bekommt einen trockenen Hals. Will sollte hässlich aussehen mit seinen rot geränderten Augen und seinem zittrigen Mund. Stattdessen kämpft Patrick gegen den irrationalen Drang an, ihn zu küssen.

Er greift sich die Wasserflasche von Wills Armlehne und wirft sie ihm zu. „Trink mal was. Flugreisen sind bekannt fürs Dehydrieren. Genau wie Tränen."

Will zuckt die Achseln, mit verzerrtem Gesicht, und nimmt einen großen Schluck Wasser. Er flüstert: „Hat sowieso keinen Zweck."

„Wie bitte? Was hat keinen Zweck?"

„Das hier", sagt Will, presst die Lippen aufeinander und schüttelt heftig den Kopf. „Das Wasser, mit dem Diabetes klarkommen, nüchtern bleiben, alles eben."

Patrick starrt ihn an. „Was genau willst du zum Ausdruck bringen?"

„Nichts. Ich bin eben einfach blöd und schwach." Wills Kinn zittert.

Herrgott, Patrick hat keine Geduld für so was. Nur dass er sie offenbar doch hat, denn er wartet, dass noch weitere Worte herausgetropft kommen. Er ist sich ziemlich sicher, dass er auch dann warten würde, wenn er nicht in diesem Flugzeug gefangen wäre.

„Es ist bloß …", fängt Will an. „Ryan. Weißt du, ich kann nicht … Wie kann ich das wiedergutmachen?"

„Ich bin ziemlich sicher, dass du das nicht kannst. Ich bin außerdem ziemlich sicher, dass er dich abgeschossen hat. Also, warum spielt es eine Rolle? Er ist frei; du bist frei. Komm drüber weg."

„Du hast leicht reden."

Patrick verdreht die Augen. „Was soll das denn heißen?"

„Ich mein ja nur, du hast anscheinend nicht mal echte Gefühle. Du weißt wahrscheinlich gar nicht, was Liebe ist."

Patrick lehnt sich in seinem Sitz zurück und meidet den Blick auf die Sonne, die jenseits von Wills Fenster auf den

Wolken glitzert. „Hast du gedacht, du könntest mich damit verletzen? Da liegst du falsch."

Will beugt sich wieder nach vorne und drückt die Stirn in seine Hände. „Nein. Tut mir leid. Das war nicht so gemeint."

„Klar war es das."

„Nein, es ist bloß … Er wird mich nie wieder lieben. Nicht nachdem …" Will deutet auf Patrick.

„Nicht nachdem ich dich besudelt habe."

Will zuckt erneut die Schultern, als wäre das weitgehend zutreffend, doch dann sagt er: „Aber es ist mein Fehler. Ich hab dich ja gelassen …"

Patrick schnaubt. „Mich gelassen? Du hast mich angefleht. Hör mal zu, Will. Ich kenne diesen Typen nicht, aber alles, was du mir gestern Abend erzählt hast, und jetzt das? Komm schon, er ist ein Arsch. Hast du denn kein Selbstwertgefühl? Du hast was Besseres verdient. Und ich hab die Ware probegefahren. Stundenlang. Also weiß ich, wovon ich rede."

„Probegefahren?" Wills Stimme ist immer noch zittrig. „Du hast das Auto gekauft."

„Genau. Und ich bin nicht blöd. Normalerweise. Aber wenn ich das Auto gekauft hab, dann war es etwas Besonderes. Du brauchst dir keine Sorgen zu machen. Dich wird auch noch ein anderer fahren wollen als dieser kostbare Ryan."

Will scheint sich davon nicht getröstet zu fühlen. „Ich will nicht gefahren werden. Ich will Ryan wiederhaben."

„*In vino veritas,* Will. Und gestern Abend? Da wolltest du Ryan nicht."

Will presst sich die Hände auf die Augen, als könne er alles mit Gewalt aussperren.

Patrick versucht es erneut. „Ich kenne dich noch nicht mal achtundvierzig Stunden, und bis jetzt hast du es geschafft, von einem eingefleischten Junggesellen geheiratet und dann besinnungslos gevögelt zu werden. In dieser Reihenfolge, was heutzutage eigentlich undenkbar ist. Du hast ihn überredet, mit dir durch das halbe Land zu fliegen, statt auf einer augenblicklichen Scheidung zu bestehen. Und jetzt hast du ihn so weit, dass er versucht, dich aufzumuntern. Ich habe den Eindruck, du kriegst, was du willst. Wenn dieses Arschloch Ryan dir so viel bedeutet, dann wirst du ihn sicher auch zurückbekommen."

„Meinst du wirklich?"

Patrick reibt sich den Nacken. „Na ja, egal. Er ist ein Stück Dreck. Wenn du auf solche Typen stehst, dann habt ihr einander vielleicht verdient."

„Na toll, danke, Dr. McCloud. Jetzt fühle ich mich ganz warm und geborgen."

„Wie auch immer." Er wendet seine Aufmerksamkeit wieder der Zeitschrift zu.

„Vielleicht muss ich es ihm nicht mal erzählen. Vielleicht können wir das alles regeln, ehe er es überhaupt erfährt. Aber, nein. Wenn das zwischen uns jemals was werden soll, muss ich ehrlich sein. Ich muss ihm die Wahrheit sagen."

Patrick ist das ziemlich egal, deshalb schweigt er.

„Was hab ich mir bloß dabei gedacht? Ich hab an meinen zwölf Schritten gearbeitet, nüchtern zu bleiben. Ich bin diese Rückfälle so satt, dieses Immer-wieder-neu-Anfangen. Ich hab alles verbockt. Schon wieder."

Patrick erinnert sich, wie sein Vater an dem zerkratzten alten Holztisch in der Küche der kleinen Wohnung saß, in der er die ersten fünfzehn Jahre seines Lebens verbracht hat. Er erinnert sich noch an die Rauheit der Hand seines

Vaters, wenn sie sich um seinen Nacken legte, noch feucht von der Flasche Bier, die er zuvor damit gehalten hatte. Die Übelkeit, die sich in seinem Magen ausbreitet, lässt ihn erschaudern.

„Warum?“, flüstert Will vor sich hin.

„Du hast eine extreme Stresssituation erlebt. Dein Gehirn hat CRH ausgeschüttet, ein Hormon, das Kortikotropin freisetzt. Lange Rede, kurzer Sinn: Die Wahrscheinlichkeit, dass ein Suchtkranker rückfällig wird, steigt unter dem Einfluss von Kortikotropin rapide an.“

Will räuspert sich und schaut weg. „Zu Deutsch?“

„Du konntest nicht anders.“

„Kennst du dich gut aus mit Suchterkrankungen?“

„Ein bisschen.“ Er kann das bierhaltige Erbrochene seines Vaters auf dem Sofakissen förmlich riechen. „Ich habe sie hauptsächlich unter neurobiologischen Gesichtspunkten untersucht.“

„Bist du … Ich meine, hast du persönliche Erfahrungen mit Alkoholabhängigkeit?“

„Ich trinke nicht oft. Ich ziehe es aus mehreren Gründen vor, nüchtern zu bleiben, unter anderem weil ich häufig Rufbereitschaft habe.“

„Oh.“ Wills Augenwimpern breiten sich auf seinen Wangen aus.

Der Anflug von Scham in seiner Stimme hält Patrick davon ab, noch mehr zu sagen. Es würde ihm keinerlei Nutzen erweisen, von Patricks Vater zu erfahren. Die Geschichte ist kein bisschen schön, und es würde nichts bringen, sie zu erzählen.

„Ich nehme an, es ist mein Fehler, dass wir geheiratet haben“, sagt Will. „Wenn ich kein Alkoholiker wäre …“

„Es ändert überhaupt nichts, wenn du dich für deine Krankheit schuldig fühlst. Es ist ebenso sehr mein Fehler wie deiner. Genau genommen habe ich mich gestern Abend sehr für unsere Heirat ausgesprochen."

„Ja?" Will wendet sich ihm zu, wobei die Sonne seine blonden Haare und die goldenen Wimpern aufhellt.

„Ja."

Will lächelt. Er ist verdammt hinreißend in diesem Augenblick – sogar mit Tränen und fleckiger Haut. Patrick zwingt sich, wieder in seiner Zeitschrift zu lesen. Er kann kein einziges Wort verarbeiten.

Kapitel 4

„Piekfein“, bemerkt Patrick.

Will blickt sich in der Lobby des Tallgrass Hotel um. Ein geschmackvoller Weihnachtsbaum steht in der Ecke neben einem kleinen Konzertflügel, und eine Menge Grün säumt die Eichenholz-Türrahmen. Das Restaurant Meadowlands ist rechts und bietet eine der besten Speisekarten der Stadt. Links ist die Bar, und Will hofft, dass er ihr Vorhandensein vergessen wird. Den Flur entlang sind die Aufzüge, die in die vier Etagen mit Zimmern hochfahren und hinunter ins Untergeschoss, wo es einen Fitnessraum und ein Hallenbad gibt.

Alles ist erste Sahne. Es ist ja auch neu, vor kurzem erbaut, um Ärzte und Pflegepersonal für die Erweiterung von Healing Regional anzulocken. Der Erfolg des Krankenhauses hängt davon ab. In der Stadt gibt es viele alte Motels, manche sind ganz nett, andere weniger, aber sie brauchten eine langfristige Einrichtung mit Klasse, um es dem Klinikpersonal leichter zu machen, das beschließen könnte, die lauen Strände von Südflorida wären besser geeignet als die eisigen Ebenen von Healing.

„Das könnte man schon sagen“, stimmt Will zu.

„Warum sind wir überhaupt hier? Hast du keine eigene Wohnung?“

„Ich kann nicht dahin zurück. Können wir später darüber sprechen?“ Er ist erschöpft und möchte jetzt wirklich nichts weiter tun als sofort einchecken.

Besonders nicht vor Publikum, auch wenn es nur ein einköpfiges Publikum ist.

Patrick zuckt die Achseln und geht hinüber zu dem Flügel, untersucht ihn eingehend und lässt dann seine

Finger leicht über die Tasten gleiten. Er erschaudert, als wäre ihm kalt, und kehrt an die Rezeption zurück, um sich neben Will zu stellen.

„Wie spät ist es, Beth?“ Die diensthabende Hotelangestellte ist eine junge blonde Frau, die Will schon seit Ewigkeiten kennt. Er hat manchmal auf ihre jüngeren Geschwister aufgepasst, als er in der Highschool war.

„Fast neun.“ Beth blickt ihn nachdrücklich an und fügt hinzu: „Herzlichen Glückwunsch zur Hochzeit. Das ist wirklich eine Überraschung!“

„Das kannst du laut sagen“, murmelt Will.

„Ich meine, eine Hochzeit in Vegas. Mit jemandem, der nicht Ryan ist. Wow.“

Will nickt. Das ist Healing. Jeder kennt jeden, und als er angerufen hat, um das Zimmer zu bestellen, hat er es ausdrücklich als Paar getan, nur für den Fall, dass die Molinaros vorbeikommen. Er muss den Schein wahren, aber es ist trotzdem peinlich, dass Beth und bald auch alle anderen die Wahrheit über Patrick erfahren.

Sie beugt sich vor, wobei ihr das blonde Haar ins Gesicht fällt. „Weiß Ryan davon?“

„Nein.“

Aber nicht mehr lange.

Diese Neuigkeit wird sich verbreiten wie ein Buschbrand. Will muss es morgen früh als Erstes seiner Familie erzählen, ehe sie es von allen anderen erfahren. Und was Ryan angeht, tja, was soll er ihm sagen? Er weiß nicht mal, ob er ihm überhaupt ins Gesicht sehen kann. Am meisten wünscht er sich, dass Ryan ihn in die Arme nimmt, ihn festhält und ihm sagt, dass alles gut wird. Aber so was hat Ryan schon lange nicht mehr getan, und todsicher wird er das jetzt erst recht nicht tun.

Beth scheint sich nicht allzu viele Gedanken darüber zu machen, dass Will einen Fremden geheiratet und mit nach Hause gebracht hat oder dass es aus ist zwischen ihm und Ryan. „War es Liebe auf den ersten Blick?“, fragt sie.

„Nein“, erwidert Will, gerade als Patrick sich gegen den Tresen lehnt und sagt: „Ja.“

„Habt ihr euch überhaupt vorher gekannt?“

Will reibt sich über das Gesicht. „Hör mal, Beth, tut mir leid, aber wir sind echt hundemüde.“

„Oh, klar. Entschuldige. Ab in die Falle.“ Sie zwinkert ihm zu und lächelt dann wieder strahlend. „Aber sicher erst, nachdem dein Ehemann, äh … Ich hab seinen Namen nicht verstanden?“

„Patrick.“

Patrick hört auf, in der Schale mit rot-weiß gestreiften Pfefferminzbonbons zu graben. „Sie können mich Dr. McCloud nennen. Patrick ist nur für Freunde.“

Will seufzt.

Beth ist offensichtlich perplex, aber nach einer Pause grinst sie erneut. „Klar. Natürlich, Dr. McCloud.“ Ein rührseliges romantisches Leuchten kehrt auf ihre Wangen zurück, während sie weiterplappert. „Verliebt in Las Vegas? Das klingt wie ein Roman. Oder ein Film. Oder eine Fernseh-Miniserie.“

„Mehr wie ein Adam-Sandler-Film“, wirft Patrick ein.

Beth hört auf, Wills Daten in den Computer einzugeben, und reicht ihm seine Kreditkarte zurück. „Du musst mir bald mal alles erzählen, okay? Wie ihr euch kennengelernt habt! Was du anhattest! Was er anhatte! Was ihr gedacht habt, als ihr euch das erste Mal gesehen habt!“

„Klar“, sagt Will. *Lieber erschieß ich mich.*

„Was wir *anhatten*?“ Patrick legt die Stirn in Falten.

„Gemeinsam durchzubrennen ist so romantisch. Und irgendwie geil."

„Genau wie der Sex." Patrick wickelt den Arm um Wills Schultern. „Dauert das hier noch lange, Schatz? Ich würde ehrlich gesagt gerne damit weitermachen."

Beths Augen werden groß und hell, als habe Patrick ihr gerade die ganze Welt auf einem Tablett überreicht. Sie gibt Will den Plastikschlüssel zu ihrem Zimmer. „Ich hab euch für das Flitterwochen-Frühstück eingetragen. Es wird euch um halb neun ins Zimmer gebracht, es sei denn, ihr hängt das Bitte-nicht-stören-Schild raus." Sie zwinkert und kichert. „In diesem Fall bringen sie es euch, wann immer ihr wollt. Schokoladensauce auf Erdbeeren, herzförmige Muffins und wunderbare warme Brötchen mit Vanillecremefüllung." Sie hält ihre nackte linke Hand hoch. „Nicht dass ich schon mal selbst das Vergnügen gehabt hätte. Aber ich versuche, Cody Elk Eagle dazu zu überreden, mir einen Ring zu kaufen."

„Du bist doch noch jung", sagt Will. „Nichts überstürzen."

Sie bricht in ein perlendes Gelächter aus. „Das musst du gerade sagen!"

Bei der Erinnerung an seinen neuen Ring berührt Will ihn mit dem Daumen, dreht ihn, und eine Woge seltsamer Gefühle rauscht durch ihn hindurch. Er hat immer gedacht, dass Ryans Ring einmal dort stecken würde.

„Schokoladensauce?", fragt Patrick. „Ich kann mir auch vorstellen, da andere Sachen reinzudippen."

Beth wird so rot wie die Weihnachtsdekoration, die den Rezeptionstresen säumt.

„Patrick“, stößt Will hervor. Er stupst ihn mit dem Ellbogen an und macht auf dem Absatz kehrt, um vorauszugehen.

Im Fahrstuhl nach oben ist Patrick dankenswerterweise still, aber sobald sie in ihr Zimmer kommen, fängt er wieder an.

„Du hast eine Suite reserviert.“ Er betrachtet das große, weich gepolsterte Bett und das Sofa mit den Sesseln, die um einen niedrigen Couchtisch gegenüber einem riesigen Fernseher aufgestellt sind. „Gibt es auch einen Whirlpool? Sind das hier Satinbettlaken? Sollen wir mit irgendeinem Sprudelzeugs anstoßen, ehe wir das Zimmer einweihen?“

„Was ist eigentlich dein Problem?“, fragt Will und wirbelt herum, um Patrick anzusehen. Er versteht nicht, wieso Patrick jetzt so ein Blödmann ist. Im Flugzeug war er echt süß gewesen. Oder jedenfalls so süß, wie Patrick anscheinend sein kann, ohne betrunken zu sein. „Ich bin erschöpft. Ich habe Schmerzen. Mein Hintern tut *immer noch* weh von letzter Nacht, und ich bin gerade zwei Stunden geflogen. Ich habe ausgerechnet *dich* geheiratet. Es wäre gar nicht so weit hergeholt zu behaupten, dass ich kurz davor bin, die *Nerven* zu verlieren. Ich hatte einen *echt* üblen Tag. Also hör endlich auf.“

Patricks Finger trommeln gegen sein Hosenbein, aber einen Augenblick lang schweigt er. Als er wieder etwas sagt, tut er dies mit sanfterer Stimme. „Na gut.“ Nach ein paar weiteren Sekunden des Schweigens fährt er fort: „Willst du mir verraten, warum wir in einem Hotel wohnen, statt zu dir nach Hause zu gehen?“

Will zittert vor Erschöpfung und Ärger. Er sitzt auf der Bettkante, die Ellbogen auf die Knie gestützt, und presst das Gesicht in seine Hände, um ein paar tiefe Atemzüge zu nehmen. „Weil ich mit Ryan zusammengelebt habe, okay? Wir haben eine On-off-Beziehung, seit er nach unserem Collegeabschluss mit mir nach Healing gezogen ist.“

„Und ehe du nach Vegas abgehauen bist, wart ihr ‚on‘, das hab ich kapiert.“

„Ich hatte wieder ein paar Monate bei ihm gelebt.“

„Verstehe. Wo lebst du denn, wenn ihr ‚off‘ seid?“

„Bei meiner Mama.“

„Ich nehme an, du kannst nicht mit einem Überraschungs-Ehemann bei Mutti aufkreuzen.“

„Jedenfalls nicht so spät abends, nein. Da gäbe es zu viel zu erklären, besonders wenn meine kleinen Schwestern und mein Bruder da sind. Aber ich nehme an, ich kann es auch nicht vor ihr geheim halten. Nicht, wenn es funktioniert.“ Er schluckt schwer. „Patrick, jeder wird es erfahren.“

„Ja.“

Er schüttelt den Kopf und blickt zwischen seinen Fingern hindurch hoch. „Es ist mir so peinlich.“

Patrick lehnt sich an den Schreibtisch und greift nach einem Stift, den er rastlos zwischen den Fingern dreht. „Ich weiß nicht wieso. Du hast dich ganz wacker geschlagen.“

„Hack nicht auf mir rum.“

„Ach, komm. Ich hab mich auch wacker geschlagen. Wir sind beide sexy, beide reich, beide klug. Ich würde sagen, für einen betrunkenen, schrecklichen Fehler haben wir unsere Sache gut gemacht.“

„Außer den Teil, wo wir darin hängengeblieben sind.“

Patrick zuckt die Schultern. „Fürs Erste.“ Seine Stimme ist ein bisschen skeptisch, aber in erster Linie einfach rau vor Erschöpfung. „Du hast gesagt, deine Großmutter könnte sich für uns darum kümmern.“

„Kann sie. Da bin ich sicher.“ Wills Kehle wird erneut eng. Er drückt sich die Finger gegen die Augen und sitzt ganz still, um die Wogen der Demütigung zum Abflauen zu bringen.

Er war Eleanoras Lieblingsenkel. Trotz der Trinkerei, trotz der Krankenhausschrecken, sie hat ihm immer jeden Irrtum und jeden Fehler verziehen. Aber das hier … Sie wird so enttäuscht von ihm sein. Und auch seine restliche Familie wird wütend sein. Seine Mutter, Onkel Kevin, Oma Betty. O Gott. Was werden seine kleinen Schwestern und sein Bruder von ihm denken?

Er hört Patrick herumlaufen, aber wenigstens sagt er nichts, also ignoriert Will ihn. Er blickt auf, als das Bett neben ihm einsinkt. Patrick steckt sich das Stethoskop in die Ohren. Will seufzt, setzt sich jedoch aufrecht hin und atmet einige Male tief ein, während Patrick durch sein dünnes Anzughemd hindurch sein Herz abhört.

„Gut. Jetzt leg dich mal hin und lass mich deinen Bauch abhören.“

Will zögert, folgt jedoch der Aufforderung. Patricks Hände sind sanft, als er das Hemd hochschiebt und das kalte Stethoskop über seine Haut gleiten lässt. Dann legt er es beiseite auf das Bett, berührt Wills Bauch und drückt.

„Wir waren ganz schön wild gestern Abend. Ich taste dich nach irgendwelchen inneren Schwellungen ab“, murmelt Patrick, drückt noch ein paar Mal und zieht dann die Hände weg. „Ich nehme an, du lässt mich nicht deinen Anus auf Verletzungen untersuchen?“

Will zögert, aber er hatte den ganzen Tag Schmerzen, und Patrick ist nun mal Arzt. „Okay, aber komm nicht auf dumme Gedanken.“

„Ehrenwort.“ Patrick legt die Hand aufs Herz, seine blauen Augen müde und aufrichtig.

Will löst seinen Gürtel und kniet sich auf den gemusterten Hotelteppich, über das Bett gebeugt. Er schiebt sich die Hose und den Slip über die Hüfte nach unten und spürt das weiche Federbett, das sich gegen seine erhitzte Wange drückt, während er sich krümmt, um seinen Hintern freizulegen, ohne seine Hose ganz herunterzulassen.

Patrick hat ein Paar dünne OP-Handschuhe und eine Stablampe aus seiner Tasche gezogen. „Entspann dich. Ich schau es mir nur an.“ Seine Stimme klingt etwas zittrig, aber er zieht die Handschuhe an und kniet sich hinter Will. „Du wirst die Pobacken auseinanderziehen müssen, okay?“, sagt er sanft.

„Klar“, stimmt Will zu, aber seine Stimme quietscht.

„Dann wirst du eine sanfte Berührung fühlen, sobald ich etwas sehen kann, nur um sicherzugehen, dass ich keine Distension ertaste“, murmelt Patrick, und Will schluckt und presst die Augenlider zusammen, während sein Schwanz sich mit Blut zu füllen beginnt.

Sie schweigen, als Will seine Arschbacken spreizt und Patrick sich vorbeugt, um sein Loch zu betrachten. Wills Magen flattert, und ihm ist schwindlig. Der Kater und eine heftige Woge der Erregung führen zu einem komischen Gefühl der Unwirklichkeit, während er die Augen fest geschlossen hält.

Patricks behandschuhter Finger berührt behutsam seine empfindsame Rosette, und Will zieht scharf die Luft ein. Es folgt ein atemloser Moment. Will weiß, dass sie sich vermutlich beide daran erinnern, wie Will dieses Geräusch gestern Abend gemacht hat. Dann zieht Patrick den Finger zurück. „Sieht gut aus. Nur ein bisschen geschwollen und empfindlich. Nichts, das sich nicht durch eine ordentliche Nachtruhe beheben ließe."

Will lockert den Griff um seinen Hintern und blickt über die Schulter. Patricks für gewöhnlich blasse Haut ist ein bisschen gerötet, und er erwidert Wills Blick nicht, als er die Handschuhe mit einem Schnalzen auszieht und in den Abfalleimer wirft. Er schaut auf die Uhr. „Du musst allerdings vor dem Schlafen noch ein paar gute Kohlenhydrate und Proteine zu dir nehmen."

Will bleibt noch ein paar Sekunden auf dem Bauch liegen und hofft, dass seine Erektion nicht so offensichtlich ist, wenn er sich wieder aufrichtet und seine Hose hochzieht. Mit Erleichterung stellt er fest, dass dem nicht so ist, und atmet zur Beruhigung tief durch, während Patrick das Stethoskop und die Lampe wieder in seine Tasche packt.

Patrick fängt an, sein Hemd aufzuknöpfen. „Ruf den Zimmerservice an, oder plünder die Snackbar hier. Und teste deinen Blutzuckerwert. Danach sollten wir uns aufs Ohr legen. Du kannst deine süße kleine Mafiaoma morgen anrufen."

Nachdem Patrick im Bad verschwunden ist, testet Will seinen Blutzucker. Er ist überraschend gut, wenn man bedenkt, wie er sich den ganzen Tag über verhalten hat. Dann holt er sich ein eingepacktes Schinken-Käse-Sandwich aus dem Minikühlschrank. Er berechnet die Kohlenhydrate und seine Insulindosis und spritzt sich. Er hat gerade begonnen, sich auszuziehen, als Patrick in Boxershort und T-Shirt herauskommt, nach Zahnpasta und Hotelseife riechend. „Patrick?"

„Mmm."

Will nimmt eine Pyjamahose aus seinem Koffer und zieht sie über seine Boxershorts. Normalerweise würde er seine

Unterhose ausziehen, aber Patrick beobachtet ihn genau. Er zieht ein bequemes Shirt über. „Selbst wenn meine Großmutter uns helfen kann, werden wir diese Sache nicht morgen geklärt haben. Auch nicht diese Woche."

„Ich weiß."

Will setzt sich aufs Sofa. „Also, macht es dir was aus, wenn wir uns ein bisschen kennenlernen? Da wir ja eng aufeinanderhocken und so tun müssen, als wären wir verliebt, wäre es gut, ein bisschen was zu wissen, oder?"

Patrick zuckt die Achseln. „Ich nehme mal an, es würde mich jetzt nicht unbedingt umbringen, mehr über dich zu erfahren. Was zum Teufel …? Klar."

Will wird von einem Lachen überrascht, das sich durch die Enge in seiner Brust hindurcharbeitet. „Super. Und ich möchte auch was über dich erfahren."

Patrick runzelt die Stirn und blickt weg. „Ich bin Neurochirurg. Mehr gibt's nicht zu erzählen."

Will zieht Patrick auf das Sofa. „Komm schon, ich hab dich meinen Arsch untersuchen lassen. Jetzt kannst du dich auch mal ein bisschen für mich öffnen, oder?"

„Machst du mir einen Antrag? Falls ja, die Antwort lautet ja."

Will ignoriert das. „Lass uns ein bisschen reden. Kannst du mir vertrauen?"

„Was willst du denn wissen?"

„Woher du kommst, die Namen deiner Eltern, wie deine Kindheit war, deine Hobbys und Interessen. Von allem ein bisschen."

„O Mann. All die Sachen, die ich unbedingt jemandem erzählen will! Mädchengespräche bei Pyjama-Partys! Woher hast du das gewusst?"

„War nur geraten."

Patrick lacht und setzt sich zu Will aufs Sofa. „Also gut. Ich bin in Alabama aufgewachsen, habe das Vorklinikum an der UK gemacht und den Abschluss in Yale, und die letzten fünf Jahre war ich in Atlanta."

„An der UK? In Kentucky?"

„Genau."

„Und worauf bist du spezialisiert? In der Neurochirurgie, meine ich."

„Ich bin Generalist, das heißt, ich kann Operationen an Kindern und Erwachsenen durchführen, am Rückenmark und am Gehirn. Aber ich mache am liebsten Gehirntraumata bei Kindern. Das sind meine Favoriten."

„Gruselig."

Patrick gähnt. „Mal sehen, was noch? Du wolltest ja was über meine Eltern wissen. Meine Mutter hieß Sandra und mein Vater Gerry. Sind beide tot."

„O Gott. Das tut mir leid."

Patrick hebt die Schultern. „Schon okay. Meine Mutter ist gestorben, als ich acht war, und mein Vater sechs Jahre später."

„Das muss schlimm gewesen sein. Wer hat dich denn großgezogen? Nach deiner Mutter, meine ich."

„Mein Vater." Patricks Lippen werden schmaler. „Wir standen uns nicht sehr nahe." Er räuspert sich. „Und jetzt du."

„Frag mich was."

„Gut. Zunächst mal: Was ist dein Sternzeichen?"

Will lacht. „Waage. Und deins?"

„Widder. Aszendent Wassermann."

„Das erklärt alles", sagt Will sarkastisch.

„Tut es wirklich." Patrick klingt nicht so, als würde er scherzen, und Will legt den Kopf zurück, um einzuschätzen, ob das selbst ernannte Chirurgengenie wirklich an Astrologie glaubt. Patrick fragt: „Wie heißt deine Mutter?"

„Kimberly."

„Was muss ich wissen, um als dein liebender Ehemann durchzugehen?"

„Also, ich habe ein echt enges Verhältnis zu meiner Familie. Da ist meine Mutter, wie gesagt. Und ich habe zwei jüngere Halbschwestern und einen kleinen Halbbruder: Caitlin, Olivia und Connor."

„Oje, zu viele Kinder." Er hört sich dabei aber nicht ernst an. Vielleicht fängt Will an, Patrick zu durchschauen.

„Ähm, dann ist da meine Oma, Eleanora …"

„Deine mafiöse Großmutter."

„Ja, und meine andere Großmutter, Betty – die nenne ich Omi. Sie und mein Onkel Kevin, der Zwillingsbruder meiner Mutter, leben auf der alten Farm der Familie. Kevin hat immer schon da gelebt. Er ist auch schwul. Der Familienwitz ist, dass ich ihm in dieser Hinsicht ähnlich bin." Will lacht leise. „Er ist Pferdetrainer. Omi sagt, er wäre im Stall geboren – im wahrsten Sinne des Wortes."

„Klasse."

Will kratzt sich am Kinn. „Kevin verlässt Healing nicht gerne. Er ist ab und zu mal ein bisschen gereist, als sein Partner Roy noch lebte. Aber es hat ihm keinen Spaß gemacht."

Will erinnert sich an Roy hauptsächlich als an einen dürren Mann, der hustend und zitternd mit einer Sauerstoffflasche zu seinen Füßen in der Farm auf dem Sofa saß. Aber er hat alte Bilder von Kevin und Roy gesehen, und da war er gut aussehend, schwarzhaarig, mit grünen Augen und einem verschmitzten, klugen Lächeln. Wills Mutter sagt immer, Roy war komisch, aber Will erinnert sich nur, dass er Angst vor ihm hatte, weil er so krank war.

„Roy ist an Aids gestorben. Mein Onkel ist seither nicht mehr derselbe."

Patrick grunzt. „Noch irgendwas, das ich wissen sollte? Irgendwelche Traumata, die du mir anvertrauen würdest?"

„Ich habe einen verstorbenen Stiefvater." Will wirft Patrick einen Blick zu. „Wir hatten nicht so ein enges Verhältnis."

Patricks Lippen kräuseln sich beim Erkennen des allgemein anerkannten Codes für „kein Mitgefühl erforderlich".

„Und dann Ryan, aber den wirst du hoffentlich nicht mal zu Gesicht bekommen."

Patricks Kopf sinkt gegen die Rückenlehne, und seine Lider sinken herab. Sein fester, immer nervöser Körper entspannt sich ein bisschen. „Also, wie sieht der Plan für morgen aus?"

Sie legen sich eine Strategie für den kommenden Tag zurecht, während Will seinen letzten Glukosetest macht und sich gemäß seinem allabendlichen Schema Langzeitinsulin spritzt. Während ihres Gesprächs enthüllt Will noch weitere Details seiner Geschichte und seines Lebens, die Patrick wissen muss, um hier in der Stadt einen glaubwürdigen Ehemann abzugeben. Er erfährt auch noch einiges über Patrick. Patrick ist ziemlich wortkarg, was sein Leben angeht, und Will schließt aus seiner Körpersprache, dass seine Kindheit ziemlich hart war.

Aber Patricks Augen beginnen zu leuchten, wenn er über Neurochirurgie spricht, und Will hört auf, es verstehen zu wollen, weil es ihm alles zu hoch ist. Doch die überschäumende Begeisterung in Patricks Worten, die Intensität seines Vortrags, die seine Leidenschaft zu erkennen gibt, und sein lebendiger Sachverstand genügen, um Will seinen Überschwang nachvollziehen zu lassen.

„Ich bin schon ganz gespannt darauf, dir unsere neue Neurologieabteilung zu zeigen. Ich glaube, du wirst beeindruckt sein. Wir haben ein paar der besten …"

Patrick schnaubt.

„Vielleicht nicht so gut wie du, aber ein paar sehr gute Chirurgen konsultiert, damit sie unser Designteam beraten."

„Da bin ich sicher. Trotzdem, es kommt nur darauf an, dass es funktionell genug ist, damit ich meine Arbeit machen kann. Ich habe eine Warteliste, die einen Kilometer lang ist. Wenn ich morgen das Krankenhaus besuchen und den Chefarzt kennenlernen könnte, wäre das toll. Welche Ärzte habt ihr schon im Team? Irgendjemanden, den ich dem Namen nach kennen könnte? Oder sind das alles so Frischlinge direkt von der Uni?"

Will fährt hoch. „Das ist der Grund, warum ich in Las Vegas war, schon vergessen? Ich sollte mit ein paar Neurochirurgen und Neurologen sprechen. Interesse wecken. Wir sind im Moment total unterbesetzt, obwohl wir ein paar gute Bewerbungen von vielversprechenden …"

„Die sind nicht vielversprechend."

Will verdreht die Augen. „Soll die Klinik dir jeden Lebenslauf vorlegen, bevor ein Gespräch vereinbart wird?"

„Klingt tierisch langweilig, aber ja. Wenn ihr keine Metzger einstellen wollt. Ich werde euch offen über ihre Fähigkeiten informieren."

Will zieht das in Betracht. „Es wäre Dons Entscheidung, das ist unser Chefarzt, aber vielleicht würde er dich da gerne mit einbeziehen."

„Klar, von mir aus.“ Er reckt sich. „Genug geplaudert für heute. Wenn du Recht hast und diese Sache nicht innerhalb eines Tages geklärt werden kann, haben wir noch genügend Zeit für reizende Tête-à-têtes.“

Patrick steht vom Sofa aus und streckt sich. Seine Boxershorts und sein T-Shirt teilen sich und enthüllen die Haarlinie unterhalb seines Nabels. Will erinnert sich daran, wie sie sich gestern Abend an seiner Wange anfühlte. Er errötet und hustet. Patrick merkt es aber nicht. Er geht zum Bett, zieht sein T-Shirt aus, gleitet unter die Decke und schaltet die Lampe auf dem Nachttisch aus.

So groß die Versuchung auch ist, neben Patrick zu schlüpfen und die Bekanntschaft mit dem festen Druck seines Körpers zu erneuern, Will bleibt sitzen.

Gott gebe mir die Gelassenheit …

Kapitel 5

Zum zweiten Mal innerhalb von zwei Tagen erwacht Will in einem unbekannten Zimmer. Er setzt sich auf und reibt sich den Nacken. Im Schlaf ist er glücklich gewesen. Er schließt die Augen und sucht wieder nach diesem Traumort, doch er wird vollständig wach, als ihm klar wird, dass er von Patrick geträumt hat, wie ihre Hände ineinander verschränkt sind und ihre Körper sich in einem gemächlichen, rollenden Fick bewegen.

Warum wird er sogar von seinen Träumen betrogen?

„Ich bestelle beim Zimmerservice noch etwas extra", verkündet Patrick vom Bett aus.

Will schluckt und starrt auf den Boden.

„Du musst auch was essen." Das Telefon neben dem Bett klappert, als es fallen gelassen und dann wieder aufgehoben wird.

Will wünscht, er könnte noch ein paar Minuten wegdösen, aber das würde auch nichts ändern. Also steht er auf und rubbelt sich durch die Haare. „Ich nehme Hüttenkäse, Eier und Vollweizentoast."

Patrick nickt abwesend und studiert die Speisekarte in seiner Hand. „Vernünftige Entscheidung."

„Ich geh duschen." Will wünscht, er hätte auch Zeit für den Fitnessraum. Wenn er trainiert, fühlt er sich hinterher immer besser. „Und dann sollte ich zu meiner Nonna. Ich muss das hinter mich bringen."

„Sehe ich auch so. Prokrastination ist für Schwächlinge." Patrick tippt eine Nummer ins Telefon ein.

Will schließt die Tür hinter Patricks scheinbar endloser Frühstücksbestellung. Er versteht nicht, wie dieser Mann so viel essen kann und trotzdem so fit bleibt. Er dreht die

Dusche auf und prüft das Wasser. Er wird nicht an Patricks Körper oder an den gemeinsamen Sex denken.

Er steigt in die Dusche und nimmt sich ein paar Minuten, um einfach nur dazustehen. Das Wasser trommelt ihm auf den Rücken, und er verteilt Seife auf seinem Körper, wobei er vorsichtig einen empfindlichen Knutschfleck unter seinem Schlüsselbein berührt. Er drückt auf die Stelle und erschaudert. Wann hat er zuletzt einen Knutschfleck gehabt? Er kann sich nur an ein Mal erinnern. Es gibt eine Menge Dinge – in sexueller und sonstiger Hinsicht –, die Ryan ihm nur ein Mal gegeben hat.

Ryan.

Ein Stachel der Angst in seinem Magen lässt seine Knie einknicken. Wie kann Ryan ihre Beziehung einfach aufgeben? Nach sechs Jahren? Und wofür? Für Hartleys ruhige schwarze Augen?

Will shampooniert sich die Haare ein und zwingt sich zurück in die Gegenwart. *Eins nach dem anderen! Komm erst mal aus diesem Eheschlamassel raus, und dann holst du dir deinen Freund zurück.*

Es klopft, dann folgt das Klicken einer geöffneten Tür. Will bedeckt den Unterleib mit den Händen, obwohl er durch den Duschvorhang abgeschirmt wird.

„Muss mal aufs Klo“, sagt Patrick und öffnet die Tür noch ein wenig weiter.

„Äh, klar. Nur zu.“ Will kann Patrick auf der anderen Seite des Vorhangs *spüren.* Er hört das Öffnen des Toilettendeckels und sieht Patricks Hand mit ihren langen, gepflegten Fingern, die sich an der Wand abstützt. Patricks Seufzer der Erleichterung wird vom Plätschern des Urinstrahls abgelöst.

Will war schon in Umkleidekabinen und hat sich die Dusche mit anderen Jungs geteilt, und er hat sein ganzes Leben lang Urinale benutzt. Aber auf der anderen Seite des Duschvorhangs zu stehen, während Patrick dem Ruf der Natur folgt, fühlt sich anders an. Diese gegen die Wand gestützten Finger waren auf ihm und *in* ihm. *Patrick* war auf ihm und in ihm. Will wird halb hart von der Erinnerung, sein Herz klopft. Was ist, wenn er jetzt ruiniert ist? Sex mit Patrick hat seine bisherigen Erfahrungen so weit übertroffen, dass … dass …

Dass was? Dass du Ryan nie wieder anfassen willst?

Er schüttelt den Gedanken ab. Denn natürlich will er Ryan wieder anfassen. Wenn er das Glück hat, Ryan zurückzubekommen. Er liebt Ryan, und es ist genau so, wie Ryan immer sagt: Sex hat nichts mit Vergnügen zu tun. Sex ist nicht mal eine Notwendigkeit. Nicht wenn man jemanden wirklich liebt, nicht wenn der andere keine Lust dazu hat.

Die Toilettenspülung wird betätigt. „Geht doch nichts über morgendliches Pissen."

Will grunzt zustimmend und hört zu, wie Patrick sich die Hände wäscht.

„Beeil dich, Herzblatt. Der Zimmerservice kann jeden Moment kommen." Er schiebt den Vorhang beiseite, und Will duckt sich weg, mit den Händen seinen halb harten Schwanz bedeckend. Patrick wirft ihm ein Handtuch zu, und Will streckt die Hand danach aus.

„Raus jetzt." Patrick steigt aus seiner Unterwäsche.

Wills Handtuch ist mehr als nur halb nass, aber er wickelt es sich um die Hüften und lässt die Dusche an, während Patrick an ihm vorbeistreift. Die Stelle, an der ihre Körper sich berühren, kribbelt selbst dann noch, als Patrick den

Duschvorhang wieder zugezogen hat. Will bringt eilig sein morgendliches Insulinritual hinter sich.

Es klopft an die Tür der Suite, und Will hält sich das nasse Handtuch um die Hüften, während er hineilt. „Komme!“

Natürlich ist es Perry, ein Bekannter aus Wills Highschool-Zeit, der da mit einem voll beladenen Servierwagen steht. Wills Lächeln schmerzt bei der Begrüßung. Perry ist im Laufe der Jahre vorteilhaft älter geworden und hat ein bewundernswert respektables Auftreten, aber er hatte immer schon so einen rattenartigen Gesichtsausdruck, und der hat sich überhaupt nicht verändert.

Perry mustert Will kühl, doch dann liefert er schweigend und professionell das Flitterwochen-Frühstück, gemeinsam mit Wills Bestellung und rund vier weiteren Ergänzungen, die Patrick wohl verlangt haben muss.

„Danke, Perry. Sieht alles wunderbar aus.“

Perry nimmt den Fünfer entgegen, den Will ihm in die Hand drückt. „Hab’s heute Morgen gehört. In Vegas geheiratet. Kann nicht sagen, dass ich allzu erstaunt bin. Du hattest immer schon so was Aufmüpfiges an dir.“ Er zwinkert.

O Gott.

„Ja, da hast du wohl Recht.“

„Du und Jack Linton. Habt immer Flachmänner in den Unterricht geschmuggelt und euch in dem Wäldchen hinter der Turnhalle besoffen. Weißt du noch?“

Will kann sich erinnern, aber sie haben im Wäldchen nicht getrunken. Will hat Jack einen geblasen. Hungrig, eifrig und in der Hoffnung, dass er selbst gekommen war, ehe Jack seine Ladung abschoss und Will wieder wegschubste. Soweit Will weiß, hatte Jack nie ein Coming-out. Nicht mal eine Woche nach dem Schulabschluss und einem letzten Blowjob auf dem Rücksitz von Wills Auto ist Jack abgehauen, um für den Staat Indiana Baseball zu spielen, und nie zurückgekehrt.

Will erinnert sich auch, wie Jack und Perry ihn früher gehänselt haben, indem sie ihn als Willi der Wal bezeichnet und Weight-Watchers-Anzeigen in sein Schließfach gesteckt haben. Nachdem Will Healing verlassen und in Vermillion an die Uni gegangen war, hat er angefangen, täglich zu trainieren und den Alkohol durch Workouts zu ersetzen, um Stress abzubauen. Er ist schlanker und muskulöser geworden. Wenn Jack noch da wäre, hätte er nichts mehr, um Will zu hänseln, außer dass er schwul ist. Und Jacks Schwanz hatte zu viel Zeit in Wills Mund zugebracht, als dass Jack ihn jemals deswegen aufziehen würde.

Perry grinst. „Die guten alten Zeiten, Mann."

„Ja."

Die Dusche wird abgestellt. Will versucht, Perry zur Tür zu drängen, aber zu spät. Patrick kommt heraus, nur mit einem Handtuch bedeckt, noch nass und glänzend vom Duschen. Seine Muskeln sind schmal, aber stark. Wills Herz schwillt an vor deplatziertem Stolz darauf, wie gut sein Ehemann aussieht.

Perry grinst, als hätte er einen Fisch an der Angel und könne es nicht erwarten, ihn einzuholen.

Patrick legt den Arm um Wills Schultern. Ein Schaudern, wo ihre feuchte Haut sich berührt. „Wurde aber auch Zeit, dass unser Frühstück kommt. Ich dachte schon, ich müsste wieder dich essen."

Wills Gesicht entflammt, und Perry macht große Augen.

„Oh, äh. Ja." Perry hüstelt, und während er die Tür öffnet, ruft er über die Schulter zurück: „Schönen Tag noch, und wenn Sie irgendwas brauchen, rufen Sie einfach an." Die Tür wird etwas zu heftig ins Schloss gezogen.

„Patrick." Will umklammert das Handtuch fester. „Was soll das?"

Er weicht zurück und zuckt die Achseln. „Ich versuche bloß, den Schein zu wahren."

„Nein, du versuchst mich zu erniedrigen."

Patrick runzelt die Stirn. „Eigentlich nicht. Du kannst von mir denken, was du willst, aber da geh ich nicht mit. Würgespielchen, Schlagen, klar, aber keine Erniedrigungen."

Wills Wangen werden heiß, und er ringt nach Luft. Um zu verbergen, wie gut diese Worte zu seinen eigenen schändlichen Fantasien passen, nimmt er seine letzte saubere Hose sowie ein rechtschaffenes Hemd aus dem Koffer und zieht beides an. Mit einem Blick auf Patricks Koffer erkennt Will, dass er voll mit Klamotten für eine Woche in der Wüste ist, nicht für einen Winter in South Dakota. Er muss mit Patrick wenigstens einen Wintermantel und ein Paar warme Handschuhe einkaufen gehen. Himmel, wahrscheinlich eine komplett neue Garderobe, wenn das hier länger dauern sollte.

„Sieh mal", sagt Patrick, nimmt die glänzende Metallhaube von dem ersten Teller des Hotelfrühstücks und zieht sich einen Stuhl heran. „Du wolltest, dass ich so tue, als wäre ich verliebt in dich. Und genau das mache ich." Der Duft von Schinken und Eiern erfüllt das Zimmer.

„So benimmst du dich also, wenn du in jemanden verliebt bist?" Wills Gedanken flitzen zu ihrer Nacht in Vegas. Patrick war so beflissen und hat so viel Rücksicht auf Wills Bescheidenheit genommen, als der Typ vom Zimmerservice ihn peinlicherweise nackt gesehen hatte.

„Ich weiß nicht.“ Patrick stopft sich einen zuckrigen, glänzenden Donut komplett in den Mund. „Bisher konnte ich diese Heimsuchung vermeiden.“

Will errechnet die Kohlenhydrate und injiziert sich das Insulin.

„Dann hatte ich also Recht? Du warst noch nie verliebt?“ Will setzt sich an den kleinen Tisch, um sein sehr viel weniger appetitliches Frühstück zu verzehren. Er wünscht, er hätte bei seiner Dosis noch ein paar Donuts einkalkuliert, aber er hat jetzt wirklich keine Lust, sich noch mal zu spritzen.

Patrick lässt einen Laut zufriedener Zustimmung hören. „Niemals. Liebe ist eine zwecklose Empfindung. Sie bringt Leute dazu, schreckliche Entscheidungen zu treffen und ihre Optionen einzuschränken.“ Er steht auf, nimmt den Teller mit Donuts und lässt sich aufs Bett fallen. Sein Handtuch verrutscht ein bisschen und gibt den Blick auf die Innenseite seines Oberschenkels frei.

„Oh, du meinst, du bist ein so freier Geist, dass du uneingeschränkte Wahlmöglichkeiten in deinem Leben brauchst? Komm schon, wir wissen beide, dass du für deine Arbeit lebst.“ Will verdreht die Augen und versucht, die Anspannung von Patricks Bauch- und Armmuskeln zu ignorieren, wann immer er nach einem Donut greift, um ihn sich in den Mund zu stopfen.

„Genau. Jemanden zu lieben wäre dabei nur im Weg. Übrigens, es hat etwas für sich, Entscheidungsmöglichkeiten zu haben, auch wenn man sie nicht nutzt.“

„Ja, das kann ich mir vorstellen. Aber musstest du so unhöflich sein?“

„Was kümmert’s dich? Das ist ein Zimmerkellner.“

„Ich kenne jeden in dieser Stadt. Ich hab mein ganzes Leben hier verbracht, und ich habe die Absicht, noch lange Zeit hierzubleiben. Könntest du ein bisschen umsichtiger sein? Ein bisschen weniger Arschloch?“

„Könntest du ein bisschen weniger undankbar sein?“, gibt Patrick zurück.

„Wie bitte?“

„Du hast mich schon verstanden. Ich könnte dieses Theater im Handumdrehen beenden. Bis jetzt habe ich aus reiner Nettigkeit da mitgemacht. Sogar den Abgründen meiner schwarzen Seele widerstrebt es, krebskranken Kindern die finanzielle Grundlage zu entziehen, aber meine Geduld ist nicht unbegrenzt.“ Patrick beißt in einen weiteren Donut wie zur Interpunktion des folgenden Satzes. „Also, liebster Ehemann, vielleicht könntest du ein bisschen Dankbarkeit dafür zeigen, dass ich in der Zwischenzeit so viel Geduld mit dir oder unserem Dilemma habe. Kapiert?“

Will schluckt. Er war doch nett zu Patrick, oder? Er hat ihm doch gezeigt, wie sehr er es zu schätzen weiß, was Patrick für ihn tut? Er versucht sich zu erinnern, ist sich aber nicht sicher. Vielleicht nicht. Er kann sich nicht erinnern, ob er jemals gesagt hat … „Danke.“

„Schon gut. Sorg einfach für die Scheidung, damit ich wieder in mein Leben zurückkann.“

Will verkneift sich die Erwiderung, sie hätten sich doch bereits darauf geeinigt, dass Patrick kein Leben habe, zu dem er zurückkönne. Stattdessen fragt er: „Kommst du jetzt mit oder nicht?“

„Zu Oma? O Gott, nein. Mach du das mal. Das ist dein Chaos.“

Will verengt die Augen. Es ist *ihr* Chaos. Schließlich hat er Patrick nicht vollkommen alleine geheiratet. „Und was ist mit den Molinaros? Sieht das nicht merkwürdig aus, wenn ich ohne dich in der Stadt rumspaziere? Sollte ich dich nicht, keine Ahnung, stolz überall vorführen? Insbesondere meiner Familie?"

„Erstens? Wir sind hier nicht bei *Der Pate*. Na ja, vielleicht in Teil drei, aber definitiv nicht in Teil eins oder zwei. Zweitens? Willst du wirklich, dass ich vor deiner Großmutter so tue, als wäre ich in dich verliebt? Vor ein paar Minuten schien dir meine Vorstellung noch überhaupt nicht zu gefallen."

Der Gedanke, dass Patrick in Eleanoras Gegenwart etwas Ähnliches sagen könnte wie zu Perry, dreht Will den Magen um. Er wendet sich seinem Essen zu, schiebt die Eier hin und her und sagt: „Na schön, du bleibst hier."

„Falls ein Molinaro hinter dem Busch hervorspringt und fragt, wo ich bin, dann sag ihm, ich wäre erschöpft von all dem geilen Sex, den wir hatten."

Will reckt ihm beinahe den Mittelfinger entgegen. „Okay. Aber denk dran, sei diskret. Wir können uns nicht erlauben, dass den Molinaros irgendein verdächtiges Verhalten berichtet wird."

„Hab's kapiert, Herzchen. Kein Problem." Patrick steht auf, lässt sein Handtuch liegen und geht nackt zum Tisch zurück, wo er die Schokoladensauce und die Erdbeeren untersucht. Sein Schwanz baumelt dick und verführerisch direkt vor Wills Gesicht.

Will springt auf und greift nach seinem Mantel. „Ich bleib nicht lange weg, okay? Geh nirgendwo hin ohne mich."

Patrick wedelt ihn weg, wirft eine Erdbeere in die Schokosauce und leckt sie dann auf eine Weile ab, die Will aufstöhnen lässt.

Will zittert am ganzen Leib, als er fest die Tür hinter Patricks verlockendem Körper schließt.

***

Healing ist keine große Stadt. Sie hat zwanzig Häuserblocks rund um eine alte Kirche und einen noch älteren Saloon aus der Pionierzeit. Das sind Healings einzige historische Gebäude, und Will kommt daran vorbei, als er zum Gute-Taten-Büro geht, um sein Auto vom Parkplatz zu holen. Seine Nase kribbelt in der frischen morgendlichen Novemberkühle, und er versucht sich vorzustellen, wie Healing aus Patricks Perspektive aussieht.

Alles andere im Stadtkern ist überwiegend modern. Ein paar der ältesten Viertel, alle einen Katzensprung von Old Healing entfernt – kleine Straßenblocks mit Geschäften und Restaurants – weisen Gebäude aus der Jahrhundertwende auf. Doch der größte Teil dessen, was vor den vierziger Jahren gebaut worden war, wurde abgerissen und ersetzt.

Es ist wirklich ein Jammer.

Die Größe der Stadt war ein Problem für die Erweiterung der Klinik. Es gibt nicht viele Freizeitmöglichkeiten für die Familien der Ärzte, Pflegekräfte oder Patienten. Das ist ein Problem, dessen Gute Taten sich bald annehmen wird: wie Healing lebendiger gemacht wird, ohne übers Ziel hinauszuschießen. Hier am Rande des Cheyenne-River-Indianerreservats sind die Möglichkeiten einer räumlichen Ausdehnung der Stadt begrenzt, also steht der Bau von

Golfplätzen oder Einkaufszentren nicht zur Diskussion. Aber es gibt Möglichkeiten, das Leben der Bürger und Besucher von Healing zu verschönern, ohne die Grenzen zu erweitern, und die Schaffung von Arbeitsplätzen für die Menschen im Reservat wäre ein zusätzlicher Pluspunkt, wenn sein Plan aufgeht.

So früh am Morgen sind die Straßen fast leer, aber ein paar Autos sind unterwegs, und vor Brown Gargle steht eine Gruppe von Menschen für Kaffee an. Will geht an ihnen vorbei und erspäht das Gute-Taten-Gebäude. Es ist ein neues, einstöckiges Backsteingebäude, das auf dem Grundstück eines ehemaligen Einkaufszentrums errichtet wurde. Wills Meinung nach ist es eine hübsche Aufwertung der Stadt: klassisch und robust. Und die Lage ist unübertroffen. Es liegt in der Nähe der Klinik, der Altstadt und des Tallgrass. Und es ist nicht weit von der Methodistischen Kirche entfernt, in deren Untergeschoss zweimal täglich AA-Treffen abgehalten werden.

Wie viele Kleinstädte hat Healing einen ordentlichen Anteil an Alkoholikern und anderen Suchtkranken.

Will hat engagierte Mitarbeiter, aber es ist noch nicht mal acht Uhr, deshalb ist der Parkplatz von Gute Taten leer, und Wills BMW steht genau da, wo er ihn zurückgelassen hat. Gut geschützt in seinem Mantel und seinem beheizten Auto fährt er die kurze Strecke zu Eleanoras Haus.

Als Eleanora Molinaro vor dreißig Jahren nach Healing gekommen ist, spiegelte das Haus, für das sie sich entschied, das neue Leben wider, das sie zu führen gedachte. In der alten wohlhabenden Nachbarschaft von Langershire kaufte sie ein zweigeschossiges Sears Alhambra, das in den Zwanzigern erbaut worden war, und renovierte und vergrößerte es umfassend. Es ist eins der ältesten noch erhaltenen Häuser in Healing.

Während Will das Auto abstellt, denkt er über das Haus seiner Großmutter nach. Es ist von derselben klassischen Schönheit wie sie selbst. Rechter Hand, verborgen hinter dem großen, derzeit in Winterruhe befindlichen Rosengarten, liegt ein Gästehäuschen mit voll eingerichteter Küche, eigenem Hintereingang und separater Zufahrt. Es ist der perfekte Ort, um sich mit seinem seltsamen neuen Ehemann zu verstecken.

Er wischt sich die schweißfeuchten Hände an der Jeans ab. Die Kälte sticht ihm in die Nasenlöcher, als er auf die Eingangstür zugeht. Sein Herz trommelt. Der Boden schwankt unter seinen Füßen. Er drückt auf die Klingel, und kurz darauf öffnet Reba, die „Frau“ seiner Großmutter (er hat nie so recht herausgefunden, was das bedeutet), die Tür, noch im Morgenrock und gähnend. Das Grau in ihren dunklen Haaren glitzert in der Morgensonne, und ihre walnussfarbenen Augen zwinkern schläfrig, bis sie ihn erkennt.

„William! Komm rein, komm rein. Deine Großmutter wird sich ja so freuen, dich zu sehen. Sie dachte, du wärst diese Woche in Nevada.“

„Entschuldige, dass ich euch aufwecke.“

„Nein, wir sind schon auf. Wir trinken Kaffee und frühstücken. Komm mit.“ Sie nimmt seinen Mantel und hängt ihn an die Flurgarderobe.

Reba ist ein Teil von Wills Leben, so lange er zurückdenken kann. Als er klein war, hat sie ihn mit knusprigen Schinkenstreifen gefüttert und ihm Geschichten der Lakota erzählt, die ihr Großvater ihr beigebracht hatte. Auch wenn Reba im Haus seiner Großmutter lebt, hat Will die Art ihrer Beziehung zueinander nie verstanden. Sie schlafen manchmal im selben Bett, aber seine Mutter sagt, das ist nur aus Einsamkeit. Will ist sich da keineswegs sicher, doch Eleanora neigt dazu, Reba eher als Angestellte zu behandeln denn als Freundin oder Geliebte.

Es ist, wie es ist. Will hat das vor vielen Jahren entschieden, und er denkt es jetzt erneut, als er hinter Rebas schlankem Rücken durch den makellosen Flur in das sonnige Frühstückszimmer geht.

„William, mein Schatz!", ruft Eleanora. Ihr blondes Haar mit den grauen Strähnen ist zu einem eleganten Bob gelegt, und sie hat ihr Make-up frisch aufgetragen. In einem cremefarbenen Hosenanzug sitzt sie am Tisch, und plötzlich möchte Will am liebsten fragen, ob Reba sie anzieht, aber das ist ja absurd.

„Hallo, Nonna."

„Küsschen."

Will durchquert das sonnendurchflutete Zimmer, das nach Kaffee und warmem Brot riecht. Er beugt sich herab, um einen Kuss auf die Wange zu erhalten. Als er sich wieder aufrichten will, packt Eleanora ihn am Kragen und schaut ihm in die Augen.

„Raus damit. Was hast du getan? Ich kenne diesen Ausdruck. Das ist dein Ich-muss-was-beichten-Gesicht."

Reba schnappt sich ihre Kaffeetasse und den Teller mit Marmeladentoast und verlässt das Zimmer so schnell, als wäre sie hinausgeworfen worden.

Sobald die Tür sich hinter ihr geschlossen hat, gibt Will zu: „Ja, Nonna. Ich hab Mist gebaut."

Sie seufzt und tätschelt ihm die Wange. „Setz dich. Erzähl mir alles. Ich sehe mal, was ich machen kann."

Eleanora ist nicht allzu beeindruckt von seinem Dilemma, um es milde auszudrücken. Nachdem sie ihm eine Predigt gehalten und ihm sehr erfolgreich Schuldgefühle bezüglich der Gefahren des Komasaufens bei Diabetes vermittelt hat, ihn wegen seines verantwortungslosen und rücksichtslosen Verhaltens gerügt und, was am peinlichsten ist, ihn über die Wichtigkeit von Safe Sex unter allen Umständen belehrt hat, fühlt Will sich ungefähr zehn Zentimeter klein.

Es scheint, als hätte sie Mitleid mit ihm, denn sie schließt ihre Predigt ab. „Und nun die wichtige Frage, Schatz“, sagt Eleanora und schenkt sich aus einer verzierten Kanne noch etwas Kaffee nach. „Sieht er gut aus, dieser Dr. McCloud?“

„Nonna.“

Eleanora kichert. „Tja, ich kann es dir am Gesicht ablesen, dass er das tut. Ich freue mich darauf, den Mann kennenzulernen, der meinen Enkel zu einer derartigen Dummheit inspiriert hat.“ In ihren warmen Worten schwingt der Hauch einer Drohung mit. „Bis dahin werde ich ein paar Anrufe erledigen und sehen, was ich rausfinden kann.“

„Darf ich dich um noch einen Gefallen bitten?“

„Du bist sehr mutig, Liebling, nach deinem albernen Streich. Aber du weißt doch genau, dass deine Nonna dir nichts abschlagen kann, oder? Was brauchst du denn?“

„Wenn die Molinaros rausfinden, dass ich nicht gerade unsterblich verliebt in meinen neuen Ehemann bin, würde das einige Alarmglocken auslösen. Wir müssen irgendwo unterkommen, bis wir diese Angelegenheit geklärt haben. Natürlich können wir nicht bei Mama oder Oma Betty wohnen. Es wäre verdächtig, wenn Frischvermählte nicht einen Ort für sich allein haben wollten. Das Tallgrass ist machbar, und die Kosten sind kein Problem, aber es ist doch sehr öffentlich. Ich hatte gehofft, dass wir in dein Gästehaus ziehen können. Vorübergehend natürlich.“

Patrick aus dem Tallgrass an einen privateren Ort zu bringen scheint entscheidend dafür, die Scharade lange genug aufrechtzuerhalten, um die Scheidung zu organisieren. Will weiß nicht, wie viele Situationen wie die mit Perry er noch ertragen kann. Ganz zu schweigen davon, dass es ihm ein leichtes Schwindelgefühl verursacht, sich vorzustellen, tagein, tagaus mit Patrick in einer Hotelsuite zusammen zu sein. Kurz fragt er sich, ob er den Molinaro-Fonds immer noch behalten kann, wenn er Patrick ermordet. Er ist sich ziemlich sicher, dass es *dagegen* keine Molinaro-Regelung gibt. Mord war bei den Molinaros immer eine brauchbare Alternative, um die Konsequenzen einer außer Kontrolle geratenen Situation zu akzeptieren.

„Ich wünschte, ich könnte ja sagen, aber leider wird die Wohnung gerade renoviert. Sie ist von innen zurzeit komplett entkernt. Aber wenn ihr im Frühling noch verheiratet seid, könnt ihr gerne dort einziehen."

„Oh", sagt Will geknickt. „Dann bleiben wir wohl vorerst im Tallgrass. Mit ein bisschen Glück ist es ja in ein paar Wochen vorbei, oder?"

„Ich tue mein Bestes, Schatz. Aber wir kennen ja beide die Familie Molinaro." Sie kichert. „Oh, was war das für ein Schock, als ich in diesen Haufen hineingeheiratet habe! Sie sind impulsiv, aber gründlich. Wenn sie etwas wollen, tun sie alles, um es zu bekommen, und wenn man versucht, ihren Familienkodex zu umgehen oder irgendetwas zu tun, das ihre wertvolle ‚Ehre' verletzt … tja, das kann böse enden. Es kann sogar gefährlich sein."

„Ich weiß." Will presst die Lippen aufeinander. „Ich will dich nicht in irgendetwas verwickeln, bei dem jemand zu Schaden kommen könnte, Nonna. Also, bitte, wenn es so aussieht, als würde es auf so was hinauslaufen, dann lass einfach die Finger davon. Dann finde ich schon einen anderen Weg."

„Und welcher sollte das sein, Will? Dr. McCloud um die Ecke bringen? Bitte. Du bist nicht der Typ für so was. Wofür ich Gott danke, nebenbei bemerkt. Du bist kein bisschen wie Tony, Blutsverwandtschaft hin oder her." Eleanora nippt an ihrem Kaffee. „Nein, es könnte zwar ein bisschen dauern, aber ich werde dieser Sache meine ungeteilte Aufmerksamkeit widmen."

„Danke, Nonna." Will küsst sie auf die Wange. „Und sag Mama bitte nichts, bis ich die Gelegenheit hatte, mit ihr zu reden. Sie muss es von mir erfahren."

„Du verdirbst mir den ganzen Spaß." Eleanora zieht einen Flunsch. „Na gut, aber sag es ihr möglichst bald, denn in dieser Stadt verbreiten sich die Neuigkeiten wie ein Lauffeuer. Ich nehme an, das ist der Grund, warum du den Hotelangestellten alles darüber erzählst. Die Molinaros werden erfahren, dass du dich glücklich in der Flitterwochen-Suite eingerichtet hast. Nette Idee. Aber du musst aufpassen, wem du die Wahrheit über dieses Geheimnis verrätst."

„Mama ist vertrauenswürdig."

„Natürlich ist sie das. Und dein Onkel ebenfalls. Aber die Kinder nicht. Sie sind noch zu jung für so schwere Geheimnisse."

„Da gebe ich dir Recht."

„Und, tja, ich denke auch an … Schatz, was ist denn mit Ryan?"

Will beißt sich auf die Unterlippe und schüttelt den Kopf, die Augen auf den Boden gerichtet. „Das wird kein Problem sein."

„Ich weiß, dass der Junge dir den Laufpass gegeben hat. Was für ein dummer junger Mann. Ich kenne ja eure Probleme nicht so genau, aber mal im Ernst – Schatz, er ist ein Idiot.“

„Nonna …“

„Will, ich weiß, dass du dir etwas aus ihm machst, aber du kannst ihm unmöglich die Wahrheit sagen. Das ist ein viel zu großes Risiko, besonders da seine Loyalität nicht garantiert ist.“

„Ryan macht sich auch noch was aus mir“, sagt Will, aber tief im Inneren empfindet er daran einigen Zweifel. „Er würde nichts tun, um mich zu gefährden …“

„Liebling, mach dir doch nichts vor.“ Eleanora schnieft. Sie mochte Ryan nie besonders. „Nein, William, in dieser Angelegenheit kannst du ihm nicht vertrauen. Du musst ihn wie alle anderen auch glauben machen, dass es eine Liebesheirat war.“

„Ach, komm, als wenn das überhaupt möglich wäre. Er kennt mich viel zu gut.“

„Du musst einfach sehr, sehr überzeugend sein, ja? Ich muss dich wohl nicht daran erinnern, was hier auf dem Spiel steht. Du musst schauspielern bis zum Äußersten, hörst du?“

Will nickt. Er sinkt auf seinem Stuhl zusammen und versucht, sich selbst klein zu machen; sich mehr Stärke zu verschaffen, indem er weniger Raum einnimmt.

Eleanora geht um den Tisch herum, und Will umarmt sie fest, riecht ihr parfümiertes Haar und lässt sie nicht mehr los.

„Na, na, Liebling. Das ist schon ein ziemliches Dilemma, aber wir schaffen das. Inzwischen pass auf dich auf. Und nichts trinken, verstanden? Oder brauchst du in dieser Hinsicht Hilfe? Würde dir ein Aufenthalt in einer Rehaklinik helfen?"

Will zieht sich zurück und schüttelt den Kopf. Sie sucht seinen Blick. „Na schön. Ich weiß, dass du damit umgehen kannst, William. Es wird ein bisschen Zeit brauchen. Das ist eine delikate Angelegenheit, und ich kann sie nicht angehen, indem ich direkt Forderungen stelle. Die Molinaros mögen keine Forderungen."

„Ein Monat?"

„Vielleicht auch mehr."

„*Mehr* als ein Monat?"

„Schsch. Es gibt eben Schlamassel, deren Behebung etwas länger dauert. Hab einfach Vertrauen und sei geduldig. Geht das?"

„Ja." Aber was Patrick angeht, da ist er sich nicht sicher.

Kapitel 6

Will muss sich ein bisschen Mut antrinken, ehe er das alles seiner Mama gesteht, und da er wieder absolut in der Spur ist, wird er das in Form von Koffein tun. Massenhaft Koffein.

Er stellt den Wagen wieder bei Gute Taten ab und macht sich auf den Weg zum einzigen Café der Stadt. Das Brown Gargle ist relativ neu, aber aufgemacht wie ein Western-Saloon. Von außen ist es ganz mit Holz verkleidet, und es gibt eine Vorderveranda, auf der man im Sommer Eiskaffee trinken kann. Auf den wetterfesten Glaseingang sind sogar falsche Schwingtüren gemalt. Es ist zwei Grad und bedeckt. Schneeflocken taumeln langsam herab, während er läuft. Noch ist es zu warm, als dass sie liegen bleiben würden, aber bald wird der Schnee sich türmen. Im Januar hat er mit Sicherheit eine beachtliche Höhe erreicht, aber wenn es jetzt schon schneit, steigen die Chancen auf weiße Weihnachten.

Will seufzt. Die Weihnachtsdekoration überall in der Stadt deprimiert ihn noch mehr. Es ist, als wollten die Kränze, Bögen und der hohe Christbaum im Zentrum von Old Healing ihn mit ihrer Heiterkeit verspotten. Er hat schon ein Geschenk für Ryan. Er hat es schon seit Monaten, und jetzt weiß er nicht mal, ob er es ihm geben kann – oder ob Ryan es überhaupt will.

Als er das Brown Gargle betritt, dudelt ihm Weihnachtsheiterkeit in Form von *Joy to the World* entgegen, gesungen von einem Kinderchor. Seine Augen brennen und seine Kehle wird eng.

„Das Übliche?“, fragt Jax. Er ist Wills Lieblings-Barista, weil er sich so sexy gegen den Tresen lehnt, sein schwarzes

Haar ordentlich liegt und seine dunklen Augen immer vor Wärme strahlen. Er kommt zum Arbeiten aus dem Reservat. Und Will hat immer schon gedacht, wie schade es ist, dass der Junge hetero ist.

„Ich weiß noch nicht so recht. Kleinen Moment noch."

„Kein Problem." Er wischt die Theke ab und fängt an, das Regal mit den winzigen, bunten Teetassen zu sortieren. Jax wirft ihm einen Blick zu. „Alles okay mit dir?"

„Ja. Warum?"

„Deine Hände zittern. Und die Leute reden über dich."

Will schiebt die Hände in seine Manteltaschen. „Wieso, was denn?"

„Ich interessiere mich nicht für Tratschereien. Ich hab bloß Namen gehört. Deiner ist heute Morgen ziemlich oft erwähnt worden."

Wills Herz hämmert, und er versucht, sich zusammenzureißen. „Tja, also …"

Jax lächelt. „Pass einfach ein bisschen auf, okay? Du bist ein anständiger Kerl. Wir mögen dich hier."

„Verstanden. Danke." Will räuspert sich, errötet ein bisschen und liest sich die Getränkekarte durch, die über dem hölzernen Bar-alias-Cafétresen hängt.

Normalerweise bestellt er eine Buckaroo-Portion Medium Roast Brown Gargle, was Westernsprache für Kaffee ist. Er ist klein, aber anregend. Wenn er übermüdet ist, nimmt er die Bangtail-Portion: mittelgroß und superanregend. Aber heute? Heute wird er einen Bronco Buster von dem Dark Roast nehmen, denn wenn sein Herz aufgrund einer Überdosis Koffein explodiert, ist er wenigstens all den Ärger los.

Er gibt seine selbstmörderische Bestellung auf, und während Jax ihm das Getränk eingießt, lässt er seinen Blick über all das Weihnachtsgebäck wandern. Schneemann-

Lebkuchen scheinen ihm besonders verlockend. Aber er hat schon seit Tagen nicht mehr trainiert, nicht richtig. Sex zählt ja nicht. Er sollte keinen essen, egal wie gut sie aussehen. Also zwingt er sich, den Blick von den reizvollen Süßigkeiten abzuwenden. Er muss Patrick abholen und zu seiner Mutter gehen, ehe der Klatsch sie erreicht. Aber er ist noch nicht bereit dazu.

Als er sich umdreht, um zu sehen, ob sein Lieblingstisch in der vorderen Ecke frei ist, stockt Will der Atem, als habe er einen Schlag in den Magen bekommen. Der Raum schwankt, und er greift nach der Theke, während sein Kopf sich dreht und die Galle ihm die Kehle hochsteigt.

Da sind Ryan und Hartley.

Sie sitzen dicht beieinander auf einer Bank, nicht mal zwei Meter entfernt. Ryans dunkler, kurzgeschorener Kopf ist gebeugt, damit Hartley, kleiner und bei weitem kompakter als Ryan, ihm direkt ins Ohr sprechen kann. Hartley Kills Enemys schulterlanges schwarzes Haar ist zu einem Zopf gebunden, und sein breites, attraktives Gesicht ist so glatt und ruhig wie immer, sogar als Ryan in Gelächter ausbricht über was auch immer er ihm gerade erzählt hat. Ryans blaue Augen funkeln, und sein Mund öffnet sich zu einem glücklichen Lächeln, das Will schon sehr lange nicht mehr gesehen hat.

Will dreht sich rasch wieder zu Jax um und bezahlt seinen Kaffee.

Es sind Ryans fröhliches Lachen und Hartleys darüberliegende Stimme, die ihn lähmen und an Ort und Stelle verharren lassen.

„Und John La Beau hat den Witz immer noch nicht kapiert“, sagt Hartley. „Du bist *wašicun* – kein Lakota. Soll jetzt nicht beleidigend sein. Aber selbst du verstehst es.“

Ryan klingt so verdammt glücklich, als er scherzt: „Ich weiß nicht, Hartley. Bist du sicher, dass du da nichts Unanständiges zu mir sagst?"

Hartley antwortet mit seiner gewohnten Ernsthaftigkeit. „Manche Menschen glauben, *wašicun* heißt ‚der das Fett gestohlen hat'. Aber das stimmt nicht. Es ist ein Wortspiel aus *wašin icu.* Wörtlich ‚nimmt das Fett'. Die Bedeutung von *wašicun* – egal ob als Beleidigung oder bei neutraler Verwendung – hängt vom Tonfall und vom Zeitpunkt ab." Hartleys typischer gelassener Gesichtsausdruck wird unglaublich zärtlich. „Ich würde nie etwas Schmutziges zu dir sagen, Ryan. Es sei denn, du willst es."

Will schnaubt und verdreht die Augen. Diese Beziehung ist bereits zum Scheitern verurteilt. Ryan hasst Dirty Talk.

Ryan sieht Hartley von der Seite an, seine Lippen zu einem beschämten Lächeln gekräuselt. „Vielleicht irgendwann, wenn ich mich sicher genug dabei fühle. Ist das okay?"

Will beginnt zu frieren.

„Natürlich. Ich will, dass du dich bei mir wohl fühlst, so wie gestern Abend. Ich möchte nie, dass du es als peinlich oder erniedrigend empfindest, was wir zusammen machen; was wir füreinander sind."

„Ich vertraue dir, Hartley."

„Tja, ist ja schön, dass du jemandem vertraust", stößt Will hervor, ehe er überhaupt zu sprechen beschlossen hat.

„Ach, Will." Ryan rückt schuldbewusst von Hartley ab, der sich zurücklehnt und entspannt die Beine ausstreckt. Sein Gesicht zeigt nicht mal einen Anflug von Beschämung. Ryan dagegen sieht aus, als hätte man ihn gerade mitten auf der Straße mit der Hand in der Unterhose erwischt. „Du bist aber früh wieder da. Ich dachte, du wolltest die ganze Woche in Vegas bleiben?"

„Es gab eine Planänderung." Will starrt ihn mit zusammengepresstem Kiefer an. „Wie ich sehe, bei dir auch." Das Herz hämmert ihm schmerzhaft in der Brust.

Ryan greift nach Hartleys Hand. „Ich weiß, das ist jetzt ein bisschen peinlich, und es tut mir leid, wenn es dich verletzt. Das haben wir nie gewollt."

Wills Schultern straffen sich, und er verschränkt die Arme vor der Brust. Mit dem Daumen dreht er den Ring an seinem Finger. „Ach ja?"

„Natürlich nicht. Du wirst mir immer wichtig sein, Will. Wir hatten viele gemeinsame Jahre, und die kann man nicht einfach wegwischen. Aber …" Er schluckt und sieht Hartley an. „Wir waren schon lange nicht mehr glücklich miteinander. Das musst du doch zugeben."

„Muss ich das?"

„Bitte, Will. Wir wollen doch am Ende nur das Beste für alle."

Hartley nickt.

„Ich hab auch Neuigkeiten. Ich hab in Vegas jemanden kennengelernt."

„Du hast jemanden kennengelernt?" Ryan hört sich an, als würde Will kein Englisch sprechen.

„Ja."

„Du meinst, einen Mann?", fragt Hartley.

„Genau." Will spürt seine Lippen nicht mehr, aber er fährt fort: „Ich bin in ihn verliebt. Und er in mich."

„Will", sagt Ryan, und in seinen Augen schwimmt Mitleid.

„Wir haben geheiratet." Er wedelt mit der linken Hand vor ihnen herum. Er hört sich an wie ein Irrer. Vermutlich sieht er auch so aus, zumindest starren Ryan und Hartley ihn so an.

Ryans Gesicht ist bleich geworden, und er zieht die Augenbrauen zusammen. „Ihr habt *was*?"

„Du hast mich schon verstanden." Will kann nicht mehr atmen. Er dreht sich auf dem Absatz um und verlässt das Café. Die frische, kühle Luft schlägt ihm entgegen, und er saugt sie japsend ein wie ein gefangener Fisch. Er ist noch keine fünfzehn Schritte entfernt, als Ryan ihn am Arm packt und herumdreht. Hartley wartet im Hintergrund und strahlt Besorgnis aus, während die Spitze seines dunklen Zopfes im Wind flattert.

„Will, sag mir, dass das nicht dein Ernst ist." Ryans Griff um seinen Arm ist fest.

„Doch. Mein völliger Ernst. Wir haben uns vorgestern Abend kennengelernt und, na ja, es führte eins zum anderen." Sein Lächeln ist eine starre, schmerzhafte Maske.

„Du hast einen Mann geheiratet, den du in Las Vegas kennengelernt hast? Nach was? Nach einem Tag?"

Dass Ryans Miene zwischen Sorge und Abscheu schwankt, stachelt ihn an. Will zuckt die Schultern. „Tja, was soll ich sagen? Er ist einfach unglaublich, und wir wussten beide, dass es einfach das Richtige ist. Du weißt ja, wie das ist."

„Nein. Weiß ich *nicht*." Ryans Griff verstärkt sich so, dass es wehtut, und Will macht sich von ihm los.

„Will, vor zwei Tagen hast du noch darüber geredet, wie gut *wir* zueinander passen. Und jetzt bist du *verheiratet*?"

Will blickt mit erhobenen Augenbrauen in Hartleys Richtung. „Schon komisch, wie schnell die Dinge sich ändern können, was?"

Ryan glotzt ihn an.

Hartley kommt behutsam näher und sagt auf seine gelassene, ruhige Art: „Glückwunsch, Will. Wie heißt er denn?"

„Dr. Patrick McCloud." Will hebt das Kinn. „Er ist Neurochirurg."

„Will?" Ryan klingt, als spreche er mit einem wilden Tier oder einem sehr dummen Kind. „Hast du etwas *getrunken*?"

Will schnalzt mit der Zunge und wendet sich ab.

Aber Ryan greift erneut nach seinem Arm und hält ihn fest. „Weiß deine Mutter davon? Nein, oder? Sie hätte doch was gesagt, als ich deine Sachen aus der Wohnung vorbeigebracht habe."

Wills Lachen schmerzt. „Ach so, du hast also schon meine Sachen gepackt und mich vor die Tür gesetzt? Hast du es so eilig?"

Ryans Augen weiten sich, als wäre Will jetzt total verrückt geworden. „Ich? Ich bin doch nicht derjenige, der im Suff irgendeinen Wildfremden in Vegas geheiratet hat!"

Will überläuft es kalt und heiß. Er zittert am ganzen Körper. Er will es abstreiten, will sagen, dass Ryans Anschuldigung absolut unwahr ist, aber draußen vor dem Café stehen Leute und hören zu. Er erinnert sich daran, dass Eleanora ihm gesagt hat, er müsse schauspielern, und in seinem Kopf erklingt Patricks Stimme, wie er sich über die in den Büschen lauernden Molinaros auslässt.

„Du solltest wissen", sagt Will und stößt Ryan den Finger in die Brust, „dass Patrick die Liebe meines Lebens ist, und ich bin überglücklich, mit ihm verheiratet zu sein." Er ist so voller Wut und Verletztheit, dass er gar nicht merkt, wie er lügt.

Hartley hebt eine Augenbraue, und Ryan starrt ihn geschockt an. Will haut ab, ehe Ryan oder irgendjemand anderes ihn aufhalten und noch weiter ausfragen kann.

***

Patrick isst nicht die *ganze* Zeit, in der Will weg ist. Selbst *sein* Magen hat Grenzen. Aber in Anbetracht dessen, wie lecker das Essen hier ist, wünschte er, er könnte es. Er lässt sich wieder aufs Bett fallen, voll wie eine Pekingente.

Seine Gedanken wandern zu seiner anderen Lieblingsbeschäftigung: Sex. Sein ganzer Körper kribbelt bei der Erinnerung daran, wie er und Will sich aneinandergeklammert und stundenlang Genüsse erforscht haben. Er stöhnt auf, als ihm einfällt, wie sich der feuchte Atem zwischen ihren Körpern anfühlte und wie es heiß und klebrig aus ihnen herausgespritzt ist. Für lange, herrliche Stunden war dies der köstliche Sinn und Zweck seines Daseins gewesen.

Eine Erforschung seines Gedächtnisses ergibt, dass eins außer Frage steht: Die Nacht mit Will war die intensivste zwischenmenschliche Erfahrung seines ganzen Lebens. Doch diese Information ist jetzt relativ wertlos. Will ist nicht daran interessiert, die Vorstellung zu wiederholen, und so kompliziert, wie sich alles entwickelt hat, wäre es ohnehin keine gute Idee, noch tiefer einzusteigen.

Heute wird Patrick also schlau sein. Er wird alles googeln, was er über Will Patterson finden kann. Amüsanterweise hat der erste Treffer für Wills Namen nichts mit Gute Taten zu tun, sondern mit einem Online-Boulevardportal namens *The Hurting Times*. Das klingt wie ein Pornofilm, und er stellt fest, dass es sich auch weitgehend so liest.

Ein rasches Überfliegen der Seiten zeigt, dass es sich schlicht und einfach um eine Klatschwebsite handelt. Aber nach dem, was Patrick anhand der Gegenproben bei respektableren Zeitungen wie *The Healing Times* und *West of Rez* beurteilen kann, ist fast alles bei *The Hurting Times* ziemlich zutreffend. Die Website lässt sich nicht nur detailliert über wirklich nachrichtenwürdige Ereignisse wie Schießereien, Vergewaltigungen, versuchte Morde und Drogenfunde aus, sondern präsentiert auch nicht ganz so geheime Themen, beispielsweise wer mit wem schläft, sowie ein brillantes Forum, das die schmutzige Wäsche der Bürger von Healing wäscht. Diese Stadt ist wie eine Jerry-Springer-Serie über Drogen. Und Wills Name taucht immer wieder darin auf.

Die erste Erwähnung Wills in *The Hurting Times* ist eine Geburtsanzeige aus den archivierten Yahoo-Listserv-Beständen. Eine Woche später gibt es eine Folgemeldung: *Molinaro-Baby hat einen Namen! Quellen aus der Umgebung von Tony und Kimberley Molinaro sagen, der Junge soll Guglielmo „William" Michael Molinaro heißen.*

Guglielmo. Wills richtiger Name ist *Guglielmo.* Das wusste Patrick natürlich schon, aber seinen vollständigen Namen gedruckt zu sehen ist … na ja, es löst ein komisches Gefühl in ihm aus, so als würde er sich Babyfotos ansehen. Es ist krass, oder vielleicht auch irgendwie süß. Sein Magen zieht sich zusammen, aber er konzentriert sich auf den nächsten Treffer in Bezug auf Will.

Tony und Kimberly Molinaros Skandalscheidung! Eine Vanessa Miller aus Minneapolis wurde letzte Woche von einer Tochter entbunden, Ellen Elizabeth Molinaro. Eingeweihte sagen, Kimberly habe am nächsten Tag die Scheidung eingereicht.

Was für ein Drama!

Patrick klickt auf den Forenthread, der sich ausgiebig mit Kimberlys Abfolge kurzer Ehen beschäftigt, darunter eine mit einem Roger Flemings. Trotz der fortgeschrittenen Schwangerschaft mit Rogers Kind wurden Tony und Kimberly offenbar hinter dem Kino von der Polizei in flagranti auf der Motorhaube seines Autos überrascht.

„Ganz schön kess. Das hat Will wohl geerbt", murmelt Patrick vor sich hin.

Connor wurde einen Monat später geboren und hatte, wenn man dem Klatsch glauben darf, rote Haare wie Roger Fleming. Dieses kleine Detail brachte Gerüchte zum Schweigen, dass er Tonys Sohn sein könne. Vier Wochen nach Connors Geburt ertrank Roger mitten in der Nacht im Schwimmbecken des YMCA und hinterließ dabei eine Menge offener Fragen. Erstens hatte Roger keinen Schlüssel zu dem Gelände, es konnte nicht nachvollzogen werden, wie er hineingelangt war, und, was am verdächtigsten war, Roger hatte schreckliche Angst vor Wasser: Der Mann konnte gar nicht schwimmen.

Die Klatschseite zögert nicht, mit dem Finger auf die Molinaros zu deuten. Auf eben jene Familie, die Patrick und Will zu ihrer Hochzeit einen Glückwunsch-Blumenstrauß geschickt hat. *Okay, also ist Wills Paranoia vielleicht doch nicht völlig durchgeknallt.* Aber das wird Patrick ihm natürlich nicht sagen. Dass die Hochzeit von der Familie Molinaro als Fake enttarnt wird, ist immer noch ein sehr leicht zugänglicher Notausgang.

Patrick seufzt und klickt einen letzten Thread an. Er ist voller Tratsch über eine weitere Ehe Kimberlys, diesmal mit einem Monty Edison, und auch sie endet mit dem Tod des Mannes. Glücklicherweise einem weniger mysteriösen: ein Herzinfarkt während einer Campingtour mit ein paar Kumpels in den Badlands.

Patrick reibt sich die Augen. Also gut. Will hatte ein chaotisches Leben. Nachdem er den Klatsch in *The Hurting Times* gelesen hat, kann daran kein Zweifel bestehen.

Patrick kann das nachvollziehen. Auch seine eigene Kindheit war weder behütet noch erbaulich. Aber für Will sollte diese ganze Hochzeit-in-Vegas-Angelegenheit eigentlich nicht mehr sein als das unterhaltsame Sahnehäubchen auf einer Elendstorte. Stattdessen wird sie Will alles kosten. Was immer auch „alles“ ist, und das ist eine gute Frage, die Patrick ebenfalls zu klären beschließt.

Nach nur dreißig Minuten Recherche lehnt er sich zurück und seufzt. Wills Stiftung vollbringt gute Taten, genau wie ihr Name es sagt. Es ist verblüffend, die vollständigen Auswirkungen von Wills Geld auf die Welt zu betrachten. Er befasst sich noch ein bisschen intensiver mit Wills Stiftung und findet heraus, dass es immer eindrucksvoller wird. Was zum Teufel versucht Will eigentlich mit all dieser Wohltätigkeit zu beweisen?

Die Augen verdrehend schließt Patrick seinen Laptop. Er klatscht die Handflächen auf die Oberschenkel und steht auf, um sich zu strecken. *In der Falle. Total in der Falle.* Schweißperlen bilden sich auf seiner Stirn, und er atmet tief durch. *Nein. Nicht in der Falle.* Er kann sich immer noch scheiden lassen und abhauen.

Klar kann er das. Wenn er der Grund für den Untergang des gesamten Zu-gut-um-wahr-zu-sein-Reiches sein will. Verdammt noch mal.

Er schiebt sich den Hotelschlüssel in die Tasche und steuert auf die Tür zu. Er muss aus diesem Zimmer raus, denn wenigstens *diese* Option steht ihm noch frei.

***

Es ist saukalt, und Patrick bibbert in seinem Businesshemd und dem leichten Jackett. Als er in Atlanta losgefahren ist, hat er für den Herbst in Nevada gepackt, nicht für diese Reise zur Hölle, die offiziell eingefroren ist. Er läuft durch etwas namens Old Healing, was nicht länger als ungefähr zehn Minuten dauert. Es gibt eine Apotheke und eine Buchhandlung, beide mit sehr weihnachtlicher Schaufensterdekoration, gefolgt von einem Laden, der Hochzeitskleidung mit festlichen Brautjungfernkostümen und Zubehör verkauft. Wenn Patrick nur allein an all die Patterson/Molinaro-Hochzeiten und -Scheidungen denkt, kann er wohl davon ausgehen, dass Hochzeiten in dieser Stadt ein echt gutes Geschäft sind.

Der nächste Laden, an dem er vorbeikommt, führt Sportartikel und hat rote und grüne Kanus, Campingausrüstung und Gore-Tex-Jacken im Schaufenster. Patrick betritt die Wärme des Geschäfts, findet sofort einen Einkaufswagen und lenkt ihn zu den Winterjacken und Handschuhen. Mithilfe von Google und seinem Smartphone erstellt er eine brauchbare Liste von Marken und Anforderungen für Kälteschutzbekleidung. Er wählt eine weinrote Jacke und dazu passende Handschuhe, dann geht er in die Stiefelabteilung. Dort findet er ein dunkelgraues Paar mit Profilsohle und warmem Innenfutter.

Er greift nach einer Schachtel mit seiner Größe und setzt sich auf den Boden, um sie anzuprobieren. Kein Verkäufer taucht auf, um ihm zu helfen, worüber er froh ist. Er trifft lieber seine eigenen Entscheidungen, ohne angequatscht zu werden. Die Stiefel sind brauchbar und leicht genug, um sie wieder mit nach Atlanta zu nehmen oder wohin auch immer er geht, wenn das hier alles vorüber ist. Bis dahin werden ihm wenigstens nicht die Zehen abfrieren. Die Wettervorhersage auf seinem Handy verkündet Minusgrade, und in den folgenden Wochen soll es vermutlich noch kälter werden. Er zieht die Stiefel wieder aus und stopft sie planlos in die Schachtel, die er dann zu den restlichen Sachen in den Einkaufswagen legt.

Als Nächstes sucht er sich ein paar gute Stricksocken in Grau und Schwarz aus. Er nimmt einen bordeauxroten Fleecepulli und einen blauen Hoodie, dazu eine Jogginghose zum Rumgammeln im Hotelzimmer. Sein Blick fällt auf einen Stapel bunter, aufgerollter Yogamatten, und er macht einen Umweg, um sich davon auch ein paar zu schnappen.

Dann schiebt er den Einkaufswagen zur Kasse. „Setzen Sie es auf Will Pattersons Rechnung."

Der schlaffhaarige Junge hinter der Theke starrt ihn an. „Ähm, wer sind Sie denn?"

„Dr. McCloud … äh … Patterson." Er seufzt, zwickt sich in den Nasenrücken und sagt: „Hören Sie mal, hat Will hier ein Kundenkonto oder nicht?"

„Ja, hat er."

„Super. Dann setzen Sie es da drauf. Ich bin sein Mann."

„Oh!" Er wirft die Haare zurück. „Ich hab gehört, dass er geheiratet hat. Meine Freundin hat mir das erzählt."

„Ihre Freundin? Woher sollte Ihre Freundin das denn …? Egal. Ich kann's mir vorstellen." Die Stromversorgung in dieser Stadt wird wahrscheinlich durch Klatsch sichergestellt. „Packen Sie das hier einfach ein, und dann bin ich auch schon wieder weg."

Der Junge tut, was von ihm verlangt wird, und Patrick fragt sich, wie helle der Bursche ist. Kann jeder hier reinkommen, behaupten, er wäre der neue Ehemann von irgendeinem Einwohner, und dann mit einem Haufen unbezahlter Klamotten wieder rausgehen? Der Junge hat überhaupt keinen Nachweis von ihm verlangt. Er hat nicht mal Will angerufen, um Patricks Story zu überprüfen. Vielleicht ist diese Stadt voll mit beschränkten, klatschenden Sexsüchtigen.

„Bitte schön, Dr. McCloud-äh-Patterson“, sagt der Junge. „Glückwunsch! Ich hoffe, Sie und Will werden superglücklich zusammen. Ich meine, ich selbst steh nicht auf Männer, aber ich find das wirklich gut, dass Leute wie Sie jetzt heiraten können. Mein Vater sagt, das ist nur gerecht.“

Patrick will etwas Scharfes erwidern, aber überlegt es sich anders. Er nimmt die Tüte mit den Yogamatten, zieht die neue Jacke und die Handschuhe heraus und verlässt den Laden.

„Beehren Sie uns bald wieder!“

Patrick geht um die Ecke und ist wieder da, wo er angefangen hat, neben der Apotheke und einem großen, geschmückten Weihnachtsbaum. Gelangweilt vom Einkaufen und bereit für ein bisschen Koffein steuert er einen Laden namens Brown Gargle an und nimmt die Kuchentheke in Augenschein. Es gibt Lebkuchenmänner, -frauen und -schneemänner und Elfen-, Weihnachtsmann- und Weihnachtsfraukekse mit buntem Zuckerguss. Er amüsiert sich über den Anblick eines kompletten Krippenplätzchensets – Josef, Maria, die heiligen drei Könige, die Hirten und ein winziges Jesuskind. Sie sehen alle gut aus, aber sie sind nicht ganz das, wonach er sucht.

Dann sieht er ihn. Einen einsamen, dicken Donut, aus dem die Marmelade tropft. Sein Magen knurrt, und das Wasser läuft ihm im Mund zusammen. Er will gerade seine Bestellung aufgeben, doch zu seinem Entsetzen wird er aus der Kuchentheke genommen, auf einen Teller gelegt und einer winzigen blonden Frau überreicht.

Patrick kocht. „Hey, das ist mein Donut!" Der Barista scheint nicht geneigt, ihm zuzustimmen, sondern nimmt das Geld von der Frau entgegen und grinst, als sie eine gefaltete Dollarnote in den Trinkgeldkasten schiebt.

Er schlägt mit der Hand auf die Abdeckung des gläsernen Schaukastens. „Ich wollte das gerade bestellen. *Sie* ist einfach reingekommen und hat kein Wort gesagt."

Der Barista hebt eine Augenbraue, dann beäugt er demonstrativ Patricks auf der Glasscheibe liegende Hand. „Finger weg, bitte. Das ist zerbrechlich."

Patrick zieht seine Hand weg und blafft: „Was! Das ist mein Donut!"

„Sie ist Stammkundin. Sie nimmt den immer."

„Aber ich war zuerst hier." Es spielt keine Rolle, dass er heute Morgen erst Donuts gegessen hat; es geht jetzt nur noch um den Sieg.

Der rote Pullover der Frau spannt sich über ihrer üppigen Brust, als sie sie herausstreckt. „Da sind doch noch andere Donuts", sagt sie, schleudert ihren blonden Pferdeschwanz zur Seite und starrt zu ihm hoch, als wäre ihm ein Arschloch an der Stelle gewachsen, wo sein Mund sein sollte. „Mit Zuckerguss, mit Schokolade, mit Streuseln. Warum suchen Sie sich nicht einfach einen anderen aus?"

„Warum suchen *Sie* sich nicht einen anderen aus?"

„Weil ich die Marmelade mag." Sie hebt die Augenbrauen und starrt ihn mit großen, unschuldigen blauen Augen an, die die Frechheit ihres Tonfalls Lügen strafen. Sie schiebt eine Hüfte vor, der kleine schwarze Bleistiftrock schmiegt sich um ihre Kurven, und ein glänzender schwarzer Absatzschuh klopft unheilverkündend auf den sauberen, braunen Dielenboden. Zum Glück lässt Patrick sich nicht von hübschen Frauen beeindrucken. Schwul zu sein ist manchmal ein taktischer Vorteil.

„Tja, ich auch."

„Ladies first."

Patrick schnaubt. „Junge Frau, man hat mir schon einiges unterstellt, aber noch nie, dass ich ein Gentleman bin."

Sie legt die Hände auf die Hüften und reckt das spitze Kinn vor. „O mein Gott, was ist denn mit Ihnen los? Lassen Sie mich einfach den Donut essen!"

„Nein!"

Ein plötzlicher jammernder Schrei erklingt, und die Frau wendet sich ab, um sich zu dem Kinderwagen herunterzubeugen, den Patrick vorher nicht bemerkt hat. Sie holt ein Baby heraus und drückt es an sich. „Hey, hey, mein Kleiner", murmelt sie. „Ist ja schon gut, alles ist gut."

Patrick wendet sich wieder dem Barista zu, während sie abgelenkt ist. „Ich nehme mir jetzt den Donut."

„Hey!" Die Frau schlägt ihm gegen die Schulter, überraschend stark, insbesondere für jemanden, der mit dem anderen Arm ein Kind hält.

Patrick seufzt. Er hasst es, eine Niederlage eingestehen zu müssen, aber das Baby starrt ihn an und hat mitten im Heulen innegehalten, als wolle es sehen, was Patrick jetzt tut. „Na schön. Sollen wir ihn uns teilen?"

Die Frau wirft den Kopf zurück, sieht ihn prüfend an und lächelt schließlich. „Klar. Warum nicht? Das ist eine viel zivilere Lösung, als darum zu kämpfen, oder?"

„Ich denke schon."

„Wenn Sie diesen Vorschlag gleich gemacht hätten, dann wäre ich vielleicht …"

Patrick unterbricht sie, um einen weiteren Donut mit Zuckerguss und einen Café latte zu bestellen, wobei er sich weigert, ihn mit dem lächerlichen Namen auf der Karte zu benennen: Calamalatte Jane.

Patrick trägt den Teller mit den Donuts zu einem Tisch, zerteilt den mit der Marmelade und hält die Hälfte der Frau hin, die ihm gefolgt ist. Sie hat das Baby wieder in den Kinderwagen gelegt, und Patrick erwartet erneutes Geschrei zu hören, aber es kommt keins. Ein rascher Blick zeigt, dass das Kind irgendwie eingeschlafen ist.

Patrick wartet. Die Frau nimmt den Donut, aber sie geht nicht. Stattdessen setzt sie sich, offenbar in der Annahme, wenn sie sich einen Donut teilen, könnten sie sich auch einen Tisch teilen. Sie beißt ab, die Marmelade hinterlässt eine Spur auf ihrer pinkfarbenen Unterlippe. Sie leckt sie weg.

„Was machen Sie so?“, fragt er.

„Ich heiße Jenny. Und dieser kleine Mann ist Dylan“, sie deutet auf das Baby.

Patrick grunzt.

„Und?“ Sie wendet sich ihm zu und macht eine kreisförmige Handbewegung.

„Was?“

„Wollen Sie sich nicht vorstellen?“

Patrick fragt sich einen Moment lang, was sie sagen würde, wenn er die Einladung zur Kontaktaufnahme ablehnte. „Dr. McCloud“, sagt er knapp und wendet sich wieder seinen Donuts zu, in der Hoffnung, dass sie den Wink versteht und zu einem anderen Tisch geht oder, noch besser, das Café ganz verlässt.

Sie verdrückt ihre Hälfte des Donuts und seufzt zufrieden.

Der Barista bringt Patricks Café latte. Er ist wunderhübsch zubereitet, mit dem Bild einer Westernpistole im

Milchschaum. Er probiert und stöhnt. Vermutlich haben die Baristas in Healing nichts Besseres zu tun, als den wohlschmeckendsten Café latte der Welt zu perfektionieren.

Als der Barista sich zum Gehen wendet, berührt Jenny seinen Arm, bestellt einen Kaffee und noch einen Donut mit Streuseln. Dann richtet sie sich am Tisch ein, steckt ihr Portemonnaie und die Windeltasche weg und deckt das Baby mit einer Decke zu.

Patrick hebt eine Augenbraue. „Oh, gerne", sagt er sarkastisch. „Selbstverständlich können Sie mir Gesellschaft leisten."

Jenny lächelt warmherzig. „Danke. Mach ich. Also", sagt sie und beugt sich vor. „Healing ist klein. Hier kennt jeder jeden. Und Sie sind ein Fremder." Sie grinst, weiß und zahnreich. „Was führt Sie in diese Stadt?"

Patrick seufzt und klopft rhythmisch mit den Fingern auf den Tisch. Er ist nicht ganz sicher, wie er diese Frage beantworten soll oder was Will wünschen würde. „Ich bin Neurochirurg."

„Oh! Dann sind Sie wegen der neuen neurologischen Abteilung im Krankenhaus hier!"

„Ich habe viel Gutes darüber gehört."

„Wirklich?" Ihre Augen leuchten bei dieser Neuigkeit. „Wir hoffen alle, dass die Erweiterung des Healing Regional für uns von Vorteil sein wird. Für die ganze Gegend eigentlich."

Patrick nickt und beißt in seinen Zuckerguss-Donut in der Hoffnung, dass sie weggeht, wenn er sie nicht weiter zum Plaudern ermutigt.

„Wir sind alle so gespannt auf die Ärzte und Pflegekräfte, die sie einstellen. Jemand hat mir erzählt, dass sie Verträge mit Pflegepersonal aus dem ganzen Land, ja sogar auf der ganzen Welt abgeschlossen haben! Stellen Sie sich vor, was die alle für Geschichten erlebt haben müssen! Das frische Blut wird so eine Bereicherung für unsere Gemeinde sein."

Patrick hält nicht viel davon, die Lebenserfahrungen anderer Leute zu diskutieren. Es sei denn, sie sind schmutziger Klatsch, dann ist er ganz bei der Sache. Aber die voller Stolz erzählten Selbstfindungsstorys vom Klettern in den Alpen? Bloß nicht. Da hat er lieber eine Fernbedienung und eine Folge von *Alaska: Die letzte Grenze*. Das ist eine Lebenserfahrung, die er von der Bequemlichkeit seines Sofas aus genießen kann – dafür ist keine soziale Interaktion erforderlich.

„Wie auch immer, bewerben Sie sich um die Leitung der Abteilung?", fragt Jenny, die offenbar trotz seines mürrischen Verhaltens immer noch ganz angetan ist von seinem „frischen Blut". „Ich weiß, dass sie da jemanden gesucht haben."

Sei diskret. Er hat Wills Stimme im Ohr. „Ich bin noch nicht ganz sicher, welche Pläne ich habe. Hängt von ein paar Sachen ab."

„Oh." Jennys Miene spiegelt Enttäuschung. „Wie schade. Ich könnte ein gutes Wort für Sie einlegen. Don Knife, der Personalchef, ist ein alter Freund von mir."

„Don Knife?"

„Klar. Guter traditioneller Lakota-Nachname." Sie grinst. „Es gibt hier ein paar echt tolle. Kills Enemy ist mein Favorit. Und Jax da hinter der Theke hat auch einen witzigen Nachnamen." Sie nickt in Richtung des Baristas, der ein Tablett vorbereitet, um ihr den Kaffee und den Donut zu bringen. „Er heißt Jax Taken Alive."

„Taken Alive, ja? Ich verstehe."

Sie lacht. „Aber im Ernst, wenn wir hier fertig sind, nehme ich Sie mit zum Krankenhaus, und ich stelle Sie Don persönlich vor."

„Warum?"

Sie zuckt die Schultern. Jax kommt mit ihrem Kaffee, und sie sagt: „Setz es mir auf die Rechnung, Lieber." Er zwinkert ihr zu, ehe er wieder geht.

„Es ist ja nicht so, als wäre ich besonders nett zu Ihnen gewesen." Patrick nimmt noch einen Schluck von seinem Latte. Der ist echt zu gut, um wahr zu sein. Er atmet seinen heißen Dampf ein.

„Schon okay. Sie sind eben nicht von hier. Jeder weiß, dass die Leute von anderswo Arschlöcher sind." Sie lacht und stößt ihm erneut gegen die Schulter. „Stimmt's? Finden Sie da, wo immer Sie herkommen, nicht auch, dass Leute von außerhalb immer Arschlöcher sind?"

„Kann sein."

„Wo *kommen* Sie denn her?"

„Atlanta." Über den Umweg Alabama, Kentucky und Connecticut, aber sie muss ja nicht alle Details wissen. „Und was das Kennenlernen von Dr. Knife angeht …" Patrick kann ein Schnauben nicht unterdrücken. „Also, ich glaube, ich sollte die Honneurs lieber meinem Mann überlassen."

Sie legt den Kopf schräg. „Moment mal, wie war noch mal Ihr Vorname, sagten Sie?"

„Ich hab ihn gar nicht gesagt." Sie sieht unbeeindruckt aus, und er seufzt. „Patrick."

„O mein Gott!" Jenny schreit fast, womit sie die Aufmerksamkeit der an der Theke aufgereihten Stammkunden auf sich zieht. „Sie sind Will Pattersons neuer Ehemann! Ich hab mir schon so was gedacht, als wir uns da am

Tresen begegnet sind!“ Sie packt ihn am Arm und schüttelt ihn, wodurch er ein bisschen von seinem kostbaren Café Latte auf sein dunkelblaues Hemd kleckert. „Ich hab so viel von Ihnen gehört!“

Klar hat sie das. Die Nachricht von seiner Hochzeit mit Will bringt vermutlich inzwischen den Server von *The Hurting Times* zum Qualmen.

Sie deutet auf seine Hälfte des Marmeladen-Donuts. „Essen Sie das jetzt noch oder nicht?“

Er stopft sich den Donut in den Mund, während seine Gedanken sich überschlagen und er überlegt, was er jetzt sagen soll. Vermutlich sollte er aufstehen und gehen, aber vielleicht wäre das verdächtig. Er schaut rüber zu einem Mann, der in einer Ecke sitzt und ostentativ die Zeitung liest. Er ist ein dunkler Typ im Businessanzug und blickt gelegentlich um die Zeitung herum zu ihm herüber. Ist Patrick paranoid, wenn er denkt, das könnte ein Spion der Molinaros sein? Vermutlich ja. Aber lieber das, als tot im YMCA-Schwimmbecken zu treiben.

„Was *haben* Sie denn gehört?“, fragt er Jenny.

„Ach, nicht viel. Meine Nichte Beth hat mir erzählt, wie Sie und Will gestern Abend im Tallgrass eingecheckt sind. Sie sind genau so, wie Sie es beschrieben hat.“

„Nämlich wie?“

„Herrlich bekloppt.“ Sie schlägt ihm auf den Arm und lacht. „Was glauben Sie denn? Gut aussehend. Unpassend. Griesgrämig. Ziemlich genau so, wie Sie sind!“

Patrick nickt. Wenn Sie noch irgendetwas gesagt hätte, müsste er sie hassen. Aber wie es aussieht, ist sie wenigstens ehrlich. Ehrlichkeit ist eine Eigenschaft, die Patrick schätzt. Er kann eine bittere Pille schlucken, wenn die Lage es erfordert, aber es soll ihm keiner sagen, sie wäre Schokolade.

„Und, wie haben Sie Will kennengelernt?"

„Wie haben *Sie* Will denn kennengelernt?"

Sie gackert. „Ich hab auf den kleinen Scheißer aufgepasst, als er noch ein Kind war. Na ja, das ist nicht ganz richtig. In erster Linie habe ich auf Caitlin und Olivia aufgepasst. Will war damals schon ziemlich selbstgenügsam, und ich war aus dem Babysitten rausgewachsen, als Connor auf die Welt kam und Will alt genug war, um selbst auf die Kinder aufzupassen."

„Dann haben Sie also nicht seine Windeln gewechselt?"

„Nee. Er ist nur sechs Jahre jünger als ich." Ihr Blick verliert sich. „Ich glaube, er war zehn, als ich zum ersten Mal ins Haus kam, um auf die Mädchen aufzupassen." Nun schaut sie ihm wieder in die Augen. „Aber das ist eben Healing. Hier kennt jeder jeden wie seine eigenen Geschwister. Manchmal ist es schon fast inzestuös." Sie drückt seinen Unterarm. „Na los, erzählen Sie mir was. War es Liebe auf den ersten Blick? Verraten Sie mir all die pikanten Details!"

Patrick ist sicher, egal was er jetzt sagt, es wird Will nicht gefallen. Also steigt er einfach mitten hinein. „Ich hab ihn in einer Bar kennengelernt."

„Hat er was getrunken?" Ihre Sorge ist spürbar.

„Nicht so richtig", flunkert Patrick. „Die Beleuchtung in der Bar war nicht so toll. Man konnte kaum was sehen da drin, aber ich fand, dass er der bestaussehende Mann war, den ich seit langem gesehen habe." Das trifft immer noch zu, sogar bei hellem Tageslicht. Wieder flattert sein Magen.

„Und dann?"

„Dann hab ich ihn verführt."

Jenny macht ein glückliches kleines Geräusch.

„Verraten Sie Will nicht, dass ich das gesagt habe. Es ist ihm peinlich, wie leicht er für mich zu haben war."

„Will kann impulsiv sein", sagt Jenny, und es klingt nicht gänzlich beifällig. „Aber das ist *wirklich* impulsiv, sogar für ihn."

„Na ja, seien Sie mal nicht zu streng mit ihm." Patrick wirft sich in die Brust. „Ich kann sehr überzeugend sein."

Sie kichert. „Klar. Es war Ihr ruhmreicher griesgrämiger Charme, der ihn rumgekriegt hat."

Patrick zuckt die Achseln. „Egal, was es war, er fuhr jedenfalls auch auf mich ab."

„Mh-hm." Jenny feixt.

„Und der Sex war ohne Zweifel der beste, den ich je hatte." Er muss zugeben, wenn Will die Sache bald wieder beendet, hat sich der ganze Umweg über das frostige Mittelamerika doch irgendwie gelohnt. „Ich bin jedes Mal gekommen wie Dynamit."

Sie lächelt mit einer fiebrigen Leichtfertigkeit. „Das kann ich vollkommen verstehen. Solcher Sex kann jeden zur Impulsivität verleiten."

Patrick weiß, dass die meisten Leute nicht so über diese Dinge reden. Sie führen keine offenherzigen Diskussionen über Orgasmen und Vögeln beim ersten Date, aber das ist ihm egal. Er hatte schon immer was gegen angemessenes Geplauder und kommt lieber gleich zum Kern der Sache. Außerdem, Patrick mag Jenny. Sie rennt zumindest nicht schreiend vor ihm davon. Und sie schlägt ihm nicht ins Gesicht oder beschimpft ihn. Sie hält sich wacker.

Sie überprüft, ob Dylan immer noch schläft. „Hat er … genauso empfunden?"

„Er war Wachs in meinen Händen, als ich mit ihm fertig war."

„Ich wusste, dass er jemand Leidenschaftlicheren brauchte als Ryan. Das ist sein Ex." Sie blickt ein bisschen beschämt drein, weil sie ihn erwähnt hat.

„Ich weiß."

„Ryan war immer so kalt wie ein Fisch." Sie seufzt. „Ich sollte wohl nicht so über ihn reden. Aber es hat einfach nie klick gemacht, obwohl sie so lange zusammen waren. Ich bin froh, dass Will zu Verstand gekommen ist, egal was der Auslöser war."

„Dann finden Sie also nicht, dass es ein Fehler war, jemanden zu heiraten, den er gerade erst kennengelernt hat?"

„Vielleicht. Das ging schon ziemlich schnell, oder? Aber manchmal passiert so was eben. So war das bei Dylans Vater auch. Wir haben beim ersten Date miteinander geschlafen, und ich *wusste* es einfach. Ich hätte ihn sofort geheiratet, gleich da im Bett, das immer noch davon wackelte, weil wir so gut miteinander gewesen waren. Es war perfekt. Wir waren perfekt."

Ding, ding, ding. Jenny gewinnt den Preis für Authentizität, Aufrichtigkeit und Versautheit. Sie ist ein Mensch nach seinem Geschmack.

„So ging es Will auch", sagt Patrick und wünscht sich merkwürdigerweise, es wäre wahr.

Für einen Augenblick wird sie ganz verträumt, aber dann räuspert sie sich und legt die Stirn in Falten. „Hoffentlich dauert es mit Ihnen und Will länger als mit mir und Tom. Als ich rausgefunden habe, dass ich schwanger war, war er schon längst über alle Berge. Hat seine Taschen noch in derselben Nacht gepackt und die Stadt verlassen. Ich hab danach nie mehr was von ihm gehört.“ Sie zuckt die Schultern. „Aber so ist nun mal das Leben, oder?“

„Nein, eigentlich nicht.“

„Bitte?“

„Das Leben hat nichts damit zu tun. Er war ein Wichser. Mehr nicht.“

Sie scheint ein paar Sekunden zu brauchen, um zu entscheiden, ob sie beleidigt sein soll. „Stimmt.“ Sie wirft sich den Pferdeschwanz über die Schulter und beugt sich hinunter, um Dylans schlafendes Gesicht zu berühren. „Na ja, ich hab einen wunderschönen Jungen von ihm bekommen. Das ist ja wohl besser als gar nichts.“

„Ich bin nicht unbedingt so ein Alles-positiv-Seher. Mir ist die nackte Wahrheit lieber.“

„Danke. Ich weiß das echt zu schätzen. Die ganze Zeit optimistisch zu sein ist echt ermüdend. Manchmal ist es einfach ätzend, eine allein erziehende Mutter zu sein.“

„Das kommt der Sache schon näher. Es ist ätzend, und manchmal hassen Sie es.“

Sie lächelt und sieht sich um, ob niemand zuhört. „Manchmal hasse ich es. Das stimmt. Aber ich hasse nie *Dylan*.“

Er nickt in Richtung des Kindes. „Wenigstens ist er niedlich. Wenn er hässlich wäre, wäre es ja noch schlimmer.“

Wieder lacht Jenny. „Ja, ich glaub schon.“

„Positiver wird’s bei mir nicht.“

Sie nippt an ihrem Kaffee, und sie schweigen für ein paar Sekunden. „Also, erzählen Sie mal weiter. Was ist als Nächstes passiert? Ich meine, nachdem Sie Will verführt haben?“ Sie stützt das Kinn in die Hände und starrt ihn begierig an.

Ja, es ist offensichtlich, dass die Leute in dieser Stadt Klatsch ebenso sehr zum Leben brauchen wie Luft und Nahrung. „Also, nachdem ich sechs Mal bis zur Besinnungslosigkeit gekommen war …"

„Sechs Mal!"

„Ja. Danach musste ich ein paar Stunden eine Pause vom Vögeln machen. Und die war lang genug, um zu erkennen, dass er ein ziemlich toller Typ ist." Eine weitere Wahrheit, aber keine, über die Patrick besonders glücklich ist.

„Und da haben Sie ihn geheiratet."

„Da hab ich ihn geheiratet."

Er schummelt bezüglich des Zeitablaufs und der Details, aber was sie nicht weiß, macht sie nicht heiß. Besser, die Geschichte ist glaubwürdiger als der Irrsinn, der tatsächlich abgelaufen ist. Er möchte Will nicht in Verlegenheit bringen, indem er zugibt, dass sie beide besoffen waren. Und er will sich selbst nicht in Verlegenheit bringen, indem er zugibt, dass sie schon verheiratet waren, ehe sie überhaupt Sex hatten. Jeder weiß, dass man vor dem Kauf eine Testfahrt machen soll. Seine Blödheit muss kein Teil der Klatschgeschichten in dieser Stadt werden.

„Um es mal derb zu sagen …"

„Oh, ja, seien Sie derb."

„Es war Liebe auf den ersten Fick."

„Patrick?"

„Ja?"

Jenny lächelt und drückt ihm die Hand, was er eigentlich verabscheuen sollte, aber irgendwie nicht tut. „Wir beide werden Freunde."

Großartig. Genau das, was er braucht.

Kapitel sieben

Patrick ist allein und trinkt seinen dritten Latte, als Will ins Brown Gargle hineingestürmt kommt und quietschend bei seinem Tisch abbremst.

„Ja, Schatz?"

„Du bist ein schrecklicher Mensch." Will blickt finster drein.

„Das hör ich öfter."

Mit verschränkten Armen steht Will da, ein Bild häuslicher Erzürntheit. *Hui, mein wütendes kleines Frauchen.* Na ja, großes Frauchen. Will ist schließlich ein bisschen größer als er. „Ich dachte, du würdest im Hotel warten."

Patrick zuckt die Achseln. Er hat nie irgendwas versprochen. „Mir war langweilig. Und ich hatte Hunger. Dachte, ich geh mal ein bisschen spazieren." Er leckt die Spitze seines Zeigefingers an und stippt die letzten Krümel eines Lebkuchen-Schneemanns auf, den er gerade weggeputzt hat. Er schiebt sich den Finger in den Mund. Will zieht eine Grimasse.

Er lässt sich auf den Stuhl fallen, den Jenny soeben erst verlassen hat, und starrt ihn an. „Was genau hast du gemacht? Mit wem hast du gesprochen? Was hast du gesagt?"

„Also, als Erstes habe ich ein paar üble Gerüchte über dich im Hotel verbreitet und jedem in der Lobby erzählt, dass du ein Schnarcher bist und im Schlaf um dich schlägst." Das stimmt nicht, aber Will sieht angemessen wütend aus. Patrick tätschelt die Einkaufstasche zu seinen Füßen. „Dann war ich im Sportgeschäft, um ein paar Sachen zu kaufen, damit ich euer Höllenwetter hier überlebe."

„Hey, immerhin ist es nicht North Dakota. Da oben ist es noch zwei Grad kälter."

„Oh, zwei ganze Grad."

„Glaub mir. Das macht eine Menge aus."

„Dann bin ich hierhergekommen, angelockt vom Versprechen eines Kaffees, und habe hier einen gewissen Tumult ausgelöst."

Jax, der einen Tisch in ihrer Nähe abwischt, schnaubt und schüttelt den Kopf, ehe er zur Theke zurückkehrt, um die nächste Bestellung des dunklen Typen entgegenzunehmen, der mit seiner Zeitung hier abhängt.

„Was hast du denn gemacht?"

„Ich hab mich mit deiner früheren Babysitterin Jenny angelegt."

„Jenny Burger?"

„Ihr Nachname ist Burger? Sag mir jetzt bloß nicht, das wäre auch ein traditioneller Lakota-Name."

„Sie ist Deutsche. Glaub ich. Ich weiß nicht. Ihre Vorfahren leben hier schon länger als meine." Will reibt sich die Stirn, als bekäme er Kopfschmerzen. „Du hast also Jenny kennengelernt?"

„Wir haben uns um einen Donut gestritten und am Ende beschlossen, ihn zu teilen, und dann haben wir ein bisschen gequatscht."

„Nein! Sie ist ein totales Klatschmaul!"

„Ach ja? Ich hab nur Gutes über dich erzählt."

„Zum Beispiel?"

„Zum Beispiel dass du genau weißt, was du mit deinem Arschloch machen musst, damit ein Typ innerhalb von Sekunden seine Ladung abschießt."

Will schnappt nach Luft.

„Das war ein Witz, Will. Natürlich hab ich das nicht gesagt! Ich hab ihr bloß erzählt, wir wären glücklich und verliebt. Genau wie abgesprochen.“

„Ich kann dir nicht glauben!“

„Warum nicht? Soll sie nicht in der ganzen Stadt rumerzählen, dass unsere sexuelle Anziehungskraft die Welt in Flammen setzt und dass ich dich liebe wie die Luft zum Atmen? Ist das nicht …“ Er wirft einen Blick hinüber zu Jax und flüstert: „… was wir wollen?“

Will rutscht unbehaglich auf seinem Stuhl herum. „Ja, ich denke schon.“

Patrick hebt die Schultern. „Übrigens, Jax macht einen echt guten Latte.“

Will betrachtet den großen, herzlichen Mann hinter der Theke und nickt ihm zu. Jax nickt zurück.

„Es war nett mit Jenny, danke der Nachfrage.“

„Du hättest mir eine Nachricht hinterlassen können. Ich hab dich überall gesucht.“ In seiner Stimme liegt echte Panik, und Patrick begreift, dass Will gedacht hat, er hätte die Stadt verlassen.

„Keine Angst. Ich bin nie weiter als einen Anruf entfernt, *Schatz*.“ Er wedelt mit seinem Telefon herum.

Will knirscht mit den Zähnen. „Ich hab deine Nummer nicht, *Liebling*.“

„Ach richtig, wir haben ja das Austauschen von Telefonnummern übersprungen und sind direkt ins Bett gegangen, nicht wahr?“

Will versucht ein Lächeln, bringt aber nur eine Grimasse hervor.

Patrick schiebt ihm das Handy zu. „Trag dich mal ein, mein süßer kleiner Schnuckelputz.“

Das tut Will, und Patrick genießt einen weiteren Schluck Latte. „Und? Wie ist es mit deiner Oma gelaufen?“

„Lass uns später darüber reden.“ Will wirft einen Blick auf den Kunden, dem Jax gerade ein Getränk zubereitet, und runzelt die Stirn.

„Wir können doch leise sprechen.“

Will schüttelt den Kopf. „Nein. Ich glaube nicht.“ Er flüstert: „Ich kenn ihn nicht. Das ist ein Fremder. Sieht für mich aus wie ein Molinaro.“

Patrick fühlt sich, als würden ihm die Augen aus dem Kopf springen. „Na toll. Machst du Witze?“

Will sieht sich den Mann genau an.

„Ich hab eine super Idee. Lass uns nach Hause gehen und Liebe machen“, sagt Patrick laut für den Mann, der jetzt mit einem schaumigen Latte zu seinem Tisch zurückkehrt. Wenn sie wirklich ausspioniert werden, soll der Mann doch diesen Bericht zu Wills gruseliger Mafia-Familie schicken. „Ich vermiss deinen engen Arsch um meinen riesigen Schwanz, Baby.“

Will schnappt nach Luft und schlägt um sich. „Schsch! Was machst du denn …“ Seine Wangen werden feuerrot, und er zischt: „Hör auf, mich zu demütigen!“

„Ich bin bloß ein liebender Ehemann!“

Will schüttelt den Kopf, seine Augen sind weit aufgerissen. „Du bist so krass! Kannst du bitte wenigstens versuchen, ein bisschen, keine Ahnung, charmant zu sein? Bitte?“

Patrick hebt die Schultern. „Charme ist was für Leute ohne Substanz.“

Will schnaubt und verschränkt die Arme vor der Brust. Erneut fällt Patrick auf, wie wohlgeformt sein Bizeps ist.

„Ach, witzig. Ich dachte, er wäre was für Leute, die möchten, dass andere Leute sie mögen."

„Ganz genau. Und das steht nicht auf meiner Agenda. Man muss mich nicht mögen, solange man mich respektiert. Und solange man respektiert, *dass ich in dich verliebt bin*", sagt er laut, damit der Mann in der Ecke ihn hören kann.

„Die Leute würden dich mehr respektieren, wenn sie dich nett fänden."

„Zeig mir Statistiken, die das beweisen."

Patrick schlürft den letzten Schluck seines Kaffees. „Anderes Thema: Ich sollte mir wahrscheinlich ein paar ordentliche Sachen zum Anziehen besorgen. Ich hab ein bisschen was im Sportgeschäft gekauft, aber das reicht nicht annähernd aus. Geht übrigens auf deine Rechnung."

Will seufzt und streicht sich mit der Hand über das Gesicht. „Ja, okay. Ich hol mir bloß einen Buckaroo zum Mitnehmen, und dann gehen wir. Aber sprich mit niemandem, okay? Halt einfach deinen Mund." Er geht müde zur Theke.

Patrick möchte Will nicht in Verlegenheit bringen. Aber er ist nervös und aus seiner Routine gebracht. Selbst in seinen besten Zeiten war seine Sozialkompetenz nicht allzu gut. Wäre er fünf oder sechs Jahre später geboren worden, hätte man ihm vermutlich eine autistische Störung diagnostiziert. Aber so war er bloß einfach immer unangemessen und komisch, und er weiß, dass er das Leben falsch anpackt. Aber warum kann Will nicht einfach mehr wie Jenny sein? Jenny scheint das nichts auszumachen.

Er trommelt gegen sein Bein und starrt auf Wills blonden Hinterkopf. Jenny ist nicht mit ihm verheiratet. Sie kann lachen und weggehen, und niemand wird sie nach dem beurteilen, was Patrick sagt oder tut. Heiße Scham prickelt in seinem Nacken, etwas, das er schon sehr lange nicht mehr empfunden hat. Will zuliebe wünscht er sich, er könne anders sein.

Aber dann schüttelt er das ab.

Um Himmels willen, er ist Patrick McCloud, Neurochirurg. Er schneidet in menschliche Gehirne und rettet Leben. Er ist ein Superheld, ein Weiser, ein Heiliger, ein Genie. Wenn Will mit seiner sozialen Ungeschicklichkeit nicht umgehen kann, dann ist das sein Problem. Patrick ist verdammt noch mal der beste Fang im ganzen Meer, und wenn Will nicht stolz darauf ist, Patrick McCloud ins Netz geholt zu haben, selbst wenn es nur vorgetäuscht ist, dann ist er selbst schuld.

Er braucht Wills Bestätigung nicht.

Will stützt die Ellbogen auf die Theke und beugt sich ein bisschen vor, so dass sich die Hose eng um seinen Hintern spannt. Patricks Schwanz versteift sich als Reaktion darauf.

„Verräter“, murmelt er.

***

Nach dem Einkauf in einer örtlichen Herrenboutique ist sich Will nicht sicher, ob es ihm gefällt, dass Patrick so leicht zufriedenzustellen ist, oder ob er erfreut sein soll, dass Patrick zwei Paar schwarze Jeans, zwei dunkelblaue und zwei weinrote Hemden kauft, die im Prinzip alle gleich aussehen, und dann Feierabend macht. Für Will war Shoppen immer eher eine Art Geduldsprobe. Er verbringt Stunden damit, nach der richtigen Passform, dem richtigen Material und der richtigen Farbe zu suchen.

Kleider machen Leute, sagt Nonna immer, also achtet Will darauf.

Als sie wieder im Tallgrass sind, wirft Patrick seine Einkaufstüten aufs Bett und greift sofort nach der Speisekarte des Zimmerservice. Will traut kaum seinen Augen, immerhin hat Patrick zwischen dem Geschäft, wo er die Hemden gekauft, und dem Laden, wo er die Hosen gekauft hat, einen Stopp beim Talking-Hog-Imbisswagen eingelegt. Zwischen den Bissen in seinen Burger hat er auf eine Weise gestöhnt, die bei Will Erinnerungen auslöste und ihn erröten ließ.

Will sieht auf die Uhr. Er hat das AA-Treffen um zwei verpasst. Es gibt noch eins um acht. Er weiß nicht, ob er die Energie hat hinzugehen. Wenigstens sollte er Owen anrufen. Er wird sich Sorgen machen.

Stattdessen schickt er ihm eine Nachricht: *Wieder in der Stadt. Zurzeit im Tallgrass. Bin nüchtern und bleibe es auch. Bis morgen.*

Owens Antwort ist typisch: *Nicht vergessen: Das Programm funktioniert nur, wenn du funktionierst. Ich bin immer für dich da.*

Während Will sein Telefon einsteckt, hört er Patrick einen Salat mit gegrillter Hühnchenbrust bestellen.

„Welches Dressing willst du?“, fragt Patrick.

„Wer, ich?“

„Du musst was essen, mein diabetischer Göttergatte.“

„Oh.“ Wärme blubbert in seinem Inneren. Es ist nett, dass Patrick sich an seine Krankheit erinnert, selbst wenn er so verzweifelt ist, dass er sich mehr oder weniger selbst vergessen hat. „Okay, ähm. Öl und Essig.“

Patrick rümpft die Nase, bestellt jedoch wie angewiesen und bittet noch um einen Obstbecher für sich selbst, ehe er auflegt. „Bist du immer so nachlässig, was das Essen angeht? Oder ist das nur die augenblickliche Situation, die dich so stresst? Weil du nämlich besser auf dich aufpassen musst. Ich will nicht, dass du noch im Krankenhaus landest."

„Danke, Dr. Boss. Machst du dir wirklich Sorgen?"

„Nein, eigentlich nicht", sagt Patrick heiter. Dann seufzt er, kneift sich in den Nasenrücken, und offenbar kostet es ihn Mühe hinzuzufügen: „Doch. Tu ich. Ich könnte behaupten, ich bin Arzt, und es ist mein Job, mir Sorgen zu machen, und das wäre die Wahrheit. Aber es ist auch richtig, dass ich mir speziell Sorgen um *dich* mache. Das liegt wahrscheinlich an den ganzen Orgasmen, die du mir verschafft hast. So heftig zu kommen und dabei in dein Gesicht zu sehen hat mich ganz durcheinandergebracht."

Will versteht nicht, wie Patrick so beinahe süß sein und dann augenblicklich wieder alles kaputtmachen kann.

Der Zimmerservice trifft ein. Während Patrick unterschreibt, nimmt Will seine Berechnungen vor, zieht sein Hemd hoch und setzt die Injektion an die dem letzten Einstich gegenüberliegende Seite des Bauchs. Er entsorgt die Nadel und wirft den Insulinstift wieder in die Tasche.

Patrick muss ebenfalls müde sein, denn während er isst, drängt er Will nicht, weitere Informationen über sein Treffen mit Eleanora preiszugeben. Er schiebt sich bloß Trauben und Erdbeeren in den Mund und beobachtet Will beim Schlucken, als sei das irgendwie faszinierend. Als sie beide fertig sind, stellt Will das Tablett zur Abholung nach draußen in den Flur.

Nachdem nun alle anderen Ausflüchte abgehakt sind, beabsichtigt Will, seine Mutter zu besuchen, ehe der Tag noch weiter voranschreitet. Das tut er wirklich. Aber er ist total geschafft. Er sinkt auf dem Sofa zusammen und lässt seinen Kopf nach hinten fallen. Er wird nur ein paar Sekunden die Augen zumachen. Vielleicht wacht er auf und stellt fest, dass das alles nur ein furchtbarer Traum war.

Aber Patrick ist geprächsbereit. Er sitzt neben Will und reibt sich erwartungsvoll die Hände. „Was hat Granny denn gesagt? Kann sie mich von den Fesseln unseres lieblosen Bundes befreien?"

Will verschränkt die Hände hinter dem Kopf. „Es wird nicht so leicht, wie ich ursprünglich gehofft hatte. Es könnte ein bisschen dauern."

„Das wussten wir doch. Wie lange? Eine Woche? Zwei?"

„Vielleicht einen Monat?"

„Was?" Patricks Stimme ist laut.

„Vielleicht über einen Monat? Möglicherweise bis zu einem Jahr?"

Patricks Augen verdunkeln sich vor Ärger. „Sag jetzt bloß nicht, die allmächtige Eleanora Molinaro, von der du so begeistert erzählt hast, als du mich von diesem unausgegorenen Plan überzeugen wolltest, könnte keine kleine unabsichtliche Ehe zum Verschwinden bringen."

„Könntest du ein bisschen leiser sein?", flüstert Will. „Oder soll uns jemand hören?"

„Ooooh, stimmt ja, die Molinaro-Spione. Vielleicht haben sie das Zimmer verwanzt. Dann sollte ich wohl nicht schreien, was? *Ich bin nicht dein Spielzeug, Patrick. Ich will die Scheidung, und zwar sofort*", poltert Patrick.

Will funkelt ihn wütend an und hebt seinerseits die Stimme. „Sei nicht so dramatisch, Baby!" Er starrt Patrick nieder, als wolle er ihn warnen, etwas anderes zu sagen. „Du weißt, dass ich dich mehr liebe als mein Leben!"

Patrick wirft ihm einen vernichtenden Blick zu. „Wen willst du hier verarschen, Will? Die Hotelboys? Die Zimmermädchen?“ Er wischt sich über das Gesicht und steht auf. „Weißt du, nein. Ich kann nicht glauben, dass ich mich von deiner Paranoia und Verrücktheit durch das ganze Land in dieses Hornissennest der Absurdität habe schleppen lassen und …“

Er tobt weiter, aber Will hört ihm nicht mehr zu, weil Patrick seine neuen Kleider auf das Bett wirft und seinen Koffer hervorzerrt.

„Warte.“ Will steht auf und legt die Hand auf Patricks Arm. „Warte, nicht.“

Patrick wirft ein Hemd in den Koffer und seufzt. „Was willst du von mir? Ich habe deinem Plan eine Chance gegeben, aber ich werde auf gar keinen Fall *ein Jahr* in dieser Stadt rumhängen. Nicht wenn ich stattdessen an der Mayo-Klinik oder im Cedars-Sinai oder in Vandy sein könnte. Nicht wenn ich meine Fähigkeiten erweitern und meine Erfahrungen vergrößern kann. Ich bin *kein* Kleinstadt-Material, Will. Ich bin eine große Nummer. Ich habe absolut keine Lust, für unbegrenzte Zeit deinen liebenden Gatten zu spielen, und wenn deine Großmutter uns nicht aus dieser Scheiße holen kann – also, ich kann es ganz bestimmt.“

„Sieh mal. Ich weiß, dass du das kannst. Du musst bloß … nein, nein, hör auf. Du gehst nicht weg.“ Will schubst Patrick und versucht, ihn von den Taschen wegzubringen.

Patrick taumelt auf ihn zu, packt ihn bei den Unterarmen und stößt ihn mit überraschender Kraft zurück. „Ich bin in meinem Leben genug *herumgeschubst* worden, Will. Also, wenn du mich bitte entschuldigen willst. Ich löse das auf meine Art.“

Will atmet schwer. Furcht und Begehren durchströmen ihn gleichzeitig. Er schluckt und tritt von Patrick zurück. Seine Hände zittern, und seine Kehle wird trocken.

Patrick nimmt seinen Koffer und geht zur Tür, und als er sie öffnet, versucht Will, ihm den Weg zu versperren.

„Wirklich? Sind wir jetzt so weit gekommen? Willst du mich gegen meinen Willen festhalten?"

Will knallt die kaum geöffnete Tür mit einem heftigen Schlag zu. „Ich weiß nicht, wovon du redest, Patrick. Das ist nur unsere erste Ehekabbelei. Das ist alles. Die erste von vielen, die uns in unserer langen, wunderbar glücklichen Ehe noch erwarten."

Patrick sieht ihn an, als wäre er irgendwie beeindruckt von dem Ausmaß seines Wahnsinns. „Mein Gott, du glaubst das wirklich."

„Ja, aus meinem tiefsten Herzen."

„Du hältst dich für megaschlau, was?"

Will zuckt die Achseln. „Ich weiß nicht, was ich sonst tun soll."

Patrick sieht ihn eine Weile forschend an und stellt den Koffer dann ab. Will ist nicht sicher, was Patricks Meinungsänderung ausgelöst hat, aber er geht weg und wirft den Koffer wieder zurück auf den Sessel neben dem Bett. Er steht da, eine Hand an das Bein klopfend, und starrt Will an.

Will atmet tief durch. „Es dauert kein Jahr. Versprochen. Einen Monat? Ein paar Monate höchstens."

„Und warum sollte ich das glauben?"

„Weil ich nicht mehr mit dir verheiratet sein will als du mit mir."

„Richtig. Wegen deines Freundes. Ryan. Das edle Arschloch, das am Telefon mit dir Schluss gemacht hat, während du in einer Bar warst, im vollen Bewusstsein dessen, dass du Alkoholiker bist und allein in einer Stadt ohne Unterstützung …"

„Lass Ryan da raus." Das ist eine reflexartige Verteidigung. „Du kennst ihn doch überhaupt nicht."

„Irgendwie hab ich das Gefühl, ich kenne ihn besser als du, Will." Patrick verdreht die Augen, wedelt abschätzig mit der Hand und sagt: „Egal. Vergiss, dass ich ihn erwähnt habe. Ein Monat. Vielleicht ein ganzes Jahr davon, mit dir, mit dieser *Stadt*." Patrick schaudert. Er setzt sich an den Tisch, öffnet seine Aktentasche und holt den Laptop heraus. Er klappt ihn auf. „Entschuldige mich, ich gucke mir ein paar Bilder von krebskranken Kindern an."

„Was?"

„Als Inspiration, um an diesem albernen Plan festzuhalten."

Will steht immer noch neben der Tür und versperrt sie zur Hälfte. Tief in seinem Inneren erwartet er, dass Patrick einen weiteren Anlauf darauf nimmt. Patrick klappert auf der Tastatur herum und dreht den Laptop dann so, dass Will ihn sehen kann. Das bildschirmfüllende Foto eines kahlköpfigen, kranken kleinen Mädchens in einem Klinikbett.

Patrick macht ein aufgesetzt trauriges Gesicht und schnieft künstlich. „So tapfer. Sie ist eine solche Heldin", sagt er mit einem übertriebenen Beben.

Will starrt ihn an, während sich Ungläubigkeit in ihm breitmacht.

Der Moment verstreicht, und Patrick öffnet ein zweites Bild, diesmal das eines Kindes, das an Schläuchen hängt. „Buhu. Armes krankes Baby."

Will blinzelt wild.

Patrick verdreht die Augen und tippt weiter auf dem Computer herum, zeigt Will jedoch nicht, was er sich ansieht. Während die Zeit vergeht, entspannen sich Wills Muskeln nach und nach. Herrgott, er ist so erschöpft. So verdammt müde.

Er sinkt auf das Sofa und lauscht dem Klappern der Tastatur, wobei er sich fragt, ob Patrick erneut versuchen wird zu entkommen. Bei dem Gedanken schnaubt er leise. Entkommen. Als wäre er ein Gefangener.

Aber das ist er. Das sind sie beide.

Langsam rutscht er tiefer, bis er größtenteils auf dem Rücken liegt, ein Kissen unter dem Kopf, und das Zimmer wegen seiner Erschöpfung leise schwankt.

Er will einfach nur zurück in das Apartment, das er sich mit Ryan teilt – Korrektur, mit Ryan *geteilt hat.* Er will sich auf ihrer Couch zusammenrollen, den Kopf an Ryans Schulter und ihre Hände ineinander verschränkt. Wen kümmert's, dass sie schon sehr lange nicht mehr so gekuschelt haben? Ryan ist alles, was Will je gekannt hat, und das Beste, auf das er je hoffen konnte, und jetzt …?

Will kneift die Augen zusammen, weil er *nicht* wieder deswegen weinen wird. Er erinnert sich an Ryan und Hartley zusammen im Café, an Ryans Worte und wie er *wusste*, dass er sogar noch mehr zum Narren gehalten worden war. Und Hartley. Hartleys Hände auf Ryans Körper zu sehen, seinen zärtlichen, zufriedenen Gesichtsausdruck, und sich den Blödsinn anzuhören, den er Ryan vorquatschte, als wäre er ein Welpe, den man aufpäppeln muss.

Will knirscht mit den Zähnen.

Einen Augenblick später sinkt das Sofa ein, und Will schaut auf. Patrick kniet neben ihm auf dem Boden, die

Ellbogen auf der Sofakante, die Augenbrauen zu etwas zusammengezogen, das ein sorgenvoller Ausdruck sein könnte. „Hör mal, wie kann ich das so formulieren, dass du es verstehst? Du hattest in den letzten Tagen mehr Stress als sonst, was sich auf deinen Stoffwechsel auswirken kann, und ich möchte mir keine Gedanken über deine Leiche machen müssen, okay? Ich hab in meinem Beruf jeden Tag mit dem Tod zu tun, und ich möchte nicht, dass er die Grenzen meiner falschen glücklichen Ehe überschreitet." Ungeachtet seiner Worte hört sich Patrick erstaunlich sanft an.

„Das ist es nicht. Wenn ich den Eindruck hätte, dass ich Insulin oder was zu essen brauche, wäre ich der Erste, der das zugibt."

„Ach, tatsächlich? Weil da nämlich gestern dieser Typ mit mir im Flieger saß, der sich darüber ausgelassen hat, er wüsste nicht, ob irgendwas, das er tut, es überhaupt noch wert sei."

Will errötet, als Patrick seinen Augenblick der Schwäche auf die Schippe nimmt. „Du brauchst dir keine Sorgen zu machen."

„Wer redet denn von Sorgen? Du könntest jederzeit aus den Latschen kippen, und ich wäre ein freier Mann. Es ist mehr der ganze Ärger, der mich daran stört. Und die Molinaros. Wenn sie wirklich so daran interessiert sind, dass du in deiner Ehe glücklich bist, will ich gar nicht wissen, was sie mit dem Ehemann machen, der dich unter seinen Händen hat wegsterben lassen und der, wie ich annehme, da es keine früheren Ehen gab, dein riesiges Vermögen geerbt hat. Obwohl, stell dir bloß mal vor, wie viele Gamma Knives ich von deiner schicken Kohle kaufen könnte."

Will starrt Patrick an.

„Oh.“ Patrick hebt eine Augenbraue. „Das fällt dir jetzt erst ein? Du solltest deinem Glücksstern danken, dass ich ein anständiger Mensch bin. Schließlich bin ich Arzt. Ich habe Skalpelle und Zugang zu Giften. Ich habe die Macht über Leben und Tod.“

Will ist sich beinahe sicher, dass Patrick ihn auf den Arm nimmt, aber auf seiner Stirn bildet sich eine dünne Schweißschicht. Patrick lächelt brüchig. „Dein Gesicht, Will. Spiel niemals Poker. Du wirst verlieren.“

Will schluckt. „Spielst du denn? Poker?“

„Nö. Lieber Schach. Und du?“

„Beides. Ich bin eigentlich ganz gut. Im Schach, nicht beim Poker.“

„Ja, das glaub ich. Okay, also raus damit. Du verheimlichst mir was. Falls es was mit dem Besuch bei Granny zu tun hat, habe ich ein Recht, es zu erfahren.“

Will setzt sich auf und fährt sich mit der Hand durchs Haar. Er klopft auf den Platz neben sich, und Patrick setzt sich. „Das ist es nicht. Ich hab Ryan getroffen.“

„Es ist ja eine kleine Stadt. Lässt sich nicht vermeiden.“

Will atmet geräuschvoll aus. „Er war mit Hartley zusammen.“

Patrick nickt.

„O Gott, Ryan ist so ein Arsch.“

„Jau.“

„Du kennst ihn doch gar nicht.“

„Ich stimme bloß meinem Mann zu.“

Will lacht bitter. „Ja. Okay.“ Er streicht sich über die Haare. „Ich nehme an, als Ryan sagte, er braucht etwas Freiheit, meinte er bloß Freiheit von mir. Die beiden waren praktisch miteinander verschmolzen.“

„Ich bin froh, dass sie das nicht im wörtlichen Sinne waren. Das kann ätzend sein."

Will schnaubt. „Tja, nach dem, was ich mitbekommen habe, könnten sie gestern Abend auch wörtlich miteinander verschmolzen sein. Obwohl Ryan nicht gerne …" Er hält inne und zögert, ob es okay ist, diese Information über seinen Ex zu enthüllen. „Er steht nicht so auf Penetration. In beide Richtungen."

„Jedem das Seine."

„Stimmt. Es spielt keine Rolle. Aber sie sind zusammen und waren auf irgendeine Art intim miteinander. Ich hab genug gehört, um das zu wissen. Und es ist Jahre her, seit Ryan auch nur meine Hand gehalten hat."

„Autsch. Scheint so, als würden die Tiefschläge nicht aufhören, was? Ich frag mich, womit du so was verdient hast."

„Willst du damit sagen, ich *verdiene* es, unglücklich zu sein, Patrick?", fragt Will, in dem eine wilde Mischung von Emotionen tobt. Es ist nicht so, als würde er nicht glauben, dass es stimmt. Es tut bloß weh, dass jemand anderer als Ryan tatsächlich die Nerven hat, es auszusprechen.

Patrick rutscht ein bisschen hin und her und weicht seinem Blick einen Moment lang aus. „Ich bin ein Arschloch, Will. Du hast nichts von dem ernst genommen, was ich während der gesamten zwei Tage unserer Ehe gesagt habe, und *jetzt* fängst du damit an?"

Will kann erkennen, dass Patrick das am liebsten zurücknehmen würde. Er weiß nicht, woher er das weiß, aber er merkt es. Es hat was mit der Art zu tun, wie Patrick seine Schultern hält und sich mit der Hand über die Nase reibt.

„Ich *sag* doch, ich lass mich nicht gerne wie ein Gefangener halten", murmelt Patrick.

Aber darüber sprechen sie eigentlich gar nicht mehr. Er nimmt an, das ist Patricks Version einer Entschuldigung, wenn auch eine ziemlich verkrüppelte. „Und jetzt? Meinst du, du hast das gesagt, weil du *schlecht drauf* warst? Oder weil du einfach gemein bist?"

„Such es dir aus, Will. Ich bin nicht der Typ, der sein Herz ausschüttet."

„Hätte ich aber beinahe gedacht. Seit wir zusammen aufgewacht sind, hast du nichts anderes getan, als über deine *Gefühle* zu reden. Dass dir die Situation nicht gefällt, oder ich, oder dieses Hotel, oder die Stadt, und dass du hungrig bist, und müde, und wütend. Du bist nichts als ein riesiger Klumpen von brodelnden Emotionen. Und du machst nichts anderes, als darüber zu reden. Du weißt schon, was du brauchst, oder?"

„Eine Scheidung."

„Nein. Eine Beruhigungstablette." Patrick sieht ihn an, als wäre er ein Idiot. Es ist Will egal. „Eine Beruhigungspille, oder ein *Nickerchen*. Klein Paddy ist müde und wird wieder quengelig. Zeit für sein Mittagsschläfchen."

„Klein Paddy? Mittagsschläfchen? Was Besseres fällt dir nicht ein?"

„Vielleicht brauch ich auch eine Runde Schlaf. Tut mir leid, wenn ich gerade nicht in Höchstform bin."

Patrick verzieht das Gesicht, aber er schweigt einige Minuten lang. Er steht auf und nimmt sich zwei Flaschen Wasser. Will streckt sich gerade wieder auf dem Sofa aus, da nötigt Patrick ihn wieder in die aufrechte Lage, indem er so tut, als wolle er sich auf Wills Kopf setzen. Will seufzt, als Patrick seine Füße auf den Tisch gegenüber dem Sofa schwingt. Ihre Schultern berühren einander, und er hasst den Schauder, den das in ihm erzeugt.

„Ryan bumst also diesen kleinen Hartley." Patrick reicht Will eine der Flaschen und deutet mit einer Kopfbewegung an, dass er trinken soll. „Warum? Ist er heiß? Das kann es nicht sein. *Du* bist heiß. Und außerdem hast du Geld. Hat dieser Hartley Geld?"

„Nein. Er lebt draußen im Reservat. Seine Familie lebt nicht gerade unter der Armutsgrenze, aber sie sind auch keineswegs reich." Das Wasser rinnt kühl und beruhigend durch seine Kehle.

„Okay, dann hat es also nichts mit Ambitionen zu tun. Du sagst, der Typ ist jünger als Ryan, oder? Und du bist auch jünger als Ryan?"

„Ja, aber nicht viel."

„Vielleicht ist das für ihn so eine Machtsache. Ego."

„Echt? Willst du jetzt den Therapeuten spielen?"

„Ich hab Langeweile." Patrick zuckt die Achseln.

„Da ist ein Fernseher und da ein Computer."

„Im Fernsehen ist alles Verblödung, und was das Internet betrifft, hab ich ehrlich gesagt schon jeden Porno gesehen."

Will rümpft die Nase. „Krass."

„Also, erzähl weiter. Was ist passiert?"

„Na ja …" Ach, verdammt. Er kann es ihm ebenso gut erzählen. Ob es ihnen gefällt oder nicht, sie hängen gemeinsam da drin. „Ich, äh, hab irgendwie was Blödes gemacht."

„Tja, du bist doch gerade voll in Fahrt, was Blödheiten angeht. Nicht aufzuhalten." Patrick trinkt von seinem Wasser, sein langer Hals ruckt bei jedem Schluck.

Will ignoriert, wie sehr das sein Herz zum Hämmern bringt, und fährt fort. „Ich hab ihnen von dir erzählt." Sein Magen brennt, als hätte jemand Batteriesäure hineingekippt und ihm dann eine Klobürste in die Kehle geschoben. „Ich hab gesagt, dass ich dich liebe, dass du mein Mann bist und dass wir sehr glücklich miteinander sind."

Patrick runzelte die Stirn. „Ja und? Warum ist das blöd? Ich dachte, das wäre der Plan."

„Ist es ja auch! Aber als ich die beiden so zusammen gesehen hab, da … keine Ahnung. Ich bin einfach ausgerastet. Ich hab ihnen gesagt, dass du *verrückt* bist vor Liebe zu mir, dass du die *Liebe meines Lebens* bist und dass ich völlig *hingerissen* davon bin, mit dir verheiratet zu sein. Ich hab mich wie ein Irrer angehört."

Ganz kurz erscheint etwas Weiches in Patricks Augen, aber dann ist es auch schon wieder weg. „Das ist wahrscheinlich gut."

„Wie bitte? Fängst du jetzt wieder an, mich zu beleidigen?

„Nein. Was du ihm gesagt hast. Dass wir uns so lieben. Das ist gut."

„Na ja, ich weiß nicht, weil ich nämlich nicht vermute, dass er mir geglaubt hat. Ich meine, er hat bestimmt gedacht, ich wäre besoffen oder high oder einfach irre." Will fährt sich mit beiden Händen durch die Haare. „Ich meine, Herrgott! Hätte ich die Sache noch mehr vergurken können?"

„Na klar. Vermutlich ohne Anlauf."

„Weißt du was? Scheiß drauf. Ich will nicht dein Unterhalter sein." Er nimmt das Sofakissen. „Verschwinde von meinem Bett. Ich mache ein Nickerchen."

Patrick steht auf, streckt sich und lässt die Arme seitlich herunterfallen. „Tja, wie gesagt, es ist wahrscheinlich alles gut. Es passt perfekt in unseren Plan."

Will meidet den Blickkontakt mit ihm. Er haut ein paar Mal auf das Kissen und legt sich auf die Seite, die Augen geschlossen und mit der festen Absicht, ein paar Stunden zu schlafen, ehe er wirklich, unausweichlich seiner Mutter gegenübertreten muss.

Patrick redet weiter. „Hör auf zu schmollen, Schnuckiputz. Sobald dieses Chaos aus der Welt geschafft ist, kriegst du deinen Typen zurück. Nicht, dass du ihn haben wollen solltest, aber jedem das Seine."

Will bleibt still.

„Gefällt dir der Plan?"

„Ja", sagt Will trocken. „Ich bin begeistert."

„Gut." Die Bettdecke raschelt. „Weil ich nämlich gehört hab, unglückliche Gefängniswärter wären die schlimmsten, und so, wie es aussieht, bist du schon schlimm genug."

***

Ein Handy klingelt wie verrückt. Will springt vom Sofa hoch, reibt sich den schmerzenden Nacken, da trifft ihn etwas Hartes an der Schulter.

„Deins", sagt Patrick, seine Stimme heiser vom Schlaf. „Mach, dass es aufhört."

Will gähnt und reibt sich den Schlaf aus den Augen. Er sieht auf die Uhr an der Mikrowelle über der Minibar. Es ist fast fünf Uhr nachmittags. *Scheiße.* Er prüft die Anrufernummer auf seinem Handy und stöhnt auf. Er ist nicht überrascht. Inzwischen hat es ihr jemand erzählt. Und selbst wenn nicht, es ist fast drei Tage her, seit er sie das letzte Mal angerufen hat, was eine Art Rekord ist. Trotzdem will er nicht rangehen. Die Mailbox schaltet sich ein, nur damit es Augenblicke später wieder zu klingeln beginnt.

„Mach, dass es aufhört", brummt Patrick vom Bett aus.

Will wirft ihm einen Blick zu, aber Patrick hat seinen Kopf unter einem Kissen vergraben. Er sieht schrecklich behaglich aus in diesem großen Bett. Sein langer, sehniger Rücken ist zu sehen und weckt Erinnerungen daran, wie diese Muskeln unter Wills Händen gespielt haben, als Patrick nur zwei Nächte zuvor in ihn eingedrungen ist.

Die Mailbox springt an. Sofort klingelt es wieder. Mit einem tiefen Durchatmen wischt er über den Bildschirm.

„Hallo, Mama."

„William Patterson, was hast du getan?"

Teil II: Familientreffen

Kapitel acht

Patrick hätte nie gedacht, dass er einmal seine Schwiegereltern würde kennenlernen müssen. Lieber würde er Yak-Gehirn essen oder im Winter nach Russland fahren oder sich selbst anzünden. Okay, vielleicht nicht sich selbst anzünden. Aber mit russischen Wintern oder Yak-Gehirn könnte er bestimmt umgehen, wenn ihm das hier dafür erspart bliebe.

Während Will viel zu laut mit seiner Mutter telefoniert, hat Patrick das niederdrückende Gefühl, dass sein wohltuender Mittagsschlaf hiermit sein Ende gefunden hat.

„Ähm, was hat du gehört?“, fragt Will, der sich nervös hinter dem Ohr kratzt. „Mama, Mama, beruhige dich. Mir geht's gut.“ Lange Pause. „Ja. Aber nicht so, wie du denkst! Na gut, doch wie du denkst. Ich meine, ich bin in Sicherheit. Mir geht's gut. Das ist es nicht.“

Patrick vergräbt den Kopf unter dem Kissen. Besorgte Mütter sind anstrengend.

„Ryan? War klar, dass er bei dir petzen gehen würde.“ Erneut eine Pause. „Mama, meine Werte sind bestens. Ich messe sie. Sie sind gut. Ja, ja, wirklich. Mama, ich kann dir das am Telefon nicht in allen Einzelheiten erzählen.“

Patrick stöhnt. „Das ist hier nicht *Der Pate*“, erinnert er Will, der ihm einen wütenden Blick zuwirft.

„Mama, erinnerst du dich an diese Regeln, die Owen uns erklärt hat, als ich das Molinaro-Erbe angetreten haben? Du weißt doch, wegen dem Geld, das ich als Startkapital für Gute Taten verwendet habe? Also, sagen wir einfach mal, es ist gut, dass meine Ehe mit Patrick *jede einzelne davon* erfüllt, weil ich am nächsten Morgen einen riesengroßen Glückwunsch-Blumenstrauß von der Familie Molinaro bekommen habe.“

Seufzend dreht Patrick sich auf den Rücken. Na schön, es ist doch ein bisschen wie in *Der Pate*. Er hofft, dass die Healinger Pferde nicht ihre Köpfe verlieren.

„Hör mal, können wir später darüber reden?“, fragt Will.

„Ja, okay.“ Er legt auf und strafft die Schultern. „Steh auf. Du musst mitkommen, um meine Familie kennenzulernen.“

Schweigend fahren sie zum Haus von Wills Mutter. Die Sitzheizung ist an, und das Auto ist angenehm warm. Aus den Lautsprechern erklingen leise Weihnachtslieder. Patrick fragt sich, ob er nach all diesen Traumata unter PTBS leiden wird. Jedes Mal, wenn er Schlittenglöckchen hört, wird er Flashbacks haben, wie er in dieser Hölle von South Dakota gefangen gehalten wurde.

Im BMW fährt es sich angenehm, aber Patrick kann es sich nicht verkneifen, daran herumzumäkeln. „Eine Sechser-Limousine? Dein Ernst, Will? Versuchst du, nicht so sehr wie ein Treuhandfondsbengel auszusehen? Falls ja, es hat nicht funktioniert.“

Will schweigt.

Patrick zuckt die Schultern. „Ich finde ja den 650i besser, aber jedem das Seine.“

„Ich hab zwei jüngere Schwestern und einen kleinen Bruder, okay? Manchmal helfe ich aus, wenn sie irgendwo hingefahren werden müssen. Auch wenn du es vielleicht nicht glaubst, aber mein Leben besteht nicht nur aus Spaß und Vergnügen.“

Patrick hebt die Hände in gespielter Unterwerfung. Will ist offensichtlich gereizt, und Patrick kann es ihm nicht verdenken. Wahrscheinlich ist nichts zu vergleichen mit dem schwitzigen, nervösen Gefühl, einen Fremden mit nach Hause zu bringen, mit dem du eine Menge schmutzigen Sex hattest, und ihn deiner Mutter als nagelneuen Ehemann vorzustellen.

„Weißt du, ich hätte ja auch im Hotel bleiben können."

„Nein, hättest du nicht. Das wäre verdächtig gewesen. Die Molinaros hätten sich gefragt, warum ich nicht stolz darauf wäre, dich rumzuzeigen." Wills Stimme klingt angespannt.

„Worauf könntest du denn nicht stolz sein? Ich bin brillant, gut aussehend, großartig im Bett, und du bist bis zum Wahnsinn in mich verliebt. Also, Kopf hoch, Cowboy. Du kriegst das schon hin."

Will schnaubt. „Ich wünschte, du wärst in mich verliebt."

„Wie bitte?" Das Herz scheint in seiner Brust zu stottern.

„Nein." Will wischt seine Worte mit einer Hand weg, ehe er wieder das Lenkrad umfasst. „Ich meine bloß, ich hab mir das immer total anders vorgestellt. Ich dachte, wenn ich mal heirate, dann Ryan, oder wenigstens einen Typen, der genauso verrückt nach mir ist wie ich nach ihm. Nicht … nicht *so was.*"

Patrick hebt die Schultern und denkt, dass Ryan niemals der geeignete Kandidat gewesen wäre. „Ja. Ätzend für dich."

„Ich glaube irgendwie, für dich ist es auch ätzend, Patrick."

„Nicht in dich verliebt zu sein? Nö. Damit komme ich bis jetzt super klar. So, wie ich das sehe, macht das die Scheidung letztlich wesentlich leichter."

„Du weißt, was ich meine." Will lächelt nicht mal ein bisschen.

Patrick öffnet das Handschuhfach, schaut hinein und schließt es mit einem Schnauben.

„Was?“

„Da drin ist nur das Bedienungshandbuch.“

„Aha. Was hattest du denn gehofft?“

Patricks Magen knurrt, und Will verdreht die Augen. „Nein, lass mich raten. Eine klitzekleine Imbissstube, die heiße Sandwiches und Pommes serviert.“

Patrick lässt ein kleines Lächeln durchblitzen. „Eine Tüte Trockenobst, Kaubonbons, Pfefferminz oder meinetwegen ein paar Kekse wären nicht völlig abwegig. Besonders bei deinem Diabetes.“

„Ich hab mein Notfallset hier drin.“ Will klopft auf die Konsole zwischen den Vordersitzen.

„Ist da eine Glucagonspritze drin?“

„Natürlich.“

„Also, du solltest Eiweißriegel hier drin haben. Oder Päckchen mit Erdnussbutter. Und Wasser. Hast du Wasser? Du solltest Wasser haben.“

„Im Kofferraum. Mein Gott, bist du herrisch.“

„Ich bin außerdem hungrig.“

„Du bist ein Fass ohne Boden, und ich lehne es ab, dich noch länger durchzufüttern.“

Patrick zuckt die Achseln. „Wie gesagt, Essen tröstet mich. Äußere dich nicht herablassend über meine Bewältigungsstrategie. Du könntest selbst auch ein paar bessere brauchen.“

Will wirft ihm einen schlauen Blick zu. „Was, literweise Alkohol zu trinken, um mit den Ärgernissen des Lebens zurechtzukommen, zählt gar nicht?“

„Nein.“

„Ach, komm schon, Dr. McCloud. Vorletzte Nacht hat dich das anscheinend nicht gestört. Und dann gibt es da noch diese klitzekleine Sache namens Scheinheiligkeit. Die springt einem gerade mitten ins Gesicht. Du warst schließlich auch besoffen.“

Patrick schaut zu Will hinüber, die untergehende Sonne beleuchtet sein Profil, und er bewundert die boshafte Krümmung seiner Lippen.

„Ich bin aber kein Alkoholiker. Du schon. Abgesehen davon wissen wir beide, dass die Dinge jetzt anders stehen als vorgestern.“

Will stößt ein bitteres Lachen aus. „O ja, wir sind am Arsch.“

„Darauf werd ich einen trinken.“

Sie fahren eine kurze Auffahrt zu einem neu erbauten zweistöckigen Steinhaus mit dunkelgrauen Schindeln hoch, das an jedem Fenster und an der Tür mit rotbeschleiften Kränzen geschmückt ist. In den Büschen sind Lichterketten befestigt, auch wenn die nicht eingeschaltet sind, und ein riesiger aufblasbarer Weihnachtsmann mit Rentier wackelt im Vorgarten. Das Haus ist nicht ganz so groß, wie Patrick erwartet hatte, aber auch nicht gerade klein. Während sie neben der Garage einparken, sagt er: „Also, was soll ich tun?“

„Ich nehme an, es wäre zu viel verlangt, dass du einfach den Mund hältst.“

Patrick zuckt die Schultern. Er hält sich nicht für einen besonders geschwätzigen Menschen, aber die Worte scheinen einfach aus seinem Mund herauszukommen.

„Schau mal, sei einfach du selbst, okay? Ich halt meinen Kopf dafür hin.“ Will seufzt. „Nur bitte, Patrick, versuch daran zu denken, dass das meine Mutter ist. Kann sein, dass ihre Meinung dich nicht interessiert, aber mich schon. Und das ist erniedrigend genug.“

Patrick nickt. Er versteht das. Wirklich. Es gibt ein paar Menschen auf dieser Welt, die nichts von seiner mafiaerzwungenen Ehe mit Will wissen sollten. Menschen, die er keineswegs enttäuschen will. Und es ist ihm ernst, wenn er sagt, dass er niemandem zum Spaß erniedrigt. Und Gott steh ihm bei, aber er fängt an, Will zu mögen. Oder vielleicht mochte er ihn die ganze Zeit schon. Wie auch immer, er will ihn nicht blamieren. Will hat schon genügend eigene Blamagen zu bewältigen.

Während sie den steinernen Weg zur Frontveranda hochgehen, donnert ein Lastwagen die Straße entlang, biegt quietschend in die Einfahrt und kommt bebend neben Wills Auto zum Stehen. Der nervöse Fahrer klettert aus dem Führerhaus. Patrick erkennt Kevin Patterson aus den Archivbildern der *Hurting Times*.

Er ist groß, breit und stark, und sein Wintermantel verbirgt nicht seine athletische Statur. Er ist vielleicht zehn Jahre älter als Patrick mit seinen Fünfunddreißig, und er trägt Jeans und braune Stiefel. Die verwandtschaftliche Ähnlichkeit mit Will ist unübersehbar. Er ist auf ähnliche Weise gut aussehend: Seine blonden Haare leuchten in den Strahlen der untergehenden Herbstsonne und lassen sein gut geschnittenes Gesicht leuchten. Seine grau-grünen Augen blitzen ärgerlich, während er ihnen mit geballten Fäusten entgegengeht.

Patrick kommt zu der plötzlichen unbehaglichen Schlussfolgerung, dass er sich von Wills traurigem, schwulem Onkel freudig vögeln lassen würde. Stunde um Stunde. Bis zum Wahnsinn. Wenn die Situation eine ganz andere wäre, natürlich. Und wenn Kevin aufhören würde, ihn anzustarren, als wolle er Patrick auf der Stelle ermorden, ohne Fragen zu stellen, und seinen Leichnam irgendwo weit draußen im Reservat ablegen.

Patrick tritt näher an Will heran in der Hoffnung auf etwas Schutz, falls Kevins Faust geflogen kommt.

Will schiebt die Hände in seine Taschen und errötet.

„Was zur Hölle ist hier los, Will?", fragt Kevin, während die Eingangstür des Hauses sich öffnet.

„William Patterson! Beweg deinen Hintern ins Haus, junger Mann." Die scharfe Stimme von Wills Mutter durchschneidet die Luft, und alle gehorchen ihr augenblicklich.

Das Haus riecht nach Lebkuchen und Zimt. Patricks Magen knurrt. Will wirft ihm einen strengen Blick zu, während seine Mutter sie durch den gut eingerichteten Flur führt. Im Mittelpunkt, neben der langen Treppe, steht ein großer, echter Weihnachtsbaum, behängt mit farblich aufeinander abgestimmten Kugeln und blinkenden bunten Lichtern. Obendrauf steckt ein Pferdchen mit einer Weihnachtsmannmütze.

Wills Mutter ist eine umwerfende blonde Schönheit mit großen grünen Augen in einem Gesicht, das entweder gut gealtert ist oder bereits das Messer eines Chirurgen zu spüren bekommen hat. Genau wie Kevin geht sie für fünfundvierzig durch. Ihre langen Beine stecken in engen Jeans, und sie trägt eine blaue Seidenbluse, die ihr Dekolletee gut zur Geltung bringt.

Ja, beschließt Patrick, Will hat sein Aussehen geerbt. Kimberly Patterson ist hübsch. Oder heißt sie Kimberly Molinaro? Wills Mutter hat schon mehr Ehen und Scheidungen hinter sich, als Patrick Mikrowellen-Mahlzeiten zu sich genommen hat.

Das Wohnzimmer, in das sie sie führt, ist geräumig mit großen Fenstern und einem Teppich, der so weich ist, dass Patrick am liebsten ein Schläfchen darauf machen würde. Sofa und Sessel passen zueinander, und in der Ecke steht ein Tisch, auf dem sich Bastelbedarf für Kinder stapelt. Spiele und Puppen, Plüschtiere und der eine oder andere Schuh füllen Kisten neben dem Tisch. Sie quellen über auf den ansonsten makellosen Boden.

Patrick richtet seine Aufmerksamkeit auf Kimberly, die Will am Arm zieht, um sich vor den steinernen Kamin zu stellen. Die Strümpfe der Kinder hängen hinter ihm. Patrick nimmt seinen Platz an Wills Seite ein. Als Wills falscher Ehemann gehört er dorthin.

Kimberly verschränkt die Arme vor der Brust und starrt die beiden an. „Das ist also Patrick, ja?" Sie mustert Patrick von oben bis unten, als wäre er ein Mörder.

Patrick versteht das. Niemand mag auf Anhieb den Fremden, der seinem kleinen Jungen den Schwanz in den Arsch geschoben hat, bis er schrie und eimerweise abspritzte. Aber das hasserfüllte Starren ist trotzdem ein bisschen viel.

„Für Sie Dr. McCloud", sagt Patrick.

Will verpasst ihm einen heftigen Stoß mit dem Ellbogen, und Patrick reibt sich den Arm.

„Ignorier das einfach. Er ist …", beginnt Will, aber Kevin unterbricht ihn.

„Was zur Hölle läuft hier ab, Will?"

„Er ist bloß hungrig", beendet Will seinen Satz lahm. Er fährt sich mit der Hand durchs Haar. „Wir beruhigen uns jetzt mal alle, okay? Wenn ihr beide euch mal hinsetzt und tief durchatmet …"

„Erzähl mir nichts vom Durchatmen, William!“, ruft Kimberly.

„Mama, beruhige dich. Ich erzähl dir gar nichts.“

„Und ob du uns was erzählst.“ Kevin läuft vor den beiden auf und ab, ehe er herumwirbelt, um auf Patrick zu zeigen. „Wer ist dieser Mann?“

Niemand bewegt sich auch nur ansatzweise auf das Sofa zu. Niemand bietet etwas zu essen an. Niemand offeriert Erfrischungen jedweder Art. Sie stehen einfach da und starren einander an. Patrick seufzt. Er hatte sich zumindest auf ein Schwiegersohn-Kennenlernhäppchen eingerichtet. Er hat gehört, dass manche Menschen so was machen. Offenbar aber nicht in Healing, South Dakota.

Kevin spricht als Erster. „Heute Morgen wurde ein Hengst an die Farm geliefert. Ein Top-Vollblut mit einer Begleitnotiz, dass er ein Hochzeitsgeschenk für *dich* wäre, Will.“ Sein Kiefer spannt sich an. „Ein Geschenk von Tony und der gesamten Molinaro-Familie.“

„Ein Hengst?“ Will dreht sich so, dass die letzten Strahlen der Sonne ihn von hinten treffen und wie einen Engel aufleuchten lassen, obwohl sein Mund offen steht. „Was ist das denn für ein Hochzeitsgeschenk?“

„Er hätte wenigstens zwei schicken können. Für jeden einen“, stimmt Patrick zu. „Echt knickerig.“

Kimberly und Kevin werfen ihm wilde Blicke zu. Patrick zuckt die Schultern. Wenn sie einfach irgendwas Essbares brächten, wäre er zufrieden damit, seinen Mund zu füllen. Scheint so, als wäre Wills gesamte Familie knickerig.

„Will, das – was immer es auch ist – ist zu weit gegangen“, sagt Kimberly. „Wenn Tony weiß …“

„Wenn Tony was weiß?“, ruft Kevin dazwischen. „Kann mir mal jemand sagen, was verdammt noch mal hier abgeht?“

Patrick presst die Lippen zu einer geraden Linie zusammen, aber er kann einfach nicht anders. Es ist einfach zu gut. „Überraschung! Ich hab Ihren Neffen geheiratet!“

Der Zorn in Kevins Augen, als er sich Patrick zuwendet, erinnert ihn plötzlich daran, dass dieser Mann höchstwahrscheinlich eine Knarre in seinem Truck hat und weiß, wie man sie benutzt.

„Patrick“, warnt Will.

„Haben Sie gerade gesagt, Sie haben …“, fragt Kevin. „Will, wer zum Geier ist dieser Mann?“

Will seufzt und reibt sich über das Gesicht, als könne er das ganze Problem wegrubbeln. Er wendet sich Patrick zu. „Mama, Onkel Kevin, das ist Patrick McCloud.“

„Doktor Patrick McCloud“, korrigiert Patrick.

Will verdreht die Augen.

Kevin streckt bei dieser Vorstellung automatisch die Hand aus, und Patrick schüttelt sie, aber Kevins Augen taxieren ihn immer noch, als überlege er, ob er Patrick Stück für Stück auseinanderreißen solle. Oder ihn vielleicht umarmen. Patrick ist nicht ganz davon überzeugt, dass Wills Onkel besonders helle ist.

Kimberly stemmt die Hände in die Hüften und blickt finster drein. „Sie sind also derjenige, der seinen Nutzen aus meinem Sohn zieht.“

„Mama! So ist das nicht.“

„Ich verstehe immer noch nicht“, sagt Kevin.

„Will hat diesen Mann geheiratet, Kevin!“ Kimberly verschränkt die Arme vor der Brust in einer guten Nachahmung von Will, wenn er sauer ist. „Diesen … diesen … *Doktor.*"

Patrick hat dieses Wort noch nie als Beleidigung gehört.

„Wenn Sie *mich* fragen, ich bin ein verdammt guter Fang", bemerkt Patrick.

„Es fragt Sie aber keiner, *Dr. McCloud*", spuckt Kimberly. Sie wendet sich wieder Kevin zu. „Sie haben sich in Las Vegas kennengelernt!" Sie schüttelt den Kopf und geht vor dem Sofa auf und ab.

„Wo denn in Las Vegas?", fragt Kevin.

„In einer Hotelbar", erklärt Patrick hilfsbereit. „Ich habe da allerdings *nicht* als Kellnerin gearbeitet." Er singt: *„That much is true."*

Will wirft Patrick einen ungläubigen Blick zu und hebt die Augenbrauen bis zum Haaransatz.

Patrick kann es nicht glauben. Keiner lächelt auch nur ansatzweise. „Was denn, ihr kennt den Song doch alle, oder? Wer kennt den denn nicht?"

Will zieht einen Finger quer über seine Kehle und schüttelt den Kopf.

„Na schön. Wie auch immer. Es war jedenfalls eine Cocktailbar. In dem Song." Patrick hat versucht, die Stimmung aufzulockern. Wenn alle angepisst sein wollen, dann sollen sie doch. „Ich glaube, es stimmt, was man über angeheiratete Verwandte sagt."

Kimberly und Kevin starren ihn an, als wäre er ein sprechender Scheißhaufen, den jemand ins Wohnzimmer gebracht hätte und von dem sie nicht wüssten, wie sie ihn wieder loswerden.

Will bewegt sich auf die Couch zu. „Wie wär's, wenn wir uns alle hinsetzen? Diese Erklärung könnte ein bisschen dauern."

Und das tut sie tatsächlich.

„Also, versteht ihr jetzt, warum wir uns nicht einfach scheiden lassen können? Ich kann es nicht riskieren, Gute Taten zu verlieren. Auf keinen Fall lasse ich das Geld an die Molinaros zurückfließen, wenn es so vielen Menschen helfen kann."

Patrick amüsiert sich darüber, wie Will es darstellt, als hinge alles von ihm ab. Will wird das Geld nicht an die Molinaros zurückfließen lassen, als hätte Patrick dabei überhaupt nichts zu sagen. Trotz seines Rufes ist Patrick nicht herzlos, und er wird diese Sache ein, zwei Wochen durchziehen, schlimmstenfalls auch einen Monat. Aber letztlich wird er seine Karriere nicht für Wills Heldennummer aufgeben.

Kimberly sitzt neben ihm auf dem Sofa, Will auf ihrer anderen Seite. Sie riecht wie eine Mischung aus frisch geschnittenem Gras und einem üppigen Rosenparfüm. Kevin sitzt abwechselnd in dem braunen Ledersessel oder läuft auf dem Teppich vor ihnen auf und ab. Er ist sexy trotz seines offensichtlichen Mangels an Verstand, und gelegentlich erhascht Patrick ein wenig von seinem Pferde- und Heugeruch. Er kann nicht sagen, dass das schlecht ist. Wenn jetzt bloß irgendwas Essbares auf dem großen hölzernen Couchtisch stünde, wäre die Lage beinahe erträglich. Wenigstens ist die Couch bequem.

„Nein, natürlich kannst du das nicht, Schatz", sagt Kimberly. „Aber du kannst auch nicht mit diesem … Mann verheiratet bleiben. Woher willst du wissen, dass er nicht einfach ein bisschen Geld aus dieser Situation schlagen will? Oder sogar noch Schlimmeres?"

„Oder noch Schlimmeres?", fragt Patrick. „Ich bin *Gehirnchirurg*. Ich brauche niemandes Geld."

Kimberly ignoriert ihn. „Außerdem ist er viel *älter* als du."

„Hey!" Patrick hat die meiste Zeit geschwiegen, nachdem der Witz mit dem Song gescheitert ist, weil es ihm zu viel Spaß gemacht hat zu sehen, wie Will sich bei der Zusammenfassung ihrer ausschweifenden Nacht gewunden hat. (Er wird nie Kimberlys Gesichtsausdruck vergessen, als Will sagte: „Wir … äh … haben die Ehe vollzogen", und Patrick hat eingeworfen: „Und wie!")

Aber so langsam reicht es ihm, dass Kimberly Patterson ihn anguckt, als wäre er der letzte Abschaum. Und jetzt spielt sie auch noch die Alterskarte? „Ich bin nicht *so* viel älter als er."

Obwohl er eigentlich gar nicht genau weiß, wie alt Will ist. Jedenfalls alt genug, um eine legale Ehe zu schließen, das steht fest. Er schätzt ihn auf vierundzwanzig. Oder fünfundzwanzig? Okay, also ungefähr zehn Jahre jünger. Das ist ja nun nicht gerade Kindesmissbrauch. Nicht allzu sehr.

„Mama." Will ahmt seine Mutter darin nach, ihn vollständig zu ignorieren. „Patrick geht wirklich gut damit um. Er hätte darauf bestehen können, sofort die Scheidung zu bekommen, aber er hat freundlicherweise eingewilligt, mir und Nonna ein bisschen Zeit zu geben, damit wir das Problem irgendwie lösen können. Wir sollten wirklich dankbar sein."

Aha. Seine Braut ist endlich auf den Dankbarkeitszug aufgesprungen. Wurde aber auch Zeit.

Kimberly beäugt Patrick kritisch. „Nun ja. Ich nehme an, das können wir. Aber ich kann mir nicht vorstellen, was für ein Mann, ganz zu schweigen von einem *Arzt*, dich so viel trinken lassen und dann seinen Nutzen aus einem verletzlichen …"

„Mama, Mama, halt!“ Will greift nach ihren Händen. „Patrick hatte damit nichts zu tun. Ich bin erwachsen, und es war meine Entscheidung zu trinken, und glaub mir, es ist mir wirklich, wirklich peinlich.“

„Oh, Liebling.“ Kimberly drückt Wills Hände, ehe sie sie loslässt und seine Wange berührt.

„Und er hat mich auch nicht ausgenutzt“, sagt Will und begegnet Patricks Blick. „Ich … ich wollte das so.“

Patrick starrt Will lange Zeit an, seine Mundwinkel heben sich zu einem leichten Lächeln. „Wir wollten es beide.“

Will atmet tief durch und sieht wieder seine Mutter an. „Ich bin schuld, nicht Patrick. Und ich werde die Sache wieder in Ordnung bringen. Nonna hat schon ein paar Anrufe gemacht.“

„Wie lange wird das dauern, was meinst du?“, fragt Kevin.

„Hoffentlich nicht lange“, antwortet Will.

„Will, da ist noch was anderes, was du bedenken solltest. Bei dem Hengst, den Tony geschickt hat, lag ein Schreiben.“ Kevin hört auf, hin und her zu gehen, und reicht Will einen kleinen Umschlag. Er ist aus schwerem Papier und hat ein bereits erbrochenes altmodisches Wachssiegel.

Will nimmt den Umschlag und zieht einen kleinen, vanillefarbenen Briefbogen heraus. Patrick würde am liebsten die Augen verdrehen bei so viel Melodramatik. Aber dann räuspert Will sich, erblasst und reicht den Brief an Patrick weiter.

Die Schrift ist maskulin, aber geübt.

Glückwunsch, mein lieber Guglielmo. Ich hoffe, Deine Ehe ist lang und glücklich und Du liebst Deinen neuen Gatten mit derselben innigen Hingabe, die ich immer für Deine Mutter empfunden habe. (Auch wenn sie dieselbe Hingabe nicht für mich empfand.)

Der Hengst ist ein Symbol maskuliner Stärke und Schönheit, ganz wie Dein gut aussehender Arzt. So sehr ich Dich auch im Stich gelassen habe, als ich mit Deiner Mutter brach, beabsichtige ich Dich nun zu unterstützen. Dein Glück bedeutet mir alles, mein Sohn. Nichts anderes im Leben könnte so wichtig sein. Solange Dein neuer Gemahl gut zu Dir ist, hat er meinen Segen.

Aber sollte er sich nicht so um Dich kümmern, wie Du es verdienst, nun … sagen wir einfach, ein Chirurg ist ohne seine Hände nicht viel wert.

Genießt die Flitterwochen-Suite im Tallgrass, mein Sohn. Ich habe gehört, der Whirlpool soll prächtig sein. Nutzt ihn gut.

Dein Vater,

Tony Molinaro

Das ist das Gruseligste, was Patrick je gesehen hat. Und er ist Arzt, also hat er schon viel unheimlichen Scheiß gesehen. Patrick weiß allerdings nicht, was er verstörender findet, die keineswegs vage Bedrohung seiner Hände oder dass Daddy erotische heiße Bäder seines Sohnes und dessen neuen Ehemannes gutheißt. Die Kombination aus beidem löst in Patrick den Wunsch aus, die ganze Sache abzublasen und sehr viel Abstand zu Will und seiner gesamten Familie zu gewinnen.

Kimberly nimmt Patrick den Brief ab, liest ihn durch und schnappt ein bisschen indigniert nach Luft, aber keineswegs so erschüttert, wie sie es nach Patricks Meinung eigentlich sein sollte. Als sie ihn zurückgibt, liest Patrick die Mitteilung erneut. Seine Brust fühlt sich eng an. Sein Herz rast. Die Auswege aus dieser lächerlichen Situation sind systematisch versperrt, einer wie der andere.

Er muss wohl genauso verschreckt aussehen, wie er sich fühlt, denn Will sagt: „Patrick, es ist nicht so schlimm, wie du denkst."

„Ach ja? Wie schlimm ist es denn deiner Ansicht nach? Bist du Situationsanalytiker? Sind wir bei Alarmstufe Rot? Bedrohungsebene: Handverlust?"

„Patrick", beschwichtigt Will, als wolle er ein Kind beruhigen. Das gefällt Patrick nicht. „Du bist doch derjenige, der mich daran erinnert hat, dass wir hier nicht in *Der Pate* sind."

„Sorry. Mein Fehler. Diese Szene ist eindeutig von dem Idioten geschrieben worden, der sich Teil drei zusammengeträumt hat, denn das ist … das ist grotesk. Hat dein Vater gerade meine *Hände* bedroht, oder hab ich einen echt üblen Flashback von einem LSD-Trip, auf dem ich nie gewesen bin?"

„Tony ist ein bisschen überbehütend", sagt Will. „Aber eigentlich ist das ein guter Brief."

„Gut? Dieser Brief ist gut?"

„Will, du weißt doch, dass dein Vater ein Krimineller ist." Kevin schüttelt den Kopf. „Wenn er was mit dieser Sache zu tun hat, müssen wir zur Polizei gehen."

„Endlich jemand, der die Dinge klar sieht", sagt Patrick. Obwohl es ihm widerstrebt, Kevin zuzustimmen, nachdem er ihn als ziemlich einfach gestrickt einsortiert hatte.

„Nein!", ruft Will aus. „Mama, du bist doch meiner Meinung, oder? Wenn Tony diesen Brief geschickt hat – und auf dem Siegel ist das Molinaro-Zeichen, also glaube ich, dass er das war –, dann glaubt er gegenwärtig, dass wir glücklich verheiratet sind. Das ist doch gut, oder? Gut für Gute Taten und gut für …"

„Meine Hände“, beendet Patrick den Satz und wedelt mit den fraglichen Körperteilen. „Na schön, da geb ich dir Recht, aber was passiert, wenn wir diese Scheidung durchziehen? Kommt dann dein Vater und hackt mir nach und nach die Finger ab, weil ich dir das Herz gebrochen habe? Nein. Nein danke. Ich würde jetzt lieber mit der Polizei über diese Drohung sprechen.“

Plötzlich kommt Patrick in den Sinn, dass die Wahrscheinlichkeit einer kompetenten Strafverfolgungsbehörde in Healing gegen null tendiert. Und angesichts der Tatsache, dass Tony Molinaro frei rumläuft und Pferde verschenkt (immerhin mit Köpfen) und gruselige Briefe verschickt, statt hinter Gittern zu sitzen, beweist, dass Tony sehr gut darin ist, böse zu sein.

„Das würde ich nie zulassen.“ Wills Augen leuchten ermutigend. „Deine Finger sind viel zu begnadet, um ihnen irgendeinen Schaden zufügen zu lassen.“ Plötzlich errötet er und hüstelt. „Als Chirurg. Meine ich. Natürlich. Nehm ich an. Hast du jedenfalls gesagt.“

Patrick hebt die Augenbrauen.

„O Gott, lass mich einfach verschwinden“, sagt Will so leise, dass Patrick nicht sicher ist, ob Kimberly und Kevin ihn gehört haben.

„Und du läufst jetzt also einfach als sein Ehemann rum.“ Kimberly steht neben Kevin und weist auf Patrick, als wäre er ein lebloser Gegenstand.

„Ja“, sagt Will. „So lange, bis Nonna einen Ausweg findet.“

Patrick hebt die Hände. „Moment mal.“

Will, Kimberly und Kevin sehen alle aus, als würden sie Nachsicht üben, dass sie ihn etwas sagen lassen.

„Wenn dein Glück deinem Vater so viel bedeutet, wäre *er* dann nicht bereit, dir zu helfen? Hört sich doch so an, als hätte er schon genügend schlechte Entscheidungen getroffen, zum Beispiel, keine Ahnung, deine Mutter hier zu heiraten." Befriedigt hört Patrick, wie Kimberly einen beleidigten Laut ausstößt. „Hört sich so an, als wäre er ein Mann, der Verständnis hat für eine dumme Entscheidung, die in der Hitze des Augenblicks getroffen wurde und zu einer riesengroßen Katastrophe führen kann oder, sagen wir mal … zu deiner Geburt. Das kann ja nicht so viel anders sein."

„Patrick, willst du damit sagen, es war ein Fehler, dass ich je geboren wurde?" Will klingt irgendwie resigniert und nicht annähernd erschüttert genug für Patricks Geschmack.

„Ich sage bloß, dass dein Vater, so gruselig er auch sein mag, uns vielleicht verdammt noch mal viel schneller aus dieser Nummer rausholen kann als Oma."

„Nein!", sagen Kevin und Kimberly gleichzeitig.

„Man kann Tony nicht trauen", beharrt Kevin. „Der einzige Mensch, der Tony etwas bedeutet, ist er selbst."

Patrick hält den Brief hoch und liest laut vor: „*Dein Glück bedeutet mir alles, mein Sohn. Nichts anderes im Leben könnte so wichtig sein.* Hört sich doch so an, als wäre Will ihm ziemlich wichtig."

Ernst sagt Will: „Ich versichere dir, dass die Kontaktaufnahme zu Tony das Letzte ist, was wir wollen. Das ist gefährlich. Für dich. Sogar für mich."

Patrick nickt langsam. Wills Gesicht ist so aufrichtig, dass Patrick ihm nur glauben kann.

Will schlägt sich mit den Händen auf die Oberschenkel. „Also, warten wir mal ab, was Nonna tun kann. Und bis dahin tun Patrick und ich so, als wären wir glücklich verheiratet. Niemand sonst darf die Wahrheit wissen. Weder Caitlin noch Olivia, noch Connor." Will schluckt. „Und so schwer das auch für mich ist, es ist wirklich wichtig, Mama, okay? Ryan darf es auch nicht wissen."

„Will, Liebling, was wird er bloß denken?", fragt Kimberly.

„Das, was er sowieso schon denkt. Eine angenäherte Version der Wahrheit. Dass ich betrunken war und in Las Vegas einen Fremden geheiratet habe."

Patrick fühlt sich geringfügig beleidigt, obwohl er nicht weiß warum.

„Egal was ich tue oder sage, das ist es, was Ryan glauben wird. Und auch wenn Patrick und ich so tun werden müssen, als wären wir verliebt, glaube ich nicht, dass Ryan jemals darauf reinfällt. Selbst wenn er glaubt, die Wahrheit zu wissen, wäre es zu riskant, es ihm tatsächlich zu sagen." Er schaut Patrick an und deutet dann auf den Brief, den dieser immer noch in der Hand hält. „Besonders jetzt. Ich kann nicht zulassen, dass Patrick etwas angetan wird, wenn er mir einen so riesengroßen Dienst erweist. Uns allen."

„Diese Drohung von Tony", sagt Kevin. „Was glaubst du, wie ernst ist es ihm damit?"

Will hebt die Schultern. „Ich glaube, solange Tony mich für glücklich hält, gibt es keinen Grund zur Sorge."

„Bist du verrückt?", fragt Patrick. „Oh, warte mal, ja, du *bist* verrückt. Ihr alle."

Will seufzt. „Schön. Hast du eine bessere Idee, Patrick? Dann lass mal hören."

Patricks Mund öffnet und schließt sich, während er zur Decke hochsieht. Wenn er jetzt weggeht, verliert Will Gute Taten, krebskranke Kinder verlieren die Finanzmittel, die LGBT-Jugend begeht Selbstmord, Healing verliert sein neues Krankenhaus, und Patrick könnte seine Hände verlieren. „Denk nicht, ich wüsste nicht, wie sich die Drohung deines Vaters zu deinen Gunsten auswirkt“, murmelt er.

Will ist todernst. „Patrick, ich wollte nie, dass es so weit kommt. Das Ganze hier. Es tut mir leid, dass du da mittendrin steckst.“

Patrick reibt sich die Nase und beugt sich vor, um die Ellbogen auf seine Knie zu stützen. „Prima. Und jetzt?“

„Gleicher Plan wie zuvor. Wir tun so, als wären wir verliebt ineinander, und dann läuft das schon. Versprochen.“

Kimberly sagt: „Ich richte ein Gästezimmer für Patrick her.“

„Nein, Mama. Das wäre verdächtig. Welches frisch verheiratete Paar möchte denn bei der Mutter wohnen? Wir müssen uns verhalten wie …“ Will räuspert sich. „Wir bleiben einfach im Tallgrass. Dafür ist das Hotel schließlich da: als mittel- bis langfristige Unterkunft für Ärzte.“

„Schatz, bist du sicher? Ich hab das Gefühl, hier zu Hause wärst du sicherer.“ Kimberly sieht nur Will an. Patrick weiß, dass sie *ihn* als die potenzielle Gefahr betrachtet und nicht die Familie Molinaro. Er verdreht die Augen.

„Ist schon okay, Mama. Das Tallgrass ist prima. Perfekt, wirklich.“

„Und wer sorgt dafür, dass du dich regelmäßig testest und auf dich achtgibst?“

„Ich kann auf mich selbst achtgeben, Mama.“

„Von wegen! Schau dir doch an, was passiert ist, als Ryan nicht da war, um auf dich aufzupassen!“

„Mama, hör auf. Ich bin ein erwachsener Mann, und ich komme mit meiner Erkrankung bestens zurecht.“

Kimberly wendet sich mit flammendem Blick an Patrick. „Wenn ihm irgendwas zustößt, mache ich Sie persönlich dafür verantwortlich."

„Mama, hör auf damit. Patrick und ich gehen jetzt, aber erst muss ich noch ein paar Sachen holen. Ich habe nur die Tasche, die ich für Vegas gepackt habe, und hab jetzt schon keine sauberen Klamotten mehr."

„Schön. Geh ruhig rauf in dein altes Zimmer. Ryan hat deine Sachen aus dem Apartment vorbeigebracht."

Will lächelt traurig.

„Über die Sache mit Ryan müssen wir auch noch sprechen, Will", sagt Kimberly mit einer Andeutung von Missbilligung und Vorwurf in ihrer Stimme.

Patrick weiß nicht genau, was sie das angeht, aber Will scheint da anderer Meinung zu sein.

„Ich weiß." Will stößt einen langen Atemzug aus. „Nur … nur nicht heute, okay?" Er steht auf und fragt Patrick: „Hilfst du mir?"

Patrick ist daran gelegen, von Kimberlys verengten Augen und geschürzten Lippen wegzukommen, daher folgt er Will. Während er hinausgeht, starrt Kevin ihn an, als könne er doch noch seine Knarre benutzen.

Oben wandert Patrick in Wills Kinderzimmer herum. Er nimmt sich Zeit, es zu inspizieren, während Will in ein paar Kartons und Taschen herumwühlt, die ordentlich neben dem Bett aufgereiht sind. Will holt Hemden, Hosen, Jeans und Schlafanzüge raus und legt sie in den Koffer, den er aus dem ansonsten leeren Schrank holt. Draußen ist es jetzt dunkel, und Patrick bewundert die Spiegelung von Wills Arsch im Fensterglas, während Will sich vorbeugt.

Auf einem Regal sind ein paar Pokale von Highschool-Schach-Wettbewerben aufgereiht: einmal Regionalmeister, zweimal Landesmeister. Auf dem Tisch neben dem Bett steht ein gestelltes Foto von Will und einem großen, muskelbepackten Kerl mit dunklem Haar und blauen Augen. Sie haben die Arme um einander gelegt und lächeln.

Patrick kann nur vermuten, dass dieser Typ Ryan ist. Er will einen schneidenden Kommentar darüber machen, wie viele Stunden Mr. Arschloch in Workouts investiert haben muss, um solche Arme zu bekommen, aber Will hebt den letzten Karton hoch, flucht unterdrückt und kippt den gesamten Inhalt aufs Bett. Er fährt sich durch die Haare und starrt auf das Durcheinander aus T-Shirts, Boxershorts, DVDs und Deorollern.

„Na toll. Nicht da. Wahrscheinlich schläft Hartley jetzt darin."

„Problem?"

„Nein."

Patrick beobachtet etwas atemlos, wie Will ein grünes T-Shirt aus dem Stapel auf dem Bett zieht, es beiseitelegt und dann das ganze andere Zeug wieder in den Karton stopft. Wills gerötetes Gesicht und sein angespannter Körper, der vor Wut beinahe bebt, erinnern Patrick an einen eingesperrten Vollblüter. Er muss trainiert und auf Herz und Nieren geprüft werden, um diese Wut loszuwerden. Und Patrick weiß genau, wie hart und wie lange er Will reiten muss, um ihn zu ermüden und befriedigt zurückzulassen.

Patrick stößt ein Zischen aus. Vielleicht hätte er sich nach seinem Mittagsschlaf schnell einen runterholen sollen.

„Was?"

„Nichts. Bloß hungrig."

„Ich geb dir gleich was zu essen, okay? Du bist wesentlich teurer als ein Welpe." Dann flüstert er, eher zu sich selbst:

„Ich hätte mir einen Welpen besorgen sollen. Warum hab ich mir bloß keinen Welpen besorgt?"

Entschlossen, nicht in Begeisterungsstürme auszubrechen, beschäftigt sich Patrick wieder damit, Wills Zimmer zu inspizieren. Über dem Schreibtisch hängt eine Pinnwand. Oben links hängt ein einziges Foto, das Will in seiner Highschool-Zeit zeigt, wie Patrick annimmt. Will ist darauf viel dicker, hat dunkle Ringe unter den Augen und Pausbacken. Er trägt ein kurzärmliges Hemd mit einer Brusttasche und locker sitzende Jeans, die ihn noch übergewichtiger wirken lassen. Patrick neigt den Kopf, während er das Bild in Augenschein nimmt.

„Hübsches Kugelschreiberetui."

Will blickt von den Kleidungsstücken auf, die er sortiert. „Ich bin jetzt wirklich *nicht* in der Stimmung für so was."

„Ach, lach doch mal, Will."

„Ich kann das nicht gebrauchen, dass du auf mir rumhackst."

„Wer sagt denn, dass ich auf dir rumhacke? Ich war auch ein Nerd. Ein totaler Streber."

Will betrachtet ihn. „Ich wette, du hattest nicht nur ein Kugelschreiberetui, sondern auch einen Lieblings-Winkelmesser."

„Starrett 509er Serie", gibt Patrick zu.

Wills Lippen verziehen sich zu einem halben Lächeln. „Ich mochte lieber den General Tools 318."

„Schön."

Will wirft ein Paar weiße Boxershorts in einen zweiten Koffer. „War die Highschool schlimm für dich?"

„Ja." Patrick klopft sich mit den Fingern auf den Oberschenkel.

„Wegen Schwulsein?"

„Das auch, ja, und wegen meinem Vater." Eine Flut nervöser Erinnerungen überschwemmt ihn. Der Bieratem seines Vaters. Seine glänzenden Augen. Patrick hasst es, über diese Zeit nachzudenken. Er hat eine Menge Mühe darauf verwandt, das einfach *nicht* zu tun. Er wendet sich wieder dem Bild von Will zu.

„Wurdest du gemobbt?", fragt Will.

„Zu Hause? Ja. In der Schule? Ha, *nein.*" Patrick ist ein bisschen überrascht, wie energisch das herauskommt. „Nicht in der Schule."

„Du wurdest zu Hause gemobbt?"

Patrick nimmt das alte Foto ab. „Warum lässt du das hier an der Pinnwand hängen?"

„Du hast meine Frage nicht beantwortet."

„Ich weiß."

Will sieht ihn einen langen Augenblick an. „Ryan sagt, ich brauche eine Erinnerung daran, wie ich mal war, damit ich nie zulasse, dass ich wieder dieser Typ werde. Er hatte noch eins am Badezimmerspiegel in unserem Apartment."

Patrick blinzelt Will an und versucht zu verarbeiten, was er gerade gehört hat. „Das hört sich aber nicht an wie eine der üblichen AA-Motivationstechniken."

Will zuckt die Schultern. „Manche machen das so. Ryan hat ein Bild von sich in seiner Sockenschublade. Einer seiner bescheuerten Brüder hat das gemacht, als er bewusstlos in seiner eigenen Kotze lag. Das soll ihn daran erinnern, wie tief er fallen kann."

„Warum bewahrt er seins in der Sockenschublade auf und hängt deins an einer Stelle auf, wo es jeder sehen kann?"

Will zuckt erneut die Schultern. „Ich brauche eine regelmäßigere Erinnerung, nehme ich an. Es soll mir auch helfen, mein Training zu machen. Ich trainiere fast jeden Tag." Er nimmt Patrick das Foto aus der Hand und wirft es oben auf die Kleider in seinem Koffer. „Ich denke, ich sollte das mitnehmen."

Patrick holt es wieder heraus. Will versucht, danach zu schnappen, und es gibt ein kleines Gerangel, bis Patrick sich das Bild in die Unterhose schiebt. „Wenn du mir am Sack rumfummeln willst, um es wiederzukriegen, tu dir keinen Zwang an."

Wills Augen weiten sich. „Warum?"

„Ich will das nicht in unserem Hotelzimmer haben. Ich will das überhaupt nicht in deiner Nähe haben. Das ist Müll."

„Das ist meine Geschichte. Das ist der Mensch, der ich war, der ich früher war."

„Und wenn das für dich eine wertvolle Erinnerung wäre, hätte ich nichts dagegen. Aber es ist Bullshit, dass du dich selbst demütigen musst, um ein guter Mensch zu sein. Du *bist* ein guter Mensch. Pummelig oder nicht."

Patrick hört seine eigenen Worte und fühlt sich etwas unbehaglich. Was ist bloß dran an Will Patterson, das ihn zu diesen inspirierenden Reden verleitet? „Ich hätte dich gebumst", fügt er hinzu, nur damit es weniger peinlich wird.

Will schüttelt den Kopf und wendet sich von ihm ab. „Na gut. Wie auch immer." Er wirft Deo und eine Flasche Haargel in den Koffer. Nach einem Moment hält er inne, und dann blickt er unsicher zu Patrick auf. „Meinst du das wirklich so?"

„Was?"

„Was du gerade gesagt hast." Will klingt leicht verärgert, aber auch hoffnungsvoll.

„Ich hätte den süßen Teenie Will so hart gefickt, dass er eine Woche nicht mehr hätte geradeaus laufen können."

Wills Wangen röten sich. „Ich meine die Sache mit dem guten Menschen."

Patrick hebt die Schultern. „Ja. Wahrscheinlich. Was weiß ich schon?"

Will senkt den Blick, und Patrick fühlt sich elend, als das Licht der Hoffnung in seinen Augen verlöscht. „Natürlich meine ich das so, du Trottel. Du bist ein bescheuerter Engel des Lichts für krebskranke Kinder und LGBTQ-Kids und misshandelte Tiere. Du bist so gut, dass es schon irgendwie krass ist." Patricks Finger trommeln hart gegen sein Bein. „Mir gefällt's. Du gefällst mir. Okay?"

Wills Lächeln ist schüchtern. „Das ist nur Gute Taten. Nicht ich."

„Das bist auch genug du." Patrick dreht sich zu dem angeschlossenen Bad um. „Ist schließlich alles deine Idee, oder? Das Geld auf diese Weise einzusetzen? Also, entschuldige mich mal kurz. Ich muss dieses juckende Bild von deinem engelhaften Babyface aus meiner Unterhose holen."

Das Badezimmer ist klein, aber sauber, und Patrick angelt das Bild des pausbäckigen, nerdigen Will aus seiner Unterwäsche. Es ist zerknittert und an einer Ecke eingerissen. Patrick denkt darüber nach, die Sache zu Ende zu bringen und Wills fotografische Version eines Büßerhemds in Stücke zu reißen. Aber etwas an den warmen braunen Augen, die zu ihm hochstarren, hält ihn davon ab. Er faltet das Bild sorgfältig in der Mitte und steckt es in seine Brieftasche. Dabei versucht er, nicht allzu intensiv über die Gründe dafür nachzudenken.

Als er das Bad verlässt, ist Will immer noch mit den Gedanken in der Vergangenheit. „Hattest du auf der Highschool einen Freund? Warst du geoutet?"

Patrick grinst spöttisch. Selbst wenn er nicht so eine Bohnenstange gewesen wäre, ein Spätentwickler der übelsten Sorte, hätte er gar keine Zeit für einen Freund gehabt. Nicht zwischen seinen Studien und den endlosen Ansprüchen seines Vaters.

Erinnerungen strömen herbei: Nächte in schäbigen Bars, in denen er nichts verloren hatte, aber gegen Bezahlung Wunschsongs spielte. Sein Vater, der Patricks Einnahmen direkt aus dem Goldfischglas trank, das für Trinkgeld aufgestellt war. Nach Bier stinkende Kotze vom Teppich und vom Sofa schrubben und einmal von den Tasten des Klaviers im Wohnzimmer. Er erinnert sich, dass das mittlere C danach nicht mehr funktionierte, sondern sich immer verhakte, wenn man es anschlug.

Verhakt. Für immer.

Nein, sein Leben an der Highschool hatte sich um weitaus wichtigere Dinge gedreht als Jungs.

Will wiederholt: „Also, warst du? Geoutet?"

„Nein."

„Warum nicht?"

Patrick wird darauf nicht eingehen. Nicht hier, nicht jetzt. „Du weißt doch, wie das war. Warum hätte ich das riskieren sollen?"

Will schnaubt. „Ja, genau wie damals in der Highschool. Der Typ, auf den ich stand. Der wollte Cheerleader. Außer wir waren beide besoffen und er hatte seinen Schwanz in meinem Mund. Dann war ich gut genug für ihn."

Patrick setzt sich auf Wills Bettkante und sieht zu, wie Will den sehr vollen Koffer zu schließen versucht. „Ich nehme an, das hat sich für dich nicht rentiert."

„Das kannst du laut sagen." Will sieht fast so aus, als würde er lachen oder lächeln, aber dann verändert sich sein Gesichtsausdruck. „Scheint die Geschichte meines Lebens zu sein. Ich treffe die falschen Entscheidungen. Verliebe mich in die falschen Typen. Die Dinge rentieren sich nicht für mich."

Patrick guckt auf die Uhr. „Oh, tut mir leid, aber du hast die Selbstmitleidparty verpasst. Komm Donnerstag wieder, dann geben wir wieder eine."

Will verdreht die Augen. Sie schweigen ein paar Minuten, aber als Will ein paar Sachen aus seinem Badezimmer holt, ruft er: „Ein Streber also, ja? Totaler Nerd? Keine Freunde?"

„So ziemlich", ruft Patrick zurück.

„Nicht mal ein Freund?"

„Nö. Ich hab mich darauf konzentriert, da rauszukommen und es an die Uni zu schaffen. Das war alles, was für mich zählte."

Mit einer neuen Zahnbürste in der einen Hand und drei Flaschen von etwas, das aussieht wie noch mehr Haargel, in der anderen, kommt Will ins Zimmer zurück. „Das ist echt traurig. Aber deine Eltern müssen stolz auf dich gewesen sein."

„Wie ich schon sagte, meine Mutter ist früh gestorben." Patrick hält seinen geübten Blick auf die Haargelflaschen in Wills Hand gerichtet, um dem erwarteten Ausdruck des Mitleids zu entgehen. „Und was meinen Vater angeht, ist Stolz wirklich kein Wort, das ich in Verbindung mit ihm verwenden würde."

„Patrick", murmelt Will. „Tut mir echt leid. Mit deinen Eltern."

„Nicht nötig. Kann man nichts dran ändern." Patrick zuckt die Achseln und steht auf. Er klopft auf die Brieftasche in seiner Gesäßtasche und denkt an den nerdigen kleinen Will darin. „Ist lange her. Und jetzt lass uns was zu Abend essen." *Und mit diesen ganzen verdammten Gefühlen aufhören.*

Kapitel neun

Patrick wird laut, wenn er hungrig ist. So viel hat Will bereits verstanden.

„Und wäre es wirklich zu viel verlangt gewesen, einen kleinen Imbiss anzubieten, nachdem …“

„Gehen wir zu Jimmy's. Das ist ein Diner“, sagt Will und beendet damit Patricks Tirade über den Mangel an Benimm bei der Hautevolee von Healing, nämlich Wills Mutter und seinem Onkel. „Es liegt am Weg.“

Will findet, die Begegnung mit seiner Mutter und Onkel Kevin ist so gut verlaufen, wie man erwarten konnte. Sicher, es war peinlich gewesen, aber am Ende hatten sie ihm (irgendwie) Unterstützung zugesagt, was mehr als ausreichend ist. Wenn jetzt Nonna noch früher oder später die richtige Molinaro-Taste drücken kann, kann er das Ganze hinter sich lassen und damit anfangen, sein Leben wieder auf die Reihe zu kriegen.

Jimmy's ist ein traditioneller amerikanischer Diner am Stadtrand von Old Healing. Rote Markisen beschatten den Eingangsbereich und den Gehweg davor. An den großen Frontfenstern befinden sich leicht abblätternde Glasmalereien im Stil der Fünfziger: sommersprossige Kinder, Männer im Geschäftsanzug und Mütter mit Lippenstiftmündern, die breit grinsen, während sie Burger essen und Milkshakes trinken.

Patrick schnuppert und stöhnt auf. „Fett. Herrlich.“ Nicht mal eine Andeutung von Sarkasmus liegt darin.

Will ist erleichtert. Er will ihn sattbekommen, zurück ins Tallgrass fahren und hoffentlich vor dem Schlafengehen noch mal in den hoteleigenen Fitnessraum gehen. Er muss ein bisschen von dem furchtbaren Stress abbauen, ehe die

Hotelbar eine größere Verlockung für ihn darstellt, als er ertragen kann.

Während sie sich der Tür von Jimmy's nähern, grinst Patrick. „Was ist das Beste auf der Speisekarte?"

„Die Zwiebelringe sind toll. Aber auch der Mac'n'Joe."

Patrick rümpft die Nase. „Was ist denn ein Mac'n'Joe?"

„So eine Art Sloppy Joe mit extra Maccaroni und Käse. Wenn du noch nie einen gegessen hast, wird es höchste Zeit."

Patrick quietscht, seine normalerweise tiefe Stimme wird ganz hoch vor Vorfreude. „Dann beeil dich mal! Ich kann es nicht erwarten." Patrick stößt die Eingangstür so heftig auf, dass der Kranz gefährlich ins Schwanken gerät. Seine Augen leuchten wie die eines Kindes am Weihnachtsabend. „Mein Magen frisst sich gleich selbst auf."

Patrick ist irgendwie niedlich, wenn er sich so über Essen freut. Wenn sich seine nervtötenden Beschwerden immer darin auszahlen, dass er so vor Vorfreude glüht, kann Will vielleicht anfangen, sie als eine Art Vorspiel zu betrachten. Natürlich ein Vorspiel, das zu Ruhe führt, nicht zu Sex.

„Rein da", sagt Patrick. „Mach schon."

Will zwinkert ihm zu, hält aber abrupt inne, als er das Jimmy's betreten hat. Bunte Weihnachtslämpchen blinken rings um die Tür, die sich hinter ihnen schließt und ihnen den Weg nach draußen versperrt. Gerade läuft *Hard Christmas Candy*, und Will findet, dass es fürchterlich passend ist. Seine Füße lassen sich nicht mehr von der Stelle bewegen. Er schüttelt den Kopf. „Wir müssen gehen."

„Was? Nein!" Patricks dünner Körper schlängelt sich an Will vorbei und schießt in den Diner hinein, ehe Will ihn wieder hinauszerren kann. „Wieso zum Geier sollten wir wieder gehen?"

„Da ist Ryan.“ Will nickt in Richtung eines Tisches. „Mit Hartley.“

„Oooooh.“ Die Freude am Klatsch dehnt die einzelne Silbe zu vier oder fünf. „Echt?“ Patricks Blicke wandern langsam über Ryan und Hartley hinweg. „Ah. Also, Hartley ist der sexy Twink mit dem Pferdeschwanz, und dein Arschloch von Ex ist der Dumm-aber-gutaussehend-Kerl.“

Patrick findet Hartley sexy? Mein Gott, nicht mal sein falscher Ehemann kann ihm gegenüber loyal sein, wenn er Hartleys Schmollmund und seinen schwarzen Augen gegenübersteht. Krass.

Man kann sich nirgendwo verstecken. Das Jimmy’s ist nicht so groß, und derzeit sind nur ziemlich wenige Gäste da. Mrs. Wilder und ihre kleinen Zwillinge, Erik und Eiven, sitzen in der Nische am Fenster und essen Burger. Andy, der Besitzer, bereitet hinter der sehr offenen und einsehbaren Theke einen Salat zu, aber das ist alles. Keine Deckung.

„Peinlich. Aber, na ja“, sagt Patrick unerschrocken.

Wills Magen knurrt. Falls sie es unerkannt durch den Raum schaffen, können sie sich in eine der vier roten Nischen an der Wand setzen, aber der Rest des Restaurants ist Chrom und Vinyl, Retrotische und -stühle. Genau da sitzen Ryan und Hartley, mittendrin, und versperren den Weg zu der Nische in der hinteren Ecke, die Will immer bevorzugt hat.

„Lass uns einfach abhauen“, zischt Will und greift nach Patricks Arm, aber es ist schon zu spät. Ryan entdeckt sie, und nach einem schnellen Geflüster mit Hartley winkt er sie heran.

„Oh, schau mal. Jemand will gut Wetter machen.“ Patricks Augen leuchten.

„O Gott", murmelt Will unterdrückt, während er seine Hand zu einer schlaffen Begrüßung hebt. Er schluckt schwer. „Denk dran, so zu tun, als würdest du mich lieben, ja?"

„Wie könnte ich das vergessen?" Patrick setzt ein gruseliges falsches Lächeln auf.

„Hör auf." Will klopft ihm mit dem Handrücken gegen die Brust. „Du siehst aus wie verblödet."

„Ich versuche nur, verliebt auszusehen", sagt Patrick mit zusammengebissenen Zähnen.

„Ja, okay, aber du machst es falsch."

Sie sind jetzt am Tisch von Ryan und Hartley, und Will wappnet sich mit dem strahlendsten, freudigsten Lächeln, das er aufbringen kann. Er legt den Arm um Patricks schmale Taille. „Hey, Ryan. Hallo, Hartley."

„Will!", begrüßt Ryan sie, beugt sich ein bisschen vor und nimmt damit Hartleys um seine Schultern gelegten Arm die Grundlage. „Willst du uns nicht miteinander bekannt machen?"

Hartley nimmt einen Schluck von seinem Kaffee und beäugt Patrick über den Rand der Tasse. Will widersteht dem Drang, ihm ins Gesicht zu klatschen. „Natürlich." Will hakt seine Finger in Patricks. „Ryan Whitehead, Hartley Kills Enemy, das ist Dr. Patrick McCloud. Mein Mann."

Ryan steht nicht auf, aber er streckt die Hand aus, und Patrick löst seine Finger aus Wills verzweifelter Umklammerung, um sie zu schütteln. Patrick schüttelt auch Hartleys Hand.

„Ich hab eine Menge von Ihnen gehört, Dr. McCloud", sagt Ryan.

„Ach, wirklich?", fragt Will.

„Natürlich, ich hab ihn gegoogelt, nachdem ich von eurer Heirat gehört habe.“ Ryan runzelt die Stirn. „Ich hab mir Sorgen um dich gemacht.“

Hartley fügt hinzu: „Egal, was zwischen uns vorgefallen ist, wir kümmern uns immer noch um dich, Will.“

Will fragt sich, warum *er* Patrick noch nicht gegoogelt hat. Vermutlich ist er der Einzige, der das nicht getan hat. Eleanora wird mittlerweile mehr unternommen haben als eine einfache Websuche nach Patrick. Ryan hat eindeutig seine Hausaufgaben gemacht. Und wie Will seine Mutter kennt, engagiert sie vermutlich einen Privatdetektiv, um irgendwelchen Dreck aufzuwühlen, und ruft dann Eleanora an, um herauszufinden, wie viel von ihren Ermittlungen sie preiszugeben bereit ist. Aber Will? Will hat nicht ein einziges Mal daran gedacht, sich über Patricks Hintergrund zu informieren. Er weiß nicht, ob das ein Zeichen von Blödheit ist oder einfach nur von verdammter Zerstreutheit.

Ryans Blicke wandern zwischen Wills und Patricks linken Händen hin und her, und Will erkennt, dass er ihre zueinander passenden Ringe betrachtet. Ha. Will berührt das Gold mit dem Daumen, betastet sein glattes, warmes Gewicht, und ihm kommt der Gedanke, dass keiner von ihnen jemals in Erwägung gezogen hat, die Ringe abzulegen, nicht mal ehe ihnen das volle Ausmaß ihrer Situation bewusst geworden war, nicht mal während der anfänglichen Panik der Entdeckung, dass sie verheiratet waren.

Ryan spricht wieder. „Nach allem, was ich online gelesen habe, sind Sie ein erfolgreicher Mann, Dr. McCloud. In einem Artikel wurden Sie als Weltklasse-Neurochirurg und aufgehender Stern bezeichnet …“

„Oh, mein Stern ist bereits hoch oben am Himmel, danke“, sagt Patrick. „Der hellste, den Sie je sehen werden.“

Ryan wirft den Kopf zurück und fragt tatsächlich: „Und was wollen Sie dann mit Will, frage ich mich?“

Es sollte nicht wehtun, tut es aber doch. Aber Ryan will ihn nur testen. Er meint nicht wirklich, dass Will nicht gut genug ist für Patrick. Oder?

„Ich meine, seien wir doch mal ehrlich.“ Ryan beugt sich mit einem traurigen, sorgenvollen Lächeln vor. „Ihr habt was getrunken, nicht wahr? Beide.“ Seine Besorgnis wird zu Verwirrung, und er murmelt: „Und noch ein Drink und noch ein Drink, und dann die Heirat in einem Hotel in Vegas.“

Hartley grunzt warnend und legt die Hand sanft reibend auf Ryans Rücken. „Ryan, sag nichts, das du bereuen könntest.“

„Warum sollte ich die Wahrheit bereuen?“ Ryan wendet den Blick nicht von Patricks Augen. „Sie waren beide betrunken. Das weißt du doch so gut wie ich. Weil Will nämlich nicht nüchtern bleiben kann.“

Hartley packt Ryans Schulter und schüttelt ihn sanft. „Ryan, hör jetzt auf. Du bist gemein. Das steht dir nicht.“

Ryan wirft Hartley einen Blick zu, aber er scheint sich nicht bremsen zu können. „Du kennst ihn nicht so wie ich.“

„Will, hör nicht auf Ryan. Er benimmt sich unmöglich.“ Hartley nimmt die Hand von Ryans Rücken, und Ryan wirft ihm den Blick eines Betrogenen zu.

In Wills Kehle hat sich Magensäure gesammelt. Er fürchtet, sie könnte hochkommen, und er könnte auf Ryans und Hartleys gemeinsames Pommeskörbchen kotzen. Er versucht, seine Füße zu bewegen, aber er kann nichts anderes tun, als hilflos in Ryans blaue Augen zu glotzen und zu schwitzen.

Plötzlich legt Patrick den Arm um Wills Schulter und zieht ihn besitzergreifend an sich. „Tut mir leid, aber waren Sie dabei, Mr. Whitehead? Ich kann mich irgendwie gar nicht erinnern, Sie bei unserer Hochzeit gesehen zu haben. Lassen Sie mich Ihnen versichern, es war *traumhaft* …" Patrick wackelt vor Ryan mit den Fingern. „Jede Menge Konfettischauer, romantische Weihnachtsbeleuchtung und überall Blumen. Es war perfekt." Er wirft den Kopf zurück. „Ich erinnere mich auch nicht, dass Sie bei den drei bisherigen wundervollen, fast schmerzhaft erotischen und hoch orgasmischen Nächten unserer Flitterwochen dabei gewesen wären."

„*Patrick*." In Wills Augen brennen Tränen.

„Daher frage ich Sie noch mal, Mr. Whitehead, was glauben Sie über unsere Ehe zu *wissen*?"

„Nichts", flüstert Ryan. Er ist blass und zittert etwas. „Aber ich kenne Will. Ich weiß, dass er Sie nüchtern nicht geheiratet hätte. Und ich weiß, dass er Sie nicht liebt." Er schluckt und hebt das Kinn. „Und Sie lieben ihn auch nicht. Sie *kennen* ihn ja nicht mal." Eine vertraute Dunkelheit füllt seine Augen, und Will holt Luft. Er sieht sich um, ob Mrs. Wilder oder Andy zuhören. „Und falls doch? Ha. Na ja, daran wollen wir gar nicht erst denken."

Patricks Arm um Wills Schultern spannt sich an.

„Hey, echt mal." Hartleys Augen blitzen, und er rückt von Ryan weg.

„Ich bin bloß ehrlich."

„Nein, du bist grausam. Was ist das an Will, das dich so werden lässt?“, fragt Hartley und schüttelt den Kopf. „So was würdest du zu jemand anderem niemals sagen.“

Wills Kehlkopf verkrampft sich, und er könnte wirklich auf ihren Tisch kotzen.

„Eifersucht ist nie schön, aber bei Ihnen ist sie besonders hässlich“, sagt Patrick. Seine Stimme klingt gefährlich, wie die Räder eines Lastwagens auf Kies. „Sie macht Ihr Gesicht so …“ Er wedelt mit der Hand in Ryans Richtung. „Passen Sie auf, sonst könnte das so bleiben.“

Ryan wendet sich an Will. „Hör mal, wir beide wissen doch, was hier abgeht. Ich hab mit dir Schluss gemacht. Du hast dich betrunken. Und du hast diesen … diesen *Doktor* geheiratet …“

Patrick schnaubt. „Was ist bloß los mit dieser Stadt? Das ist *keine* Beleidigung.“

„Du hast diesen Typen geheiratet, um mich damit zu ärgern. Aber Will, das ist doch krank! Das ist gefährlich! Du brauchst Hilfe!“ Er legt die Hand auf Hartleys Stuhl, anscheinend ohne Hartleys wütenden Gesichtsausdruck zu bemerken. „Und dieser Trick, um mir wehzutun, funktioniert nicht. Ich bin glücklich mit Hartley.“

Aber Hartley scheint im Augenblick weniger glücklich mit Ryan zu sein. Er steht auf und wirft Geld aus seinem Portemonnaie auf den Tisch.

„Hartley, warte.“ Ryan greift nach seinem Arm und lässt ihn mit dümmlichem Gesicht wieder los, als Hartley eine Augenbraue hebt. „Geh nicht weg.“ Ryans Kopf pendelt zwischen Hartley, der seinen dicken Mantel zuknöpft, und Will hin und her.

„Wir brechen hier wirklich ungern ab, aber Will und ich sind am Verhungern. Wir hatten eine ziemlich anstrengende Nacht gestern." Patrick versucht, Will an dem Tisch vorbeizusteuern, aber Ryan streckt die Hand aus und packt seinen Arm.

„Will, ist das dein Ernst?", spuckt er. „Wie kannst du dich von ihm anfassen lassen? Du kennst ihn ja nicht mal."

„Wir sind verheiratet, Ryan", sagt Will, und es fühlt sich an, als wäre seine Zunge taub. Er kann kaum die Worte formen. „Ich liebe ihn. Natürlich schlafen wir miteinander." Er macht einen Satz, als Patrick ihm auf den Hintern klopft.

„Ich weiß nicht, wie Sie sich von ihm trennen konnten, Mr. Whitehead, aber ich bin Ihnen dankbar. Also, wenn Sie uns jetzt entschuldigen wollten, wir wollen etwas essen. Ich habe Ihren Anblick satt."

Hartley murmelt: „Ich auch."

„Hartley! Bitte, warte doch mal kurz." Ryan greift erneut nach seinem Arm.

Hartleys Kiefer spannt sich an. „Ich werde meinen Vater zu unserem Treffen bitten." Er begegnet Wills Blick und sagt mit wohlbemessener Dringlichkeit: „Wir würden uns freuen, dich dort zu sehen, Will."

Will schüttelt den Kopf.

Hartley wirft Patrick einen Blick zu, ehe er zu Will sagt: „Und falls es sich rausstellen sollte, dass du Hilfe brauchst, bin ich wahrscheinlich der Letzte, den du fragen würdest, aber ich wäre bereit."

„Komm schon, Liebling", sagt Patrick. „Da hinten wartet eine Sitznische auf uns."

Wills Füße sind immer noch am Boden angeklebt, aber Patrick zieht ihn weg. Wills Magen schmerzt, als auch Ryan seinen Mantel anzieht. Sein Mund bewegt sich rasch, er sagt

Gott weiß was zu Hartley, der den Kopf neigt und skeptisch zuhört.

„Vergiss sie." Patrick zieht ihn an sich.

„Was machst …"

Patricks Mund ist weich und erfahren. Wills Kopf dreht sich, und seine Knie geben nach, als er sich an Patricks Schultern klammert und den Kuss erwidert. Hitze wallt in ihm auf. Patrick nimmt Wills Gesicht zwischen seine Hände und bringt ihn dazu, die Lippen zu öffnen.

Als Patrick sich zurücklehnt, lächelt er sanft, dann küsst er Wills Lippen noch einmal zart, ehe er in die Nische gleitet. Will fällt wie ein Stein auf den gegenüberliegenden Platz und sitzt in verblüfftem Schweigen da, während Patrick den Mantel auszieht und sich die laminierte Speisekarte durchliest.

„Die Zwiebelringe sind gut, sagst du?" Patrick schaut hoch zu Will. „Was ist?"

„Du … du hast mich geküsst." Will widersteht dem Drang, die Hand zu heben, um seine immer noch feuchten Lippen zu berühren.

Patrick zuckt die Achseln. „Den Schein wahren."

„Oh."

Patrick liest weiter die Speisekarte.

Will ist dankbar, dass er Ryan und Hartley den Rücken zuwendet. Er zieht den Mantel aus, setzt sich tiefer in die Nische und reibt sich über das Gesicht. Sein Inneres schmerzt, scharf und stechend. Er will nach Hause gehen und in seinem Bett weinen. Aber er kann nicht. Weil er kein Zuhause hat und kein Bett. Weil er mit Patrick verheiratet ist. Und er muss wieder zurück ins Tallgrass und glücklich und verliebt tun. Und auf dem Sofa schlafen.

Eine Pianoversion von *What Child is This* klimpert aus den Lautsprechern. Er hört Hartleys tiefe Stimme, ruhig und vernünftig, gefolgt von Ryans leisem Bitten. Will schüttelt den Kopf und starrt auf die Speisekarte, die er auswendig kann, seit er zehn war. Er kann überhaupt nicht glauben, dass Ryan mit Hartley zusammen ist. Ryan hatte Stein und Bein geschworen, dass sie nur Freunde wären.

„Ich nehm den Burger", sagt Patrick. „Und Pommes. Und den Mac'n'Joe. Ist der mit Gürkchen? Ich hab Lust auf Gürkchen."

Will starrt Patricks Mund an. Das war ein Kuss gewesen. Er hatte ihn genossen. Sehr sogar. Und nicht nur aus Rache. Es war eine tief empfundene Erinnerung daran gewesen, dass er sich bei Ryan weder physisch noch emotional je so gefühlt hatte wie bei Patrick in ihrer einen gemeinsamen Nacht.

Nie, nicht ein einziges Mal.

Scham durchströmt ihn, bis er sich fühlt wie eine einzige offene Wunde.

***

Patrick hat bereits alles über Ryan Whitehead und die Zeit mit ihm erfahren, als Will ihm in der Bar in Vegas das Herz ausgeschüttet hat. Und nun, da er den Trottel persönlich kennengelernt hat, hat sich sein ursprünglicher Eindruck von einem emotional übergriffigen Arschloch nur verstärkt.

Patrick kneift sich in den Nasenrücken, während er die laminierten Seiten der Speisekarte durchblättert. Er hasst es, in anderer Leute Angelegenheiten hineingezogen zu werden. In seiner Kindheit musste er sich *ständig* mit den

Angelegenheiten anderer Leute auseinandersetzen – sich um seinen Vater kümmern und hinter seinen Saufexzessen aufräumen. Er hat sich immer geschworen, dass er nie wieder in die Probleme anderer geraten will. Und was ist dabei rausgekommen? Er steckt bis zum Hals in denen von Will.

Er kann sich weismachen, er hätte Will nur geküsst, um Ryan zu ärgern oder um ihre Fassade vor irgendwelchen in den Ecken lauernden Molinaros aufrechtzuerhalten. Aber die Wahrheit ist, dass Wills niedergeschmetterter Gesichtsausdruck, als sie von Ryan weggegangen sind, jenen Teil von Patrick berührt hat, der Dinge in Ordnung bringen will; den Teil, der Patrick zu einem Arzt macht. Und Patrick hat das Einzige gemacht, was ihm eingefallen ist. Er hat versucht, es wegzuküssen.

Und dann war da noch die Sache mit Wills *Mund*.

Patrick ist auch nur ein Mensch. So sehr es ihm auch widerstrebt, das zuzugeben. Und Wills Mund ist von weicher, herzförmiger Schönheit. Er schmeckt nach Sex, er ist heiß wie der Sommer und nachgiebig wie Klaviertasten, die unter seinen Fingern hochschnellen. Es ist angemessen zu behaupten, dass Wills Mund Patricks Knie weich werden lässt und seinen Herzschlag verdoppelt. Er könnte eine registrierungspflichtige Waffe sein. Und das sollte er auch, wenn er Patrick in ein Chaos wie dieses bringt.

Patrick starrt die Speisekarte des Jimmy's an, aber er sieht nur Erinnerungen an Vegas: Will, der zwischen Patricks Beinen kniet und hungrig an seinem Schwanz saugt. Will, nackt und herrlich, der Patrick mit zurückgeworfenem Kopf reitet. Will errötend. Will aufschreiend. Will, wie er kommt.

Patricks Schwanz drückt gegen seine Unterhose, und er knirscht mit den Zähnen, während er auf die laminierte Speisekarte glotzt. Burger, Pommes, Zwiebelringe, Mac'n'Joe. Eine eingelegte Gurke. Er braucht eine Gurke. O Gott, er braucht eine lange, dicke Gurke. Verdammt, er ist so hart, dass er am liebsten auf das Klo des Jimmy's stürzen würde, um sich einen runterzuholen. Er wirft Will einen finsteren Blick zu. Ein Mann, der ihn in eine derart furchtbare Situation gebracht hat und ihn im frostigen Ödland mitten in South Dakota gefangen hält, sollte nicht in der Lage sein, ihm so was nur mit seinem hübschen *Mund* anzutun.

Patrick schiebt die Speisekarte beiseite. „Und was nimmst du?"

Will antwortet nicht.

Patrick entdeckt Ryan und Hartley, die wieder Händchen halten, während sie auf die Tür zusteuern. Er sieht für dieses Paar kein glückliches Ende, aber das laut zu sagen ist nicht seine Absicht. Patrick ist sicher, dass Ryan in seiner Vergangenheit irgendwelche Verletzungen erlitten hat, die ihn dazu veranlassen, Will wehzutun, aber er ist nicht genügend interessiert, als dass er wissen will, was oder warum, und er lässt nicht mal die schlimmsten Misshandlungen in der Kindheit als Entschuldigung gelten. Nicht für sich selbst. Nicht für irgendjemanden sonst. Wenn man Patrick fragt, so kann Will froh sein, von diesem Depp weg zu sein.

Die Glocke über der Tür läutet, als Ryan und Hartley gehen. Das Geräusch scheint Will aus der Schockstarre zu reißen, in der er sich während der letzten paar Minuten befunden hat.

„Dein Freund ist ein Idiot", sagt Patrick gelassen.

Will zwinkert und schüttelt den Kopf ein wenig. „Nein, nicht. Hör auf, bitte."

Patrick zuckt die Achseln. Na schön. Wenn Will einem Trottel wie Ryan hinterhertrauern will, soll er doch.

Ihr Kellner, ein Typ um die Vierzig mit einem komischen aufgetürmten blonden Afro, kommt an ihren Tisch. Er lächelt heiter und ist von Kopf bis Fuß in Weihnachtsfarben: grüne Jeans, ein rotes Shirt mit einem Rentier darauf, das mit Schneemännern tanzt, und eine weiße Schürze. Aber irgendetwas hat er an sich, dass Patrick sich auf seinem Platz windet.

„Frohe Festtage!"

„Dir auch, Andy", murmelt Will.

Little Saint Nick kommt aus den Lautsprechern, und Andys Hüften bewegen sich im Takt.

Patrick schluckt mit einem Klicken. Eine übelkeitserregende Erinnerungswelle überrollt ihn.

Mr. Roland. Fünfunddreißig, struppiges blondes Haar und immer nach Gras riechend. Der Nachbar, der Jungs mochte – der ihn mochte. Patrick war erst fünfzehn gewesen, als Mr. Roland sich ihm mit einem Stapel von Fünfzigern genähert und ihn gefragt hatte, ob er ihm nicht vielleicht einen blasen wolle im Austausch gegen einen davon. *„Ich bezahle auch für mehr, wenn du dazu bereit bist"*, hatte Mr. Roland in dem schummerigen Flur geflüstert, mit rot geränderten und glasigen Augen.

Will fängt seinen Blick auf, und Patrick kneift die Augen fest zu, um die Erinnerungen zurück in ihre Schachtel zu drängen. Er wünscht, er könnte sie vergraben oder verbrennen. Er wünscht, er könnte vergessen.

„Was darf ich euch bringen?"

Als Patrick die Augen öffnet, sieht Andy ihn an und erwartet eindeutig eine Vorstellung. Aber Will sagt nichts, und Patrick bietet ebenfalls keine an. Er kann es kaum ertragen, diesen Mann anzusehen, der ihn an jemanden erinnert, von dem Patrick hofft, dass er längst tot ist.

Will bestellt zuerst, und Patrick entscheidet sich wegen des Hamburgers noch mal um, als er hört, was Will bekommt. Sie bestellen sich beide Frühstück zum Abendessen, und Patrick nimmt noch den Mac'n'Joe und eine eingelegte Gurke.

Andy pfeift. „Mächtig großer Appetit!" Er geht zurück zum Tresen und hängt ihre Bestellung für den Koch hinter dem Fenster auf.

„Ziemlich große Schwulenszene für ein Kaff mitten im Nichts", sagt Patrick und wendet den Blick von der Theke und den darauf dekorierten winzigen leuchten Weihnachtsbäumen ab. Er ist entschlossen, nicht noch mal in Andys Richtung zu sehen.

„Hm?" Wills Gesicht legt sich anbetungswürdig in Falten. „Wovon redest du?"

Patrick nickt in Richtung Theke. „Er, du, Hartley und Ryan und dein Onkel? Eine Menge Schwule hier im Ort, findest du nicht?"

„Andy ist nicht schwul."

Patrick wirft dem Mann erneut einen Blick zu. Er ist größer als Mr. Roland und auch kräftiger. Er hat ein runderes Gesicht und eine dicke Nase. Vielleicht hat er doch nicht so viel Ähnlichkeit. „Nicht?"

„Nein."

„Hätte ich aber gedacht. Denken bestimmt viele Leute."

„Er ist verheiratet."

„Mit einer Frau?"

„Ja klar, du Arsch."

„Ist sie eine Idiotin?" Patrick ist entschlossen, an Andy irgendeinen Makel zu finden, weil er mit seinem blöden blonden Afro diese Erinnerungen an Mr. Roland ausgelöst hat.

„Nein. Sie ist Anwältin."

„Ha. Warum ist sie dann mit einem Kellner zusammen? Gibt's keine besseren Typen im Angebot?"

Will verdreht die Augen. „Andy ist kein Kellner. Er ist der Inhaber."

„Ich dachte, es heißt Jimmy's?"

Will knurrt, und Patrick hat einen sofortigen Flashback, wie Will dasselbe Geräusch in Vegas gemacht hat. Nachdem Patrick mehrere Minuten damit zugebracht hatte, seinen Arsch zu lecken, aber sich geweigert hatte, den Finger reinzustecken, hatte Will frustriert und geil geknurrt: *„Schieb den Finger rein, Patrick. Bitte!"*

Patrick zwinkert die Erinnerung weg.

„Es heißt Jimmy's, weil es immer schon Jimmy's hieß. Seit … seit Ewigkeiten. Aber es gehört Andy Sicko. Er hat es in den Neunzigern vom Sohn des ursprünglichen Jimmy gekauft."

„Sicko? Andy Sicko?" Was ist bloß los mit den Nachnamen in dieser Stadt?

Will nickt.

Patrick denkt, dass Andys Name, abgesehen von seiner Ähnlichkeit mit Mr. Roland, vermutlich ein Vorzeichen des Bösen ist. „Welches Sternzeichen hat er?"

„Wer? Andy?"

„Ja."

„Woher soll ich das wissen?“ Will rümpft die Nase. „Du kannst doch an so ein Zeug nicht glauben. Du bist doch Arzt.“

Patrick verengt die Augen. Astrologie ist etwas, an das zu glauben Patrick sich weigert. Es ist Bullshit und unwissenschaftlich auf jede nur erdenkliche Art, und doch hat er noch nie einen Schützen getroffen, der ihm sympathisch war. Nicht einen einzigen. Und die Tatsache, dass sowohl sein Vater als auch Mr. Roland Schütze waren, macht ihn nicht voreingenommen. Nicht sehr. „Weißt du sein Geburtsdatum?“

„Juni? Ja, ich glaub Juni.“

Patrick entspannt sich ein bisschen. „Oh. Na, dann ist gut.“

„Jedenfalls hat Andy den Laden für mehr gekauft, als er eigentlich wert ist, nachdem Jimmy gestorben war, weil sein Sohn Geld brauchte, um die Beerdigung und die Grundsteuer zu bezahlen, und zu stolz war, um Spenden anzunehmen. Andy ist ein anständiger Kerl.“

Natürlich ist er das. Die ganze Stadt besteht ja aus Wohltätern. Patrick vermutet, dass es insofern sinnvoll sein könnte, als die Welt ja oft nach Gleichgewicht sucht, ehe sie außer Kontrolle gerät und ins Chaos und die Entropie stürzt.

Besagter verdächtiger Wohltäter, der offenbar nicht schwule Andy, erscheint wieder mit ihrem Essen. Während Will sein Diabetiker-Test- und Injektionszeug macht, haut Patrick rein und stöhnt vor Wonne, als er den ersten Bissen Schinken und Eier zu sich nimmt. Essen kann alles besser machen. Selbst schreckliche Erinnerungen an Mr. Roland. Er nimmt noch einen Bissen und stöhnt erneut.

Will wirft ihm einen komischen Blick zu, sagt aber nichts, sondern verstaut das Testset in seinem Etui und macht sich über sein eigenes Essen her.

Nachdem sie ein paar Minuten schweigend gegessen haben und *God Rest Ye Merry Gentlemen* fröhlich aus den Boxen in der Decke schallt, sagt Will: „Übrigens, ich nehm dich morgen mit ins Healing Regional. Ich hab dir ja versprochen, dass wir einen Rundgang machen und ich dich dem Chefarzt vorstelle."

Will lächelt und wird einen Moment lang ganz schüchtern. Das steht ihm nicht übel, und die Tatsache, dass ihm das meiste ziemlich gut steht, ist etwas, das Patrick sehr frustrierend findet.

„Ich hoffe, dir gefällt, was wir aufgebaut haben. Wir wollen, dass es eine der besten neurologischen Kliniken des Landes wird. Zwei Neurologen haben wir schon eingestellt, und es sollen noch wenigstens drei dazukommen. Zwei Teams mit OP-Schwestern sind schon zusammengestellt, und sie wollen loslegen, sobald wir einen Chirurgen haben. Du könntest die Antwort auf unsere Gebete sein."

„Eher nicht. Aber mach dir keine Sorgen. Ich bin sicher, eure Abteilung wird tip-top, egal ob mit mir oder ohne mich."

Sie beenden die Mahlzeit, und Andy erscheint mit der Rechnung. Patrick sieht Will demonstrativ an.

„Ich hab letztes Mal bezahlt. Und davor auch. Und jedes Mal, seit wir uns kennen", beklagt sich Will.

„Du bist reich. Warum sollte ich mein eigenes Essen bezahlen müssen? Spuck's schon aus." Patrick bemerkt, dass Andy erschrocken aussieht.

„Will, macht dieser Idiot dir Ärger?"

„Dieser Idiot ist mein Mann.“ Will schiebt zwei Zwanziger in die schwarze Lederhülle. „Andy Sicko, Patrick McCloud.“

„Eigentlich Dr. McCloud. Aber nett, Sie kennenzulernen, Sicko.“

„Eigentlich *Andy*“, sagt Andy und mustert Patrick von oben bis unten. Seine offensichtliche Sorge um Will hat nichts mit Mr. Rolands lüsternem Starren gemeinsam, und Patricks Gefühle für den Mann verbessern sich ein wenig. „Will, ist das ein Witz?“

„Nein, aber eine lange Geschichte“, antwortet Will.

Patrick zuckt die Schultern. „Eigentlich nicht. In Vegas kennengelernt. Auf den ersten Blick verliebt. Innerhalb von Stunden geheiratet. Seither glücklich. Ende.“

Andy blinzelt und schwankt.

Will lächelt schwach. „Ja, ich glaube, es ist doch keine so lange Geschichte.“

„Aber du und Ryan?“ Andy runzelt die Stirn, und Patrick freut sich festzustellen, dass er wirklich und wahrhaftig fast überhaupt nicht wie Mr. Roland aussieht. Das ist gut, denn das Essen ist großartig, und er fände den Gedanken schrecklich, nie wieder herkommen zu können, um sich noch mal daran zu erfreuen. Andy schüttelt den Kopf, immer noch verwirrt. „Ich versteh nicht.“

„Ich bezweifle, dass dieses Gefühl neu für Sie ist“, murmelt Patrick.

„Ist schon in Ordnung. Alles ist bestens, Andy. Versprochen.“ Will steht rasch auf und schnappt seine Sachen sowie Patricks Handgelenk. „Komm, *Schatz*, lass uns gehen.“

Patrick wischt sich den Mund ab, wirft die Serviette auf den Tisch und schiebt sich in seinen Mantel. „Na klar, *Honigbärchen.*“

Andy schwankt noch stärker und starrt sie beide an.

„Bis bald, Sicko“, ruft Patrick, während Will ihn aus dem Diner herauszieht. „Toller Mac’n’Joe übrigens.“

Kapitel zehn

Die Zimmermädchen waren da. Die auf Patricks Bett zurückgelassenen feuchten Handtücher sind weg, das Bett ist frisch bezogen, und auf den Kissen liegen zwei christbaumförmige Stücke Minzschokolade. Patrick wickelt sie aus und steckt sie sich beide in den Mund, während er sich rücklings auf die Matratze wirft.

„War ein langer Tag. Wir sollten in die Kiste gehen."

„Essen und schlafen, essen und schlafen. Du wirst nicht mehr lange in dieses Zimmer reinpassen", sagt Will und stellt seine Taschen neben dem Sofa auf den Boden.

„Und wer ist daran schuld? Ich habe normalerweise keine Zeit zum Essen, geschweige denn zum Schlafen, aber aufgrund der unendlichen Güte meines großen Herzens …"

„Ich weiß, ich weiß. Du bist toll. Hab ich alles schon gehört."

Patrick sieht beifällig zu, wie Will sich vorbeugt, um ein paar Sachen aus seiner Tasche zu holen. Er erinnert sich an die heiße, enge Umklammerung von Wills Arsch und an Wills Begeisterung, als er Patricks Hüften umklammert und ihn in sich festgehalten hat.

Will zieht sich das Hemd über den Kopf, so dass die Muskeln an seinem breiten Rücken zu sehen sind. Eine lange Linie verläuft auf ihrer rechten Seite nach unten, ein Kratzer, den Patrick ihm beim Vögeln zugefügt haben muss. Und als Will sich umdreht, sieht Patrick den roten Knutschfleck unterhalb seines Schlüsselbeins, direkt oberhalb des weichen Büschels von Brusthaar, an dem er gezogen hat, während er Will in Vegas Freudenschreie entlockte.

Patrick drückt den Handballen gegen seinen harten Schwanz und schiebt ihn in eine andere Position, wobei er hofft, dass Will es nicht merkt.

Will zieht sich ein lockeres T-Shirt über, das seine Haut verhüllt. Er zieht die Hose aus und steigt in ein Paar Trainingsshorts. „Ich geh mal runter in den Fitnessraum. Der ist rund um die Uhr geöffnet, und ich muss ein bisschen von dieser negativen Energie verbrennen."

„Was soll ich in der Zwischenzeit machen?"

„Ich dachte, du wolltest in die Kiste?"

„Ich hab mich umentschieden."

Will verdreht die Augen. „Du bist ein großes Kind, Patrick. Bestimmt kannst du dich mal eine Stunde allein amüsieren?" Er blickt demonstrativ auf Patricks nachlassende Erektion. „Bestimmt gibt es reichlich Pornos im Internet, die nur auf dich warten." Will nimmt sich ein paar Fruchtriegel und Wasser aus der Snackbar, schnappt sich sein Etui und geht raus. Er steckt den Kopf noch mal durch die Tür und ruft: „Bin gleich zurück, Schatz! Hab dich lieb!"

Patrick zieht ein finsteres Gesicht, aber nach nur wenigen Sekunden geht er zum Schreibtisch und schaltet seinen Laptop an. Er öffnet seine Lieblings-Pornoseiten, findet aber nicht so richtig das, wonach er sucht. „Twink, Twink, Daddy, Muskelmann, Bär." Er seufzt und klickt die nächste Seite an.

Es gibt einen beklagenswerten Mangel an Männern von Wills Größe und Statur. Es gibt sprichwörtlich keinen einzigen mit goldenem Brusthaar und einem süßen, unschuldigen Gesicht. Er versucht, den Kopf eines Jungen mit der Hand abzudecken und sich nur darauf zu konzentrieren, wie sein starker, biegsamer Körper von einem langen, dicken Schwengel gebumst wird, aber sein Schwanz lässt sich nicht betrügen. Es ist erschreckend, dass er nicht einfach abspritzen kann und fertig.

Vielleicht liegt es daran, dass er älter wird und in Vegas so oft seine Ladung verschossen hat, dass sein Körper sich immer noch nicht erholt hat. Er ist sich aber ziemlich sicher, wenn Will jetzt ganz verschwitzt von seinem Training wiederkäme, sich aufs Bett fallen ließe und Arme und Beine von sich streckte, könnte er die anstehende Aufgabe mühelos bewältigen.

Er seufzt, schließt das Fenster mit der Porno-Website und gibt die URL von *The Hurting Times* ein. Er kann genauso gut nachsehen, was heute über ihn und Will geredet wird. Nach ein paar Klicks schüttelt er verärgert den Kopf. Der Klatsch ist nicht so schmeichelhaft, wie er sich vorgestellt hatte. Die Beschreibungen von ihm gehen weit auseinander, einige bezeichnen ihn als gut aussehenden, sexy Fang, andere als irgendwie sommersprossigen Beinahe-Rotschopf mit absolut keinen hervorstechenden Qualitäten. Er hat fast den Verdacht, dass der User BobFrApple eigentlich Ryan ist und dass er bloß eifersüchtig ist.

Ein Großteil des Geredes über sie auf *The Hurting Times* sind Spekulationen, dass Will mal wieder rückfällig geworden ist und Patrick im Vollrausch geheiratet hat. Es irritiert ihn, dass sie Recht haben. Sie behaupten auch, dass Patrick hinter dem Geld her ist und dass Will offensichtlich keinen Ehevertrag geschlossen hat. *„Deshalb hat er ihn mit nach Hause genommen“,* schreibt jemand namens ElvisCat. *„Er wird sich furchtbar ärgern, wenn er ihm bei der Scheidung die Hälfte von allem abgeben muss.“*

„Haben diese Leute eigentlich irgendeine Vorstellung, wie viel Geld ein Neurochirurg verdient? Ich *brauche* sein Geld nicht."

Jemand anderes spekuliert, dass Patrick irgendeinen heimtückischen Plan in Bezug auf Healing Regional hat, nennt aber keine Details, was das sein könnte. Andere schwelgen in der romantischen Vorstellung von „Liebe auf den ersten Blick" und einer Hochzeit in Las Vegas.

„Betrunken oder nicht", schreibt ein User namens Dolla$, *„nichts ist so reizvoll wie mit einem Fremden durchzubrennen. Wie aufregend!"* BobFrApple vermutet, dass Patrick einen kleinen Schwanz hat. *„Er ist total dürr. Kein Fleisch auf den Knochen. Er kann nichts zwischen den Beinen haben."*

„Ach ja, Ryan? Ich bin umwerfend, okay? Ich hab einen echten Götterhammer da unten."

Er lässt recht bald wieder von dem Klatsch ab, denn es ist überraschend langweilig, all den Blödsinn zu lesen, denn die Leute in Ermangelung harter Fakten erfinden. Er geht rüber zum Sofa und schaltet den Fernseher ein. Es gibt nichts zu sehen außer Werbesendungen und weinerlichen Dramen. Er schaltet ihn wieder aus.

Patrick ist nicht daran gewöhnt, sich mit sich selbst beschäftigen oder Zeit totschlagen zu müssen. Seit der Uni hatte er nicht mehr als ab und zu mal einen Tag frei. Er arbeitet; das ist es, was er tut und was er ist.

Wieder einmal nimmt er sich eine Minute Zeit, um über die Absurdität des Lebens nachzudenken. Wie konnte er zulassen, sich von einem hübschen Hintern in diese Situation manövrieren zu lassen? Er sollte sich im Johns Hopkins oder im Cedars-Sinai vorstellen, statt in Hintertupfingen, South Dakota rumzusitzen und den Hotelehemann zu spielen.

Patrick trommelt mit den Fingern auf seinen Oberschenkel, sein Fuß klopft ein Stakkato gegen das Bein des Couchtisches. Er überlegt, ob er Phil und Dinah in Mobile anrufen und fragen soll, wie es den Kiddies geht und ob irgendjemand etwas braucht, das für Geld zu kaufen ist. Aber wenn es hier schon spät ist, dann es es dort sogar noch später. Er checkt die Snacks im Zimmer, aber nichts davon sieht verlockend aus. Immer noch ist er pappsatt von Sicko's oder Jimmy's oder was auch immer. Er könnte runtergehen und sich in der Lobby einen frisch aufgebrühten Kaffee holen, aber er ist kein großer Fan der Marke, die sie im Tallgrass servieren. Und außerdem ist es schon ziemlich spät für Koffein. Er starrt die Wände an. Er blickt hoch zur Decke.

„Scheiß drauf."

***

Will konzentriert sich auf das blinkende rote Licht, das ihm sagt, dass er noch fünfundvierzig Sekunden auf der höchsten Stufe machen muss. Das Schlappen seiner Füße und das Schwirren des Geräts sind zu einem hypnotischen Rhythmus geworden. Seine Beine brennen. Es ist erstaunlich, wie schnell er aus der Form kommt, wenn er nicht jeden einzelnen Tag trainiert. Es fühlt sich an, als hätte er einen Monat lang ausgesetzt.

„Heiß."

Will zuckt zusammen und gerät auf dem Laufband fast ins Stolpern. Patrick lehnt in der Tür zum Fitnessraum, in Laufshorts und T-Shirt. „O mein Gott!" Wills Hand wandert zu seiner Brust, und er kriegt kaum die Füße voreinander gesetzt, um einen Sturz zu vermeiden.

„Sorry. Ich wollte dich nicht erschrecken.“

„Was machst du denn hier?“, fragt Will und findet wieder in seinen Rhythmus zurück. „Es ist fast Mitternacht.“

„Das Gleiche wie du. Die bösen Kalorien verbrennen.“ Er geht rüber zu der langen Stange, die unter einem Spiegel an einer Seite des Raums verläuft, und beginnt mit Dehnungsübungen.

Will starrt Patricks kecken, schmalen Hintern an, als er sich vornüberbeugt und die Nase auf die Knie drückt. Patrick ist beweglich. Wirklich beweglich. Will weiß genau, wie biegsam Patrick sein kann. Ein ersticktes Glucksen entschlüpft ihm.

Patrick wendet den Kopf. „Alles in Ordnung mit dir?“

„Ja, bloß …“ Er hustet. „Ich bin aus der Form. Das ist alles.“

Patrick richtet sich auf und hebt das Bein zu der Stange hoch, um eine weitere Dehnübung zu machen, die Will eine Ansicht seines Hinterns bietet. „So ein Quatsch. Ich hab noch nie einen Mann mit mehr Kondition erlebt. Du hast mich fast ausgewrungen und immer noch nach mehr gebettelt.“ Er dreht sich zur Seite, und Wills Blut rauscht südwärts.

Im fluoreszierenden Licht des Hotelfitnessraums um Mitternacht und mit Patricks Arsch auf dem Präsentierteller kommt ihm die Vorstellung von Sex mit ihm nicht mehr annähernd so beschämend vor, wie sie das bei Tageslicht war. In Will steigt Erregung auf, und in seiner Erschöpfung durch das Lauftraining wärmt ihn das angenehme Brennen seiner Muskeln. Er möchte nachgeben.

Aber er kann nicht.

„Trainierst du viel?“, fragt er in der Hoffnung, seine Gedanken davon losmachen zu können.

„Hauptsächlich Yoga. Bisschen Joggen. Ich renne die Treppen zu meinem Apartment hoch, wegen Herz-Kreislauf. Und da ich in der fünfzehnten Etage wohne, ist das gut für den Hintern."

„Klingt gut."

„Und was machst du so?"

„Gewichte, Laufen, und manchmal geh ich schwimmen. Aber hauptsächlich Gewichte."

Patrick wackelt mit den Augenbrauen. „Musst wohl die Figur halten."

„Ich war echt dick. Hast du ja gesehen. Ich will nie wieder dick sein."

Patrick schnalzt mit der Zunge. „Du warst süß. Ich hab's dir doch schon gesagt: Ich hätte dich definitiv gebumst."

Will verdreht die Augen.

„Man soll für seine Gesundheit trainieren, nicht fürs Aussehen."

„Du bist ein schwuler Mann. Sei mal realistisch."

Patrick lacht. „Na ja, gut. Ich bin auf deine Figur abgefahren, bevor wir uns in der Bar kennengelernt haben. Und ich hab eine Schwäche für Männer, die größer und stärker sind als ich. Besonders wenn sie mich anbetteln, von mir gefickt zu werden."

Wills Schwanz schmerzt und wird härter. „Musst du das eigentlich machen?"

„Was?"

„Alles auf Sex zu beziehen?"

Patrick geht rüber zu der Klimmzugstange an der Wand gegenüber dem Spiegel. „Sex macht doch Spaß. Ist eine tolle Methode, um Dampf abzulassen. Er setzt Endorphine frei und sogar Oxytocin, was noch besser ist. Schon mal davon gehört?"

„Kann sein." Will merkt, dass er während des Großteils ihres Gesprächs auf niedrigster Stufe gelaufen ist, als das Gerät ein schwirrendes Geräusch macht und der Widerstand wieder stärker wird. Er bemüht sich mitzuhalten und läuft weiter.

„Es ist ein Hormon, das beim Stillen und beim Sex ausgeschüttet wird – und bei einigen anderen sozialen Aktivitäten wie Umarmungen." Patrick rümpft die Nase, als wäre Umarmen etwas außerordentlich Widerliches. „Oxytocin ist ein Glückshormon. Es ist der Grundpfeiler der Zivilisation, bindet Menschen aneinander und erhöht die Wahrscheinlichkeit, dass sie sich vermehren und zu Paaren zusammenschließen, was wiederum die Wahrscheinlichkeit verringert, dass sie sich gegenseitig umbringen."

Schweiß läuft über Wills Rücken, und seine halbe Erektion geht einfach nicht weg.

„Das ist nämlich der Punkt: Die Zivilisation ist auf Sex aufgebaut. Klar, manche Leute fahren nicht drauf ab. Asexuelle, Menschen in der Grauzone dazwischen, wie auch immer. Das ist in Ordnung. Jedem das Seine. Aber ich spreche aus Erfahrung, wenn ich sage, dass *du* Sex liebst und dass du gut darin bist. Es ist eine Verschwendung von Zeit und Vergnügen, sich dafür zu schämen."

Will erschaudert, während das Verlangen in seinem Unterleib pulsiert und er fast aus dem Tritt kommt.

Patrick springt hoch zur Klimmzugstange, und Will sieht zu, wie er zehn Mal mit dem Kinn das Metall berührt, ehe er sich zu Boden fallen lässt. Patrick ist stark. Er ist schlank und kleiner als Will, aber er hat Muskeln, die hervortreten, wenn er die Arme beugt, und drahtige Beine, die Wills Blicke auf sich ziehen, wenn er geht. Will erinnert sich daran, wie es sich anfühlt, Patrick zu berühren und seine Stärke zu fühlen. Er stößt einen langen Atemzug aus.

Wills Schwanz scheint nicht zu begreifen, wie wichtig es ist, dass sie Patricks körperlicher Anziehungskraft und seinen überzeugend nachsichtigen Ansichten über Sex *nicht* erliegen. Er versteht die *Gefahr* nicht. Nein, Wills Schwanz bleibt stur steif und hüpft bei jedem seiner Schritte auf dem Laufband.

Patrick stäubt sich die Hände ein, ehe er sich von rechts nach links und dann von links nach rechts dreht.

„Das hat nichts mit Schämen zu tun", sagt Will atemlos. Er zittert jetzt, während er gegen den Widerstand des Laufbands ankämpft. „Ich finde nur, es gäbe bessere Themen, über die wir sprechen könnten. Zum Beispiel, uns besser kennenzulernen."

„Ich habe dir bereits die wichtigsten Dinge über mich und meine Vergangenheit erzählt. Klavier. Neurochirurg. Keine Partys mit Freunden. Keine lebenden Familienmitglieder. Mag Sex. Fertig."

Wills Kopf ruckt hoch. „Klavier? Du hast eigentlich nie von Klavier geredet. Spielst du selbst?"

Ein Teil von Will wünscht sich, er könne vom Laufband springen, Patrick gegen die Wand drücken und …

Halt. Das geht nicht. Das geht auf keinen Fall.

Sie sind gar nicht richtig verheiratet, und Gelegenheitssex ist falsch. Hat er nicht all die schmerzhaften Konsequenzen von fehlender Loyalität gegenüber einem Mann gelernt, indem er Roy hat sterben sehen? Hat er nicht unmittelbar miterlebt, was dabei rauskommt, wenn man herumschläft und unverbindlichen Sex mit Fremden hat? Er hat Glück, dass sie in Vegas Kondome benutzt haben.

Patrick starrt die Wand an. „Hab ich. Aber jetzt schon seit Jahren nicht mehr."

Will hat die Frage schon fast wieder vergessen, er ist abgelenkt von dem lustvollen Herzschlag in seinen Shorts, der abebbt und wieder ansteigt. Er wischt sich das Gesicht mit einem der kleinen weißen Handtücher ab, die das Hotel bereitstellt, und versucht, es zusammenzukriegen. Klavier. Patrick redet von Klavier. „Aber das Klavier war dir mal wichtig? Früher?" Will drückt den Abwärts-Pfeil, um den Widerstand und die Geschwindigkeit zu verringern.

„Glaub schon." Er springt erneut zu der Stange hoch, und Wills Arschloch zieht sich zusammen und entspannt sich wieder, während er hungrig die sehnige Stärke seines Bizeps und seiner Unterarme beäugt. Patrick zieht sich erneut zehn Mal hoch, ehe er wieder den Boden berührt. „Ich hab mal sehr gern Klavier gespielt, aber man kann alles zu hassen anfangen, wenn der freie Wille aus der Gleichung rausgenommen wird." Er ist etwas außer Atem.

„Dein Vater hat dich gezwungen zu üben, was?", sagt Will lachend. „Mein kleiner Bruder Connor nimmt Unterricht, und er hasst meine Mutter dafür, dass er üben muss." *Connor, ja, denk an Connor. Der ist definitiv ein Ständerkiller.* Erleichterung durchflutet ihn, als seine Erregung nachlässt. Er hat es geschafft. Er kann diesen schwitzigen, pheromongeschwängerten Raum verlassen, ohne erneut seine Werte zu verraten. Er kann sich vor dem Schlafengehen in der Dusche einen runterholen, und alles ist gut.

Patrick reibt sich die Nase und zuckt dann die Achseln. „Ja, zu viel Üben. Das hat es mir versaut."

Will läuft weiter und beobachtet Patrick aufmerksam. Er wünscht, er könnte noch mal zurückspulen und nicht vom Üben reden. Er wünscht, er wäre von seiner Geilheit nicht so abgelenkt gewesen. In seinem Magen setzt sich die Gewissheit fest, dass er eine Gelegenheit versäumt hat, Patrick näherzukommen, etwas über seine Kindheit herauszufinden. Etwas über die Dunkelheit, die er da wahrnimmt.

„Warst du ein guter Klavierspieler?“

„Ich war super.“

Will schmunzelt. „Natürlich. Der großartige Dr. McCloud ist umwerfend bei allem, was er tut.“

„Ich nerve die Leute. Aber ich kann nicht wirklich behaupten, dass ich mir Mühe gebe, sie nicht zu nerven.“ Er grinst. „Also, stimmt, ich bin umwerfend bei allem, was ich tue.“

„Hast du bei Wettbewerben gespielt? Wie funktioniert das?“

„Nein. Ich hab in Bars gespielt.“

Will hebt den Kopf. „Wie alt warst du da?“

„Ziemlich jung. Mein Vater hat mich beaufsichtigt.“ Er lehnt sich gegen das Regal mit den Gewichten neben der Hantelbank. „Ich bin von der Schule nach Hause gekommen, hab meine Hausaufgaben gemacht, hab gelernt, und dann so gegen zehn hat mein Vater mich mit rausgenommen. Ich hab bis ein, zwei Uhr morgens für Trinkgeld gespielt. Davon haben wir die Miete bezahlt. Und was zu essen.“

„Ist das legal?“

„Hat keinen gekümmert.“

„Musstest du das machen? Ich meine, konnte dein Vater sich keine Arbeit suchen?“

Patrick erschaudert leicht und vermeidet Wills Blick. „Gerry war ein Säufer. Arbeiten hat bei ihm nicht funktioniert. Ehe meine Mutter gestorben ist, war er Musiklehrer an der Highschool. Als sie dann tot war …" Er guckt spöttisch. „Na, sagen wir mal, er war dann nur noch mein Musiklehrer. Gerry hat nie wieder eine Stelle behalten. Wir sind mit dem Trinkgeld, das ich verdient habe, kaum über die Runden gekommen."

Will hat seine Erektion jetzt zu hundert Prozent unter Kontrolle. Er weiß nicht recht, was er sagen soll, also schweigt er. Er läuft wieder bei geringerem Widerstand und erinnert sich nicht, ob die Maschine das von selbst gemacht hat oder ob er auf die Knöpfe gedrückt hat, um das Laufen leichter zu machen.

„Du hast vorhin nach dem Üben gefragt." Patricks Stimme ist angespannt, und seine Hand wackelt heftig an seiner Seite. „Es ist wahrscheinlich nicht so, wie du dir das vorstellst. Die Leute in Bars wollen nicht Chopin oder Beethoven hören. Das interessiert sie einen Scheiß. Obwohl das die Sachen waren, die ich gerne gespielt habe. Gerry hat mich auf Radiosongs gedrillt. Er wollte, dass ich jederzeit jedes Wunschlied spielen konnte. Ich wurde trainiert, einen Song nach dem ersten Hören im Gedächtnis zu behalten und nachspielen zu können. Das hat keinen Spaß gemacht. Das war nicht mal die Art von Musik, die mir am meisten gefiel. Also, ja, ich hab den Spaß durch ‚Üben' verloren."

„Ist das der Grund, warum du damit aufgehört hast?"

Patrick starrt ihn an, und immer noch trommeln seine Finger gegen seinen Oberschenkel. „Nein. Ich hab aufgehört, weil er …" Er schüttelt ein Mal schwer den Kopf.

„Hat er dich missbraucht?", fragt Will. Er hofft, es klingt sanft, obwohl er jetzt stark zittert. Er will mit dem Laufen aufhören und sich ganz auf Patrick konzentrieren, aber er hat Angst, dass Patrick dann dichtmacht.

Patrick antwortet nicht direkt. „Ich hatte nie die Chance, ein normales Kind zu sein.“

Will beugt sich vor und verspürt das Ziehen einer schrecklichen Faszination. Er weiß, wie es ist, kein richtiges Kind sein zu können, wenn man sich älter fühlt, als man ist, aber da ist noch mehr, etwas furchtbar Zerbrechliches, das er unter der Oberfläche erspüren kann. Er möchte es erreichen, möchte es berühren.

„Was hat er dich denn machen lassen?“

Patrick guckt überallhin außer zu Will und stößt schließlich zwischen den Zähnen hervor: „Alles, was ihn interessierte, war, ob ich genügend Geld brachte, um seine nächste Flasche zu finanzieren.“

Ein heißes Schamgefühl steigt in Will auf. „Oh, das … tut mir leid.“

Patrick runzelt die Stirn, sein scharfer Blick spiegelt Verärgerung wider. „Wieso?“

„Weil ich Alkoholiker bin, und es kommt mir vor, als ob … ich meine nur … zu hören, dass dein Vater dir damit wehgetan hat, dass er getrunken hat, gibt mir das Gefühl …“ Will weiß nicht, wie er das erklären soll.

„Nicht nötig. Du bist ja nicht er.“ Patrick rollt mit den Schultern, als wolle er das ganze Gespräch abschütteln. „Du könntest niemals er sein.“

„Doch, könnte ich.“

„Nein, glaub mir, das könntest du nicht.“

Will ist auf dem Weg zu einem weiteren Widerstand, und er schafft es nicht. Er stellt das Laufband langsamer. Sein Kopf hämmert, er sollte sich testen und bald die Obstsnacks essen, die er mitgenommen hat. Er hat sich ganz schön gefordert. Patrick wirkt jetzt abweisend, und Will ist sicher, wenn er ihm noch mehr Fragen stellt, wird Patrick einfach grob und vielleicht sogar laut. Aber an dem, was Patrick gesagt hat, ist mehr dran, und Will möchte es wissen. Er beschließt, etwas weniger Bedrohliches zu fragen als das, was ihm wirklich auf der Zunge liegt.

„Vermisst du es?", fragt er und durchläuft die Abkühlungsphase des Geräts. „Ich meine, das Spielen?"

Patrick betrachtet seine Hände und beugt die Finger, als würde er ernsthaft über die Frage nachdenken. „Ich bin Chirurg. Ich liebe meine Arbeit. Das Klavierspielen liegt in der Vergangenheit, und was mich betrifft, kann es da auch bleiben." Er starrt seine Finger noch ein bisschen an und lässt sie dann seitlich herabfallen. „Komm von dem Laufband runter. Du hältst es besetzt. Falls wir noch ein paar Monate hierbleiben müssen, solltest du ein paar Dollar für ein zweites lockermachen, denn ich kann nicht so gut teilen."

Will wischt sich das Gesicht ab und beendet das Abkühlen vorzeitig. Er geht und setzt sich auf die Hantelbank, und er spürt Patricks Blicke, als er sich testet und seine Obstsnacks isst, was ihm ein weiches, warmes Gefühl in der Brust verursacht. Falls Will hinter die Kaktusstacheln vordringen kann, könnte er vielleicht sogar mit Patrick Freundschaft schließen.

Kapitel elf

Am nächsten Morgen frühstücken sie kurz bei Jimmy's. Zum Glück sind weder Ryan noch Hartley da. Sicko schon. Und er wirft Patrick vom Augenblick seines Eintretens an böse Blicke zu.

„Er wird mir doch nicht ins Essen spucken, oder?"

Will blickt von seinem Handy auf. „Wer?"

„Sicky da drüben."

„Sicky? Du meinst Andy. Sein Nachname ist Sicko, und nein, er ist ein toller Kerl. Das hab ich dir doch schon gesagt."

„Er scheint mich aber nicht sonderlich zu mögen."

„Vielleicht weil er spürt, dass du so ein Idiot bist, der ihn Sicky nennt."

„Ich hab ihm das ja nicht ins Gesicht gesagt. Noch nicht."

„Genau, du hast ihn beim letzten Mal Sicko genannt, als wäre das eine Beleidigung und kein wunderbarer österreichischer Name."

„Ist er Österreicher?"

„Ja. Oder jedenfalls war sein Urgroßvater einer. Ich hab wirklich keine Ahnung, Patrick. Spielt das eine Rolle?" Will seufzt und wendet sich wieder seinem Telefon zu. „Ich versuche, meine geschäftlichen E-Mails durchzuarbeiten."

„Österreicher. Das erklärt natürlich einiges." Österreich hat vor Hitler kapituliert, oder? Kampflos aufgegeben. Er beschließt, dass er Andy Sicko vielleicht aus rassistischen Gründen hassen könnte statt aus persönlichen. Es fühlt sich aus irgendeinem Grund sicherer an.

Ein dunkelhaariger Mann in einem langen, schwarzen Mantel tritt ein und blickt sich um. Seine Augen verweilen auf Patrick und Will.

„Bin sofort bei Ihnen“, ruft Sicko und wirft ihm dann einen zweiten Blick zu. „Setzen Sie sich einfach irgendwohin!“

Patrick tritt Will unter dem Tisch.

„Au!“ Will hört auf, sein Telefon zu bearbeiten, und sieht auf.

„Kennst du den Typen? Sicky scheint überrascht zu sein, ihn zu sehen.“

Will zieht die Brauen zusammen. „War der nicht gestern im Café?“

Entweder das, oder er ist der etwas schlankere Zwilling des Typen. „Ja. Glaub schon.“

Will schürzt die Lippen und guckt rasch weg, als der Mann zu ihnen herübersieht. Patrick dagegen nicht. Er starrt in die dunklen, toten Augen des Mannes und fühlt sich innerlich schrumpeln.

„Das ist einer von Tonys Leuten, oder?“, flüstert er. „Einer seiner Vollstrecker.“

„Vielleicht.“ Will sieht nicht so besorgt aus.

„Was läuft denn hier? Ich dachte, es wäre dir egal, ob sie uns für glücklich halten oder nicht.“

„Wir *sind* glücklich, Liebling.“ Will legt die Hand auf Patricks Unterarm, den er auf den Tisch gelegt hat. „Wir sind so glücklich.“ Er lächelt falsch und warmherzig. „Aber, Schatz, ich muss auch mal ein bisschen arbeiten, oder? Ich muss ja schließlich Gute Taten führen.“

Patrick schluckt und sieht zu dem Mann hinüber, der einen Tisch mit perfektem Blick auf Patrick und Will gewählt hat. „Ich glaub, ich hab verstanden, Schnuckiputz.“

„Gut.“ Will schenkt ihm ein echtes warmes Lächeln und wendet sich wieder seinem Handy zu. „Entspann dich einfach, ja? Es wird alles gut.“

Na klar. Gut. Sie werden zwar von einem Mafiakiller beschattet, aber alles wird gut.

Will ruft jemanden namens Owen an, während Patrick dasitzt und zuhört. Will erklärt sich einverstanden, zu einem „Meeting“ zu gehen, aber er verzieht dabei den Mund auf eine Weise, die Patrick vermuten lässt, dass er es nicht tun wird. Er bewundert die Brusthaare, die oberhalb von Wills obersten Knöpfen hervorsprießen, und verweilt einen Moment, um die rahmweiße Haut an seinem Hals zu betrachten. An der Seite ist ein kleines Muttermal, und er hat Lust, es wieder zu lecken, weiß aber, dass das so bald nicht passieren wird. Vermutlich nie.

Sicko bringt Wasser und Orangensaft mit einem Lächeln für Will und einem starren Blick für Patrick. Er trägt ein anderes monströses Shirt: ein langärmliges nachgemachtes Hawaiihemd, auf dem nackte Frauen mit Weihnachtsmannmützen auf Surfbrettern zu sehen sind. Patrick ist sich ganz sicher, dass es sexistisch ist.

Während er langsam an dem Orangensaft nippt, wartet Patrick, dass Will seine Arbeit beendet. Ihm fehlt seine Arbeit, sogar der verabscheuungswürdige Papierkram, der zu seinem alten Job gehört hat. Er ist ein bisschen erstaunt, dass die Nachricht von seiner Verfügbarkeit noch nicht die Runde gemacht hat und keine Angebote in seiner Mailbox auftauchen.

Natürlich ist es kaum erst drei Tage her. Eigentlich sollte er heute Nachmittag von der Konferenz zurückkommen. Er fragt sich, was sein OP-Team von der Neuigkeit hält. Er fragt sich, wen dieser talentlose Depp Schaeffer einstellen wird, um ihn zu ersetzen. Er fragt sich, ob es irgendjemanden außer seinen Patienten kümmert. Er hofft, dass Dinah und Phil nichts von der Sache erfahren, ehe er eine neue Stelle hat, mit der er angeben kann. Er will nicht, dass sie sich Sorgen machen.

„Ich muss mal pinkeln", verkündet Patrick, als Will seinen Anruf beendet hat.

Will nickt und vertieft sich wieder in seine Mails. Patrick gibt ihm einen flüchtigen Kuss auf die Wange mit einem Blick in Richtung des Mannes mit dem dunklen Mantel. Er hat gehört, wie der Typ eine Fleischplatte bestellt hat: Bacon, Würstchen und Buletten. Patrick denkt, ein derart fleischfressender Mann würde nicht zweimal überlegen, ehe er Patrick die Finger abschneidet. Vielleicht würde er sie sogar essen. Mit Ahornsirup oder Ketchup.

Mit einer Grimasse geht er zu den Toiletten und erleichtert sich in einer überraschend sauberen Kabine.

Auf dem Rückweg wird er hinterrücks von Andy überfallen, gleich neben dem Tisch, wo der dunkelhaarige Mann auf seinem Handy Bejeweled spielt. Andy hält ein paar Take-Away-Schachteln in der Hand und macht ein ernstes Gesicht.

„Hören Sie mal zu, Kumpel." Andy kommt Patrick viel zu nah. „Will und Buttercup mögen ja glauben, dass Sie super sind, aber mich können Sie nicht verarschen. Ich hab eine sehr gute Intuition, und mit Ihnen ist irgendwas nicht in Ordnung."

Der dunkle Mann sieht von seinem Handy auf, und Patricks Herz hämmert gegen seine Rippen. „Buttercup?" Er konzentriert sich auf den unverständlichsten Teil der kleinen Ansprache des Idioten.

Sicko verengt die Augen. „Tun Sie nicht so, als wüssten Sie nicht, von wem ich rede."

„Ich hab keine Ahnung, Sicky."

„Ich heiße *Sicko*. Ich meine, Andy. Na, denken Sie mal scharf nach."

Patrick grinst höhnisch. „*Buttercup* – das Powerpuff Girl?"

„Was ist denn ein Powerpuff Girl?"

„Verdammt, ich hab echt keine Ahnung, wovon Sie reden! Sind Sie geisteskrank?"

„Buttercup ist Jenny", sagt Andy, als wäre das offensichtlich.

Patrick kneift sich in den Nasenrücken. „Jenny? Welche Jenny?"

„Jenny Burger, Sie Arschloch."

Ach so. Die Frau mit dem Baby, mit der er sich am Tag zuvor unterhalten hat. Er fragt sich, welches Sternzeichen *sie* hat. „Buttercup, ja? Okay, ich verstehe. Ist sie Schütze?"

„Nein, Waage." Andys Gesicht legt sich vor Verwirrung in Falten.

Typisch für ihn, Nettigkeiten mit einer Waage-Frau auszutauschen, die wie ein Sonnenscheinchen aussieht und vertraut genug mit diesem Nackte-Frauen-auf-Surfbrettern-Verrückten ist, um einen Kosenamen von ihm zu bekommen. Patrick schaut rüber zu Will, der in einer Aura morgendlichen Sonnenlichts dasitzt. Typisch für ihn, so jemanden zu *heiraten*. Es sind immer die Fröhlichen, die einen Mann in den Ruin treiben. Er muss was gegen diesen sehr offensichtlichen Typ tun. Zum Beispiel, ihn ändern. In düster, dunkel und Steinbock.

Er sieht hinüber zu dem mutmaßlichen Molinaro-Mann am Tisch zu seiner Rechten und begegnet seinem aufmerksam beobachtenden Blick. Reflexartig grinst er ihn an, und der Mann verzieht feindselig die Lippen zur Antwort. Patrick rauscht das Blut in den Ohren.

„Ich warne Sie“, sagt Andy. „Wenn Sie nicht genau so sind, wie Sie behaupten – wenn Sie Will ausnutzen –, kriegen Sie’s mit mir zu tun.“ Andy verengt die Augen, als würde er glauben, er wäre tatsächlich furchteinflößend, und Patrick ist versucht, ihm zu sagen, dass er neben Molinaro-Spionen wie dem *gleich dort* tatsächlich überhaupt nicht so ist.

Aber er stößt bloß mit einem verärgerten Grunzen seinen Arm weg. „Ich liebe Will aus ganzem Herzen. Kapiert? Wenn Sie ein Problem damit haben, können wir rausgehen und das mit den Fäusten aushandeln, aber nur wenn Sie darauf bestehen, ein Vollidiot zu sein.“

Andy starrt ihn an. „Wirklich? Sie lieben ihn wirklich?“

Patrick schluckt und sieht hinüber zu Will, der finster auf sein Telefon starrt. „Sie kennen ihn doch, oder? Was kann man denn an ihm nicht lieben?“

Andy presst die Lippen aufeinander, und sein Blick wird weich. „O mein Gott, Sie lieben ihn wirklich!“ Er legt einen Arm um Patrick und drückt ihn, wobei die Take-away-Schachteln in seiner anderen Hand wackeln.

Patrick grunzt und macht sich so steif wie möglich. „Was zum Teufel machen Sie denn da?“

„Ich umarme Sie. Will ist ein guter Junge. Er hat das verdient.“

Patrick hat das Gefühl, er muss gleich kotzen, während Andys Haare sich an seiner Brust reiben. Üble Erinnerungen an Mr. Rolands Afro, wie er an seiner Haut entlangreibt, steigen in ihm hoch, und er schiebt Andy weg. „Hören Sie auf, mich anzufassen.“

Andy wischt sich die Augen. „Natürlich. Klar. Ich umarme einfach gern."

Patrick schaudert, als würden Käfer über ihn hinwegkrabbeln. Der dunkle Mann steht auf, nimmt Andy die Schachteln ab und drückt ihm ohne ein Wort Geld in die Hand. Er zieht den Mantel an und rauscht aus dem Diner hinaus.

Patrick dreht sich auf dem Absatz um und geht wieder zur Toilette. Er wäscht sich die Hände und schrubbt seine Wange. Dann spritzt er sich kaltes Wasser auf Gesicht und Hals. Als er wieder atmen kann, macht er ein paar tiefe, beruhigende Atemzüge, und dann geht er zurück zu der Nische.

„Alles okay?", fragt Will.

„Alles prima." Er deutet auf Andy. „Der scheint Jenny zu kennen."

„Ja. Ist ihr Cousin."

„Sind in dieser Stadt alle miteinander verwandt?"

Will zuckt die Schultern. „Entweder das, oder sie kennen sich so lange, dass sie es genauso gut sein könnten." Er runzelt die Stirn. „Das war einer der Gründe, warum ich mich zu Ryan hingezogen fühlte, nehme ich an. Ich hab ihn auf dem College kennengelernt, weißt du. Er kommt aus Minneapolis, aber er ist mit mir hierhergezogen."

Patrick will nicht über Ryan reden. Er denkt an Buttercup. „Wie auch immer. Hast du irgendwelche Spitznamen?"

Will verzieht verwirrt das Gesicht. „Warum?"

Patrick verdreht die Augen. „Ähm, ich weiß nicht, ich mache nur Konversation."

„Du machst das sehr schlecht. Hör lieber auf."

Patrick nimmt einen Schluck Kaffee und beginnt leise zu summen. Wenn Will nicht spielen will, wird Patrick ihn nicht dazu anregen. Es gibt schließlich genügend andere Dinge, über die er nachdenken kann. Zum Beispiel, oh, dass seine Karriere im Arsch ist, dass die Erinnerungen aus der Vergangenheit immer weiter durch seine normalen Schutzwälle dringen und dass jedes Stirnrunzeln Wills von den Molinaro-Spionen als perfekter Grund interpretiert werden könnte, ihm die Finger abzuhacken. Er hat massenhaft unterhaltsame Dinge, über die er nachdenken kann.

Er muss aufgewühlt aussehen, denn Will lenkt ein. „Okay, tut mir leid. Ich bin mit den Gedanken bei der Arbeit." Er lächelt Patrick an. „Lass uns reden. Also, worum geht's? Spitznamen, richtig?"

„Ja."

„Also, mein Name ist ja bereits ein Spitzname. Guglielmo ist mein Taufname, und William ist die englische Version davon. Also sind Will und William meine Spitznamen."

Endlich kommt Andy mit ihrem Frühstück und nimmt sich die Zeit, ihnen zu gratulieren. „Das Essen geht heute aufs Haus. Okay?"

„Das brauchst du doch nicht …", beginnt Will.

„Ich weiß! Aber ich freue mich einfach so für euch!" Er singt eine jazzige Version von *Happy Xmas (War Is Over)*. Als er davonwirbelt, wedelt er mit den Händen über dem Kopf herum, und seine Hüften wackeln im Takt der Schlittenglöckchen des Weihnachtsliedes.

Patrick sieht ihm nach. „Bist du sicher, dass er nicht schwul ist?"

„Also, er ist komisch. Das gebe ich zu. Aber nein, nicht schwul." Will macht seine üblichen Test- und Injektionsangelegenheiten vor der Mahlzeit und wendet sich dann wieder Patrick zu. „Aber was ist denn mit dir? Hast du irgendwelche Spitznamen?"

„Schlange", sagt Patrick mit leicht aufwärts gebogenen Lippen und genießt Wills Augenverdrehen.

„Falsch wie …?"

„Nein. Lang wie." Er schiebt sich ein Würstchen in den Mund.

Will schnaubt. „Ja, da träumst du von."

Patrick grinst. Sein Vater hat ihn Schlange genannt, wegen der Art, wie Patrick Songs lernte, indem er sie als Ganzes verschlang, aber Will muss das nicht wissen. Zum ersten Mal seit Jahren wird ihm klar, dass er das mit Musik nicht mehr macht. Er hört nicht mehr einen Song und weiß augenblicklich, wie er ihn mit Klaviertasten wiedergeben kann. Seit Jahren nicht mehr. Es ist, als hätte die letzte Auseinandersetzung mit seinem Vater die Musik in ihm abgeschaltet. Er wüsste gerne, ob seine Finger sich noch an das Spielen erinnern würden, wenn er sich jetzt an ein Klavier setzte.

„Quid pro quo." Patrick nimmt einen Bissen von dem gebutterten Toast und lässt ihn sich auf der Zunge zergehen.

Will hält beim Essen inne, um ihn erneut anzulächeln. Patricks Magen flattert, und sein Atem geht flach. *Aber dieses Lächeln.*

„Okay, Dr. Lecter. Wie lautet die Frage?"

„Welchen deiner vielen Stiefväter hast du am meisten gehasst?"

Will stößt den Atem aus. „Okay, woher wusstest du, dass es mehr gibt als die zwei, die ich erwähnt habe? War das Jenny?"

„Es wird nun mal viel geklatscht", weicht Patrick aus.

Will zuckt zum Einverständnis die Achseln und schaut nach oben, während er nachdenkt. „Also, das ist schwer. Grant hab ich gemocht, aber was er mit Summer Solstice gemacht hat …“ Will zieht eine Grimasse. „Das war schrecklich. Das war der Lieblingshengst meiner Mutter.“

„War er der aktive oder der passive Part?“, fragt Patrick. Die Klatschspalte in *The Hurting Times* hat den Sorensen-Vorfall mit dem Pferd als „pervers“ bezeichnet. Patrick ist kein Idiot. Er weiß, was das bedeutet.

„Was?“

„Hat er das Pferd gefickt, oder hat er sich von dem Pferd ficken lassen?“

Wills Nase kraust sich. „Was zum Geier ist denn mit dir los?“

„Mit mir los? Ich bin ja wohl nicht derjenige, der …“

Will hebt die Hände, um Patricks Rechtfertigung zu beenden. „Er hat das Pferd geschlagen. Um meiner Mutter eins auszuwischen, weil sie ihn betrogen hat. Mit meinem Vater.“

Patrick wird kalt. „Jemand sollte das Arschloch erschießen.“

Will stimmt weder zu noch widerspricht er, stattdessen kehrt er zu Patricks ursprünglicher Frage zurück. „Ich fand Roger ganz okay, aber er kam nicht damit klar, dass Mama und Tony sich regelmäßig trafen.“ Will kräuselt die Lippen zu einem leicht amüsierten Grinsen. „Meine Mutter konnte einfach die Finger nicht von Tony lassen. Und Tony nicht von ihr. Sie sind füreinander so was wie Katzenminze.“ Er schaudert. „Ich versteh das nicht. Ihre Unfähigkeit, sich an einen Menschen zu binden, hat unsere Leben zerstört. Meins, Caitlins, Olivias und Connors. Keiner von uns wird jemals erfahren, was es bedeutet, in einer normalen Familie aufzuwachsen."

„Das Gute ist ja, dass es so was gar nicht gibt."

„O doch. Ich habe Freunde, die in normalen, liebevollen Familien großgeworden sind, wo keiner ein Mafioso war oder dafür im Knast saß, dass er seinen Exmann auf offener Straße umgelegt hat."

Patrick beißt sich auf die Lippen, um ein Lachen zu unterdrücken. „Klingt langweilig. Wer möchte schließlich nicht mit Eltern aufwachsen, die nicht aufhören können, Fehler zu machen?"

Will schüttelt den Kopf. „Du bist der Letzte, der das wirklich glaubt." Sein Tonfall erinnert Patrick an ihr Gespräch im Hotel-Fitnessraum gestern Abend und an die Geständnisse, die er dort gemacht hat. Was ist nur dran an Will? *Sein Mund, seine Augen. Sein ernstes verdammtes Gesicht.*

„Ich *weiß*, dass du das nicht glaubst", wiederholt Will.

„Nein. Tu ich nicht."

„Ich glaube, wenn ich einen Lieblingsstiefvater wählen müsste, dann wäre das Roger. Er hat Olivia und Caitlin immer so behandelt, als wären sie seine eigenen Kinder. Aber Monty hab ich gehasst. Das war ein Arsch." Sein Gesicht verdunkelt sich, und er murmelt: „Gut, dass der weg ist."

Patrick macht sich im Geiste eine Notiz, den Klatsch über Monty in der *Hurting Times* zu überprüfen, damit er Will nicht nach dem Grund fragen muss. „Wie sieht's denn aus mit irgendwelchen Halbgeschwistern aufseiten deines Vaters?"

„Ich hab zwei, Ellen und Isabelle, aber die hab ich noch nie gesehen." Will runzelt die Stirn. „Das waren zwei Fragen. Jetzt stell ich auch mal eine."

Patrick trinkt seinen Kaffee und zuckt die Achseln. „Nur zu.“

„Wovon träumst du?“

Patrick wird heiß, und er blinzelt Will heftig an. „Du fragst mich nach meinen Träumen?“

„Ja. Die hat doch jeder, oder?“

Patrick schon, ja, und während der letzten Nächte haben sie sich alle um Sex mit Will gedreht. Träume von Wills heißem, engem Arsch, der sich um Patricks Schwanz schloss. Träume von Wills Fersen, die sich in Patricks pumpende Hüften gruben.

Er glaubt nicht, dass Will etwas von diesen Träumen wissen will.

„Ich meine, willst du mal Chefarzt der Abteilung werden? Oder träumst du davon, irgendwann eine ganze Klinik zu leiten? Was ist dein Karriereziel?“

Patrick isst seinen Toast und zögert mit der Antwort, während er versucht, die Sexbilder aus seinen Gedanken zu verbannen. Er stopft sich den Großteil eines Eis in den Mund und kaut. „Nicht Klinikchef. Ich mag Menschen nicht. Als Klinikchef hat man mit dem Personal zu tun.“ Er zieht eine Grimasse und hebt die Schultern. „Das ist nichts für mich. Chefarzt der Abteilung klingt oberflächlich gut, aber je mehr ich darüber nachdenke, desto mehr möchte ich einfach meine eigene Klinik haben. Ich würde mein eigenes Krankenhaus bauen und Leute einstellen, denen die Leitung Spaß macht, und dann mach ich einfach nur das, worin ich gut bin: Chirurgie.“

„Also die praktische Arztarbeit.“

„Ich glaub, mein Traumjob ist es, in Gehirne zu schneiden. Viele, viele Gehirne.“

„Das ist ein cooler, wenn auch gruseliger Traum, den du da hast." Will reckt sich, gähnt ausgiebig und reibt sich die verspannte Nackenmuskulatur.

„Also, jetzt bist du dran, Guglielmo. Hat dich schon mal jemand Elmo genannt?", fragt Patrick.

„Nein."

„Passt aber zu dir."

„Nein."

Patrick lacht. „Zugegeben, Schlange passt zu mir besser. Weil meiner ja genauso lang ist."

Will lächelt sanft und nimmt den letzten Bissen seines Frühstücks. „Erneut, nein. Och, zieh keine Schnute. Du musst lernen, mit Enttäuschungen umzugehen."

„Neulich hast du dich jedenfalls nicht beschwert. Genau genommen kann ich mich erinnern, dass du eine Bemerkung über meine gewaltige Größe gemacht hast."

„Umfang ist mir wichtiger, und deiner ist ziemlich dick." Sein Gesicht wird dunkelrot.

Patricks Ego ist befriedigt, und es vergehen ein paar schweigende Minuten, ehe Will von seinem Handy die Uhrzeit abliest, den letzten Schluck Kaffee hinunterstürzt und etwas Geld auf den Tisch legt.

Patrick beeilt sich, noch einen weiteren Bissen zu verschlingen, ehe er nach seinem Mantel greift.

„Wir müssen los", sagt Will. „Die neurologische Abteilung ist toll. Ich bin sicher, du wirst beeindruckt sein."

Patrick hat seine Zweifel, aber selbst wenn sie eine Müllhalde ist, wird es gut sein, mal wieder in einem Krankenhaus zu sein.

Will legt die Hand auf Patricks Kreuz und leitet ihn zur Tür hinaus, und Patrick schmiegt sich in die Berührung. Will nimmt seine Hand erst weg, als sie auf dem Bürgersteig sind, und dann läuft Patrick ein Schauer über das Rückgrat.

Im Healing Regional stellt Will Patrick einer Frau mit dunklen Augen und kurzem, braunem, zottigem Haar vor, die über ihren ausladenden Hüften einen langen Rock trägt. Patrick ist sicher, man erwartet von ihm, dass er sich an ihren Namen erinnert, aber er hat verdammt noch mal keine Ahnung. Sie und Will machen mit Patrick einen Rundgang durch die Gebäude mit einer geradezu furchteinflößenden Begeisterung.

Es stimmt, das Krankenhaus ist größer, als Patrick erwartet hatte, und es ist überraschend gut ausgestattet, wenn man bedenkt, dass es mitten im Nichts liegt, aber die neurologische Abteilung ist nichts, worüber er ins Schwärmen geraten würde. Nicht, wenn sie wirklich Weltklasse sein soll.

„Wir sind so stolz darauf, wie weit wir allein im letzten Jahr gekommen sind", sagt die Frau und tätschelt Wills Arm. „Das verdanken wir natürlich alles Gute Taten und den Visionen, die Will, Don und die Stadtplaner für die Wiederbelebung von Healing haben."

„Wiederbelebung, ja?", sagt Patrick. „Hatte es denn jemals einen Herzschlag? Die Stadt war immer schon tot. Geben Sie es zu."

„Shira, Sie müssen Patrick verzeihen", sagt Will. „Er ist …" Er wedelt mit der Hand, als versuche er, die passende Bezeichnung zu finden. „Einzigartig." Will wendet sich wieder der Frau zu, die offenbar Shira heißt. „Ist Don bald fertig mit seinem Meeting?"

„Sollte er gleich sein. Wie wär's, wenn ich Sie und Dr. McCloud zum Sitzungssaal bringe?"

Patrick folgt ihnen durch die sauberen, weißen Krankenhausflure und genießt die Geräusche der piepsenden Maschinen, den Widerhall der Stimmen und das leise Sohlenquietschen der vorbeihuschenden Pflegekräfte. Es ist der Klang von Heimat. Lediglich der Geruch ist noch besser: antiseptisch und herb. Nach Perfektion.

Shira verlässt sie im Sitzungssaal, und Will wendet sich ihm grinsend zu. „Ist es nicht großartig?“ Ehe Patrick etwas Gegenteiliges erwidern kann, vereitelt Will seinen Versuch. „Ich weiß, es ist wahrscheinlich nicht so schön wie dein alter Arbeitsplatz in Atlanta, aber du musst zugeben, dass es Potenzial hat, und wenn du im Vorstand wärst, könntest du uns dazu verhelfen, dieses Haus wirklich zu etwas Besonderem zu machen. Gute Taten kann zusätzliche Verbesserungen gemäß deinen Vorgaben finanzieren, wenn du bereit bist, für uns zu arbeiten. Du kannst sofort anfangen, hier zu praktizieren, und ein paar der Kunden von deinen langen Wartelisten herholen. Wir sind bereit, sie aufzunehmen. Wir haben die Unterbringungsmöglichkeiten, die technische Einrichtung, und jetzt haben wir dich.“

Patrick ist einen Moment lang verblüfft, aber die Versuchung, wieder in einen OP zu kommen, in irgendeinen OP, ist gewaltig. „Nicht so schnell, Schnuckiputz. Dir ist schon klar, dass die Liste meiner Forderungen lang ist. Und teuer. Und zweitaufwendig. Ich habe nicht die Absicht, mich zu irgendetwas zu verpflichten. Ich werde nicht lange genug hier sein, um …“

„Ich weiß.“ Wieder lächelt Will, und seine Augen leuchten vor Hoffnung. „Aber selbst wenn du dich entschließt, nicht hierzubleiben und für immer hier zu arbeiten, hätten wir immer noch die unglaubliche Gelegenheit, deiner Führung zu folgen. Wir wären besser in der Lage, jemand anderen deines Kalibers anzulocken, stimmt's?"

„Es gibt niemand anderen meines Kalibers."

„Dann möchtest du vielleicht am Ende doch hierbleiben. Du weißt schon, weil vermutlich kein anderer es verdient, in einer Einrichtung zu arbeiten, die nach deinen Vorstellungen gestaltet ist."

Patricks Verstand kreiselt zwischen einer breiten Palette von Möglichkeiten und der Angst vor dem totalen Eingesperrtsein, als ein alter, fast kahler Mann in einem Laborkittel eintritt. Er sieht wie der archetypische Großvater aus, den Patrick in Filmen und Fernsehserien gesehen hat – derjenige, der eine Tüte Bonbons und eine Menge Weisheiten zu teilen hat. Ein Großvater, wie Patrick ihn nie hatte.

„Ach, hallo", sagt der Mann und richtet seine zwinkernden Augen auf die beiden. „Will, was machst du denn schon wieder hier in Healing? Ich dachte, du bist bis morgen in Las Vegas?"

Patrick fragt sich, wie dieser Mann dem Klatsch und Tratsch von Healing entkommen konnte.

„Hi, Don." Will fährt sich nervös mit der Hand durch die Haare. „Stimmt. Ich sollte eigentlich ein bisschen länger dableiben. Aber, äh, ich hatte eine Planänderung."

„Aha? Und welche?"

Will grinst und legt die Hand auf Patricks Schulter. „Diese Art von Planänderung. Dr. Don Knife, das ist Dr. Patrick McCloud. Wir haben uns bei der Konferenz in Vegas kennengelernt. Dr. McCloud ist Neurochirurg aus Atlanta." Er wendet sich an Patrick und sagt etwas betont: „Dr. Knife ist unser Klinikchef hier."

„Ich habe von Dr. McCloud schon gehört, Will." Dr. Knife nimmt Patricks ausgestreckte Hand. Er hat einen festen, vertrauenswürdigen Händedruck, der in Patricks Augen für seine Kompetenz spricht.

„Tatsächlich?" Will blinzelt vor Überraschung.

„Natürlich. Er war einer meiner Top-Kandidaten in dem Dossier, das ich dir gegeben habe."

„Oh", sagt Will und sieht schuldbewusst weg. „Stimmt."

Patrick erinnert sich jetzt an das Dossier. Es hatte vor Will auf dem Tresen gelegen, und Patrick hatte den Ordner geöffnet, die Details zu rund einem Dutzend anderer Neurochirurgen überflogen und sie allesamt abgelehnt, ehe er den Ordner in den Dreck hinter der Bar geworfen hatte.

Dr. Knife taxiert Patrick und scheint zu mögen, was er sieht. „Ich bin froh, dass Sie sich entschlossen haben, unserem Krankenhaus die Möglichkeit zu geben, Sie einzustellen. Ich hätte kein besseres Ergebnis erhoffen können, als ich Will nach Vegas geschickt habe. Ich gestehe, ich hatte nicht angenommen, dass Sie irgendeinen Vorschlag annehmen würden. Ich weiß, dass Atlanta eine sehr gute Klinik hat."

Will schiebt die Hände in die Hosentaschen und schaukelt auf den Fußballen vor und zurück. „Shira und ich haben Patrick gerade das Krankenhaus und die neue Neurologieabteilung gezeigt."

„Toll, nicht wahr?", sagt Dr. Knife stolz.

„Knapp daneben ist auch vorbei." Patrick gestikuliert in Richtung der Tür des Sitzungssaals, womit er vage die Richtung andeutet, aus der sie gekommen sind. „Es ist gut, aber nicht hervorragend. Sie können das kaum als topmoderne Klinik bezeichnen, wenn Sie nicht mal ein eigenes spezielles neurochirurgisches Labor haben."

„Patrick …“, presst Will zwischen den Zähnen hervor, und seine braunen Augen verhärten sich.

Dr. Knife hebt die Hand. „Ist schon in Ordnung, Will.“ Er betrachtet Patrick aufmerksam. „Wir hatten einen exzellenten Neurochirurgen als Berater bei der Planung dieser Einrichtung, Dr. McCloud.“

„Ach, wirklich?“, fragt Patrick. „Und wen?“

„Dr. Phillip Prentice vom Mercy in Chicago.”

Er schnaubt. „Das ist nicht Ihr Ernst.“

„Dr. Prentice ist ein ausgezeichneter Chirurg“, erwidert Dr. Knife. „Er war auf meiner Auswahlliste von Kandidaten für die Leitung der Abteilung aufgrund seines unschätzbaren Beitrags zu ihrer Ausgestaltung.“

„Ich kenne Prentice. Er benutzt ein Kraniotom wie eine Kettensäge. Sie hätten von vornherein zu mir kommen sollen. Sie haben viel Geld und Zeit verschwendet. Da ich aber voraussichtlich noch einige Zeit in Healing festhängen werde, helfe ich Ihnen gerne, das Problem zu beheben.“

Dr. Knifes Mund wird schmal. Er ignoriert Patricks Kommentare und wendet sich an Will. „Ich hab das Gefühl, ich hab irgendwas versäumt. Warum genau ist Dr. McCloud heute ins Healing Regional gekommen?“

Patrick stellt sich ein bisschen dichter zu Will und versucht, einen verliebten Eindruck zu erwecken, hat aber den Verdacht, dass er stattdessen gespenstisch aussieht, nicht zuletzt weil er Wills Ellbogen in den Rippen spürt.

Will räuspert sich nervös. „Ähm, eigentlich, Don … Patrick und ich sind, tja, wir … Das kommt jetzt vielleicht ein bisschen plötzlich, und Sie werden bestimmt überrascht sein, aber Sie wissen ja, wie das ist, wenn man mal aus der Stadt raus ist und so was einfach passiert, manchmal wird einem dann vieles klarer, und man …“

„Oh, um Himmels willen“, unterbricht Patrick ihn. „Will und ich sind verheiratet.“

„Sie sind verheiratet?“ Dr. Knife sieht von einem zum anderen. „Miteinander?“

„Was soll ich sagen, es war Liebe auf den ersten Blick. Stimmt's, Liebling?“ Patrick drückt seine Hand.

Will schießt Patrick einen tödlichen Blick zu. „Ja, Liebe auf den ersten Blick.“

Dr. Knife verschränkt die Arme vor der Brust und starrt sie intensiv an. Schließlich lacht er und schüttelt den Kopf, wobei sein Gesichtsausdruck und seine Haltung eine Art fröhliches Nachgeben gegenüber dem Absurden ausdrücken. „Tja, was soll ich sagen? Du warst immer schon voller Überraschungen, Will. Genau wie deine Mutter und dein Vater. Der Apfel fällt nicht weit vom Stamm.“

Will versteift sich, nimmt jedoch Dr. Knifes Glückwünsche, seinen Handschlag und sein Schulterklopfen hin. Er schmunzelt, als wäre Will ein ungestümer kleiner Junge, aber er könne nicht umhin, seine Unverfrorenheit zu bewundern, und mustert Patrick von oben bis unten. „Liebe auf den ersten Blick also?“

Patrick nickt. „Ich habe ihn quer durch den Raum entdeckt, und ich wusste sofort, dass er der Richtige für mich ist.“

„So geht das manchmal“, bestätigt Dr. Knife warmherzig. „Also, Dr. McCloud, unsere Abteilung scheint Sie nicht beeindruckt zu haben. Welche Verbesserungsvorschläge hätten Sie denn?“

Patrick braucht nur eine kurze Sekunde zum Nachdenken und legt dann los. „Also, Doktor, das Stereotaxiesystem könnte erneuert werden. Und Sie brauchen wirklich noch ein Labor. Eigentlich sogar zwei.“

„Nennen Sie mich doch Don." Dr. Knife geht hinüber zum Tisch des Konferenzraums. „Setzen wir uns. Ich würde mir gerne Ihre Gedanken und Ideen anhören."

„Danke, Don. Und Sie können mich weiterhin Dr. McCloud nennen."

Will stöhnt, aber Don lacht nur. „Da hat aber einer Sinn für Humor, was?" Er zwinkert Will zu. „Eine Ehe, in der gemeinsam gelacht wird, hält länger."

„Da hörst du es, Schatz", sagt Patrick und zieht einen Stuhl für Will unter dem Tisch hervor, ehe er sich neben ihn setzt. „Don hier versteht meine Scherze. Nicht wahr, Don?"

„Natürlich." Er setzt sich ihnen gegenüber und zieht Notizblock und Stift aus seinem Laborkittel.

Don braucht nicht lange, um auf den Punkt zu kommen. „Ich nehme an, Sie werden hier in Healing bleiben, vorerst zumindest. Sobald Sie bereit sind, hier im Healing Regional anzufangen, kann ich gewisse Privilegien für Sie arrangieren."

Patrick zuckt die Achseln. Was sollte er sonst mit seiner Zeit anfangen? Schnitzen lernen? „Ich nehme das Angebot an."

„Möchten Sie nicht zuerst ein paar Dinge klären? Gehalt? Bonuszahlungen?"

„Lassen Sie mich wieder in den OP, und Sie können mir meinetwegen auch ein Taschengeld bezahlen."

„Zum Glück habe ich die Absicht, Ihnen weitaus mehr zu bezahlen", lacht Don. „Klingt das akzeptabel für dich, Will?"

„Natürlich."

Dr. Knife klatscht in die Hände. „Na schön, dann setzen wir die Verhandlungen über die restlichen von Ihnen vorgeschlagenen Verbesserungen fort. Ich bin freudig überrascht, wie erfolgreich deine Reise war, Will. Für uns beide."

Will lächelt schwach.

Dr. Knife steht auf. „Ich habe in zwanzig Minuten noch eine Besprechung, und ich muss mir ein paar Patientenakten ansehen. Dr. McCloud, wir unterhalten uns in Kürze über die Abteilung und über Ihre Zukunft hier, einverstanden?"

„Klingt großartig", sagt Patrick mit einem großen, falschen Lächeln.

Don schmunzelt und geht. „Liebe auf den ersten Blick", murmelt er vor sich hin. „Donnerwetter."

Will stößt den Atem aus. Seine Wangen leuchten in einem attraktiven Pink. „O mein Gott. Ich kann nicht glauben, dass er das geschluckt hat."

Patrick auch nicht, aber inzwischen gibt es so viel in seinem Leben, das er nicht glauben kann, dass er es für das Beste hält, sich mit etwas für ihn Verständlichem zu beschäftigen.

„Also." Er klatscht in einer parodistischen Nachahmung von Don in die Hände. „Eure Neuroabteilung ist ätzend."

„Und das soll ich dir glauben?" Wills Mundwinkel sinken herab, und seine Augen verengen sich gefährlich.

Das ist schon besser. Ein verärgerter Will ist ein sexy Will.

„Schnuckiputz, ich bin Spitzenklasse auf meinem Gebiet. Hast du …"

„Ich weiß, dass du Spitzenklasse auf deinem Gebiet bist, Patrick", schnappt Will. „Das hast du mir ungefähr ein Dutzend Mal erzählt. Gibt es nichts anderes in deinem Leben, worauf du stolz sein kannst?"

Patrick hebt eine Augenbraue. Interessant. Sein Gatte scheint ja Krallen zu haben. „Um ehrlich zu sein, den Menschen mit einem Skalpell das Leben zu retten wie ein verdammter *Superheld* steht ziemlich weit oben auf meiner Liste.“

Will seufzt und senkt den Blick. Seine Schultern sinken herab. Patrick will die Arme um ihn legen und ihn auf die Wange küssen. Ihn vielleicht am Bauch kitzeln, um ihn zum Lachen zu bringen. Er weiß nicht, wie das geht. Oder warum zum Teufel er das will.

Will holt sein Etui hervor und testet seinen Blutzuckerspiegel. Patrick sieht schweigend zu.

„Und?“

„Bisschen niedrig.“ Will legt die Sachen beiseite, ehe er ein paar Traubenzuckertabletten einnimmt. Schließlich blickt Will auf, seine Augen dunkel und entschlossen. „Hey, vielleicht hast du am Ende dieses ganzen Durcheinanders die beste Einrichtung des ganzen Landes unter deiner Leitung. Du könntest nicht nur das Spielfeld verändern, sondern das ganze Spiel. Ist das keine Verlockung für ein riesengroßes Ego, Patrick? Nur ein bisschen?“

„Das weißt du doch.“

Will rückt näher und flüstert Patrick ins Ohr: „Ich dachte es mir.“

Die feuchte Berührung seines Atems lässt Patrick erschaudern. Er schluckt schwer, während sein Ehemann aus dem Konferenzraum schlendert. „Verdammter Quälgeist“, murmelt er und beeilt sich, ihm zu folgen.

Kapitel zwölf

An diesem Nachmittag trifft Will in seinem Büro bei Gute Taten zum ersten Mal nach nur wenigen Tagen Owen wieder, aber es fühlt sich an wie ein ganzes Leben. Er ist dankbar, dass Owen ihn als Allererstes in eine feste Umarmung zieht und ihm sagt, dass alles gut wird. Will wünscht sich irgendwie, seine Mutter oder Onkel Kevin hätte das getan. Oder seine Nonna. Eigentlich jeder.

„Ich hab's ganz schön verkackt", murmelt Will.

„Das passiert uns allen mal, Will. Wichtig ist nur, wie du damit umgehst." Owen umarmt ihn noch fester und klopft ihm auf den Rücken, ehe er sich von ihm löst. Seine grauen Augen suchen Wills Blick. „Jetzt erzähl mal. Bist du in Sicherheit?"

„Wie meinst du das? Die Molinaros werden mich schon nicht umbringen oder so."

„Nein, nicht vor denen."

„Oh, du meinst vor Patrick?"

„Ja."

Will lacht glucksend und setzt sich auf seinen Schreibtisch, während Owen sich in den Sessel gegenüber fallen lässt. Owen richtet seine Krawatte und schlägt die Beine übereinander. Er bewundert es, dass Owen immer Anzug trägt. Ganz so weit geht Will nicht. Meistens entscheidet er sich stattdessen für eine Anzughose und ein Hemd.

„Ich bin in Sicherheit. Er ist harmlos." Er denkt an Patricks Unfähigkeit, grobe Bemerkungen zurückzuhalten. „Na ja, jedenfalls körperlich harmlos. Er könnte etwas tun oder sagen, um meinen Ruf noch weiter zu ruinieren, aber ich glaube, das habe ich auch selbst schon ganz gut geschafft. Wie viel ist davon überhaupt noch übrig?"

„Genug. Du musst über Gute Taten nachdenken."

„Ich weiß." Will fährt sich durch die Haare.

„Was ist da passiert, Will? Wer ist dieser Mann?"

Will beißt sich auf die Unterlippe. Eine seltsame Welle von Emotionen rauscht durch seine Kehle und macht das Sprechen schwer. Er wird nicht weinen. Es ist bloß so viel. Es ist so schwer, das alles zusammenzufassen. „Ich hab Patrick kennengelernt, als ich getrunken habe." Er breitet die Hand auf dem Tisch aus und sieht Owen in die Augen. „So hat das angefangen. Und es hörte auf, als ich ihn geheiratet habe. Zu diesem Zeitpunkt schien das keine schlechte Idee zu sein." Es schien eine wunderbare, sexy, völlig perfekte Idee zu sein.

„Ist er so bezaubernd?"

Will lacht so lange und heftig, dass ihm Tränen in die Augen steigen. Owen bleibt ruhig sitzen, bis Will sich genügend beruhigt hat, um zu antworten. „Nein, er ist nicht bezaubernd. Er ist ein Arschloch. Außer wenn er gerade keins ist."

„Oh, also genau dein Typ."

Will bedeckt das Gesicht mit den Händen, und er weint halb, als er erneut zu lachen beginnt. „Heilige Scheiße, Owen. Was hab ich bloß getan?"

„Ist er gemein zu dir?"

„Nein, so ein Mistkerl ist er nicht. Manchmal ist er echt süß." Will denkt an Patricks sanfte Berührung an seinem Arschloch, als er sich vergewissert hat, dass Will keine Verletzungen hat. Sein Nacken prickelt vor Hitze. „Er ist egoistisch und großmäulig, aber er will niemandem wehtun. Nicht mal mir. Und *ich* hab ihn in dieses Chaos reingezogen."

Owen putzt sich mit seiner Krawatte die Brille. „Und wo ist er jetzt?"

„Patrick ist im Hotel und erledigt ein paar Telefonate. Er hat eine lange Patientenwarteliste und braucht seinen ehemalige Assistenten in Atlanta, um die Anrufe für ihn zu machen. Er ist nicht gerade gut im Umgang mit Menschen. Ich nehme an, Don hat sicher schon jemanden im Team, der ihn darin unterstützen kann."

„Und du? Wie kommst du zurecht?"

„Ich möchte die Zeit zurückdrehen und andere Entscheidungen treffen." Will klopft mit dem Kugelschreiber auf den Notizblock auf seinem Schreibtisch. „Aber das geht nicht, daher ist das Abwehrgerede, und wir alle wissen ja, dass Abwehr Schmerzen bringt."

Owen nickt.

„Also versuche ich, ein großer Junge zu sein und nach vorne zu sehen. Das ist mein Leben, und jede Minute damit zurechtzukommen ist die beste Methode, es zu leben. Patrick ist kein schlechter Mensch und, mal ganz im Ernst, es hätte viel schlimmer kommen können." Will lächelt und versucht, sich so zuversichtlich anzuhören, wie er auf Owen wirken will. „In gewisser Weise bin ich dankbar. Wäre Patrick ein anderer, dann hätte ich ein echtes Problem haben können. Aber so, wie es aussieht, ist er ebenfalls bemüht, erst mal das Beste aus dieser Situation zu machen. Das ist ein Glück, wirklich."

„Und ein anderer Mann hätte dich nicht vielleicht gar nicht erst in die Versuchung führen können, einer Ehe zuzustimmen. Vielleicht ist da etwas Größeres im Spiel?"

„Owen, logische Argumente sind deine Stärke. Aber jetzt versteigst du dich gerade in New-Age-Mutmaßungen."

„Befiehl dem Herrn deine Wege", sagt er ernsthaft. „Ich bin stolz auf dich, dass du nicht vor der Situation wegzulaufen versuchst. Du erweist echte Tapferkeit."

„Ich tue, was für Gute Taten getan werden muss."

„Und was ist mit dir? Ich möchte gerne, dass du heute Abend zum Treffen kommst."

Will schüttelt den Kopf. „Ryan oder Hartley und sein Vater oder alle drei könnten da sein, und ich bin nicht in der Verfassung, damit umzugehen."

„Lass deine Nüchternheit nicht von Feindseligkeit und Eifersucht unterminieren."

Will kann sich nur mühsam zurückhalten, die Augen zu verdrehen. „Ich werde nicht trinken, Owen. Ich weiß, du bist ein guter Sponsor, und du versuchst, mich auf dem richtigen Weg zu halten, aber glaub mir – wenn ich Ryan und Hartley treffe und mit ihnen bei einem Treffen zurechtkommen muss, ist die Wahrscheinlichkeit, dass ich in die Bar des Tallgrass flüchte, erheblich höher, als wenn ich gar nicht zum Treffen gehe. Abgesehen davon muss ich Patrick im Auge behalten, bis er sich eingewöhnt hat und keine Fluchtgefahr mehr besteht."

„Ryan und Hartley können nicht bei jedem Treffen sein, Will. Es würde dir guttun."

„Das sehe ich anders." Er knirscht mit den Zähnen. Alles in ihm lehnt sich dagegen auf, jetzt zu einem Treffen zu gehen, und das nicht, weil er unbedingt eine Flasche Gin leer machen will. Sondern weil er damals am College mit Ryan gemeinsam angefangen hat, zu den AA zu gehen, und alles vom Gelassenheitsgebet bis zu dem Kirchenraum, wo er während der letzten Jahre die Treffen besucht hat, erinnert ihn daran, was er verloren hat, *wen* er verloren hat. „Und ehrlich gesagt möchte ich im Moment nicht mal was trinken. Ich will mich einfach nur an die Arbeit machen." Er lässt die Hand auf einen Stapel Papiere klatschen, die er unterzeichnen muss, damit die verschiedensten Gute-Taten-Förderungen ihren Gang gehen.

Owen runzelt die Stirn, aber er widerspricht nicht. „Ich hab mir schon gedacht, dass du so was sagen würdest. Deshalb habe ich dir das hier mitgebracht." Owen hält ihm eine silberne Münze hin.

Will nimmt sie entgegen. *Sei dir selber treu. 24 Stunden.* „Danke, aber ich sollte doch zu einem Treffen gehen, um so eine zu bekommen."

„Nimm sie ruhig, Will."

„Ich hab nicht …"

„Nimm sie einfach. Du weißt, wo du mich findest, wenn du mich brauchst."

Will schluckt. In seinem Magen kneifen Schuldgefühle. Er will nicht, dass Owen denkt, er würde wieder rückfällig. Er weiß, dass Owen ihn liebt wie einen Sohn. „Es ist alles in Ordnung. Ich verspreche es. Ich bleibe trocken."

Owen steht auf und nickt feierlich. „Ich bin immer für dich da. Bei Nacht oder bei Tage. Und ich würde gerne irgendwann Patrick kennenlernen." Seine Augen funkeln leicht. „Ich nehme an, er sieht ziemlich gut aus."

Will errötet. „Er ist … na ja, ich glaube, er …"

„Groß, kräftig und dunkel wie Ryan?"

Will schüttelt den Kopf. Ryan ist sogar größer als er selbst. Er ist dunkelhaarig, hat einen dunklen Teint und ist sehr muskulös vom Gewichtheben im Fitnessstudio. Er ist kräftig und massiv. Ryan nimmt so viel Raum ein, dass Will sich neben ihm unsichtbar vorkommt.

Patrick ist ganz hellhäutig mit ein paar Sommersprossen, hellem, rötlichbraunem Haar und sehnigen Muskeln, die kaum seine ganze Energie bändigen zu können scheinen. Es gibt keinerlei Ähnlichkeit. „Patrick ist äußerlich so ziemlich das Gegenteil von Ryan.“

„Interessant.“ Owen erwidert sein Lächeln. „Du bist stark, Will. Du schaffst das.“

„Danke. Ich tue mein Bestes.“

Die Tür schließt sich hinter Owen, und Will atmet langsam aus. Er betrachtet die Münze in seiner Hand. Solche hat er im Laufe der Jahre schon dutzendfach erhalten. Er öffnet eine der Schubladen seines Schreibtischs und holt ein kleines Einweckglas heraus. Darin rasseln weiße, silberne, ein paar goldene, wenige rote und gelbe, aber keine grünen Plaketten. Eine grüne war seit seinem letzten Rückfall sein Ziel gewesen. Er war auch schon nahe dran gewesen. Neun Monate nüchtern.

Aber das ist jetzt mit allem anderen wieder in weite Ferne gerückt.

***

„Ich kann heute noch diese ganzen Patienten anrufen.“ Hunter, Patricks früherer Assistent in Atlanta, flüstert am Telefon. Die Nachmittagssonne fällt durch das geöffnete Hotelfenster, und Patrick streckt sich auf dem Sofa aus. Es ist nicht allzu bequem. Ihm missfällt die Vorstellung, dass Will darauf schläft.

„Prima. Lassen Sie sie Shira im Healing Regional kontaktieren. An ihren Nachnamen kann ich mich nicht erinnern. Es gibt bestimmt nicht mehr als eine.“

„In Ordnung, mach ich. Ich muss aufhören, ehe jemand mitkriegt, was ich für Sie mache. Und, Patrick?“

„Ja?“

„Ich hoffe, bei Ihnen ist alles okay. Sie sind ein totaler Schwachkopf, aber Sie haben was Besseres verdient als das, was Schaeffer Ihnen gegeben hat."

Die Verbindung wird unterbrochen, ehe Patrick antworten kann, doch das erinnert ihn daran, dass er wohl noch ein anderes Telefongespräch führen sollte. Er setzt sich aufrecht hin und klopft mit dem Handy auf den Couchtisch, während er überlegt, wie viel er Dinah erzählen soll. Schließlich wählt er ihre Nummer, ohne einen Plan zu haben. Er improvisiert. Wie ein Idiot.

„Dinah?" Er kann ihre Begrüßung bei dem Krach der Kinderstimmen im Hintergrund kaum verstehen. Hört sich an, als wäre sie im Auto, wahrscheinlich telefoniert sie über Bluetooth.

„Pat! O Gott, es ist so gut, von dir zu hören. Es ist so lange her! Wie geht's dir, mein Herz?"

Ist es wirklich lange her? Patrick weiß es nicht. Er erinnert sich daran, dass er Dinah angerufen hat, als er noch in Atlanta war und Hunter sich drohend vor ihm aufgebaut hatte, mit zusammengezogenen Augenbrauen und vor der Brust verschränkten Armen. *„Sie haben gesagt, Sie schmeißen mich raus, wenn ich zulasse, dass Sie noch ein Mal ihren Geburtstag vergessen. Also bleib ich jetzt hier stehen, bis Sie angerufen haben."*

Patrick räuspert sich und will gerade eine vage Entschuldigung hervorbringen, als eine energische junge Stimme zu hören ist. „Gib mir die Scheiß-Cheetos, Alter, oder du kriegst einen Tritt in den Arsch!"

Dinah seufzt. „Eric, Liebling, wir bedrohen einander nicht wegen Cheetos. Setz dich wieder auf deinen Platz, und leg den Sicherheitsgurt an, sonst muss ich rechts ranfahren, und das will niemand hier."

„Dann hält sie uns ’ne Standpauke“, piepst eine andere junge Stimme. „Und nimmt uns die Cheetos weg. Also halt einfach den Mund und teil sie, okay?“

„Verpiss dich, Narbengesicht.“

Jane kreischt: „Ich heiß nicht Narbengesicht! Hör auf damit! Eric! Aua!“

„Pat, wie du hörst, ist hier alles wie immer. Ich würde wirklich gerne mit dir reden, aber ich habe gerade diese beiden Kleinen vom Hockey abgeholt, und sie ärgern sich gegenseitig. Können wir später weitersprechen?“

„Natürlich. Ich wollte nur mal Hallo sagen und sehen, ob die Kinder irgendwas brauchen. Geld, Klamotten oder so. Videospiele.“

„Uns geht’s gut, mein Herz. Du schickst uns jeden Monat mehr als genug. Sei einfach glücklich, ja? Mach dir keine Sorgen um mich und die Kinder.“

Patrick zwickt sich in den Nasenrücken und fühlt, wie Tränen in ihm aufsteigen. Wer sonst auf der Welt hat jemals Wert auf sein Glücklichsein gelegt? Nur Dinah. Und Phil auch, nimmt er an. Obwohl er annimmt, dass Phil am meisten Wert auf *Dinahs* Glücklichsein legt und einfach nur will, dass Patrick weiterhin das tut, was Dinah so zum Lächeln bringt, als würde in ihren Augen die Sonne aufgehen. Aber Phil ist ein guter Mann. Dinah und die Kinder haben echt Glück mit ihm.

„Oh, verdammter Mist“, knurrt Dinah ins Telefon. „Wir haben hier eine Geiselnahme mit Cheetos, Pat. Ich muss anhalten und was unternehmen.“

Patrick stößt ein Lachen aus. „Die armen Irren.“

„Ach, sie versuchen es einfach immer wieder.“

„Ich weiß. Hör mal, hier ist gerade alles …“ Komisch? Hektisch? „Im Übergang. Kann sein, dass ich nicht zu erreichen bin, aber wenn du mich brauchst, schick mir einfach eine SMS."

„Alles in Ordnung, Pat?"

Jane sagt: „Sie fährt rechts ran, Eric. Wart's nur ab!"

Patrick seufzt. „Kümmer dich um die Kinder, Dinah. Alles gut. Ich ruf dich bald wieder an."

„Na klar, mein Herz. Ich hab dich lieb."

Patrick legt auf, ehe er irgendwas Dummes erwidern kann. Sein Herz tut ein bisschen weh, wenn er an ihr nussbraunes Haar und ihre grauen Augen denkt. Vielleicht liebt er sie. Vielleicht nicht. Er weiß nur, dass sie der freundlichste, großzügigste Mensch ist, den er je kennengelernt hat.

Patrick schüttelt das Unbehagen ab, greift nach dem Zimmerschlüssel und geht.

Die Stadt ist voller Weihnachtseinkäufer, und Patrick erinnert sich an seine wenigen Weihnachtsfeste mit Dinah, während er an Menschen mit freundlichen Gesichtern vorbeigeht, aus deren Taschen hübsch verpackte Geschenke herausragen. Er nimmt die bändergeschmückten Kränze wahr, die an den Laternenpfählen hängen, und die wirbelnden Schneeflocken, die sich noch nicht zusammenzuschließen scheinen.

Es ist noch nicht mal Thanksgiving, und doch sind die Klänge und Bilder der Weihnachtszeit allgegenwärtig. Es weckt hauptsächlich schlimme Erinnerungen und ein paar noch schmerzlichere gute. Er ist erleichtert, als er das Brown Gargle erreicht, und hofft, dass er sie alle beiseitedrängen kann.

Gerade nimmt er einen tröstlichen Schluck von seinem Kaffee, gemütlich an einem Tisch in der hinteren Ecke, als jemand sich zu ihm setzt.

„Ah, hallo, *Buttercup.*“ Patrick nickt in Richtung des Kinderwagens. „Wie ich sehe, haben Sie die Sabbermaschine mitgebracht.“ Ein Speichelfaden hängt von Dylans Mund herab.

„Und wie ich höre, sind Sie mit Andy aneinandergeraten.“ Jenny gähnt, während sie ihren Mantel über die Stuhllehne hängt und es sich bequem macht.

„Ja, ich glaube, Sicko mag mich nicht.“

„Was Sie nicht sagen!“ Sie beugt sich mit großen belustigten Augen über den runden Holztisch. „Ich frag mich, woran das wohl liegt, Patrick?“

„Ich war einfach so charmant wie immer. Keine Ahnung, wo das Problem liegt.“

„Tja. Ich nehme an, *das* ist das Problem.“

Patricks Lippen heben sich zu einem kleinen Lächeln. Eine Jazzversion von *Santa Claus is Coming to Town* beginnt zu spielen, und Dylan lässt ein blubberndes Geräusch hören, bei dem der Sabber zwischen seinen Lippen sich bewegt. „Kriegt wohl Zähne, was?“

„Sie sagen es. Es quält ihn so. So ruhig wie jetzt war er seit zwölf Stunden nicht mehr. Ich bin total erschöpft. Gut, dass ich von zu Hause aus arbeite, sonst wüsste ich gar nicht, wie ich damit klarkommen sollte. Kurznickerchen sind echte Lebensretter.“

„Genau. Das weiß jeder Chirurg.“ Er streckt die Hände aus, um Dylan aus dem Wagen zu nehmen. „Darf ich?“

Jenny schlürft den Kaffee, den Jax an den Tisch gebracht hat. „O Gott. Ich denke schon. Aber rütteln Sie ihn nicht zu sehr durch. Ich bringe Sie um, wenn Sie ihn wieder zum Heulen bringen.“

Dylan grinst, als Patrick ihn hochnimmt, und wedelt mit den Ärmchen. „Du wirst schon nicht heulen, was, Kumpel?“

Dylan brabbelt etwas und grabscht nach Patricks offenem Kragen. Sein Kopf ruckt nach vorne, und Patricks weinrotes Hemd wird dunkel vor Sabber.

„Du bist ja ein starker Bursche. Und was für ein tolles Lächeln! Ah, ich seh schon, da kommen ein paar Zähnchen durch, was? Sehr hübsch. Genau wie die Augen deiner Mama.“ Patrick schnalzt mit der Zunge und richtet seine Aufmerksamkeit auf Jenny, während er Dylan in seinen Armen wiegt. „Wird mal ein hübscher Junge. Die schwulen Männer dieser Welt sollten sich in Acht nehmen.“

Jenny lacht. „Und die Frauen?“

„Egal, in welchem Team er landet, er wird jedenfalls nicht verlieren.“ Patrick lässt Dylan an seinem Kragen herumkauen. „Er hat kein Fieber, das ist schon mal gut. Wenn er welches bekommt, geben Sie ihm eine Baby-Tylenol. Und lassen Sie mich Ihnen einen Tipp geben, von einem Mann, der die medizinische Fakultät in Yale als Jahrgangsbester verlassen hat: Diese Zahnungstabletten sind Schrott. Geben Sie ihm einfach eine tiefgekühlte Kinderzahnbürste, und alles ist gut. Stimmt's, Kleiner?“ Er lässt Dylan auf und ab hüpfen. „Die können Sie in der Spülmaschine desinfizieren und hinterher wieder ins Tiefkühlfach legen. Das reicht völlig aus.“

„Jahrgangsbester in Yale, ja? Wer ist der Typ? Den würde ich gern kennenlernen.“ Sie klimpert neckisch mit den Wimpern. „Ich wollte immer einen Arzt heiraten.“

Patrick verdreht die Augen. Er zeigt auf seinen Ehering, und sie heuchelt Erstaunen, dass er das auf sich bezogen hat. „Schwul und vergeben.“

„Das sind sie immer." Sie nimmt einen großen Schluck von ihrem Kaffee und lehnt sich seufzend zurück. „Und? Wo ist Will?"

Patrick zieht eine Grimasse. „Weiß nicht. Irgendwo, wo er …" Sexy und süß ist und diese ganzen Brusthaare zur Schau stellt, als wäre das gar keine große Sache. Ärgerlich. „Ganz Will sein kann, vermutlich."

„Aww, Sie sind so niedlich. Wenn irgendjemand daran zweifelt, dass Sie ihn anbeten, müsste der jetzt bloß mal Ihr Gesicht sehen."

Die ganze Welt scheint nur das zu sehen, was sie sehen will. „Tja, hm, was soll ich sagen? Will ist einfach der Richtige für mich."

Jenny stützt das Kinn in die Hand. „Er macht sie ganz verlegen." Sie klappert mit den Zähnen, und ihre blauen Augen leuchten, als wären sie von irgendeiner hellen, romantischen Sonne bestrahlt. „Es hat Sie so erwischt."

„Ich bin nicht verlegen." Patrick rutscht auf seinem Stuhl herum.

„Muss Ihnen doch nicht peinlich sein. Es ist süß."

„Und Sie arbeiten also von zu Hause aus?" Es interessiert ihn nicht wirklich, aber es ist ein besseres Gesprächsthema als seine Gefühle für Will.

„Medizinische Schreibkraft. Ich kann mir die Zeit selbst einteilen und mich dadurch besser um Dylan kümmern. Macht mich allerdings auch ziemlich einsam. Ich bin eher der extrovertierte Typ, deshalb muss ich unter die Leute, sonst verliere ich meinen Lebenswillen."

„Ich nehme mal an, das ist gut, wenn man Menschen mag. Ich tu's jedenfalls bestimmt nicht."

Sie verengt die Augen. „Ach, hören Sie doch auf. Klar mögen Sie Menschen. Sie retten ihnen doch das Leben."

Patrick zuckt die Achseln. „Ich bin aber dabei nicht gern in ihrer Gesellschaft." Das stimmt nicht ganz. Er hatte schon viele angenehme Unterhaltungen mit Patienten, während er in ihren Gehirnen rumgestochert hat.

„Sie mögen Babys!" Sie schleudert es ihm entgegen wie einen Vorwurf.

„Na ja, dieses hier ist nicht allzu schrecklich." Er lächelt auf Dylan herab, der ihm eine Spuckeblase macht. „Andere schon." Er schaudert. „Das sind kackende, brüllende Elends- und Schreckensgeräte. Aber der Bursche hier ist in Ordnung."

Jenny schüttelt den Kopf, als würde sie ihm nicht glauben. Ehe sie etwas erwidern kann, macht ihr Handy ein langes Piepgeräusch. Sie beißt sich auf die Lippen und sieht ängstlich nach, was für eine Nachricht sie erhalten hat.

„Alles okay?"

„Vom Krankenhaus." Ihre Stimme hört sich an, als wäre der ganze Sonnenschein daraus herausgezogen worden.

„Das ist nicht gerade ermutigend. Testergebnisse oder was?" Er setzt Dylan wieder in den Kinderwagen und gibt ihm den Zahnring, der mit einer Kette am Tablett befestigt ist.

Sie schiebt das Handy in die Tasche, strafft die Schultern und setzt ein künstliches Lächeln auf, das Patrick nach ihrer vorherigen aufrichtigen Lockerheit als beleidigend empfindet. „Sie brauchen *Ermutigung* wegen mir, was, Dr. McCloud? Sind wir jetzt *Freunde*?"

Patrick grinst ein bisschen und hofft, dass dies seinen Zweck erfüllt, aber Jenny strahlt und funkelt ihn jetzt bloß ehrlicher an, bis er stöhnt. „Ich schließe eigentlich keine Freundschaften." Es sei denn, er zählt Dinah und Phil mit, aber das sind keine *Freunde*, und sie sind keine Familie, sie sind … Dinah und Phil.

„Dachte ich mir irgendwie. Etwas sagt mir, dass Sie vor Will auch noch keine Beziehung hatten."

Patrick hebt die Schultern. „Hat das wehgetan, als der Bus der Ahnung Sie umgefahren hat?"

„Sie meinen diesen großen, glänzenden, auf dem in rosa Buchstaben ‚Patrick ist ein Idiot' stand?"

„Und trotzdem sitzen Sie noch hier!"

„Ich hab eine Schwäche für Idioten. So bin ich eben. Die Nachricht vom Krankenhaus ging um Dylans Onkel. Also, eigentlich Toms Onkel. Dylans Großonkel. Na ja, das sind nur Details." Sie wedelt zerstreut mit der Hand, ehe sie sich vorbeugt, um den Dampf aus ihrer Kaffeetasse einzuatmen.

„Aha? Also schlechte Nachrichten?"

„Das könnte man so sagen. Radar braucht eine neue Niere."

„Radar?" Patrick findet sich unfassbar toll, weil er bei dem Namen nicht schnaubt.

„Ja, Radar." Sie guckt ihn herausfordernd an. „Wie in *M.A.S.H.*, und ja, ich weiß. Ist ein Spitzname. Spielt keine Rolle. Er ist erst sechsundvierzig, und er braucht eine Niere, okay?" Jennys Stimme bricht ein wenig. „Und ich … ich weiß nicht, was ich machen soll. Ich meine, ich weiß, was von mir erwartet wird, aber …"

Patrick runzelt die Stirn. „Was wird denn von Ihnen erwartet?"

„Eine Spende." Ihre Augen glänzen.

„Sie würden also passen?"

„Ja. Wer hätte das gedacht?" Jenny wischt sich mit einer Serviette über die Augen.

„Tja, es ist eine kleine Stadt. Die Möglichkeit einer Inzucht ist hier ziemlich hoch."

Sie wirft ihm einen angewiderten Blick zu. „Hören Sie auf. Das ist eine ernste Sache."

„Ich meine es ernst. Genetisch gesehen ist die Wahrscheinlichkeit … egal. Erzählen Sie einfach weiter." Er greift nach ihrer Hand. Sie ist klein und zittert zwischen seinen eigenen ruhigen Fingern.

„Nein, tut mir leid. Es ist bloß, mein Gott … Ich weiß nicht, was ich machen soll. Das Leben ist so ungerecht. Radar hat zwei Kinder unter zehn. Sie brauchen ihren Papa." Sie schnieft. „Und Tom ist weg. Ich hab keine Ahnung, wo er ist. Also hat Dylan nur mich. Ich bin sein einziger Elternteil. Ich kann nicht einfach Teile von mir abgeben. Nicht mal an gute Menschen, die selbst Familie haben." Sie zieht ihre Hand weg und reibt sich über das Gesicht. „Ich bin wirklich furchtbar. Ich hab gebetet, dass ich keine Übereinstimmung habe. Ich meine, warum sollte ich?"

„Inzucht."

„Das ist eine echt große Entscheidung. Ich meine, es gibt ein Risiko, und Dylan ist noch ein Baby …"

„Sie kriegen überall Flecken." Patrick rümpft die Nase. „Ihre Augen sind angeschwollen."

„Muntern Sie andere auf diese Weise auf?"

„Nein, ich sage anderen auf diese Weise, wie sie sich in den Griff kriegen können. Sie haben die Chance, ein Leben zu retten, und sitzen hier im Café und jammern mir vor, das Leben wäre ungerecht? Und voller Risiken? Verdammt, ja, es ist ungerecht. Verdammt, ja, das Leben ist riskant. Ich gehe jeden Tag zur Arbeit und kämpfe gegen den Tod. Ich nehme für meine Patienten gewaltige Risiken auf mich, weil das die einzige Möglichkeit ist, sie zu retten. Und genau so funktioniert das Leben. Schlucken Sie die Tränen runter, rufen Sie im Krankenhaus an, und machen Sie Pläne, damit Ihnen jemand mit Dylan helfen kann, während Sie sich von dem Eingriff erholen."

„Aber …" Ihre Augen weiten sich. „Dylan ist noch so klein. Er würde nicht verstehen, was passiert. Er wird Angst haben, wenn ich ins Krankenhaus muss. Er wird nicht wissen, wohin ich gegangen bin oder wann ich wiederkomme …"

„Er wird sich an nichts davon erinnern, wenn er älter ist. Atmen Sie mal tief durch und lassen Sie los."

Jenny atmet tief ein und langsam wieder aus. Patrick lächelt ihr zu. Dann beugt er sich vor und flüstert: „Und jetzt bauen Sie einen Turm, um über sich selbst hinauszuwachsen. Sie wissen, was Sie tun sollten."

Jenny starrt ihn an. „Sie sind so grob."

„Wenigstens können Sie mich nicht als Egoisten bezeichnen."

Jenny steht auf, schiebt das blonde Haar hinters Ohr und greift nach ihrer Tasche. „Wir gehen." Sie nimmt den Kinderwagen und hält inne. „Vielleicht hat Andy Recht, was Sie betrifft. Sie sind ein Arsch."

„Das hab ich Ihnen doch gesagt."

Jenny stürmt aus dem Brown Gargle, und Patrick sieht ihr nach. Er seufzt und zuckt die Schultern. So viel zum Thema Freundschaften.

***

„Ich bin am Verhungern", stöhnt Patrick erbarmungswürdig, und Will verdreht die Augen.

„Du hast vor nicht mal einer Stunde was gegessen.“

„Na und?“

Will seufzt und deutet auf das Telefon des Hotelzimmers. „Bestell mir Hühnchen, gegrillte Paprika, Reis und zum Nachtisch Apfelmus.“ Er öffnet den Koffer und wühlt nach seiner Trainingshose und einem T-Shirt. Nachdem er sich im Bad umgezogen hat, sieht er Patrick den Hörer auflegen.

Will lässt sich auf das Sofa fallen und schließt die Augen.

„Rutsch mal rüber.“ Patrick schiebt ihn beiseite und setzt sich. „Lust auf ein Spiel?“

Will öffnet die Augen, um zu sehen, wovon Patrick redet. Er hat ein Schachbrett in der Hand. Es hatte auf Wills Schreibtisch zu Hause bei seiner Mutter gestanden, und er hatte es in letzter Sekunde genommen und in eine Tasche gestopft. Patrick muss es herausgefischt haben.

Will hebt die Schultern. „Warum nicht?“

Patricks Lächeln strahlt, und Wills Magen hüpft. „Super. Ich stell es auf.“

Eine Stunde später war der Zimmerservice da und ist wieder gegangen, sie haben beide etwas gegessen, und Will hat Patrick in acht Partien vernichtend geschlagen. Patrick ist offensichtlich gleichzeitig verärgert und gegen seinen Willen beeindruckt.

„Ich nehme an, es hat langfristige Vorteile, in der Highschool-Schachmannschaft zu sein?“, fragt Patrick.

„Es gab zwar keine süßen Jungs, aber dafür hab ich verdammt gut Schach spielen gelernt. Also ja, ich glaub schon.“ Will grinst überheblich. „Du willst wohl unbedingt gewinnen, was?“ Er amüsiert sich darüber, wie sehr es Patrick wurmt, in irgendetwas geschlagen zu werden.

„Ich gewinne gern. Ich bin gern der Beste. Es spricht nichts dagegen, ganz oben sein zu wollen, solange man es immer schafft."

„Tja, wenn wir weiter Schach spielen, solltest du dich ans Verlieren gewöhnen, weil du, mein Lieber, echt schlecht darin bist."

Er starrt vor sich hin. „Ich hab bloß Hunger."

Will wirft einen bedeutungsvollen Blick auf die Krümel auf Patricks Teller, auf dem sich soeben noch ein Hamburger, Pommes, eingelegtes Gemüse und Coleslaw gedrängt haben. Offenbar hat Patrick einem der Hoteldiener ein Extra-Trinkgeld gezahlt, damit er zu Jimmy's rübergeht, weil die Hotel-Burger „nicht mal gut genug zum Schweinefüttern" sind.

„Nachtisch. Ich brauche etwas Süßes und Kaltes." Patrick schaut Will gedankenverloren an. „Ja, ich glaube, ich brauche ganz bestimmt eine Kleinigkeit zum Abkühlen."

Will kennt diesen Blick. Es ist der Blick eines Mannes, der Will bei lebendigem Leibe verschlingen möchte. Der Blick, den Patrick in Vegas hatte. Er erschaudert.

Patricks Stimme ist ein dunkles Schnurren. „Willst du mitkommen?" Er steht auf und reckt sich. Dabei enthüllt er den flaumigen Haarstreifen unter seinem lose herabhängenden weinroten Hemd. Der Streifen verschwindet in seiner Hose, die von einem schmalen schwarzen Gürtel mit einer glänzenden, kleinen Schnalle gehalten wird. Hitze steigt an Wills Hals hoch.

„Wohin?"

„Runter."

„Wohin runter?"

„Nicht in den Fitnessraum!", erklärt Patrick und reibt sich die Schulter. „Mir tut immer noch alles weh."

„Und auch nicht an die Bar?“

Patrick rümpft die Nase und schüttelt den Kopf. „Natürlich nicht. Ich habe keinerlei Verlangen danach, dass wir beide uns erneut betrinken und verheiraten. Versteh mich nicht falsch, es war ein ziemliches Abenteuer, aber keins, das ich gerne wiederholen würde.“ Er geht zur Tür und öffnet sie. „Kommst du jetzt?“

Will folgt ihm zur Treppe am Ende des Flurs und hinunter in die Lobby. Das Geräusch von klingenden Gläsern und Besteck auf Tellern dringt aus dem Meadowlands, dem Hotelrestaurant, gemeinsam mit einem appetitlichen Duft und viel Gelächter. Die Lobby ist gefüllt mit Gästen, die in Zweier- oder Dreiergruppen beieinanderstehen und schwatzen. Manche kommen aus dem Meadowlands, andere schlendern nur herum. Die meisten erkennt Will als Pflegepersonal und Ärzte für das Krankenhaus.

Doch einen der Fremden erkennt Will nicht. Es ist der Mann aus dem Café und aus dem Jimmy’s. Er sitzt entspannt und mit einem lässigen, doch aufmerksamen Blick auf der Lobbycouch und hat eine Zeitung dabei. Die Haare in Wills Nacken stellen sich auf. Ein Molinaro-Spion. Im Hotel. Wo sollte er auch sonst wohnen? Es ist die beste Unterkunft in Healing, und Molinaros mögen das Beste.

Der Mann begegnet Wills Blick und hebt als Zeichen des Wiedererkennens das Kinn, ehe er sich wieder seiner Zeitung zuwendet.

Vielleicht ist er bloß ein Reisender und hat hier irgendwelche Geschäfte zu erledigen. Vielleicht ist es überhaupt keine große Sache, dass er ständig an Orten auftaucht, an denen auch Will häufig ist. Es ist eine kleine Stadt. Es gibt nicht viele Möglichkeiten.

Aber er will Patrick keine Angst machen, nicht wenn es eine fünfzigprozentige Wahrscheinlichkeit gibt, dass ihn dies eher zu einer Flucht aus Healing treibt, als den Wunsch zu bleiben in ihm auszulösen.

„Komm, Schnuckiputz", ruft Patrick über die Schulter, während er an der Rezeption vorbeigeht und Beth zunickt. „Das Dessert ist so nahe, dass ich es schon fast schmecken kann."

Der kleine Snackshop gleich um die Ecke des Restaurants ist geöffnet, auch wenn niemand hinter der Kasse steht. Zu dieser späten Stunde bezahlen die Gäste an der Rezeption für ihre Einkäufe. Es ist ein vertrauensbasiertes System, aber offenbar läuft es recht verlustfrei. Will hat sich dafür verbürgt, dass die Schwestern und Ärzte, die im Hotel untergebracht werden, ehrliche Menschen sind.

Patrick geht direkt zum Kühlschrank ganz hinten im Laden. Er öffnet ihn und winkt Will herbei, um mit ihm hineinzusehen. „Gefrorene Snickers", sagt er, als würde er ihm ein Kunstwerk zeigen. „Die hab ich heute Morgen da reingelegt. So schmecken sie noch besser. Knackiger."

„Wenn ich meine Dosis anpasse, könnte ich auch einen essen."

„Genau das hab ich mir gedacht." Patrick lächelt und holt zwei Schokoriegel heraus.

Sie bezahlen an der Rezeption. Beth ist zum Glück zu beschäftigt mit dem Schreiben einer SMS, um Fragen über ihre Flitterwochen zu stellen. Auf dem Rückweg zum Aufzug grüßt Will ein paar Leute und bleibt dann beim Flügel in der Lobby stehen.

Patrick wiegt sich sexy in den Hüften, während er zum Aufzug geht. Will ist schon fast entschlossen, es bleiben zu lassen, aber dann siegt seine Neugier. Die Worte platzen aus ihm heraus. „Hey, spielst du wirklich überhaupt nicht mehr?"

Patrick dreht sich zu ihm um, und sein Blick gleitet über das Klavier. Er zuckt die Achseln. „Ich könnte schon, nehme ich an." Das *nehme ich an* scheint zwischen ihnen zu hängen. „Wenn ich wollte." Und Patricks Augen glitzern bei der unerwarteten Herausforderung.

Will setzt sich auf die Bank. „Ich kann auch ein bisschen spielen." Er legt die Finger auf die Tasten und klimpert ein langsames *This Old Man* mit Patzern an einigen Stellen. „Ich wette, du kannst das besser, du Genie", sagt er und lacht darüber, wie Patrick bei seinen Fehlern das Gesicht verzieht.

Patrick verdreht die Augen, aber er geht hinüber zum Klavier, schiebt Will beiseite und gibt ihm die beiden gefrorenen Snickers. „Das war unerträglich. Ich zeig dir jetzt mal, wie es geht."

Patricks lange, dünne Finger berühren leicht die Tasten, und nach nur einem kurzen Zögern erklingt eine jazzige, bluesige Version von *This Old Man.* Patricks Fuß bedient die Pedale, und sein Arm streift Wills Brust, als er über die Tasten fliegt und Schnörkel hinzufügt. Es ist schön und beinahe witzig, das alte Kinderlied so versiert gespielt zu hören.

„Ich wusste, dass ich das kann." Patrick freut sich diebisch.

Nun versammeln sich auch andere Gäste, aber sobald Patrick sie bemerkt, ist es vorbei. Er zuckt zurück, als hätte er sich verbrannt. Der vereinzelte Applaus nervt ihn sichtlich noch mehr. Er reibt sich die Hände und räuspert sich, dann steht er auf und sagt steif: „Und mehr kriegst du heute nicht von mir zu hören, Guglielmo."

Patricks Wimpern flattern, und seine Wangen sind blass unter den dunkelblauen Augen. Will möchte ihn an sich ziehen und den Arm um ihn legen und ihn vor den neugierigen Augen der Gäste abschirmen. Der Gedanke lässt ihn erstarren, und sie stehen einander gegenüber, bloßgestellt.

„Die Show ist vorbei“, sagt Will schließlich und lächelt den Leuten ringsum zu.

Die Atmosphäre wird dick und bedrückend. Die anderen Gäste gehen fort, flüsternd und Blicke zurückwerfend. Will räuspert sich. „Das war toll. Umwerfend.“

Patricks Augen blitzen, und er ist ganz starr vor verletztem Vertrauen, als er Will die Schokoriegel aus der Hand nimmt. „Wir sind jetzt hier fertig.“

„Warte.“ Er greift nach Patricks Handgelenk.

Patrick zittert, und seine Miene fällt in sich zusammen, völlig wehrlos. Will möchte *irgendwas* dagegen tun, aber er zwingt sich, Patrick loszulassen.

„Ich kann nicht“, sagt Patrick, als würde das etwas bedeuten. „Ich will nicht.“

Will weiß nicht, was er sagen soll, also bleibt er, wo er ist und lässt Patrick die Treppen nach oben nehmen, ohne ihn zu begleiten. Er will sich dafür entschuldigen, dass er Patrick zum Spielen verleitet hat, aber er weiß nicht wie.

***

Will lässt Patrick fest schlafend im Tallgrass zurück. Er macht sich in den frühen Morgenstunden auf die Suche nach etwas Einsamkeit und Kaffee, ehe er sein Tagewerk bei Gute Taten aufnimmt.

Die ganze Nacht hat er sich hin und her gewälzt und keinen Schlaf gefunden.

Er weiß nicht, ob es an dem unbequemen Sofa lag oder an der Erinnerung an Patricks Gesicht, nachdem er für Will gespielt hatte. Noch nie in seinem Leben hat er bei irgendjemandem einen derart verletzlichen Gesichtsausdruck gesehen. Nicht mal bei Ryan, als der ihm all seine Alkoholtrigger gestanden hat.

Niemand hat für Will jemals so zerbrechlich ausgesehen wie Patrick gestern Abend. Es war ein intimer, schrecklicher und nur zu vergänglicher Augenblick. Will möchte wissen, was da los ist, aber er kann nicht danach fragen. Er hat Angst, Patrick noch mehr zu verletzen, als er es ohnehin schon getan hat.

Aber seine Gedanken können sich nicht davon lösen. Als er mit einem Kaffee in Buckaroo-Größe aus dem Brown Gargle kommt und die Straße entlanggeht, ist er fast genauso müde wie nach der ersten Nacht, die sie miteinander verbracht haben, obwohl manche Körperteile von ihm entschieden weniger schmerzen. Andere dagegen tun höllisch weh.

Will reibt sich den Nacken und verwirft ein halbes Dutzend Ideen, wie er eine Matratze oder ein Klappbett in ihr Hotelzimmer schmuggeln kann, ohne Verdacht zu erregen.

Es ist noch früh am Morgen, und alle Läden sind geschlossen. Auch die Straßen sind recht verlassen, und Will wandert durch Old Healing, bis er gegenüber der Wohnung stehen bleibt, die er sich bis vor ein paar Tagen mit Ryan geteilt hat. Das Gebäude ist nicht besonders schön. Im Grunde ist es ein brauner, dreistöckiger Würfel mit zu kleinen Fenstern, aber es war sein Heim. Fast.

Er schaut hoch zu dem Fenster, hinter dem ihr – nein, *Ryans* – Schlafzimmer liegt. Es überrascht ihn zu erkennen, dass er bei all seinen Grübeleien über Patrick und das Klavier heute Morgen bis jetzt überhaupt noch nicht an Ryan gedacht hat.

Er fummelt an der braunen Papphülle seines Kaffeebechers herum.

Es ist noch gar nicht so lange her, dass er und Ryan fast glücklich miteinander waren. Nur ein paar kurze Monate eigentlich, bis Hartley bei den AA-Treffen auftauchte, die Ryan draußen im Reservat mitorganisiert hatte. Seither hat er allein und mit seinem Vater die Treffen der Anonymen Alkoholiker besucht. Will sollte sich für den Kerl freuen, dass es seinem Vater so gut geht, aber er kann einfach nichts dagegen tun, dass er eine Abneigung gegenüber Hartley hat. Seine Gegenwart hat von Anfang an einen Keil zwischen ihn und Ryan getrieben. Einen Keil, gegen den Ryan nichts unternommen hat. Und jetzt ist Ryan mit Hartley zusammen, berührt Hartley, schläft mit Hartley. Will kann nur vermuten, dass ein Teil von Ryan das von Anfang an gewollt hat.

Die Demütigung öffnet sich in ihm wie ein Zimmer, groß genug, dass er einziehen und es möblieren könnte. Er reibt sich über das Gesicht. Als er aufschaut, zieht Ryan die Haustür des Apartmentgebäudes hinter sich zu, ehe er seinen Schal richtet.

„Ryan, hey“, sagt er zaghaft.

„Will, äh, was ist los?“ Ryans Arme hängen locker zu seinen Seiten herab, und er blickt schläfrig, sanft und neugierig drein. Er sieht aus wie der Junge, in den Will sich verliebt hat.

„Bin auf dem Weg zur Arbeit. Und du?“

Ryan gähnt. „Ich hab heute eine Beratungssitzung im Reservat.“

„Triffst du Hartley?“

„Wüsste nicht, was dich das angeht."

„Nichts."

Ryan kratzt sich seine Bartstoppeln, dann nähert er sich Will vorsichtig, als fürchte er, Will könne ihn mit Ebola oder, schlimmer noch, *Gewissensbissen* infizieren. „Ich mach mir Sorgen um dich. Schau mal, wir sind zwar nicht zusammen, aber ich mache mir immer noch Gedanken über dich."

„Wenn du dir immer noch Gedanken über mich machst, was läuft dann zwischen dir und Hartley?"

Ryan spannt sich an. Es scheint ihm schwerzufallen, die Worte auszuspucken. „Lass ihn da bitte raus."

„Warum? Ich sehe doch schon seit Monaten, dass er hinter dir her ist, und die ganze Zeit sagst du: ‚Es hat nichts zu bedeuten, Will', ‚Du übertreibst, Will', ‚Es ist nicht so, wie du meinst, Will'. Also, dann sag mir doch mal, wie es *wirklich* ist, Ryan. Das würde mich echt interessieren."

Ryan windet sich. „Die Sache mit Hartley ist einfach irgendwie passiert, okay? Ich erwarte nicht, dass du verstehst, wie schwer mir diese Entscheidung gefallen ist, aber es war wirklich nicht leicht." Er sieht Will aus tiefschwarzen Pupillen an, die beinahe seine blaue Iris ausfüllen. „Im Übrigen hast du dich ja wohl auch ganz schön schnell anders orientiert."

Will presst die Lippen aufeinander und spürt ein Drücken in der Magengegend. „Tja, Patrick und ich sind auch einfach irgendwie passiert."

Ryans Gesicht verzieht sich, sein Kiefer spannt sich an. Will kann erkennen, dass er etwas Gemeines zurückhält. Er kennt Ryan nur zu gut.

„Aber ich hab auch immer noch Gefühle für dich, Ryan." Wenn er diese Sache jemals richtig machen will, muss er jetzt den Grundstein dafür legen. Ryan muss verstehen, dass er immer noch in seinem Herzen ist.

„Nein, hast du nicht."

„Ryan, du hast mir alles bedeutet."

„Dann ist alles dir nicht viel wert." Ryan seufzt und ringt nach Worten. „Okay, sagen wir mal so: Ich kann mir vorstellen, dass du mit ihm geschlafen hast, als du betrunken warst. Du wolltest immer Sex, wenn du betrunken warst. Aber ich kann immer noch nicht glauben, dass du ihn *geheiratet* hast."

Will sagt nichts. Er wüsste nicht, was. Er überlegt, ob er lügen und seine Liebe zu Patrick erklären soll, aber er ist zu müde und zu traurig. Stattdessen steht er einfach da und lässt zu, dass Ryan ihn mitleidig ansieht. Er hat es verdient.

Ryan verschränkt die Arme vor der Brust. „Ich glaube, du solltest dich bei mir entschuldigen."

„Wofür?"

„Dein neuer Ehemann war ein Arsch gegenüber mir und Hartley."

„Tja, du hast da auch keine besonders netten Sachen über mich gesagt, Ryan. Kann man es ihm übelnehmen?"

„Kann man es mir übelnehmen, dass *ich* angewidert bin, wenn ich ihn auch nur mit dir sehe?"

„Und was ist, wenn ich dich mit Hartley sehe?"

Ryan blickt weg. „Warum muss sich immer alles um dich drehen?"

„Weil du mir das Gefühl gibst, dass ich das Problem bin."

Ryan seufzt wieder. „Vielleicht bist du das auch, Will. Wenn du anders wärst, wäre es vielleicht nicht so mit uns zu Ende gegangen."

Wills Magen rebelliert, und er reibt sich über die Stirn im Bemühen, seine Gefühle so weit zurückzudrängen, dass er sie nicht auskotzen muss. Er steht kurz davor, in Tränen auszubrechen. Dann denkt er an Patrick und seine blöden langen hübschen Finger, die von den Molinaros ausdrücklich ins Visier genommen wurden, und er versucht, sich wieder unter Kontrolle zu bekommen.

„Du hast Recht. Tut mir leid. Ich wollte mich für dich ändern. Ich hab es versucht."

Ryan grinst, sichtlich bestätigt, aber immer noch wütend. „Schläfst du wirklich mit ihm?"

Will hebt die Augenbrauen. „Schläfst du denn nicht mit Hartley?"

„Das ist was anderes. Es ist nicht so wie das, was du von mir wolltest."

„Wie denn dann?"

Ryans Lippen zittern. „Er braucht nicht dasselbe wie du, Will. Er will nur, dass es mir gut geht."

Will starrt ihn an. Scham nimmt Besitz von ihm.

„Egal. Es geht dich nichts an. Ich hätte gar nichts sagen sollen. Wenn ich es dir sage, fühlt es sich schmutzig an."

Will drängt die Kotze zurück. „Was würdest du jemandem bei der Beratung sagen, wenn er in unserer Situation wäre?"

„Ich kann mich nicht selbst beraten, Will. Das ist Regel Nummer eins."

„Aber du berätst doch dauernd Menschen in ähnlichen Situationen. Ich kann nicht glauben, dass du ihnen *das* vorschlägst, um damit umzugehen."

Owen sagt immer, dass Ryan in Wills Gegenwart ein völlig anderer Mensch ist – dass er sich zu einem Fremden verwandelt, ganz anders als der verständnisvolle, warmherzige Mann, der er ist, wenn er im Reservat oder mit einem Ratsuchenden arbeitet.

Wenn Will sich nur in den Griff bekäme, dann könnte Ryan mit ihm ebenso warmherzig umgehen.

„Die Menschen, die ich berate, sind nicht in *solchen* Situationen. Nein, ich würde sagen, unsere Situation ist ziemlich einzigartig." Ryan sieht nachdenklich aus. „Aber ich glaube, ich würde ihnen raten, einander die Wahrheit zu sagen und weiterzumachen."

Ein Klischee, aber immerhin zielorientiert. „Und was ist deine Wahrheit, Ryan?"

Er starrt Will lange an. „Ich habe die Sache beendet, weil ich mir keine Zukunft mit dir vorstellen kann, bei der ich nicht einen Drink in der Hand hätte. Nicht, wenn du so selbstbezogen und total gestört bist. Deine sexuellen Ansprüche sind ekelhaft." Sein Kiefer spannt sich an. „Du wirst nie nüchtern bleiben. Du wirst nie die Stärke dafür haben. Ich weiß das besser als du selbst, und du bist ein hoffnungsloser Fall. Ich wollte nicht, dass du mich mit dir runterziehst."

Ryan geht und lässt Will mit seinem erkalteten Kaffeebecher und seinem vor Scham brennenden Magen dort stehen.

Kapitel dreizehn

„Willkommen zurück", sagt Don und greift nach Patricks Hand. „Es ist eine Ehre und ein Privileg, Sie im Team zu haben, ganz gleich, wie Sie in Atlanta weggegangen sind." Er hebt die Hand, um Patrick am Sprechen zu hindern. „Ja, ich habe mit Ihrem früheren Chef geredet. Aber ich teile seine Bedenken Ihretwegen nicht. Ich nehme es als Vertrauensbeweis an, dass Sie sich Will zuliebe entschieden haben, hier in Healing zu bleiben. Diese Stadt und seine Familie bedeuten ihm sehr viel."

Patrick weiß nicht, was er sagen soll, also klatscht er in die Hände. „Zeigen Sie mir den OP, beschaffen Sie mir ein Gehirn, und wir können die ganze Angelegenheit als Gewinn verbuchen."

Don schmunzelt. „Ich verstehe Ihre Ungeduld, wieder an die Arbeit zu gehen. Ich bewundere Ärzte mit Ihrer Entschlossenheit."

„Gehirne sind einfach mein Ding." Er erinnert sich, dass er etwas Ähnliches über Will gesagt hat.

„Leider haben wir zurzeit keine Fälle, die Ihre Fachrichtung erfordern, Dr. McCloud. Ich bin sicher, Sie sind gerade dabei, Ihre Patientenliste an uns zu übertragen, aber einstweilen liegen uns keinerlei Hirntraumata vor."

„Das geht in Ordnung. Sie haben doch bestimmt ein paar andere Patienten, um die man sich kümmern muss. Ich wende gerne auch ein paar meiner weniger speziellen ärztlichen Fähigkeiten an. Weisen Sie mich einfach ein, damit ich loslegen kann. Alles ist besser, als noch einen Tag im Hotel rumzuhängen und *Cupcake Wars* auf Netflix zu gucken."

Ein paar Stunden später ist Patrick vollständig eingewiesen. Er blättert in der ersten Krankenakte und geht in

Zimmer 312: Sarah Rogers, unvollständiger später spontaner Abortus.

Verdammt, die wird fertig sein. Das geht bestimmt nicht ohne Tränen ab.

„Patrick?“ Jenny steht vor einem Untersuchungsraum. „Was machen Sie denn hier?“

Er bleibt stehen und kratzt sich an der Nase. „Witzige Sache. Ich arbeite hier.“

Jenny schnieft und wischt sich über die Augen.

Er steht unbeholfen da. „Also, ich werd dann mal …“ Er macht eine Geste und will um sie herumgehen.

„Sie brauchen kein schlechtes Gewissen zu haben wegen dem, was Sie gesagt haben. Ich weine nicht, weil Sie so gemein zu mir waren oder so.“

Patrick stöhnt auf, kneift sich in den Nasenrücken und dreht sich wieder um. „Alles okay mit Ihnen? Haben Sie sich entschieden, es zu machen?“

Jenny verschränkt die Arme und nickt, ehe sie erneut ihre Augen abtupft. „Es ist das Richtige. Aber das Problem ist jetzt, dass er es nicht annehmen will. Er sagt, er kann mich nicht damit belasten, wenn ich nicht zur Familie gehöre. Verdammt, ich würde ihn am liebsten schütteln und schreien: ‚Nimm meine Niere, du Arschloch!‘ Herrgott! Verstehen Sie?“ Sie atmet tief durch und reißt sich zusammen. „Ich glaube aber, seine Frau wird ihn zur Vernunft bringen.“

„Gut.“ Patrick macht sich daran weiterzugehen.

Sie greift nach seinem Arm. „Patrick? Sie hatten so Recht. Ich war egoistisch und dumm. Wenn ich eine Niere bräuchte und jemand, der mir helfen könnte, würde nein sagen, weil er zu feige ist … Und die Gefahr bestünde, dass ich mich nicht mehr um Dylan kümmern könnte … Ich wäre so enttäuscht. Also, danke."

„Äh, nun werden Sie mal nicht … hm. Keine Ursache. Ich beleidige die ganze Zeit andere Leute. Das ist mein Job."

Jenny lächelt und tritt näher. „Ich hab Sie durchschaut, Patrick McCloud, und Will bestimmt auch. Sie sind ein guter Mensch. Das können Sie abstreiten, so viel Sie wollen, aber wir wissen es beide."

„Ich würde nie bestreiten, dass ich ein guter Mensch bin. Ich bin ein großartiger Mensch. Ist Ihnen das noch gar nicht aufgefallen?"

Sie lächelt, und ihre Augen glänzen ein bisschen. „Verstecken Sie sich nicht hinter dem angeberischen Großmaul, ja?"

„Jetzt fühl ich mich schäbig."

Jenny grinst. „Nachher einen Kaffee? Wenn Sie hier fertig sind?"

„Bringen Sie das Gör mit?"

„Natürlich."

„Dann haben wir definitiv ein Date." Patrick nickt und wendet sich wieder seiner Akte zu. „Bis dahin muss ich mich noch um einen eingewachsenen Zehennagel kümmern."

Er nickt in Richtung von Sarah Rogers Zimmer, wo ihn, wie er weiß, etwas weit Schlimmeres erwartet.

Fehlgeburten sind im besten Falle schrecklich und traumatisch, und wenn sie zu einem späten Zeitpunkt stattfinden, sind sie sogar noch schlimmer. Fügt man noch unvollständig hinzu, sind sie ein emotionaler Albtraum. Deshalb hat Patrick die Geburtshilfe gescheut wie der Teufel das Weihwasser.

Patrick verbringt weniger als acht Minuten bei Sarah Rogers, teilt ihr mit, was von der bevorstehenden Ausschabung zu erwarten ist, und erklärt, dass in Kürze die Pflegekräfte kommen, um ihr zu helfen. Das ist mehr Zeit, als er normalerweise mit einem Nicht-OP-Patienten verbringt, und er ist stolz darauf. Es gelingt ihm sogar, nicht ihren Ehemann zu beleidigen und ihr freundlich die Schulter zu drücken. Das ist etwas, was einer der Dozenten an der Uni, den er respektierte, mal gesagt hat: Wenn eine Frau ein Kind verloren hat, verdient sie eine tröstliche Berührung.

„Dr. McCloud!"

Patrick macht auf dem Absatz kehrt und hofft, dass er Wills Mutter ausweichen kann, die in die andere Richtung geht.

„Dr. McCloud, tun Sie nicht so, als hätten Sie mich nicht gehört."

Patrick stöhnt, wirft den Kopf zurück und wendet sich langsam Kimberly zu. Sie trägt eine enge Jeans und eine seidene, tief ausgeschnittene Bluse. Sie sieht aus, als wäre sie unterwegs zu einem heißen Rodeo oder einer sexy Cowboyparty, aber als Patrick sie das letzte Mal gesehen hat, war sie genauso angezogen, also nimmt er an, dass sie einfach immer so aussieht.

„Dr. McCloud, wir beide müssen uns mal kurz unterhalten."

„Wie bitte?"

Kimberly verschränkt die Arme vor der Brust und schaut mit einer geradezu komödiantischen Entschlossenheit zu ihm hoch. „Ich habe kein Vertrauen in Ihre Absichten mit meinem Sohn."

„Okay." Patrick wendet sich zum Gehen.

Kimberly greift nach seinem Arm. „Ich werde nicht zulassen, dass Sie ihn ausnutzen."

Patrick schnappt nach Luft. „Für die Löwenmutter-Nummer kommen Sie ein bisschen zu spät. Ich habe ihn bereits geheiratet. Lassen Sie mich los."

„Ich glaube nicht, dass Sie ehrlich sind."

Patrick schmunzelt. „Was Sie nicht sagen!"

„Und was ich bis jetzt von Ihnen weiß, gefällt mir nicht."

„Und was ist das, was Sie bis jetzt von mir wissen? Ist es mein einzigartiger Ruf als großartiger Neurochirurg, oder ist es meine liebevolle Bindung an Ihren Sohn?" Patrick reibt sich das Kinn. „Hm. Irgendwas davon passt nicht in die Reihe."

Kimberly stellt sich dicht neben ihn. Dieses Fehlen körperlicher Grenzen hat Will eindeutig von seiner Mutter gelernt. „Wie kann Don Sie einfach hier arbeiten lassen? Weiß er denn irgendwas von Ihnen?"

Tja, schon. Mein Ruf eilt mir voraus.

„Ich nehme an, das Wort Ihres Sohnes ist dem alten Donny genug. Und wenn Sie mich jetzt wieder an die Arbeit lassen, sorge ich dafür, dass ich ganz besonders nett zu dem nächsten jammernden Hypochonder bin, der auf meinem Plan steht."

„Reden Sie mit jedem so? Sie sollten sich was schämen."

„Patienten traumatisieren, Schwestern zum Weinen bringen, und das alles innerhalb eines Tages, Ms. Patterson – oder Mrs. Edison? Oder Mrs. Fleming? Oder Mrs. Molinaro? Tut mir leid, ich bin ein bisschen durcheinander."

„Patterson", presst Kimberly zwischen den Zähnen hervor.

„Also, adios, Ms. Patterson. Ich werd mich da drüben ein bisschen schämen." Er deutet zum Schwesternzimmer, wo er die nächste Patientenakte holen wird und wo die Schwestern nicht allzu erfreut darüber aussehen, dass er im Anmarsch ist. „Natürlich nur, wenn das für Sie in Ordnung ist, Mrs. Mol… Ed… Flem… Patterson."

„Nein, das ist ziemlich sicher *überhaupt nicht* in Ordnung für mich!"

„Oh, tatsächlich. Ich bin bei der Arbeit, sehen Sie das nicht? Ich habe im Moment keine Zeit für ein Tête-à-tête mit der Mutti meines Mannes."

Kimberly schnappt nach Luft, und Patrick winkt ihr zu, ein kleines Ta-ta über die Schulter, und wendet sich an die Schwester. „Geben Sie mal her."

Sie reicht ihm eine weitere Akte, und er blättert sie durch. Wills Mutter stolziert davon, und nur einen Moment lang fragt er sich, ob er netter zu ihr hätte sein sollen.

***

„Will, mein Schatz, geht's dir gut?", fragt seine Mutter am Telefon.

Will reibt sich den schmerzenden Nacken. „Klar. Glaub schon. Ich meine, wieso?"

Der Papierkram für Gute Taten ist fast erledigt, und er wird wohl noch einen Förderantrag durchgehen und die letzten drei E-Mails in seinem Postfach beantworten, ehe er wieder ins Tallgrass zurückkehrt.

„Ich bin zufällig Dr. McCloud im Krankenhaus begegnet, und er hat sich sehr unangenehm verhalten."

Will kann bei seinem Seufzer ein Lachen nicht unterdrücken. „Tut mir leid, Mama. Er ist manchmal ein Blödmann. Aber ich schwöre dir, er hat ein gutes Herz."

„War er auch so unverschämt, als ihr euch kennengelernt habt?“

Will erinnert sich, wie Patrick neben ihm an der Bar saß und spitze Bemerkungen über die sehr laute Trennung machte, die er soeben telefonisch mit Ryan vorgenommen hatte.

„Ja. War er.“ Aus irgendeinem bizarren Grund breitet sich auf seinem Gesicht ein Lächeln aus.

„Und das fandest du lustig? Anziehend? Attraktiv?“, fragt Kimberly mit deutlicher Empörung.

„Ja. Nein. Keine Ahnung. Er ist eben so, wie er ist. Ich kann nicht anders, ich bewundere das eben.“

Seine Mutter schnaubt. „Sorry, Will. Das verstehe ich einfach nicht. Er ist doch überhaupt nicht dein Typ. Ryan ist ein liebevoller Mann. Er war für uns beide da, als das so schlimm war mit deiner Trinkerei. Und wir sollten niemals vergessen, was er alles für dich getan hat! Er hat dir geholfen, trocken zu werden. Er hat dir *Sicherheit* gegeben. Und Dr. McCloud ist … Ich kann nicht mal sagen, was Dr. McCloud ist.“

„Das meine ich ja, Mama. Du *kennst* ihn gar nicht. Gib ihm doch eine Chance.“ Will spielt mit einem Kugelschreiber herum und denkt an Patricks Gesichtsausdruck bei dem Hotelklavier, diese Verwundbarkeit, die Will bis in die Grundfesten erschüttert hat. „Er wird im Laufe der Zeit schon auftauen. Das verspreche ich dir. Und dann erkennst du, was für ein wirklich anständiger Kerl er in seinem Inneren ist.“

„Mit etwas Glück wird es gar nicht nötig sein, ihm eine Chance zu geben.“ Kimberly macht ein sittsames Geräusch, das völlig allem widerspricht, was Will über ihre Vergangenheit weiß. „Hast du etwas von deiner Großmutter gehört? Konnte sie irgendetwas tun, damit dieser Fehler behoben werden kann?"

Will fordert sie auf, still zu sein, und wird wieder von Paranoia erfasst. Sicher werden seine Geschäftsleitungen nicht abgehört, aber bei den Molinaros kann man gar nicht vorsichtig genug sein. „Mama, ich weiß, es gibt da ein paar Sachen, die du nicht verstehst, aber ich bin sehr glücklich mit Patrick, erinnerst du dich? Und nein, Nonna hat nichts Neues von dem Projekt erzählt, an dem sie arbeitet. Es gibt da allerhand Verwaltungskram, und manche Menschen an einflussreichen Stellen machen die Sache kompliziert, aber sie hat versprochen, eine Möglichkeit zu finden."

„Wenn irgendjemand das schafft, dann deine Nonna. Es ist richtig, dass du ihr vertraust, Will. Mach es dir nur nicht zu einfach."

Will schnaubt. „Was meinst du damit?"

„Ich kenne dich, und du machst dir Gedanken. Das ist alles. Ich vertraue ihm nicht. Bist du sicher, dass du nicht in Gefahr bist?"

„Mama, ich bin nicht die Spur in irgendeiner Gefahr."

„Wenn du dir sicher bist."

„Bin ich."

„Wirklich richtig absolut sicher?"

„Mama."

Ein paar Minuten später legt Will den Hörer auf und fühlt sich ausgelaugt. Die dramatische Art seiner Mutter erschöpft ihn immer wieder. Er weiß, es ist nur ihre Sorge um ihn, aber er hat auch so schon genug am Hals, ohne dass sie noch seine Entscheidungen infrage stellt. Es frustriert ihn (obwohl auch *das* ihm wieder Schuldgefühle verursacht), dass am Ende immer *er* derjenige ist, der *ihr* Gewissheit geben muss.

Er erledigt hastig die letzten paar Punkte auf seinem Plan und macht auf dem Weg zum Tallgrass bei Jimmy's Halt, um etwas zu essen mitzunehmen. Er bestellt zwei Gyros und zwei Mac'n'Joes. Was Patrick haben will, weiß er nicht genau, aber er ist sicher, dass Patrick alles isst, was er mitbringt.

„Bist du irgendwie in Schwierigkeiten?", fragt Andy und beugt sich über die Theke.

Will nimmt die beiden Tüten entgegen, die Andy ihm reicht. „Was meinst du damit?"

„Du und dein sogenannter Ehemann. Gestern und heute war so ein Mann hier, ein Fremder. Er war in letzter Zeit oft hier."

„Ach ja?"

„Er hat komische Fragen über euch beide gestellt."

„Was für komische Fragen?"

„Woher ich dich kenne, und was ich über Dr. McCloud weiß. So Zeug halt. Ich hab ihn gefragt, warum er das wissen will und was er hier in Healing macht, und er meinte ‚Familienangelegenheiten', ohne Witz. Da musste ich an deinen, du weißt schon …" Andy sieht sich um, beugt sich vor und flüstert: „Deinen Vater denken."

Im Nacken bricht Will der Schweiß aus, und er sieht sich um, ob der Molinaro-Spion da mit einem Gewehr, einem höhnischen Grinsen und der Erklärung steht, dass das Geld im Treuhandfonds von Gute Taten verwirkt ist.

„Was ist denn da los? Will dieser Typ dir was tun? Ist das Erpressung? Wie kann ich dir helfen?"

„Ähm, alles okay, Andy. Danke für deine Fürsorge, aber alles ist in bester Ordnung."

„Es geht um die Ehe und dass sie vorgetäuscht ist, oder?"

Will blinzelt ihn an. „Was?"

Andy zuckt die Achseln. „Ich spiel ja mit. Ich hab beschlossen, solange du nicht mit einem blauen Auge auftauchst oder zu Tode verängstigt bist, werd ich so tun, als würde ich glauben, dass er dich liebt und du ihn. Aber für mich warst du viel zu lange mit Ryan zusammen, um dich in …"

„Andy, ich liebe ihn wirklich." Wills Herz rast wie verrückt.

Er verdreht die Augen. „Ja. Na klar. Wie dumm von mir, daran zu zweifeln."

„Andy …"

„Schsch. Ich versteh schon. Jetzt ergibt das alles einen Sinn. Mafiazeug, hab ich Recht?"

Will schüttelt den Kopf. „Ich weiß nicht, wovon du redest."

„Wenn du zu tief drinsteckst, sag mir einfach Bescheid, ja?" Will ist belustigt, wie Andy sich erneut umsieht, um sicherzustellen, dass niemand zuhört, obwohl das Restaurant leer ist. Dann beugt er sich wieder vor. „Ich hab gute Beziehungen. Beim FBI. Ich kann dir den Rücken stärken, Will. Wenn du irgendwas brauchst. Selbst wenn es Hilfe ist, um aus dieser sogenannten Ehesituation rauszukommen. Du bist mein Bro." Er klopft sich mit zwei Fingern auf die Brust, irgendein Gangsta-Zeichen. „Und außerdem kann ich Jiu-Jitsu."

„O-kay. Das merk ich mir. Danke." Will hebt die Tüten als eine Art Abschiedsgruß und geht mit heftig klopfendem Herzen zur Tür raus. Er sieht sich nach dem dunklen Mann im schwarzen Mantel um, während er zum Tallgrass zurückgeht. Dann fällt ihm ein, dass der Mann im Tallgrass *wohnt*, also wozu sollte das gut sein?

Er unterbricht seine paranoide Wachsamkeit, um sich zu fragen, ob er sich über Andys Skepsis in Bezug auf seine Ehe zu Patrick Sorgen machen muss. Bisher scheint er der Einzige in der Stadt zu sein, abgesehen von Ryan, Owen und Wills Familie, der irgendeinen Verdacht bezüglich der Heirat geäußert hat. Fast alle anderen haben sich erstaunlich für ihn gefreut und herzlich gratuliert.

Nach ein paar Minuten des Grübelns schüttelt Will die Gedanken ab. Andy ist nun mal ein komischer Kauz. Den größten Teil des letzten Jahres hat er einen Rock getragen, um gegen kulturell bedingte Einschränkungen der Herrenbekleidung zu protestieren. Die Leute halten ihn nicht für vollkommen glaubwürdig. Will hat genug damit zu tun, sich zu sorgen, ob wirklich ein Molinaro-Spion in der Stadt ist, der Fragen über ihn und Patrick stellt.

Erst als er im Aufzug zum Hotelzimmer hochfährt, fällt es ihm auf. Andy hatte nicht geglaubt, dass er zu einer Ehe mit Patrick fähig wäre, und hat Will gefragt, ob er Hilfe aus seiner Situation brauche. Hartley hat dasselbe getan. Aber Ryan? Nein. Ryan hat überhaupt keine Hilfe angeboten.

Will muss die Tüten kurz abstellen, eine Woge des Schwindels überrollt ihn. Seine letzte Mahlzeit ist schon eine Weile her. Als der Aufzug klingelt und die Tür aufgleitet, steckt er sich drei Pfefferminzbonbons aus seiner Jackentasche in den Mund, um seinen Zuckerspiegel zu erhöhen, ehe er umkippt.

Während er die Tür aufschließt, versucht er, ein bisschen Munterkeit zu simulieren. „Schatz, ich bin zurück! Und ich hab Abendessen mitgebracht!“ Er bleibt stehen und umklammert die Tüten fester, während sein Schwanz sich schlagartig mit Blut füllt.

„Stell's einfach da hin." Patricks Arsch ist in der Luft, die Hände flach auf dem Boden, und er trägt nichts als seine schwarzen kurzen Boxershorts. „Ich esse, wenn ich hier fertig bin."

Will starrt Patrick an, wie der sich dreht, seinen geschmeidigen Körper, seine starken, gelenkigen Beine.

„Was machst du da?"

„Das ist der Platte Hund. Und das …" Patrick bewegt sich mit sorgfältiger, langsamer Kraft abwärts. „Ist die Plank-Position." Die Muskeln seiner Arme, seines Rückens und seiner Schenkel sind wie Drahtbündel, und Wills Mund wird trocken, als er sich daran erinnert, wie deutlich er sie unter seinen Händen gespürt hat.

„Scheint ganz schön harte Arbeit zu sein."

Patrick antwortet nicht. Will wendet sich ab, um das Essen auf den Tisch zu stellen, denn wenn er weiter zusieht, wird noch etwas anderes hart. Er konzentriert sich auf seinen Bluttest, um sicherzustellen, dass die Pfefferminzbonbons ihren Zweck erfüllen.

Er räuspert sich und wirft einen Blick über die Schulter auf die spielenden Muskeln in Patricks Rücken. „Als wir uns kennengelernt haben, hätte ich nicht gedacht, dass du Yoga machst."

Patrick grunzt. Er ist jetzt in einer Position, in die zu verbiegen Will sich nicht einmal vorstellen kann.

„Ich meine, du scheinst gar nicht so der Om-Typ zu sein."

„Yoga, und auch Meditation, sind legitime, effektive und wissenschaftlich nachgewiesene Mittel zum Zweck: körperliche Gesundheit und die Verringerung von mentalen Belastungen. Mit anderen Worten, es hilft mir, gesund zu bleiben." Patrick begibt sich in eine aufrechte Position, schwingt die Arme über den Kopf und führt sie dann zu einer Art Gebetshaltung vor der Brust zusammen. „Gesundheit ist etwas, das du sicherlich ausprobieren könntest. Und dieser ganze spirituelle Hokuspokus hat überhaupt nichts damit zu tun."

„Sagt der Mann, der an Astrologie glaubt."

„Klar, typisch Waage."

Will fühlt die Hitze in seine Wangen steigen. „Yoga scheint jedenfalls nicht zu schaden, insofern es auch den Rest von dir in Form hält."

Patricks Lippen verziehen sich zu einem Grinsen.

Will räuspert sich und wendet sich wieder den Essenstüten zu. Er hält Patrick den Rücken zugewandt, während er die Takeaway-Schachteln auf dem kleinen Esstisch auspackt. „Also, willst du Gyros oder Mac'n'Joes, mir ist es nämlich egal."

Patricks Atem kitzelt an Wills Ohr, und seine Körperwärme erhitzt Wills Rücken. „Mir ist es auch egal. Ich überlasse es dir." Er greift um ihn herum und nimmt sich eine der Styroporschachteln, ohne hineinzusehen.

Will schluckt und deutet auf die Schachtel, die noch auf dem Tisch steht. „So geht es auch."

Er weiß nicht genau, was gehen wird, aber es wird gehen, solange sein Schwanz aufhört, sich wie ein Verräter aufzuführen, und sein Gehirn aufhört, ihm Bilder zu liefern, wie Patrick sich vornüberbeugt und Wills Finger in seinen engen, heißen – o Gott!

Er schüttelt sich.

„Hmm, Gyros", murmelt Patrick von der Bettkante. „Total lecker."

Wills Augen flattern und schließen sich, als er sich an den Tisch setzt und die Serviette im Schoß ausbreitet. Egal wie

Patrick fast nackt aussieht, sie werden es nicht noch mal machen. Es wäre falsch. Weil Will Ryan liebt.

Wen versuchst du hier eigentlich zu überzeugen?

Er seufzt, testet sich noch mal, berechnet seine Insulindosis, spritzt sich und fängt an zu essen. Ein Mac'n'Joe ist immer lecker. Obwohl er im Moment etwas schwer zu schlucken ist.

Kapitel vierzehn

Eine Woche vergeht, und Will stellt fest, dass er wie bei den meisten üblen Dingen, die ihm geschehen sind, nicht das Niveau von Qual und Empörung aufrechterhalten kann, das er anfangs empfunden hat. Ryan und Hartley zusammen zu sehen ist immer noch furchtbar schmerzlich, aber er konzentriert sich auf Gute Taten, sucht nach Weihnachtsgeschenken für seine Freunde und Familie und trainiert im Fitnessraum des Hotels.

Die restliche Zeit verbringt er damit, mit Patrick über Verbesserungen der neurologischen Abteilung nachzudenken. Erstaunlicherweise verschafft der Fortschritt, den sie gemeinsam machen, ihm regelmäßige Glücksmomente, und er beginnt, eine Menge Selbstvertrauen und Stolz aus ihrer Arbeit zu ziehen.

Patrick scheint es genauso zu gehen. Nachdem er seinen früheren Assistenten noch ein paar Mal angerufen hat, damit dieser den Inhalt seiner Mietwohnung in Atlanta einpacken und lagern lässt, scheint Patricks altes Leben vollständig abgeschlossen zu sein. Er kümmert sich nur noch darum, dass sein chirurgisches Team in die Gänge kommt, und macht Termine mit den Patienten auf seiner Warteliste. Aber soweit Will das beurteilen kann, liegt Patricks Hauptfokus darauf, mehr Geld von Gute Taten auszugeben. Er will ein neues Equipment, noch bessere Labore und höhere Gehälter für die Schwestern in seinem Team.

„Ich kann keine erstklassigen Gehirnverletzungen in eine unterdurchschnittliche Klinik bringen“, ist Patricks Erklärung. *„Jeder Tag, an dem das Healing Regional nicht in der Lage ist, meine potenziellen Patienten aufzunehmen, ist ein weiterer Tag, an dem ein*

Mensch stirbt, weil ich nicht derjenige bin, der seinen Kopf operiert. Gib mir einfach einen Blankoscheck." Will ist beinahe bereit, genau das zu tun.

Im Laufe der Tage, Will ist nicht ganz sicher wann, fängt er an, sich auf die Abende mit Patrick im Tallgrass zu freuen.

„Komm schon, so schlecht ist das nun auch nicht", sagt er, als Patrick das Sushi ausspuckt, das Will im Lebensmittelladen geholt hat, nachdem Patrick ihm vorgejammert hat, wie sehr er seinen Lieblingsjapaner in Atlanta vermisst.

„Falls du mit ‚nicht so schlecht' meinst ‚nur ein bisschen ranzig', dann hast du Recht."

Sie sitzen am Tisch des Hotelzimmers. Will angelt sich mit der Gabel ein Stück von Patricks Teller. Er schiebt es sich in den Mund, grinst breit, um Patrick zu widerlegen, und fängt prompt an zu würgen. Sein Sushi landet neben Patricks auf der Serviette.

„O mein Gott, ist das widerlich."

„Die Segnungen von Healing", sagt Patrick, hält die Serviette zur Decke hoch und schließt die Augen, als spreche er ein Gebet. Dann bringt er die Serviette und die restlichen Sushi ins Badezimmer. Will lacht, als er die Toilettenspülung hört.

„Der Gott des Porzellans hat das Opfer bereitwillig angenommen." Patrick greift nach dem Telefon. „Zimmerservice? Bringen Sie mir bitte das Übliche und ein Stück Pekannusstorte für Will." Er sieht hoch. „Du fährst doch immer noch darauf ab, oder?"

Wärme durchströmt Wills Brust. „Ja, aber ich muss dann meine Insulindosis anpassen." Er nimmt noch einen Bissen von seinem vegetarischen Humus-Wrap. Patrick bestätigt die Tortenbestellung und legt auf.

„Die letzten paar Tage waren deine Blutwerte gut“, sagt Patrick, als er sich ihm gegenüber hinsetzt, und nickt.

„Woher weißt du das?“ Es ist ja nicht so, als würde er Patrick die Werte im Allgemeinen bekanntgeben.

„Es gibt Anzeichen dafür.“

„Wirklich?“

Patrick nickt. „Du wirst reizbar und reibst dir häufig über das Gesicht, wenn die Werte sinken. Und wenn sie hoch sind, wird die Haut um deinen Mund herum weißer als normal. Sieht immer so aus, als hättest du Lippenstift aufgetragen.“

„Oh. Ha.“ Er blickt auf seine Hände und betrachtet seine Nägel. Das ist noch nie jemandem aufgefallen. Er wusste es selbst nicht mal. Warum hat noch nie jemand sich die Mühe gemacht, auf diese Anzeichen zu achten, und sei es nur, um ihn vor der Unterzuckerung zu beschützen?

Will hatte in den letzten paar Tagen in der Tat eine Reihe von guten Ergebnissen. Ideales Management, wirklich. Er fragt sich, ob es daran liegt, dass Patrick so genau auf Wills Ernährung achtet und ihn, weil er selbst so viel isst, daran erinnert, häufig kleine Portionen zu sich zu nehmen. Vorher hat Will manchmal vergessen zu essen, bis er zittrig und schwindlig wurde.

Patrick sieht hoch und lächelt. Wills Herz stolpert bei der strahlenden Helligkeit seiner Zähne hinter den weichen Lippen. „Weißt du, was ich an Atlanta vermisse?“

„Sushi?“

Patricks Lächeln erstrahlt erneut. „Außer Sushi.“

„Kubanisches Essen.“

„Außer kubanischem Essen.“

„Soul Food.“

„Nein, verdammt, ich vermisse Gehirne!“

Will lacht.

„Mir juckt es richtig in den Fingern nach einem stereotaktischen Lasergerät und ein bisschen wabbeliger Gehirnmasse, an der ich es einsetzen kann.“

„Willst du, dass ich dir eins besorge? Soll ich meine Molinaro-Gene nützlich einsetzen? Ein paar Leute aus großer Höhe schubsen? Menschen mit Blumenvasen auf den Kopf hauen wie bei *Magnum*?“

„Ich kann einfach nicht verstehen, wie sehr du diese Wiederholungen liebst. Du stehst doch nur auf den Schnäuzer.“

Will schnappt nach Luft. „Du kannst doch wohl nicht leugnen, dass Tom Selleck ein heißer Feger war.“

„Ich gebe zu, dass ich auf eine haarige Brust abfahre, aber auf haarige Oberlippen nicht so sehr.“

Wills Finger wandern verlegen zum obersten Knopf seines Hemdes und berühren das lockige, blonde Brusthaar. Er erinnert sich, wie Patrick sein Gesicht daran gerieben hat, als sie in Las Vegas gebumst haben. Er errötet, kehrt aber entschlossen zum Thema der Gehirnbeschaffung für Patrick zurück. „Willst du, dass ich jemanden mit meinem Auto überfahre?“

„Klar. Wen denn? Nein, lass mich raten. Den heißen Hartley.“

Will spürt, wie sein Lächeln an Freude verliert, aber an boshaftem Vergnügen gewinnt. „Ich glaube, der verdient eher das Runterschubsen aus großer Höhe.“

Patrick denkt darüber nach und nickt. „Ja, das ist doch mal ein Plan. Ich werde ihm mehr Haare abrasieren als notwendig, wenn ich ihn wieder zusammenflicke, nur damit er noch ein bisschen zusätzlich leidet.“

„Das würdest du für mich tun?“ Will grinst.

„Klaro. Sag einfach, dass ich der großzügigste Mann bin, den du kennst."

„Tja, das ist gar nicht so weit von der Wahrheit entfernt. Du bist unheimlich freigiebig."

Patricks Gesichtsausdruck verändert sich – eine Andeutung von Erröten, das dann wieder verschwindet. Will räuspert sich. Er wollte es nicht so zweideutig klingen lassen. Er wollte damit nur sagen, was Patrick alles für ihn getan hat, seit dieses ganze Chaos angefangen hat, und stattdessen denkt er jetzt darüber nach, wie großzügig Patrick im Bett ist und wie gut ausgestattet, und er wird hart, was einfach ätzend ist.

In solchen Augenblicken wünscht Will sich, sie wären schon geschieden. Aber der Moment vergeht, und Patrick freut sich über den Typen vom Zimmerservice mit der üblichen Begeisterung für Essen, wenn auch nicht für die liefernde Person.

„Hier. Fünf Dollar extra und dafür kein Schnickschnack. Geben Sie einfach die Ware her und überlassen Sie mir dieses prachtvolle Stück Rindfleisch." Patrick schlägt Perry die Tür vor der Nase zu. Er geht um den Tisch herum zum Sofa und schaltet, den Teller auf den Schenkeln balancierend, den Fernseher an. „Setz dich so hin, dass ich dich essen sehen kann. Auch wenn du die Dosis angepasst hast, ist eine Menge Zucker in der Nusstorte. Ich will nicht, dass du zusammenklappst."

Nachdem er sich erneut gespritzt hat, setzt Will sich neben ihm auf das Sofa, und Patrick setzt sich so hin, dass er sowohl den Bildschirm sehen als auch Will im Blick halten kann.

„Danke“, murmelt Will. Der erste Bissen ist himmlisch. Der zuckrige Kern zergeht auf der Zunge, und er seufzt glücklich.

Patricks Blick ruht auf seinem Mund, und er klingt ein bisschen kurzatmig. „Ich bezahl das ja nicht. Es ist deine Kreditkarte und geht auf die Zimmerrechnung.“

„Nein. Danke, dass du dich kümmerst und mich im Auge behältst.“

Patricks Lächeln ist sanft, und seine Augen sind warm. „Ich hab dir doch schon gesagt, ich will nicht, dass diese Molinaros sich an mir rächen, wenn du unter meiner Obhut wegstirbst.“ Aber irgendwie hört es sich an, als würde er sagen: *Ich mag dich viel zu gern, als dass ich dir etwas zustoßen ließe.*

Will wird innerlich ganz flatterig, als würden sich da tausend Raupen in Schmetterlinge verwandeln.

Patrick wendet den Blick von Wills Mund zum Fernseher. „Oh, schau mal. *Family Feud.* Es ist echt verblüffend, was für Idioten die für diese Sendung einsetzen.“

Und der Bann ist gebrochen.

Will isst schweigend seinen Kuchen, vermisst die Schmetterlinge und ignoriert geflissentlich, was das bedeuten könnte.

***

Patrick sitzt in dem bequemen Ledersessel gegenüber von Wills Schreibtisch bei Gute Taten, liest sich die neuesten Threads der *Hurting-Times*-App auf seinem Handy durch und lauscht dem Geräusch von Wills Fingern auf der Tastatur, während er die letzte E-Mail des Tages beantwortet.

„Du gehst deinen Freunden wohl aus dem Weg, was?“, fragt Patrick. „Glaubst du nicht, das könnte verdächtig aussehen?“

„Wovon redest du?“ Will tippt immer noch.

„Im Forum der *Hurting Times* reden alle davon, dass du dich mit mir im Tallgrass vergraben hast und weder Anrufe noch SMS von, ich zitiere, ‚lebenslangen Freunden‘ beantwortest.“

Will wendet sich vom Bildschirm ab und starrt Patrick an. „Du verfolgst die *Hurting Times*?“

„Natürlich.“ Er wedelt vor Will mit dem Smartphone herum. „Da steht mehr drin als in der sogenannten Zeitung hier. Es ist ein verblüffendes und bodenloses Fass von Klatsch.“

„Über Leute, die du nicht kennst.“

„Einige davon kenne ich schon. Es gibt zum Beispiel jede Menge Seiten über deine Mutter.“

Will hebt die Hand. „Ich will das nicht wissen.“

„Dann willst du also behaupten, du hättest da nie reingesehen? Nicht mal um nachzuschauen, was sie über dich sagen? Oder über Ryan?“ Patrick sieht Will schüchtern an. „Oder Hartley?“

Wills Wangen röten sich, und seine Lippen bewegen sich wortlos. Natürlich hat er reingesehen – Patrick erkennt es.

„Na schön. Ich hab geguckt, was sie über Hartley geschrieben haben, ehe ich die Stadt verlassen habe, und …“ Er grinst und schüttelt den Kopf. „Es war nur Gutes.“

„Tja, sie finden, er ist eine stabile Beziehung für deinen Ryan.“

„Ha! Sie haben immer gedacht, Ryan wäre eine stabile Beziehung für *mich*“, stößt Will bitter hervor.

„Ich nehme an, sogar ein stabiler Typ braucht eine stabile Beziehung."

Will wendet sich wieder seinen E-Mails zu, aber seine Finger bewegen sich nicht über die Tastatur. „Lies dir nicht die Threads über dich durch. Die werden dir nicht gefallen."

„*Au contraire, mon frère.* Ich finde es super, was sie über mich sagen. Offensichtlich bin ich der leibhaftige Satan, sagen ‚anonyme Quellen im Krankenhaus', alias die Schwestern. Schauen wir mal, jemand, den ich schwer im Verdacht habe, Ryan zu sein, sagt, ich bin ein Mistkerl ohne moralische Prinzipien, und dann gibt es Leute, die behaupten, sie hätten Gutes von Andy und Jenny gehört. Sie sagen, deren Wort und deine Heirat mit mir wären Beweis genug, dass ich eigentlich ein guter Mensch bin."

„Hör einfach auf, bitte." Will reibt sich das Gesicht und lehnt sich im Stuhl zurück. „Du bist gerade so ein Blödmann."

Patrick wirft einen Blick zur Uhr. „Wann hast du zu Mittag gegessen?"

„Vorhin. In der Mittagspause. Was glaubst du denn?"

„Ha. Teste dich mal. Und dann isst du das hier." Er wirft Will einen kleinen Snickers-Riegel zu. „Also, nachdem du ein paar von deinen Bonbons aus der Schublade gegessen hast. Das wird dich auf den Beinen halten bis zu dem Abendessen mit deiner Oma und ihrer Geliebten." Er grinst. „Das ist sie jedenfalls laut *The Hurting Times*."

„Reba ist …", beginnt Will, testet sich und verdreht die Augen. Dann öffnet er die Schreibtischschublade und holt ein Glas mit weißen und ein paar roten Münzen hervor, gefolgt von einer großen Tüte einzeln verpackter Pfefferminzbonbons. Er öffnet ein gelbes und schiebt es sich in den Mund. Es dauert nur einen Moment, bis das Bonbon wirkt. „Na gut, ich hab keine Ahnung, was Reba für Nonna wirklich ist.“

Patrick zuckt die Achseln. „Spielt das eine Rolle?“

„Für mich nicht.“

„Dein Mangel an Neugier ist bedauerlich.“ Patrick betrachtet das Glas mit den Münzen. Es ist halb voll. Er weiß, was das ist. „Das sind aber viele weiße Münzen. Und viele silberne.“

Will wickelt langsam das kleine Snickers aus und steckt es in den Mund. Ein paar Sekunden lang kaut er schweigend. „Ich hab die neun Monate nie geschafft“, sagt er, nachdem er heruntergeschluckt hat.

Patrick zuckt die Achseln. „Mein Vater hat nie einen Monat geschafft. Ihn hast du auf jeden Fall geschlagen.“ Er deutet auf die anderen farbigen Münzen zwischen den weißen. „Wenigstens ein paar Mal.“

„Ein paar Mal hab ich sechs Monate geschafft, und ich war schon auf dem Weg zu neun.“ Will sagt das mit einem seltsam bitteren Unterton, als sei er beinahe stolz, dass er es versiebt hat. „Ich hätte nur noch drei Wochen gehabt. Vor Vegas.“

Patrick lässt das auf sich wirken, dann steht er auf, greift nach dem Glas und öffnet es.

„Was machst du denn da?“

Er holt eine weiße Münze heraus und hält sie Will hin. „Du brauchst nur die. Der Rest sind bloß Andenken an dein Scheitern, und wer zum Teufel braucht so was?“ Er schüttet sie in den Papierkorb neben Wills Schreibtisch und wirft auch das Glas hinein. „Fang von vorne an. Du hast eine weiße Münze und elf Tage darüber hinaus. Das ist genug. Quäl dich nicht mit Sachen herum, die du letztes

Jahr oder im Jahr davor oder überhaupt jemals getan hast. Lass alles hinter dir außer der Gegenwart."

Will starrt ihn mit offenem Mund an. In seinem Mundwinkel ist ein Schokoladenfleck, und Patrick möchte sich herunterbeugen und ihn ablecken. Er schiebt das Handy in die Tasche und nimmt Mantel, Schal und Handschuhe von der Garderobe neben Wills Bürotür. „Komm, wir gehen. Ich verhungere gleich."

Gerade als er Wills Büro verlassen will, sieht er einen älteren, kahlköpfigen Mann in der Tür stehen, der ihn mit einem merkwürdigen Gesichtsausdruck anschaut.

„Owen." Will steckt die weiße Münze ein, die Patrick ihm in die Hand gedrückt hat. „Das ist Patrick." Er steht auf und deutet zwischen den beiden hin und her. „Patrick, das ist Owen, der Justiziar von Gute Taten und mein AA-Sponsor."

„Schön, Sie kennenzulernen", sagt Patrick. „Übrigens habe ich gerade Ihre Arbeit erledigt."

„Meine Arbeit?"

„Die Sponsorenarbeit." Patrick betrachtet Owens weiches Gesicht und seinen verknitterten Anzug. Er sieht müde aus, aber das ist keine Entschuldigung. „Lassen Sie mich raten, Sie sind wahrscheinlich gut in Akzeptanz und Liebe und diesem Kram, oder?" Er wackelt vor Owen mit den Fingern, als wäre das alles eine Art Voodoo. „Aber irgendjemand muss dafür sorgen, dass er sich mal von der Vergangenheit löst. Ich will nie wieder sehen, dass er mehr als eine Münze hat."

Der offensichtlich verwirrte Owen nickt nur. „Bei den AA hat jeder so seine eigenen Präferenzen in Bezug auf …"

„Nein. Das bestärkt nur die Hoffnungslosigkeit."

Owen sieht nervös zu Will herüber, der immer noch hinter seinem Schreibtisch steht. „Alles okay?"

„Ja." Will lächelt und schüttelt den Kopf, als wäre er von dieser Tatsache überrascht. „Alles prima."

Owen wirft Patrick einen argwöhnischen Blick zu. „Wenn du sicher bist ..."

„Ach, um Himmels willen", murmelt Patrick und schiebt sich an Owen vorbei, um das Büro zu verlassen. „Ich bin nicht der Sensenmann, der nach Healing geschickt wurde, um Wills Leben zu zerstören und Pflegekräfte und kleine Kinder einzuschüchtern."

„Ist schon okay", sagt Will, während er nach seinem Mantel und den Handschuhen greift. „Er hat Hunger, und er hat Recht. Das macht ihn immer zum Löwen. Aber ich schwöre, es ist alles in Ordnung."

Owen packt Will an der Schulter und sieht ihn bedeutsam an. Will zuckt die Achseln, und Patrick ist hier fertig. Er geht den kurzen Flur runter, an der blonden Empfangsdame vorbei, deren Namen sich zu merken er sich nicht die Mühe gemacht hat, und hinaus auf den Healinger Bürgersteig.

Die kalte Luft sticht ihm in die Nase, und er reibt sie sich. Als er ohne Will zum Tallgrass geht, weiß er nicht, warum er so wütend ist, dass Owen Wills Selbstgeißelung mit diesen Münzen so lange zugelassen hat. Aber er ist es, wirklich.

***

„Natürlich ist der Mann ein Spion, William. Was hast du denn anderes erwartet?"

„Nonna ..."

„Dein Vater ist sehr an deinem Glück interessiert." Sie verdreht die Augen. „Aber das ist nicht die wichtige Angelegenheit, über die ich mit dir sprechen wollte. Liebling, alle lassen sich darüber aus, dass du dich mit deinem Mann so abschottest." Eleanoras Ringe glitzern im schwachen Licht der Kerzenleuchter des Meadowlands.

Das recht schicke Restaurant in der Lobby des Tallgrass ist voller Menschen, die meisten davon scheinen Hiesige zu sein, obwohl Patrick auch ein paar Pflegekräfte und Ärzte aus der Klinik entdeckt, die in separaten Gruppen zusammensitzen und gemeinsam essen. Er fragt sich, ob er jemals dazugebeten werden wird. Da er weiß, wie beliebt er sich bereits im Krankenhaus gemacht hat, wahrscheinlich nicht. Früher hat ihm das nie etwas ausgemacht, also wüsste er nicht, warum das jetzt anders sein sollte. Wenigstens Don mag ihn.

„Offenbar hat Caitlin ihren Freundinnen in der Schule erzählt, dass selbst sie Patrick noch nicht kennengelernt hat. Sämtliche Teenager tuscheln über ihn. Soviel ich weiß, glauben sie, der S. E. X. wäre so gut, dass ihr einfach nicht das Zimmer verlassen könnt."

Patrick bläst sich auf.

Reba lässt eine raue Hand durch ihr lose herabhängendes dunkles Haar gleiten und murmelt: „In der Stadt ist es zu einer richtigen Auszeichnung geworden, wenn man von sich behaupten kann, Patrick kennengelernt zu haben."

„Wenn sie wirklich das Vergnügen meiner Bekanntschaft haben wollen", sagt Patrick, „bin ich ja nicht so schwer zu finden. Ich bin im Krankenhaus, hier bei Will oder im Brown Gargle mit Jenny."

Will sieht mit zusammengezogenen Augenbrauen zu ihm hinüber. „Das wusste ich ja gar nicht."

„Was?"

„Das mit Jenny."

Patrick greift nach seiner Hand und tätschelt sie. „Alles gut, Schnuckiputz. Sie ist hübsch, aber sie kann dir nicht das Wasser reichen. Nicht genügend Haare auf der Brust, und ihr Schwanz ist nicht groß genug."

Reba verschluckt sich an ihrem Wein, und Eleanora legt ihr die Hand auf die Schulter, bis Reba sie fortwedelt.

Wills Gesicht hat die Farbe des Tischtuchs angenommen: ein weihnachtliches Rot. „Patrick, bitte."

Patrick entschuldigt sich nicht oft, aber Eleanora könnte letztlich der Schlüssel zu seinem Ehegefängnis sein. „Sorry, meine Damen. Ich habe meine Manieren vergessen."

Eleanora schnaubt auf verfeinerte, damenhafte Weise und hebt ihr Glas. „Auf die Aufrichtigkeit. Genau, wie ich es mag."

Will zögert anzustoßen, aber Patrick hebt freudig seine Limonade, und alle Gläser klingen gegeneinander. Er achtet genau darauf, dass Will etwas trinkt, und lächelt ihm dann zu. Will verdreht die Augen.

„Also", sagt Eleanora. „Du hast Patrick doch von Thanksgiving erzählt, William, oder?"

„Ich hab gar nicht mehr daran gedacht, Nonna. Tut mir leid. Ich hatte so viel zu tun."

Eleanora verengt die Augen mit leiser Verärgerung, doch sie klopft sanft gegen Wills Wange. „Natürlich, Liebling." Sie wendet sich Patrick zu. „Wir feiern Thanksgiving und Weihnachten jedes Jahr bei Betty, aber sie ist zu Besuch bei ihrem Bruder in Florida und bräunt ihren runden Po. Deshalb werde ich zum ersten Mal seit zehn Jahren", sie breitet dramatisch die Hände aus, so dass ihre Ringe aufleuchten, „die Thanksgiving-Feier bei mir zu Hause ausrichten."

Reba beugt sich nahe genug herüber, dass Patrick ihr Shampoo riechen kann: Rosmarin und Minze. „Betty ist eine liebe Frau und kann wunderbar kochen, aber Eleanora hat es vermisst, die Familie zu bewirten."

Eleanora schnaubt leise. „Ich habe nie verstanden, warum mir die Gastgeberinnenrolle nicht zugestanden wurde. Sie begründen es damit, dass ich keine Blutsverwandte bin." Sie lässt es so klingen, als wäre diese Qualifikation vollkommen absurd. „Sicher, William ist der einzige Patterson, mit dem ich verwandt bin, aber das sollte doch überhaupt keine Rolle spielen. Er ist mein Lieblingsenkel, und mittlerweile kenne ich Kimberly besser als meinen eigenen Sohn. Ich bin ebenso sehr Familie wie alle anderen. Ich habe mir diese Position verdient, oder nicht?"

„Natürlich, Nonna."

„Nicht, dass die Pattersons nicht nervtötend wären. Verlogen, scheinheilig und ständig in Schwierigkeiten. Außer Kevin. Er ist nur langweilig und ein bisschen vertrottelt, aber …"

„Nonna!"

„Stimmt doch, William! Er hat einen Stock im Arsch, und zwar so tief, dass …"

„Nonna, ich meine es ernst." Will blickt sich um, um zu sehen, wer zuhört. „Sprich bitte mit Respekt. Er ist mein Onkel."

Eleanora beugt sich zu Patrick hinüber und flüstert: „Nachdem man mit angesehen hat, wie sein Liebhaber gestorben ist, sollte man doch meinen, dass er dem Mann die Ehre erweist, noch ein bisschen zu leben, aber stattdessen welkt er einfach auf seine trübselige Art dahin."

„Er trauert eben noch“, sagt Reba. „Manche Menschen kommen nicht so leicht über den Tod eines Angehörigen hinweg.“

Eleanora schnappt nach Luft. „Willst du damit sagen, dass ich Max’ Tod zu schnell überwunden habe?“

„Natürlich nicht.“

„Also, Max war ein Arschloch, deshalb war ich froh, dass ich ihn los war.“

„Roy war kein Arschloch“, sagt Reba leise. „Er war ein Schatz.“

„Und eine kleine Schlampe.“

„Nonna!“, zischt Will.

„Promiskuität ist nichts Schlimmes, William.“ Sie hebt hochmütig das Kinn, als wäre sie ganz aufgeschlossen. „Es sei denn, man bringt den Tod mit nach Hause.“

„Jetzt hörst du dich an wie Mama.“

„Oh.“ Eleanora schaudert. „Gut, dann nehme ich das zurück. Roy war offensichtlich der Inbegriff von Hingabe und Loyalität. Mich anzuhören wie Kimberly ist das Letzte, was ich will. Sie tut sich mit ihrer Verlogenheit keinen Gefallen.“

Will seufzt. „Ich mag es nicht, wenn du so über die Familie sprichst.“

„Ich schon“, sagt Patrick, der mit Appetit seine grünen Bohnen verspeist. „Eleanora, sind Sie QueenBea bei der *Hurting Times*?“

Eleonora errötet. „Oh, still.“

Reba schüttelt den Kopf und verdreht die Augen. „Will, ich hab gehört, Connor hatte eine beidseitige Ohrenentzündung. Wie geht es ihm?“

Will runzelt die Stirn. „Bestimmt wieder besser, sonst hätte ich das inzwischen erfahren.“

„Olivia ist neulich nach der Schule mit dem Fahrrad vorbeigekommen.“ Rebas dunkle Augen suchen Wills. „Sie macht sich Sorgen um dich. Ich glaube, du musst die Kinder bald mit Patrick bekanntmachen. Ich weiß, es waren nur ein paar Wochen, aber sie sehen dich normalerweise viel öfter, und offenbar hat ihre Mutter es so dargestellt, als würde Patrick keine Kinder mögen, und deshalb solltest du ihn mal mitnehmen.“

„Was?“ Wills Ohren werden rot.

„Ich mag Kinder. Nur fürs Protokoll“, sagt Patrick, streicht sich dick Butter auf sein Brötchen und beißt ab. „Meistens sind sie jedenfalls besser als Erwachsene. Und sie werden mich wahrscheinlich lieben, nur dass Sie es wissen. Ich möchte nicht, dass Sie eifersüchtig werden oder so, wenn sie beschließen, dass ich das Beste bin, das ihrer Familie jemals passiert ist.“

Eleanora lächelt und klatscht in die Hände, wobei ihre Knöchel hochragen und sich gegen die dünne Haut drücken. „Ja, Schatz, du solltest ihn mit den Kindern bekanntmachen, nur damit sie Ruhe geben.“

„Bald“, stimmt Will zu.

„Am Donnerstag lernen sie ihn ohnehin kennen“, sagt Reba. „Thanksgiving, schon vergessen?“

Will schluckt sichtbar und stochert in seinem Caesar-Salat herum. „Ach ja. Thanksgiving.“

„Gibt es auch Kuchen?“, fragt Patrick.

„Ich arbeite schon seit ein paar Wochen am Speiseplan.“ Reba lächelt ihn an. „Welchen mögen Sie am liebsten? Ich werde dafür sorgen, dass einer extra für Sie da ist.“

Patrick entscheidet sich, Reba zu lieben, und wenn sie jünger wäre, würde er sie heiraten und seine höchstpersönlichen Kinder bekommen lassen. „Pekannuss mit Schokostücken.“

Reba tätschelt ihm die Hand. „Erledigt.“

„Eleanora, Sie haben da genau die Richtige gewonnen.“ Patrick ist in großzügiger Stimmung, obwohl er den Kuchen noch nicht mal probiert hat. Vielleicht schmeckt er grauenhaft, aber der Gedanke, dass jemand nur für ihn Kuchen backt, erfüllt ihn mit Wärme. „Ich hoffe, Sie zahlen ihr ein gutes Gehalt.“

„Sie hat sich noch nie beklagt.“ Eleanoras Blick ruht auf Reba und ein wohlwollendes Lächeln auf ihren Lippen. „Nicht ein Mal.“

„Ich wünschte, ich könnte dasselbe über Patrick sagen“, murmelt Will und errötet dann erneut. Er reibt sich den Nacken und zuckt zusammen. „Nicht, dass du und Reba so seid wie Patrick und ich … weil ihr ja nicht verheiratet seid, und ihr seid nicht …“

„Sei still.“ Eleanora rollt mit den Augen. „Du machst dich lächerlich, Liebling. Also, wo ist denn die Kellnerin? Ich finde, wir sollten uns alle ein Dessert bestellen. Nicht wahr?“

Patrick grinst. Vielleicht kann Eleanora ihn noch nicht aus dieser Ehe rausholen, aber sie wird ihm ein Dessert und ein komplettes Thanksgiving-Essen beschaffen. Eine weitere Woche mit Will verheiratet zu bleiben scheint ihm dafür ein fairer Preis zu sein.

Selbst wenn Patrick sich allmählich Sorgen macht, dass Wills Nacken durch das Schlafen auf der Couch einen Dauerschaden erleiden könnte.

***

Ein paar Tage später bekommt Patrick endlich den Fall, auf den er gewartet hat, und Will ist mit ihm auf morbide Weise aufgeregt.

„Eine Schussverletzung durch einen versuchten Selbstmord im Reservat. Sie bringen ihn per Helikopter ins Healing Regional, damit ich ihn mir ansehe“, sagt Patrick, zieht sich den Mantel über und steuert auf die Tür zu. Er lächelt, konzentriert und wunderschön. „Warte nicht auf mich, Schnuckiputz.“

Ein paar Minuten lang läuft Will ruhelos am Fenster auf und ab, während ihn ein stellvertretender Adrenalinstoß durchfährt. Doch mit Fortschreiten des Abends wird er ruhiger und bearbeitet ein paar Gute-Taten-Mails und Förderanträge. Das Hotelzimmer ist seltsam still ohne Patrick, deshalb zieht Will nach einem einsamen Abendessen Shorts und T-Shirt an, um in den Fitnessraum zu gehen. Er trainiert hart, bis seine Gliedmaßen sich wie Pudding anfühlen.

Am nächsten Morgen erwacht Will allein. Er erledigt seine übliche morgendliche Routine, dann geht er zum Brown Gargle, um einen Marmeladen-Donut und einen Calamalatte Jane für Patrick zu besorgen.

Inzwischen ist die Operation doch bestimmt vorbei.

Im Flur nahe dem OP unterhält er sich mit einer Krankenschwester namens Heidi. „Die Patientin kommt wahrscheinlich durch“, sagt sie. „Aber viel mehr kann ich im Moment noch nicht sagen. Was ihre zukünftige Lebensqualität angeht … tja, das liegt in Gottes Hand.“

„Dass sie überhaupt lebt, verdankt sie nur Dr. McClouds chirurgischen Fähigkeiten“, sagt Don, der von der entgegengesetzten Seite des Schwesternzimmers kommt. Er lehnt sich gegen den Tresen und lächelt Will warmherzig zu. „Man könnte denken, dass er bei seinem Narzissmus und seinem übersteigerten Ego seine Fähigkeiten übertreibt, aber erstaunlicherweise ist seine Meinung von sich selbst …“ Don schüttelt den Kopf. „Tja, sie trifft es noch nicht mal.“

Will grinst und umarmt Patrick, als der aus dem Bereitschaftsraum kommt. „Hey, Glückwunsch.“ Will drückt ihn fest und spürt Patricks schlanken Körper ganz nah an seinem. „Ich bin stolz auf dich.“

Patrick erwidert die Umarmung. Er riecht nach Antiseptika, und Will ist versucht, unter dem scharfen chemischen Geruch nach dem Duft seiner Haut zu suchen. „Ich weiß, für dich ist es beeindruckend, aber eigentlich mache ich bloß das, was ich am besten kann.“

Wills Herz klopft, als er sich aus Patricks Umarmung löst. Seine Wangen röten sich, und er versucht das zu verbergen. „Wie üblich zeigst du keinerlei Bescheidenheit als Star des OP.“

Patrick lacht. „Genau das, was ich brauche – noch so ein schreckliches Gerücht über mich.“ Er greift nach Wills Hand und zieht ihn wieder an sich, umfasst sein Kinn und schaut ihm in die Augen. Wills Knie werden weich, und er fasst nach Wills Schultern im Bemühen, aufrecht die Welle des Verlangens zu durchstehen, als Patricks Lippen leicht die seinen streifen. Sein Kopf beginnt sich zu drehen, als der Kuss inniger wird, und als Patrick an seiner Unterlippe saugt, entfährt Will ein Wimmern.

Don räuspert sich. „Das ist hier ein Krankenhausflur und nicht Ihre Flitterwochen-Suite.“ Er klingt belustigt.

Will hält sich schwindlig an Patricks Arm fest, als ihr Kuss mit einem feuchten Ploppen endet. Er ist nicht sicher, was diese Zurschaustellung verursacht hat, aber als er benommen dasteht und sich mit dem Handrücken die

Lippen abwischt, spricht Patrick bereits mit Don über seinen nächsten Eingriff morgen.

Offenbar ist ein Baby mit einem Wasserkopf aus dem Reservats-Krankenhaus eingeliefert worden, und Patrick wird einem der Kinderärzte eine neue Technik vorführen, wie dieses Problem gehandhabt werden kann.

Will versteht die Einzelheiten nicht mal ansatzweise und will das auch gar nicht. Er fühlt immer noch den feuchten, heißen Druck von Patricks Mund. Er schreckt zusammen, als Don ihn an der Schulter packt. „Noch mal Glückwunsch, nicht nur zu einer so offensichtlich glücklichen Vereinigung, sondern auch dafür, dass du dem Krankenhaus in Form deines neuen Ehemannes so viel Prestige eingebracht hast. Ich glaube, das nennt man ein Husarenstück."

„Uh, raffiniert", sagt Patrick. „Und ich dachte, Sie würden das urigere ‚Zwei Fliegen mit einer Klappe' verwenden."

Don geht davon, als hätte Patrick nichts gesagt, und eine Weile stehen sie unschlüssig zusammen im Krankenhausflur. Schließlich reibt sich Patrick den Nacken. „Ich bin erledigt. Ich geh zurück ins Hotel. Kommst du mit?"

Will sollte jetzt zu Gute Taten gehen, aber die Idee, den Tag um neun Uhr morgens zu beschließen und mit seinem Mann nach Hause zu gehen, hat etwas Bestechendes. Außer dass Patrick nicht sein richtiger Mann ist. Und das Tallgrass nicht sein richtiges Zuhause. Egal wie oft Patrick ihn in der Öffentlichkeit küsst oder was alle anderen bereitwillig glauben, Will kann sich selbst nichts vormachen. Patrick liebt ihn nicht. Und Will liebt immer noch Ryan.

„Komm schon", sagt Patrick. „Du brauchst mal eine Pause. Du hast in letzter Zeit ganz schön viel gearbeitet."

„Ich kann nicht. Ich seh dich beim Abendessen, aber ich komme ein bisschen später. Will erst noch bei Nonna vorbei."

„Klingt gut. Grüß die Grande Dame von mir."

Will geht hinter Patrick her zum Aufzug, der sie ins Erdgeschoss bringt. Sie fahren alleine nach unten und treten auf einen fast leeren Flur hinaus.

„Du warst *wirklich* toll", sagt Will erneut. „Dieses Mädchen hat dir sein Leben zu verdanken."

„Beschrei es nicht. Sie ist noch nicht über den Berg. Irgendeine Infektion oder eine Menge anderer Sachen könnten sie noch umbringen, ehe ich bis zehn gezählt habe."

Will schiebt seine Hand in Patricks und genießt die lockere Verschränkung ihrer Finger. Er lässt ihre verbundenen Hände leicht schwingen. „Ja, ich weiß. Aber ich bin beeindruckt."

Patrick befreit seine Hand und legt Will den Arm um die Schultern. Beim Gehen stoßen ihre Hüften aneinander. Er beugt sich näher zu ihm und flüstert: „Freut mich, dass ich meinen Mann beeindrucken konnte. Er war in letzter Zeit eine ziemlich harte Nuss."

Will beißt sich auf die Innenseite der Lippe und macht einen Satz, als Patrick ihm direkt vor dem Schwesternzimmer rasch auf den Hintern klatscht.

Patrick lacht und ruft im Davongehen: „Wir sehen uns heute Abend zu Hause, Will."

***

Es ist mitten in der Nacht, und Patrick kann nicht schlafen. Sein Rücken schmerzt von einer weiteren neunstündigen Operation, und sein Nacken fühlt sich an, als wäre er kurz davor, steif zu werden, was überhaupt nicht geht, denn er hat morgens wieder einen Eingriff vorzunehmen.

Er setzt sich im Bett auf, lauscht Wills leisem Schnarchen vom Sofa und lässt sich dann wieder fallen.

Es hat keinen Zweck. Seine Oberschenkelmuskulatur ist verkrampft, und vom Kreuz aus ziehen die Schmerzen bis hoch in die Schultern und den Nacken. Nach einem weiteren Blick zum Sofa schaltet er die niedrigste Stufe des Nachttischlämpchens ein und steht auf.

Er nimmt die Yogamatte und beginnt mit dem Sonnengruß. Alles geht gut, bis er auf dem Rücken liegt und die Beine zur Pflugposition über den Kopf hebt, mit dem Zeh gegen den Couchtisch stößt, das Schachbrett runterschmeißt und die ganzen Figuren über den Boden rollen.

„Sei leise!“, ächzt Will.

„Tut mir leid.“

„Patrick, ich versuche zu schlafen“, sagt Will etwas ruhiger als bei seinem anfänglichen Ausbruch, aber er ist immer noch eindeutig verärgert.

„Sorry. Rückenschmerzen.“ Patrick grunzt. Die Dehnung ist schwierig und erfüllt ihren Zweck. „Hab morgen eine Operation. Yoga hilft.“

Will grummelt, sagt jedoch nichts mehr. Patrick beendet sein Programm, aber sein Nacken schmerzt immer noch. Er seufzt, geht ins Bad und wirft eine Ibuprofen ein.

Gerade will er das Licht ausschalten und wieder ins Bett gehen, als er beschließt, erst zu duschen. Er ist verschwitzt, und das heiße Wasser könnte seinen Nacken entspannen.

Er zieht sich gerade das Shirt über den Kopf, als Will ins Bad kommt.

„Ich muss mal …“ Will deutet auf die Toilette.

Patrick dreht die Dusche auf, stellt sie heiß und fängt an, seine Unterwäsche auszuziehen.

„Warte.“ Will ist fertig mit Pinkeln. „Lass mich … ich muss nur kurz …“

Er wäscht sich die Hände und stellt sich dann hinter Patrick. Seine Finger sind warm vom heißen Wasser, als er sie in Patricks Schultern gräbt.

Patrick lehnt sich gegen das Waschbecken und stöhnt vor Wohlbehagen. Das tut gut. So unendlich gut. Seine Haut kribbelt, und sein Schwanz erwacht. Will drückt die Daumen in die Stelle unterhalb des Schädels und knetet sich dann kräftig den Nacken herunter bis zu den Schultern und in die Arme hinein.

„Falls du jemals deine Laufbahn als professioneller Wohltäter aufgeben willst, könntest du als Masseur echt Karriere machen.“ Patrick stöhnt erneut, als Will fest auf die schlimmste Stelle drückt und seinen leichten Gewichtsvorteil nutzt, um ordentlichen Druck auszuüben.

„Entspann dich einfach.“

„O Gott“, stöhnt Patrick, und Will bewegt sich hinter ihm.

Der Dampf der Dusche lässt den Spiegel beschlagen, bis Patrick Wills Gesicht nicht mehr sehen kann. Er hält sehr still, während sein Schwanz sich versteift und anschwillt. Es ist mitten in der Nacht. Will scheint immer noch halb zu schlafen, aber er leistet Großartiges an Patricks Körper. Alles könnte passieren. Patrick beginnt vor Erwartung zu zittern.

Wills Hitze strahlt gegen seinen nackten Rücken, und die relativ feuchte Luft im Bad hinterlässt einen glatten Film auf seiner Haut. Der Stoff seiner Boxershorts wird klamm, und er denkt, dass auch Wills T-Shirt feucht sein muss. Die Vorstellung lässt ihn die Augen schließen. Er atmet tief in das Lustgefühl hinein, das fest gegen seinen Damm drückt, und wird noch härter.

Will zieht und drückt, reibt und knetet. Sein Atem legt sich weich über Patricks Nacken. Patrick schluckt, macht einen Schritt zurück und spürt Wills Erektion an seinem Hintern. Wills Finger halten inne, und Patrick presst den Kiefer aufeinander. Mein Gott, er will sich umdrehen und ihn küssen. Aber er tut es nicht, und Will beendet die Massage. „Besser?“

Patrick nickt, und Will geht. Er blickt in den beschlagenen Spiegel und sieht Verwirbelungen, wo sie beide ihn morgens zum Rasieren freigewischt haben. Er zieht seine Unterwäsche aus, nimmt seine Erektion in die eigenen Hände und bearbeitet sie unter der Dusche, wobei er sich vorstellt, Will hätte sich hinter ihm hingehockt und seinen Arsch geleckt, statt abzuhauen und sich wieder hinter der Sicherheit seiner Couch zu verschanzen.

Leicht zitternd von der Anstrengung, beim Orgasmus still zu bleiben, betrachtet Patrick sein Sperma, das kreiselt und dann im Abfluss verschwindet. Er rollt den Kopf hin und her und stöhnt leise.

„Verdammt. Ich *muss* mich scheiden lassen. Dieser ganze Ehekram macht mich wahnsinnig.“

Teil III: Wills und Patricks Feiertage

Kapitel fünfzehn

„Guter Tag für ein Thanksgiving-Essen, oder?“, fragt Kevin, als er von seinem Truck herunterspringt. Er trägt Jeans, Cowboystiefel und hat sich gegen das Wetter in einen dicken, nagelneuen Regenmantel gewickelt.

Patrick stimmt gewiss zu, dass es ein exzellenter Tag für ein Festessen ist – nicht, dass es dafür jemals einen *schlechten* Tag gäbe –, und setzt sein bestes höfliches Lächeln auf. Es fühlt sich an, als wären seine Wangen aus Plastik, aber er ist entschlossen, sein Bestes zu tun, um die Welt davon zu überzeugen, dass er der glücklichste Camper ist, der je ein Zelt aufgebaut hat. Sozusagen.

Ja, seine Ehe ist *total* echt, und in einem gottverlassenen Nest in South Dakota festzuhängen, um nicht den Zorn von Wills mafiöser Familie auf sich zu ziehen, ist megageil.

Na ja, um ehrlich zu sein, wird Gott in Healing pausenlos erwähnt.

„Du siehst gut aus“, sagt Kevin zu Will. Patrick nickt er nur zu, als sei er einer weiteren Beachtung nicht wert.

Patrick teilt diese Einstellung von ganzem Herzen, auch wenn sein Blut schneller fließt beim Anblick der hübschen Beule in Kevins Jeans. Wenn die Dinge anders stünden, würde er sich von Wills Cowboy-Onkel eine bis drei Nächte beackern lassen. Diese Informationen wird er seinem hübschen, stattlichen Bräutigam allerdings nie mitteilen.

Kevin schielt zu Will herüber. „Kommst du bald mal raus und guckst dir diesen gottverdammten Hengst an?“

Patrick unterdrückt ein Glucksen darüber, dass der gute alte Onkel Kevin jetzt tatsächlich von Gott redet. Wie zum Henker ist Patrick bloß in dieser Farce gelandet? Ach ja, richtig. Eine Nacht betrunkener, umwerfender Sex mit Will und eine Hochzeit in Las Vegas. Er kann immer noch nicht glauben, dass dies sein Leben ist.

Will umarmt seinen Onkel, und sie klopfen einander mannhaft auf die Schulter, ehe Will sich lächelnd zurückbeugt. „Du weißt doch, dass ich im Moment keine Zeit zum Reiten habe."

„Na ja, er ist schon was Besonderes. Schönes Tier. Er geht gut ab, aber nicht zu gut. Wenn du ihn verkaufen willst, könnte ich das in die Wege leiten, aber er ist ein verdammt schönes Tier."

„Es fühlt sich nicht richtig an, ihn zu verkaufen, ohne ihn überhaupt gesehen zu haben."

Kevin drückt Wills Schulter und schüttelt ihn ein bisschen. „So gefällst du mir, mein Junge. Man sollte wissen, was man aufgibt. Vielleicht entschließt du dich sogar, ein bisschen mehr Zeit auf der Farm zu verbringen."

„Ich glaube, nicht mal der hübscheste Hengst könnte mich so stark verwandeln, Onkel Kevin."

„Früher bist du gerne geritten. Du und Roy, ihr seid auf Applesauce und Joyful rausgeritten …" Kevin räuspert sich und blickt hoch in den Himmel. „Das sind schöne Erinnerungen."

„Onkel Kevins Partner Roy hat mir das Reiten beigebracht", sagt Will zu Patrick. „Als ich noch ein kleiner Hosenmatz war." Er legt den Arm um Kevin und führt ihn zur Haustür. „Und, wie nennst du unser Hochzeitsgeschenk?"

„Er ist deiner. Ich wollte mich nicht zu sehr an einen Stallnamen gewöhnen. Aber ich hab ihn Manny genannt. Er ist eingetragen als Be Your Own Man, deshalb passt das irgendwie."

„Hört sich gut an", sagt Will. „Manny also."

Patrick findet, Eleanoras Haus könnte großartiger sein, mehr wie die Hausherrin selbst, aber es ist innen wie außen recht elegant, was offensichtlich wird, als sie den glamourös tapezierten Eingangsbereich betreten. Reba begrüßt sie enthusiastisch und nimmt ihnen die Mäntel ab. Der Duft verschiedener Kuchen und Fleischarten strömt durch den Flur, und Patricks Magen knurrt vor Erwartung.

Will sieht ihn aus dem Augenwinkel an und lacht verstohlen.

Das Stampfen von Füßen nähert sich über den Flur. Ein sommersprossiges, rothaariges Kind von ungefähr sechs Jahren springt Will in die Arme und küsst ihn fest. „Will! Ich hab dich vermisst!"

Will umarmt ihn innig und setzt ihn sich auf die Hüfte. „Ich hab dich auch vermisst, Kumpel. Tut mir leid, dass ich in den letzten Wochen so beschäftigt war."

Der Kleine lässt Wills Hals lange genug los, um gründlich seine Augen zu untersuchen. Offenbar zufrieden mit dem, was er sieht, wendet er seine Aufmerksamkeit Patrick zu. „Du hast ja auch rote Haare."

„Kastanienbraun", korrigiert Patrick, aber er nickt. „In deinem Alter war ich aber noch röter als du."

„Connor, das ist mein Mann Patrick."

„Ist das der, den Mama nicht mag?"

Wills Lächeln ist etwas frostig. „Ja. Aber Patrick ist ein netter Kerl. Ich glaube, du wirst ihn auch mögen."

„Aber warum hast du denn nicht Ryan geheiratet?"

„Weil ich mich in Patrick verliebt habe." Will klingt angespannt, aber Connor scheint es nicht zu bemerken.

Patrick fügt hinzu: „Und ich habe mich in deinen Bruder verliebt."

„Also mussten wir heiraten, verstehst du?" Will tupft seinem Bruder auf die Nase. „So funktioniert das mit der Liebe."

Connor betrachtet Patrick prüfend. „Spielst du Lego?"

„Nur zu deiner Information, ich bin ein meisterhafter Lego-Konstrukteur."

Es ist, als hätte Patrick die Zauberworte gesprochen. Connor gleitet aus Wills Armen und greift nach Patricks Hand. „Komm. Nonna hat die besten Legosteine. Früher haben die mal Will gehört, aber wenn ich hier bin, spiele ich damit."

Patrick winkt ab, als Will protestiert, er müsse nicht mit den Kindern spielen. Will macht sich auf, ihnen zu folgen, wird aber von seinem Onkel aufgehalten, vermutlich um noch ein bisschen über das Pferd zu sprechen. Es macht Patrick nichts aus. Er ist nicht wirklich daran interessiert, allzu viel Zeit mit dem Mann zu verbringen, und er hofft, dass er Wills Mutter noch eine Weile aus dem Weg gehen kann.

Das Zimmer, in das Connor ihn zieht, hat hohe Wände, und ein großer, aber ziemlich dünner Orientteppich bedeckt den gesamten Holzboden. In der Ecke stehen ein Ledersofa und ein Schaukelstuhl, doch ansonsten besteht das gesamte Mobiliar aus Sitzsäcken und großen Kissen.

„Das ist das Spielzimmer." Connor zieht Patrick zu dem riesigen Legostapel neben einem der Sitzsäcke. „Wir dürfen hier drin Unordnung machen."

Patrick entdeckt ein dunkelblondes Mädchen, das sich mit einem Buch in einem weiteren Sitzsack in der Ecke zusammengekuschelt hat. Das ist … wie hieß sie noch mal? Ophelia? Nein, *Olivia*, nimmt er angesichts ihres Alters an. Er ist ziemlich sicher, dass die andere älter ist. Caitlin vielleicht? Will hat etwas davon gesagt, dass sie ein Teenager ist. Sie versucht wahrscheinlich gerade, bei der restlichen Familie die Erwachsene zu spielen.

Olivia begrüßt ihn nicht, also ignoriert er sie auch. Im Laufe der Jahre seiner Arbeit mit Kindern hat er herausgefunden, dass man ihr Vertrauen manchmal am besten gewinnt, wenn man sie einfach eine Weile in Ruhe lässt. Er lässt sich mit Connor auf den Boden fallen und fängt an, Legosteine zusammenzubauen.

Connors Blick ist auf die Bausteine gerichtet. „Mama sagt, du und Will habt zu schnell geheiratet."

„Das muss deine Mama gerade sagen."

Olivia lacht, aber Connor sieht verwirrt aus.

Eine Zeit lang bauen sie. Connor zeigt Patrick jede seiner Kreationen, und Patrick äußert seine Anerkennung. Connor ist begeistert von der Raumschiffflotte, die Patrick gestaltet, und fängt an, selbst etwas dazu beizusteuern.

„Bist du nur hinter Wills Geld her?", fragt Olivia aus heiterem Himmel.

„Nee", sagt Patrick, leicht irritiert davon, wer ihr das gesagt haben mag. „Ich bin schon reich. Ich hab wahrscheinlich genauso viel Geld wie Will." Das ist nicht mal annähernd korrekt. Der Molinaro-Patriarch hat Will wirklich einen Riesenhaufen Geld hinterlassen, aber angesichts dessen, wie wenig sich Patrick für Geld interessiert, könnte es genauso gut stimmen. „Also sag deiner Mama, dass ich nicht scharf auf Wills Vermögen bin."

„Eigentlich hat Caitlin das gesagt“, erwidert Olivia. „Mama tut so, als wärt ihr beide superglücklich miteinander.“

„Tja, sind wir auch.“

„Kann sein. Aber meine Mama ist wütend, dass Will dich geheiratet hat. Sie mag Ryan. Er hat sich um Will gekümmert.“

„Ich kümmere mich besser um Will.“ Er weiß, dass das definitiv stimmt. Er kümmert sich verdammt gut um andere.

„Ryan hat Will davon abgehalten, schlechte Entscheidungen zu treffen. Er hat Will Sicherheit gegeben.“

„Sicherheit wovor?“

„Vor Aids“, sagt Olivia.

Patrick wird ganz kalt. „Was weißt du denn über Aids?“

„Roy ist daran gestorben.“ Olivia hebt das Kinn. „Ich kann mich an Roy nicht erinnern, aber Onkel Kevin hat ihn geliebt. Und ich weiß, dass man es vom, *Sie wissen schon,* kriegt.“

„Klär mich auf.“

„Wenn man viel mit anderen Leuten zusammen ist.“

Patrick ignoriert die Implikation, dass Will ohne Ryan dann wohl mit unzähligen Menschen „zusammen“ gewesen wäre, und schüttelt den Kopf. „Nein, man ‚kriegt‘ es vom Zusammensein mit einer infizierten Person. Und technisch gesehen steckt man sich mit einem Virus namens HIV an, das sich bei unzureichender Behandlung zu Aids entwickelt.“

„Von Aids stirbt man.“

Connor blickt düster und ängstlich drein. „Muss Will sterben?“

Beruhigend tätschelt Patrick Connors rotes Haar. „Nein. Also, ja, eines Tages muss Will schon sterben. Jeder muss ja irgendwann sterben. Aber er wird nicht an Aids sterben."

Hoffentlich.

Nichts im Leben ist garantiert. Er kann das nicht wirklich versprechen. Aber trotzdem. Er wendet sich wieder an Olivia. „Als der Partner deines Onkels sich das Virus zugezogen hat, war der Tod noch eine häufigere Folge. Aber inzwischen hat die Medizin große Fortschritte gemacht. Versteh mich nicht falsch, natürlich sterben immer noch Menschen an Aids, aber es gibt mittlerweile gute Behandlungsmethoden gegen HIV. Ich versichere dir, selbst wenn dein Bruder sich infiziert, hätte er genügend Geld für eine Behandlung."

Obwohl der Diabetes die Sache komplizierter machen würde.

Erneut tätschelt er Connors Kopf. „Aber Will hat weder HIV noch Aids. Und euer Bruder wird immer gute Entscheidungen treffen, um die Wahrscheinlichkeit seiner Ansteckung deutlich zu verringern."

„Er trifft keine guten Entscheidungen ohne Ryan", sagt Olivia mit glitzernden Augen. „Er hat Sie geheiratet. War das eine gute Entscheidung?"

Touché. „Ryan ist nicht die Quelle der Klugheit eures Bruders, egal was eure überbehütende Mama denken mag. Will kann auf sich selbst aufpassen."

Olivias Augen sind die eines Menschen, der es besser weiß. Er erwidert ihren Blick fest, bis sie wegsieht. Sie zuckt die Achseln. Er seufzt.

„Aber wo ist Ryan denn?", fragt Connor wieder, das Gesicht faltig vor Verwirrung.

Olivia erwidert: „Er war letzte Woche da, erinnerst du dich nicht, Connor? Er hat gesagt, er würde uns bald wieder besuchen kommen."

Connors kleine Schultern sacken vor Erleichterung herab. Patrick spürt ein Ziehen in den Eingeweiden. Ist das Eifersucht? Weil ein Kind den langjährigen Freund seines älteren Bruders mag? *Komm mal klar, Patrick.*

Weitere Schiffe werden seiner und Connors Lego-Flotte hinzugefügt.

„Wissen Sie, wie man ein Pferd einreitet?", fragt Olivia plötzlich, als läge in der Antwort ihr Urteil für seinen Wert als Mensch.

„Nein, aber ich weiß, wie ich mir den Hals breche."

Sie lässt ein kleines, gebieterisches Geräusch hören. „Haben Sie Angst vor Pferden?"

„Sagen wir mal, ich halte Abstand von riesigen Tieren, die stark genug sind, mich zu zerquetschen, wenn sie wütend sind."

Olivia verdreht die Augen. „Dann machen Sie sie doch nicht wütend."

„Früher oder später mache ich jeden wütend."

„Pferde sind aber keine Menschen."

„Du bist ein Quell der Weisheit, was?"

„Ja." Sie wirft ihr dunkelblondes Haar zurück und durchbohrt ihn mit ihren braunen Augen, die denen ihres großen Bruders so ähnlich sehen. „Will kann gut mit Pferden umgehen, aber er reitet gar nicht mehr. Sie sollten sich mal von ihm zu Onkel Kevin mitnehmen lassen. Vielleicht stellen Sie fest, dass Sie Pferde mehr mögen, als Sie glauben."

„Das bezweifle ich. Ich bin nervös. Pferde mögen nichts Nervöses."

„Stimmt. Vielleicht würden Sie sich gut mit den Bauernhofkatzen verstehen. Sie könnten zusammen nervös sein." Sie lächelt ihn gewinnend an. „Sagen Sie jetzt nicht, Sie mögen auch keine Katzen."

„Katzen sind okay."

„Professor McMuffins hat gerade Junge bekommen", sagt Connor.

„Onkel Kevin würde Ihnen und Will bestimmt das Kleinste geben", schlägt Olivia vor.

„Schon in Ordnung. Ich behalte stattdessen Will. Er ist genug Gesellschaft für mich." Wenn auch nicht die Art von Gesellschaft, die Patrick sich in letzter Zeit wünscht. Er findet, ein Mann sollte im Ausgleich für den Umgang mit Schwiegermüttern und naseweisen kleinen Geschwistern zumindest gevögelt werden.

„Will ist ein Idiot", sagt Olivia liebevoll.

„Stimmt." Patrick nickt. „Also, was für einen Kuchen darf ich nachher erwarten?"

„Ja! Kuchen!", ruft Connor. „Reba hat die Kuchen auf den Tresen gestellt! Ich hab zehn Stück gezählt!"

Olivia legt sich das Buch auf die Brust, um an den Fingern abzuzählen. „Zwei Mal Kürbis, zwei Mal Pekannuss, Apfel, Pekannuss mit Schokostückchen …"

Patrick stößt die Faust in die Luft. „Yeah!"

„Und Schokolade und zwei Mal Zitronenmeringue, und ein Mal Shoofly."

„Ich nehm von jedem ein Stück", erklärt Patrick.

„Ich auch!", sagt Connor.

Olivia verzieht die Lippen zu einem boshaften Lächeln. „Wirklich, Patrick? Glauben Sie, das ist eine gute Entscheidung?"

Und Patrick muss lachen.

***

Eleanora sitzt am Kopf des Tisches und Kevin am unteren Ende. Auf der einen Seite sitzen Will, Patrick, Olivia und Reba, gegenüber Kimberly, Connor, Caitlin und ein leerer Stuhl, der, wie jemand murmelt, früher mal Ryans war. Der Tisch ist lang und füllt das überladene Esszimmer aus, es ist nur gerade genügend Platz, dass jeder bequem sitzen kann. Die Nähe der menschlichen Körper und das heiße Essen lassen Patrick übermäßig warm und ein wenig schwitzig werden, aber er ist zu aufgeregt von der Speisenauswahl, um sich darum zu kümmern.

Patrick hatte kein richtiges Thanksgiving-Essen mehr, seit er bei Dinah gelebt hat. Die Mahlzeit selbst ist großartig, und solange sich jeder Essen in den Mund stopft, ist Patrick beinahe glücklich. Nach kurzer Zeit wird er von heftiger Lethargie erfasst, noch ehe er den zweiten Teller geleert hat. Nach dem Dessert ist er so voll, dass er sich beinahe gelähmt fühlt.

Patrick döst ein bisschen zwischen Will und Olivia, die sich nach ihrem Gespräch im Spielzimmer und einem geheimen Kuchenesswettbewerb zwischen ihnen (auf den sie sich durch Blicke und Gesten verständigt haben) beträchtlich für ihn erwärmt hat. Vielleicht, weil er sie gewinnen lässt. Als sie und Connor vom Tisch entlassen werden, um wieder ins Spielzimmer zu gehen, wünscht Patrick sich, er könne mitgehen, aber Will schüttelt den Kopf, als könne er seine Gedanken lesen.

„Iss deinen Kuchen auf, okay?“, murmelt Will.

Patrick tut, worum er gebeten wird, und lässt sich Zeit mit dem letzten Stück. Aber alles Schöne hat ein Ende. Er schluckt glücklich das letzte Stück Shoofly Pie herunter, als Kimberly sich an ihn wendet.

„Ich wüsste es zu schätzen, Dr. McCloud, wenn Sie ein kleines bisschen Interesse an den Gesprächen um Sie herum zeigten.“

Patrick fühlt, wie Will sich versteift, und legt seine Hand auf Wills Arm, um ihn vom Sprechen abzuhalten. „Wenn irgendjemand irgendetwas Interessantes sagt, höre ich gern zu. Aber tatsächlich ist es nur bla, bla, bla über nichts.“

Caitlin, plump und blond mit blauen Augen wie ihre Mutter, hustet in ihre Serviette. Kevin räuspert sich, und Reba presst die Lippen aufeinander, um ein Lächeln zu unterdrücken. Zu Patricks linker Seite gluckst Eleanora in ihr Weinglas.

Aber Kimberlys Zorn richtet sich auf Will. „So spricht er also mit deiner Mutter? Will, ich begreife nicht, ich werde *nie* begreifen …“

„Zum Glück musst du das auch nicht, Mama. Meine Ehe ist meine Angelegenheit.“

Kimberly spannt den Kiefer an. „Nicht, wenn du ihn mit zu einem Familienessen bringst.“

„Er war eingeladen, Schatz“, wirft Eleanora ein.

„Und nicht, wenn du zulässt, dass er Zeit mit deinen jüngeren Geschwistern verbringt. Denk doch nur, was für ein Beispiel du ihnen damit gibst.“

„O ja, es ist eine verdorbene Idee, sie sehen zu lassen, dass ihr älterer Bruder mit einem brillanten, gut aussehenden, erfolgreichen Neurochirurgen verheiratet ist“, sagt Patrick.

Caitlin kichert. Kevin schnaubt und verschränkt die Arme vor der Brust, sagt jedoch nichts.

„Ihr Mundwerk wird Sie noch mal in große Schwierigkeiten bringen!“ Kimberly schiebt sich das blonde Haar hinters Ohr. Ihre blaue Augen funkeln ihn wütend an.

„Und was hätte ich mit ihm machen sollen, Mama?“, fragt Will. „Ihn im Tallgrass lassen? Das ist nicht unbedingt das, was glücklich verheiratete Menschen machen!“ Er wirft einen bedeutsamen Blick zu seiner Schwester herüber, um seine Mutter daran zu erinnern, dass seine Schwester die Wahrheit nicht kennt.

Sie scheint sich daraufhin etwas zu beruhigen, aber starrt Patrick immer noch zornig an. „Caitlin, geh mal auf deine kleinen Geschwister aufpassen.“

„Ich bin sechzehn. Du hast gesagt, ich könnte dieses Jahr bei den Erwachsenen bleiben.“

„Ich hab es mir anders überlegt.“

Caitlin setzt sich aufrechter hin. Ihr Dekolletee wackelt unter ihrer herzförmig ausgeschnittenen Bluse. „Wieso?“

„Weil jemand dafür sorgen sollte, dass Connor und Olivia in Nonnas Spielzimmer keine Unordnung machen.“

„Dann geh du doch. Ich bleib hier.“ Sie verschränkt die Arme vor ihrer milchweißen Brust und blickt ihre Mutter trotzig an.

„Mama, du verdirbst uns das Thanksgiving“, murmelt Will.

„So, jetzt beruhigen wir uns alle mal“, sagt Eleanora und hebt die Hände, um das Kommando über den Raum zu übernehmen. „Kimberly, das ist das erste Mal seit acht Jahren, dass ich die Gelegenheit habe, die Familie an Thanksgiving zu bewirten. Soll ich glauben, dass du das sabotierst?“

Kimberly seufzt und lehnt sich auf dem Stuhl zurück. „Nein. Alles gut. Tut mir leid, wenn ich irgendjemanden verärgert habe.“ Aber dabei starrt sie Patrick an, als wäre es seine Schuld.

Patricks Telefon summt in seiner Tasche, und er betet, dass es ein gewaltiger Thanksgiving-Unfall mit mehreren Beteiligten ist, damit er verdammt noch mal hier wegkommt, ehe die Sache weiter aus dem Ruder läuft.

Aber es ist nicht das Krankenhaus. Es ist eine Nachricht von Dinah.

„Entschuldigung“, sagt er und erhebt sich vom Tisch. „Ich muss mich darum kümmern.“

Will nickt knapp, immer noch auf seine Mutter konzentriert.

Patrick bemerkt Eleanoras neugierigen Blick, als er durch den Flur in die Küche geht. Es riecht herrlich hier drin, und wenn sein Magen noch einen Happen vertragen könnte, würde er einen Teller aus dem Schrank holen und sich noch etwas von den Schüsseln auf dem Tresen aufladen.

Drei weitere Nachrichten sind eingegangen, bis er eine ruhige, abgeschiedene Ecke in der Nische hinter dem Küchenkamin gefunden hat. Er duckt sich hinein, lehnt sich gegen die steinerne Wand und atmet tief durch.

Pat, wünsche dir ein tolles Thanksgiving. Ich danke jeden Tag für dich.

Die nächsten drei Nachrichten sind Bilder der Kinder um den Tisch herum: zwei mit Phil und eines mit Dinah. Sie sehen alle glücklich aus. Er berührt den Bildschirm und vergrößert eins der Bilder, um Eric besser ansehen zu können. Rothaarig und immer noch zornig, wie er sieht. Er vertraut Dinah, dass sie alles tut, um ihm zu helfen, aber vielleicht sollte er ihr noch mehr Geld für zusätzliche Beratungssitzungen schicken. Es kann ja nicht schaden.

„Patrick?“

Wills Stimme lässt ihn zusammenzucken, und er schiebt das Telefon in die Tasche.

„Alles okay?"

Patrick klopft sich mit der Hand aufs Hosenbein und setzt ein Lächeln auf. „Klar. Alles gut. Hab bloß …" Es fühlt sich komisch an, Will anzulügen, aber er kann ihm nicht von Dinah und den Kindern erzählen. Er hat das noch nie jemandem erzählt. „Musste bloß was regeln."

Aber er hat es nicht geregelt, oder? Nicht, dass Dinah eine Antwort erwarten würde. Er antwortet ihr immer furchtbar unzuverlässig, und das ist etwas, bei dem er sich jedes Jahr vornimmt besser zu werden. Und jedes Jahr versagt er komplett.

„Patrick?" Will kommt näher, den Kopf ernst geneigt und die großen braunen Augen voller Sorge.

„Alles in Ordnung. Können wir hier weg?"

Will schluckt und schaut über die Schulter, dann flüstert er: „Ich weiß, meine Mutter war …"

„Eine echte Zicke."

„Überbehütend, aber sie hat Angst um mich. Sie war immer der Meinung, dass Ryan mir Sicherheit gibt."

„Ich weiß, hab ich alles schon gehört."

Will wirft den Kopf zurück. „Echt?"

„Kinder erzählen alles Mögliche. Offenbar wurdest du nur durch Ryans feste Hand vor dem Tod durch die Schwulenseuche bewahrt."

Wills Wangen erröten. „Es war schwer für meine Mutter und für Kevin, die Risiken zu akzeptieren, die mit meinem Schwulsein zusammenhängen. Sie haben Angst, dass ich so enden könnte wie Roy."

Patrick greift nach Wills Ärmel und zieht ihn tiefer in die Nische. „Das ist absurd. Sie wird sich viel eher HIV einfangen als du, bei ihren wechselnden Sexualpartnern und ihrer Unfähigkeit, die Schlüpfer anzubehalten, wann immer dein Vater in die Stadt kommt!"

„Patrick, ich weiß …"

„Aber du hast erst mit zwei Menschen in deinem Leben geschlafen! Mit mir und mit diesem Vollpfosten! Und es war immer safe. Selbst als du total besoffen warst, waren wir safe."

Wills Wangen erröten noch mehr.

„Was?"

„Ein Mal, da hat Ryan nicht …"

„Hat *was* nicht?"

„Nur ein Mal. Ist schon lange her. Ich hab mich testen lassen, und ich bin gesund." Wills Augen ziehen sich zusammen. „Er dachte, es war vielleicht das Kondom."

„Was war vielleicht das Kondom?"

Wills Schultern sacken herab, während er sich über das Gesicht wischt. „Ich kann hier jetzt nicht darüber sprechen. Das ist zu persönlich."

„Warum lässt du sie in dem Glauben, dass er so eine Art Heiliger ist?"

Wills Augen schließen sich. „Weil ich, weil wir ihre Unterstützung brauchten …"

„Du meinst, du und Ryan."

„Ja. Und sie vertraut mir nicht!" Seine Augen öffnen sich wieder. „Aus gutem Grund. Ich war haltlos in der Highschool und auf dem College, ehe ich ihn kennengelernt habe. Nicht im sexuellen Sinne – also, jedenfalls nicht, dass sie davon wüsste. Sie hat nie von dem Typen erfahren, dem ich an der Highschool einen geblasen habe. Aber ich war haltlos in Bezug auf meine Krankheit. Mit dem Trinken."

Patrick schluckt ein paar Worte herunter. Er hebt die Hand, um Will das weiche Haar aus der Stirn zu streichen, und lässt die Finger dann seitlich an Wills Gesicht herunterstreichen. „Stellvertretendes Vertrauen ist so gut wie gar kein Vertrauen."

Will zieht die Unterlippe zwischen die Zähne. Patrick erinnert sich, wie weich und voll sie sich anfühlen. Er lässt die Hand an Wills Arm hochgleiten bis zu seiner Schulter, die Haare in Wills Nacken streichen an seinen Fingerspitzen entlang. Wills Blick fällt auf Patricks Lippen. Seine Pupillen erweitern sich, und sein Atem beschleunigt sich ein wenig. Zwischen ihnen vibriert elektrische Spannung. Patrick stellt sich auf die Zehenspitzen, der Abstand zwischen ihnen verschwindet, und ihre Lippen berühren sich beinahe …

„Oh, lasst euch nicht von mir stören, Jungs." Eleanoras schüchterne Stimme unterbricht sie. „Aber nur dass du es weißt, William, deine Mutter und dein Onkel gehen mit den Kindern raus. Irgendwas mit frischer Luft."

Will zuckt zurück, Hals und Gesicht gerötet. „Danke, Nonna. Wir gehen gleich tschüss sagen."

„Also, ich nicht", sagt Patrick, krabbelt aus der Nische und geht hinüber zu einem Teller mit Brownies, der auf dem Sideboard neben dem Ofen steht. Er steckt sich einen davon in den Mund. „Ich glaub, ich geh ihnen lieber aus dem Weg."

Will scheint nicht zum Streiten aufgelegt zu sein. „Es ist nicht dein Fehler, dass hier heute alles schiefgelaufen ist, ja?"

„Wie auch immer."

Eleanora wirft Patrick ein schlaues Lächeln zu, als sie Will aus der Küche hinaus folgt. Er zieht das Handy wieder aus der Tasche und tippt mit schokoladeverschmierten Fingern:

Danke für die Fotos von den Kindern. Ich bin auch dankbar für dich. Fröhliches Thanksgiving.

Kapitel sechzehn

Es ist nur noch eine Woche bis Weihnachten, und für Patrick wird das Leben allmählich besser.

Seit Thanksgiving hat sein neuer Assistent Stan seinen Zeitplan mit Patienten gefüllt, die von Atlanta abgeworben wurden. Zwischen Patientengesprächen, Aktenlesen, Tests und tatsächlichen Operationen fühlt er sich absolut wohl. Er macht den Schwestern sogar Komplimente, nur um sie lächeln zu sehen.

Eine weitere freudige Nachricht ist, dass weder Will noch Patrick irgendein Zeichen des Molinaro-Spions gesehen haben, und das seit drei vollen Tagen nicht mehr. Patrick hat in dieser Hinsicht ein ziemlich gutes Gefühl. Ein paar wohlplatzierte Fragen an Beth am Empfangstresen bestätigen, dass der Herr tatsächlich aus dem Tallgrass ausgecheckt hat, und ein Anruf bei Eleanora ergibt, dass das Molinaro-Eheeinmischungskommando einstweilen zu der Überzeugung gekommen ist, Will befinde sich in einer sicheren und relativ glücklichen Ehe.

Die Kehrseite all dieses Erfreulichen ist, dass Wochenende ist und dass Don ihn gezwungen hat, sich frei zu nehmen, er hat ihn sogar im Tallgrass angerufen, um ihm zu sagen, dass seine Termine für diesen Tag aus dem Plan der Klinik gestrichen wurden.

„Aber meine Patienten …“

„Kommen bestens zurecht, wenn sie bis Montag warten müssen, Dr. McCloud. Das ist eine Einstellungsvoraussetzung hier bei uns: Jeder diensthabende Arzt muss mindestens ein Wochenende pro Monat frei nehmen, und vorzugsweise auch wenigstens einen Tag pro Woche.“

„Das verstößt gegen das Arbeitssicherheitsgesetz.“

„Netter Versuch, aber ich weiß zufällig, dass das nicht stimmt.“ Don gluckst. „Vergessen Sie nicht, dass Sie frisch verheiratet sind. Glauben Sie mir, lange Dienstzeiten und medizinische Notfälle können eine junge Ehe ruinieren.“

Also hat Patrick keine andere Wahl, als den Hörer aufzulegen, sich auf das Sofa zu werfen und Will dabei zuzusehen, wie er hin und her läuft und zur Vorbereitung seiner Weihnachtseinkäufe die Liste überprüft.

„Gehst du wirklich nicht in die Klinik?“, fragt Will, und seine bernsteinfarbenen Augen leuchten auf.

„Don sagt, er schmeißt mich raus, wenn ich einen Fuß über die Schwelle setze.“

Will grinst. „Dann kannst du ja mit mir shoppen gehen. Das macht bestimmt Spaß, Patrick. Wenigstens musst du dann nicht im Hotel rumhängen.“

„Ich werde in keinem Gehirn sein“, sagt er missmutig und starrt an die Decke. Er fügt nicht hinzu: „Und in dir auch nicht.“

In letzter Zeit fällt es ihm immer schwerer, mit seinen sexuellen Bedürfnissen klarzukommen. Er versucht, sich zwei Mal am Tag einen runterzuholen, einfach um den Druck abzulassen. Meistens gelingt es ihm. Er versucht auch, dabei an irgendjemand anderen als Will zu denken. Meistens gelingt ihm das nicht im Geringsten. Am Ende, wenn er seine Ladung verschießt, mit verdrehten Augen und die Hand über seinen Schwanz rasend, ist es immer Will. Jedes Mal.

Will schnippt mit den Fingern vor Patricks Gesicht, um seine Aufmerksamkeit zu erlangen. Patrick stößt seine Hand weg, aber der kleine Idiot setzt die Hüfte ein, um Patrick auf dem Sofa beiseite zu schieben und Platz zu schaffen, damit er sich neben ihn setzen kann. „O nein.

Das ist so traurig. Keine Gehirne für Patrick heute. Wir wollen alle darüber weinen."

„Buhu." Patrick wirft sich dramatisch den Arm über das Gesicht.

Will drängt ihn auf der Couch noch weiter zur Seite. Patrick spürt jeden Millimeter, wo Wills Hüfte sich gegen seine drückt. „Komm schon, Patrick. Musst du auch eine Liste machen?"

„Wofür?"

„Für Weihnachten?"

Patrick hebt die Schultern.

„Willst du behaupten, es gibt keinen einzigen Menschen, den du genug magst, um ihm etwas zu Weihnachten zu schenken?"

Tatsächlich hat er bereits Geschenke für Dinah, Phil und die Kinder bestellt. Roller und ein Fahrrad und jede Menge Klamotten. Er hat Geigenstunden für Jane arrangiert und eine Nähmaschine für Eric besorgt. Er wird ihm auch den Nähunterricht bezahlen, und er hat ein neues Schaukelgerüst für den Garten spendiert. Und dann ist da noch die einwöchige Reise nach Disney World, die er sich als Überraschungsgeschenk aufspart. Er hat sie für die Frühjahrsferien der Kinder gebucht.

Ja, bis jetzt hat er schon eine Menge Geld für die Leute ausgegeben, denen er etwas zu Weihnachten schenken will.

„Komm doch einfach mit", bettelt Will und springt auf dem Polster auf und ab, was Patrick dazu zwingt, die Augen wieder zu öffnen. Will grinst auf ihn herab.

„Na gut. Ich komm mit."

Er kann entweder hierbleiben und in der Abgeschiedenheit wichsen, während er an Wills weiches Brusthaar, seinen dicken Schwanz und sein ärgerlich charmantes

Lächeln denkt, oder er kann in der eisigen Kälte des Winters von South Dakota mit dem Mann selbst rumlaufen. Es bedeutet irgendetwas, auch wenn Patrick nicht weiß, was, dass Zusammensein mit Patrick tatsächlich reizvoller ist als ein Orgasmus, während er an ihn denkt.

Will zieht ihn hoch und geht ihre Mäntel holen. „Das wird toll. Wirst du schon sehen!"

Patrick folgt ihm nach draußen und bereut nur, dass Wills Mantel lang genug ist, um seinen knackigen, perfekten Hintern zu bedecken.

Zuerst gehen sie ins Brown Gargle, und Patrick nimmt das Übliche sowie einen Lebkuchen-Schneemann mit Zuckerguss. Will bestellt einen Buckaroo schwarzen Kaffee und starrt neidisch auf Patricks Keks, bis Patrick ihm die Hälfte davon anbietet. Zuzusehen, wie Will seine Insulinspritze hervorholt, sich spritzt und dann glücklich die Glasur von dem Keks leckt, lässt Patricks Herz so rasch schlagen, dass er sich ablenkt, indem er Jenny auf einer Serviette eine kleine Nachricht schreibt und sie Jax hinter dem Tresen gibt. „Für meine Frau."

Jax lacht und steckt sie sich in die Tasche. „Geb ich ihr, wenn sie später reinkommt."

Will beobachtet den Austausch mit einem fragenden Ausdruck der Verwirrung, fragt aber nicht nach. Er schlürft nur seinen Kaffee und folgt Patrick wieder nach draußen. Auf den grauen, kalten Straßen von Old Healing isst Patrick den Rest von seinem Keks und bietet Will das letzte Stück an, der es mit einem süßen, fast welpenartigen Lächeln entgegennimmt.

„Wohin?", fragt Patrick, der furchtbar gerne die Krümel aus Wills Mundwinkel wischen möchte und enttäuscht ist, als Will sie aufleckt.

„Erst mal zu Tate's."

„Das Sportgeschäft?"

Will geht in diese Richtung, und Patrick beeilt sich, ihm zu folgen. „Ja, ich muss Olivias Geschenk kaufen, und wahrscheinlich gibt es da auch was für Connor. Und vielleicht für Onkel Kevin."

„Also, wenn es für Olivia ist …" Patrick übernimmt die Führung und zieht Will hinter sich her.

Von Wills Geschwistern mag Patrick Olivia am meisten. Nachdem er zwei Nachmittage mit Will verbracht hat, der auf sie aufgepasst hat, weil Kimberly länger im Reitsportgeschäft arbeiten musste, glaubt er, eine gewisse Vorstellung davon zu haben, wie sie ticken.

Caitlin ist ein typischer Teenager: interessiert sich für Mode, Jungs und Chatten mit ihren Freundinnen. Patrick mag sie aber, weil sie sich Kimberlys Schwachsinn nicht ohne einen gewissen Widerstand gefallen lässt, und jeder, der es schafft, Kimberly zum Brodeln zu bringen, ist für Patrick großartig. Und Caitlin? Nun, Caitlin ist eine Meisterin darin.

Connor ist ein süßer, ernster kleiner Junge, der zweifellos ein Stück von Patricks Herz gestohlen hat. Sie könnten in alle Ewigkeit miteinander Lego-Raumschiffflotten bauen und würden der Gesellschaft des anderen nie müde. Daher ist die Konkurrenz um den Platz des Lieblingskinds ziemlich groß.

Aber Olivia ist ein Bücherwurm und ein Tomboy. Sie reitet Wills neuen Hengst und stampft mit Männerstiefeln durch Kimberlys edel dekoriertes Haus, die sie online bei einem Military-Laden gekauft hat. Sie zeigt Patrick seine Schwächen auf und hat Will gesagt, sie wünscht sich zu Weihnachten ein Zelt, damit sie und ihr Lieblingshofhund, ein Viech namens Rupert, im Sommer auf Kevins Farm zelten können.

Patrick glaubt, er mag sie am meisten, weil sie auf eine Weise mit dem Leben klarkommt, wie es keins von Kimberlys anderen Kindern tut. Nicht mal Will. Insbesondere nicht Will.

Patrick wirft ihm einen Blick zu und bewundert, wie seine Wangen und Ohren in der kalten Luft rosig werden. Er sieht einfach zu lecker aus. Es ist nicht fair, dass Patrick ihn nicht verschlingen darf.

Bei Tate's dauert es nicht lange, bis Patrick sich langweilt, während der Junge mit den schlaffen Haaren die neuesten Errungenschaften bei der Zeltkonstruktion erläutert und sich darüber auslässt, welches Zelt Will seiner Ansicht nach am ehesten in Betracht ziehen sollte. Will selbst hört aufmerksam zu, und da die Entscheidung ganz bei ihm liegt, geht Patrick weiter in den Laden hinein.

Hinten bei den Kanus gibt es einen großen, gerundeten Durchgang zu einem anderen Geschäft. Patrick hat ihn bei seinem ersten Besuch im Tate's gar nicht bemerkt, aber damals war er ja auch darauf konzentriert, das zu bekommen, was er brauchte, um die Kälte von South Dakota zu überleben. Jetzt sieht er genauer hin und entdeckt die Pfeilsymbole an der Wand. *Zu Tate's Music!*

Er sieht über ein paar Gänge hinweg zu Will, der einen Aspekt des Zeltes untersucht, den der schlaffhaarige Junge ihm gerade erklärt. Patrick hebt die Hand, aber Will erforscht das Zelt gründlich, und deshalb zuckt Patrick die Achseln, verdreht die Augen und geht durch zur anderen Seite des Gebäudes.

Der Raum ist groß und luftig. Die Fenster gehen nach Süden und sind von der Sonne beschienen. Es scheint niemand da zu sein, weder Kunden noch Angestellte, doch dann sieht er eine große, blonde Frau in einem gläsernen Büro ganz hinten. Sie telefoniert. Als sie ihn sieht, zeigt sie auf den Hörer und deutet an, dass sie gleich kommt.

Patrick erforscht langsam den Raum. Weiter hinten, wo er hereingekommen ist, sind Mietinstrumente ausgestellt: Gitarren, Trompeten, Klarinetten, Keyboards, Klaviere und sogar ein Cembalo. Daneben erstrecken sich mehrere Reihen mit Notenausgaben. Und in der Ecke gegenüber, im vorderen Teil des Ladens, steht ein Klavier in einem abgegrenzten Bereich, das offenbar für den Unterricht genutzt wird.

Sein Atem geht langsam und gleichmäßig, während er die älteren, gebrauchten Klaviere umrundet, die zu verkaufen oder zu vermieten sind, und sich zur Vorderseite des Ladens mit der Fensterfront aufmacht. Er wird angelockt von dem glänzend schwarzen Stutzflügel, der im Sonnenlicht leuchtet. Er sollte jetzt gehen, ehe er ihn erreicht. Er sollte sich umdrehen und abhauen. Wenn er irgendetwas aus der kleinen Show für Will in der Lobby des Tallgrass gelernt hat, dann, dass er das immer noch nicht kann. Er kann sich immer noch nicht mit all den Emotionen konfrontieren, die er so weit und so energisch weggeschoben hat.

Aber er geht nicht raus.

Stattdessen setzt er sich auf die Bank und starrt die Tasten an. Schwarz und weiß, jede einzelne ein Ort, an den er gehen kann, wenn er will. Und er spürt, wie sich Musik in ihm entfaltet. Sie ist eingefasst in Erwartung, Angst und Möglichkeiten. Wie die Momente, bevor er den ersten Schnitt im Schädel eines Patienten vornimmt. Die Musik wächst, bis sie ihn ausfüllt.

Seine Finger wissen, was zu tun ist. Es ist sein Herz, das glaubt, damit nicht umgehen zu können.

Er schließt die Augen. Er setzt die Hände auf.

Es strömt alles heraus: sein Leben und seine Liebe und seine Angst und sein Schmerz. Ganz besonders *jene* Nacht dröhnt durch ihn hindurch und hinaus in seine Fingerspitzen. Die Nacht, ohne die er nicht leben kann und die er niemals verzeihen wird.

Ruckartig zieht er die Hände von der Tastatur weg. Sein Herz steigt ihm hoch in die Kehle und würgt ihn. Schwitzend wirft er in seiner Hast die Bank um, und er bleibt nicht, um sie wieder aufzustellen. Er rennt zurück in das Sportgeschäft wie eine Ratte, die vor einer Überschwemmung flüchtet. Auf der Suche nach Sicherheit und festem Boden unter den Füßen.

Als er wieder bei den Basebällen und Fußbällen ist, greift er nach den metallenen Ständern mit bunten Trikots, die um ihn herum aufragen, und drückt sich den Handrücken gegen den Mund, um sich am Erbrechen zu hindern.

Alles ist gut. Mir geht's gut. Uns geht's gut.

Die Worte des Trostes kreiseln in seinem Kopf, und er denkt an Dinahs weiche Hände. Patrick strafft sich, zieht sich Jacke und Hemd zurecht und nickt. Es geht ihm gut. Alles ist gut. Er kann seine Gefühle wieder wegschieben und muss sie nie mehr durchleben, denn es ist lange her, und es ist vorbei.

Patrick schüttelt die Schultern aus und kehrt der Tür in der Wand den Rücken zu. Er konzentriert sich auf seine Atmung, wie Dinah es ihm beigebracht hat, als sie einander das erste Mal begegnet sind. Er zwingt sich vollständig in die Gegenwart, indem er sich alles um ihn herum genau ansieht und seinen Gedanken nicht erlaubt, sich mit etwas anderem zu beschäftigen.

Er geht durch den Laden, die Hand gegen sein Hosenbein flatternd, bis er bei der Kasse anhält und sich zwingt, jeden einzelnen Magneten und Schlüsselanhänger genau zu betrachten. Es ist alles so ein Naturliebhaber-Scheiß, aber ein Schlüsselanhänger fällt ihm ins Auge. Er trägt den Hermesstab, das griechische Symbol der Medizin.

Er nimmt ihn und legt ihn sich auf die Handfläche. Patrick wirft einen Blick über die Schulter zu Will, der immer noch mit dem schlaffhaarigen Jungen redet, dann hängt er den Schlüsselanhänger wieder an den Haken und ruft Amazon auf seinem Smartphone auf. Er findet rasch, wonach er sucht, drückt auf „Jetzt kaufen" und spürt, wie sich die Panik auflöst, weil er etwas erledigt hat. „Noch ein Geschenk", murmelt er vor sich hin.

Im selben Augenblick entscheidet Will sich endlich für ein Zelt und kommt nach vorne. „Ich schreib es auf Ihre Rechnung, Will", sagt Schlaffi. „Und ich lasse es als Geschenk einpacken, damit Sie es morgen abholen können. Das wird der Knaller, ich weiß es!"

„Danke, Scott", sagt Will, die Hände in den Taschen und ein süßes Lächeln auf den Lippen. „Fertig?" Er wendet sich Patrick zu. „Warst du das, der da vorhin drüben im Musikgeschäft Klavier gespielt hat?"

„Nein."

Will verengt die Augen. „Okay, wenn du es sagst." Seine Finger streichen über Patricks Hand, und einen Moment lang denkt Patrick, er würde sie mit seinen verschränken wie im Krankenhaus kurz vor Thanksgiving, aber dann zieht er die Hand zurück und kratzt sich verlegen hinter dem Ohr. „Ich muss noch ein paar Geschenke kaufen, aber wir könnten wahrscheinlich erst mal eine Essenspause vertragen, was? Wie wär's mit Jimmy's?"

Patrick wünscht sich, Will hätte nicht losgelassen. Er kann die Berührung von Wills Fingern noch wie eine Stromleitung an seiner Hand spüren. „Klingt gut."

„Teilst du dir die Pickles mit mir?"

„Na klar."

Will geht vor ihm aus dem Geschäft hinaus, und Patrick folgt ihm. Die kalte Luft schlägt ihm ins Gesicht, ein willkommener Schock.

***

„Ah, der beißende Geruch von Insulin am frühen Morgen." Patricks Stimme ist noch heiser vom Schlaf, als er die Dusche aufdreht, die schwarzen Boxershorts runterzieht und seinen straffen Hintern enthüllt.

Will guckt schnell weg und widmet sich wieder der Spritze, die er am Waschbecken aufzieht. „Ich kann die letzte Dosis nie aus dem Insulin-Pen rauskriegen. Die muss ich immer mit einer Nadel rausziehen."

„Nach dem Zusammenleben mit dir habe ich eine ganze Liste von Verbesserungsvorschlägen für Insulin-Pens."

„Ich sollte meinem Anwalt sagen, er soll sich mit dir bei der Pharmafirma verabreden."

„Mach das, Schnuckiputz, und ich bring dann eine PowerPoint-Präsentation mit. Sie wird nur aus vier Worten bestehen, immer und immer wieder. ‚Macht euren verdammten Job.' Falls sie darauf bestehen, würde ich vielleicht als abschließendes Argument ein ‚Lasst nicht mich ihn für euch erledigen' einwerfen."

Will kneift ein bisschen Bauchfett zusammen und spritzt sich schnell. Er macht das schon seit Jahren, aber er hat nie aufgehört, es zu hassen. Besonders Spritzen. Sie sind irgendwie noch schlimmer als die Insulin-Pens. „Ich werde Owen bitten, das zu arrangieren."

Patrick schnaubt hinter dem Duschvorhang. Will wirft einen Blick in seine Richtung, und Hitze durchströmt ihn, als er die Silhouette von Patricks Morgenlatte sieht. „Oh, ähm, lass mich nur schnell …" Er hantiert hektisch mit der gebrauchten Nadel herum und lässt schließlich die Spritze ins Waschbecken fallen. Der Insulingeruch wird noch stärker.

„Warum riecht das wie Wundpflaster?", sinniert Will, als er endlich die gebrauchte Nadel losgeworden ist, die Spritze reinigt und den jetzt leeren Insulin-Pen wegwirft.

„Das ist das Konservierungsmittel. Metakresol", sagt Patrick. „Mmm, so klinisch. So sexy."

„Und du bist so verrückt."

„Es gibt nichts Besseres als den Geruch nach Krankenhaus, um mich in Fahrt zu bringen."

Wieder wirft Will einen Blick auf Patricks Schatten hinter dem Duschvorhang. Er hat immer noch einen Halbsteifen, der herumwackelt, während er sich die Haare wäscht. Will räuspert sich.

„Hast du schon mal über eine Insulinpumpe nachgedacht?", fragt Patrick.

Will versucht, seine Gedanken von Patricks Erektion zu lösen. „Die will ich nicht."

„Weil?"

„Mir gefällt die Vorstellung nicht, dass da etwas an mir dranhängt. Die ganze Zeit. Etwas, bei dem ich mich darauf verlassen muss, dass es funktioniert."

„Du vertraust doch auch darauf, dass die Insulin-Pens die richtige Dosierung haben, dass der Einstellring funktioniert, dass sie …“

„Ich weiß, Patrick. Aber ich habe das Recht auf meine eigenen Wünsche, wenn es um meine medizinische Behandlung geht.“

„Das stimmt. Also, wie lautet der Deal mit deinem Vater?“, fragt Patrick übergangslos.

„Wovon redest du?“ Will packt sein Testset zusammen und macht sich mit einem schwarzen Marker einen Punkt auf den linken Handrücken. So kann er nicht vergessen, an der Apotheke vorbeizugehen und seine neuen Insulin-Pens zu holen.

„Papa Molinaro. Wie ist der Deal mit ihm wegen der Feiertage? Zu Thanksgiving war er ja nicht da. Kommt er Heiligabend mit einem Sack voller Geschenke für dich und einem schönen harten Ständer für deine Mama durch den Kamin? Oder was?“

Will verdreht die Augen. „Danke für das gedankliche Bild.“

„Gern geschehen.“

„Er verbringt Weihnachten mit seinen Töchtern. Jedenfalls hat er das früher gemacht. Ich hab keinen Kontakt mehr zu ihm.“

„Ah, die Halbgeschwister, die du nie kennengelernt hast. Also, kein Weihnachtsanruf von Papa?“

„Nein.“ Will spürt das vertraute, ungeduldige Ziehen in seinen Eingeweiden. Gespräche über seinen Vater lösen das immer aus.

„Keine Weihnachtskarte mit Geld drin?“

„Keine Karte, keine SMS, kein Skype, keine E-Mail.“

„Ha.“

„Was?"

„Er ist besessen genug, um dich von mafiösen Spionen beschatten zu lassen, aber kann nicht zum Telefon greifen. Im besten Falle ist das ineffizient."

„Und im schlimmsten?"

„Im schlimmsten Falle, Herzchen, habt ihr ein total gestörtes Vater-Sohn-Verhältnis."

„Wow. Du bist echt ein Genie."

Patrick lacht bellend und beginnt dann, den neuen Madonna-Song zu summen, den er schon seit zwei Tagen ständig singt.

„Den hast du wohl immer noch im Kopf, was?"

„Mhm."

„Besser als die Mischung aus *We Three Kings* und *Scarborough Fair*", murmelt Will. Er hat sein morgendliches Insulinritual beendet und lässt Wasser ins Waschbecken laufen, um mit dem Rasieren anzufangen. „Tony macht nichts, das er nicht will, und ein zuverlässiges Familienmitglied zu sein war nie seine Stärke."

„Wann hast du ihn denn das letzte Mal gesehen?"

„Das ist jetzt drei Jahre her. Von mir aus können es aber noch zehn mehr werden." Will pumpt sich Rasierschaum in die Hand und verteilt ihn auf seinem Gesicht. „Er kommt rein wie ein Unwetter, zerstört unsere Leben und haut wieder ab."

Patrick schweigt hinter dem Vorhang, und Will wirft ihm einen Blick zu, um zu sehen, dass er sich die Haare ausspült.

„Es gibt kein Muster, es sei denn, du zählst dazu, dass meine Mutter etwas mit irgendjemandem anfängt. Sobald mein Vater Wind davon kriegt, dass sie mit einem anderen glücklich ist, muss er in die Stadt kommen und es kaputtmachen."

„Mit seinem Schwanz."

Will seufzt. „Bei dir dreht sich alles nur um Sex, was?"

„Nein. Vieles. Aber nicht alles." Er dreht das Wasser ab und schiebt den Vorhang beiseite.

Will weicht rasch seinem Blick aus, aber seine Hände zittern schon so stark, dass er nicht weiß, ob er sie weiter seine Rasur vornehmen lassen sollte.

Patrick fährt fort: „Aber bei deinen Eltern dreht sich alles um Sex. *The Hurting Times* ist voll mit schillernden Berichten darüber, wie deine Mutter unangemessenerweise deinem Vater auf den Schwengel gehüpft ist."

„Als wenn du irgendwas von ‚unangemessen' verstehen würdest."

„Als wenn ich wüsste, dass sie mal bei der Beerdigung irgendeiner alten Dame auf dem Klo gepoppt haben. Im Forum der *Hurting Times* gab es ganze Seiten darüber."

Will bekommt heiße Ohren.

„Und übrigens, nur fürs Protokoll, sogar ich weiß, dass die Toilette eines Beerdigungsinstituts ein schlechter Schauplatz für Sex ist. Öffentliche WCs sind Brutstätten für Keime." Er schaudert und schlingt sich ein Handtuch um die Hüften, das glücklicherweise seinen baumelnden Schwanz verdeckt. „Das ist ungesund."

„Du bist so ein Blödmann."

„Das sagst du mir öfter." Patrick nimmt sich eine Bürste und fährt damit durch sein nasses Haar. Das dunkle Kastanienbraun sieht fast schwarz aus und glitzert unter der Deckenbeleuchtung des Badezimmers. „Es gibt Belege für eine genetische Komponente von Abhängigkeit." Patricks

Augen verschleiern sich, als er sinniert: „Aber ist das Abhängigkeit oder Missbrauch? Beides wahrscheinlich."

„Wovon redest du?"

„Von dir hauptsächlich. Aber auch von ihnen. Wenn der Klatsch über die beiden in der *Hurting Times* auch nur zur Hälfte wahr ist, haben sie eine ganze eigene Form der Abhängigkeit. Sie sind süchtig nach dem anderen. Süchtig nach Sex. Süchtig danach, sich zu verlieben. Besonders deine Mutter. Aber es ist möglich, dass dein Vater diese intensive sexuelle Verbindung zwischen ihnen zum Missbrauch nutzt."

„Ich ..." Wills Finger verkrampfen sich um den Rasierer, und er zieht ihn sorgfältig über seine Haut. „Ich wusste gar nicht, dass du an diesen psychologischen Hokuspokus glaubst."

„Ich glaube nicht an spirituellen Hokuspokus. Und ja, in der Psychologie gibt es auch eine Menge Quatsch, aber als Neurochirurg kann ich nicht bestreiten, dass Gedanken und Erfahrungen physische Auswirkungen auf das Hirngewebe haben. Das ist so dubios und geheimnisvoll wie die meisten psychologischen Theorien im Vergleich zur knallharten Wissenschaft. Welches Sternzeichen hat dein Vater?"

„Dein Ernst?"

Patrick zuckt die Schultern und stellt sich neben Will ans Waschbecken, um sein Gesicht im Spiegel zu untersuchen.

Will seufzt. „Anfang November. Was ist das? Skorpion?"

„Ah. Und deine Mutter ist auch Skorpion."

„Woher weißt du das? Auch wieder aus der *Hurting Times*?"

„Das weiß ich, weil ich sie kennengelernt habe."

Patricks Arm berührt seinen, als er nach der Dose mit dem Rasierschaum greift. Will bewegt sich leicht zur Seite, aber Patrick rückt einfach näher. Will riecht die Seife auf seiner Haut und das Shampoo in seinem Haar. Er fragt sich, wie diese Locken sich glitschig und nass unter seinen Händen anfühlen würden.

Patrick verteilt den Rasierschaum und greift nach seinem Rasierer. Seine nackte Brust berührt Wills Bizeps.

Will versucht, sich aufs Rasieren zu konzentrieren, aber Patricks Spiegelbild lenkt ihn ab. Seine normalerweise blasse Haut ist gerötet von der Dusche, und seine Nippel sind pink und ragen hervor. Will räuspert sich und schabt erneut mit dem Rasierer über sein Gesicht.

„Abhängigkeit", sinniert Patrick weiter. „Du bist da nicht von alleine reingeraten. Du trinkst … und deine Eltern vögeln. So wirken diese Gene sich aus. Und wenn sie beide Skorpion sind …"

Patricks Arm streift ihn, und Will schnalzt mit der Zunge. Zwischen diesem *Berühren* und Patricks Spekulationen über das Sexualleben seiner Eltern kann Will nicht sagen, ob er gleich einen unbequemen Ständer bekommt oder ob seine Eier sich schrumpfend in seinen Körper zurückziehen.

„Zwei Skorpione können ein Haus niederbrennen durch die Hitze ihrer gegenseitigen Orgasmen."

Die schrumpfenden Eier gewinnen. „Okay, schön, dieses Gespräch hat alles abgedeckt, über das ich noch nie nachdenken wollte. Ich komm zu spät zur Arbeit."

Patrick betrachtet Will im Spiegel.

Will wischt sich den Rasierschaum aus dem Gesicht, beschließt, sich nicht darum zu kümmern, dass er einen Streifen glatter Haut in einem ansonsten stoppligen Gesicht hat, greift nach seinem Etui und überlässt Patrick das Waschbecken.

Er zieht sich rasch an. Er kommt wirklich zu spät. Nicht, dass irgendjemand bei Gute Taten irgendwas zu ihm sagen würde.

„Hast du heute eine OP?", ruft Will, als er das Portemonnaie in die Gesäßtasche schiebt und sich die Tasche über die Schulter wirft.

„Nein."

„Dann treffen wir uns heute Abend hier?"

„Gibt's wieder Capheus?"

„Ja. Und Lito."

„Dann ist es also ein Fernsehabend-Date mit Männe", sagt Patrick und kommt mit einem Grinsen ins Zimmer.

Mit Männe.

„Der Erste, der da ist, ruft den Zimmerservice an", fügt Patrick hinzu. „Und bestellt Sachen, die wir beide mögen. Wir können ja teilen."

„Abgemacht."

„Ach, und Will? Nur fürs Protokoll, du wärst immer noch sexy, auch mit Insulinpumpe."

„Danke. Aber ich bleib bei den Pens."

Als Will zwanzig Minuten später mit seinen neuen Insulinpens aus der Apotheke kommt, fragt er sich, wie der Sex zwischen Waage und Widder wohl sein soll. *Du kennst die Antwort bereits. Heiß genug, um ein Haus abzubrennen.*

„Herrgott, hör einfach auf."

Er fährt sich mit der Hand durch die Haare und beschließt, sich auf den vor ihm liegenden Tag zu konzentrieren. Ein Schritt nach dem anderen. So wie er es bei den AA gelernt hat.

***

Will ist fast fertig mit seiner Arbeit für diesen Tag, als Owen sein Büro betritt. Er bemüht sich um ein Lächeln. In zwanzig Minuten soll er Patrick im Hotel treffen. Sie haben ihre früheren Pläne aktualisiert und wollen noch gemeinsam im Hotel-Fitnessraum trainieren, nachdem sie ihren *Sense8*-Exzess beendet haben. Er hat sich schon den ganzen Tag darauf gefreut.

„Scheinst ja nicht so begeistert zu sein, mich zu sehen." Owen lacht, wirft sich in einen Sessel und legt den Knöchel auf sein Knie. Seine Augen sind müde und seine Glatze glänzt, als hätte er sie im Laufe des Tages häufig gerieben.

„Natürlich freue ich mich, dich zu sehen. Geht's dir gut?"

Owen nickt und lächelt Will freundlich an. „Du warst jetzt einen Monat nicht mehr bei den Treffen."

Will schluckt. Er weiß, wo dieses Gespräch hinführt. „Owen, ich glaube nicht, dass das Programm …"

„Das Programm funktioniert, wenn du es anwendest", sagt er auf, hält eine silberne Münze hoch und bricht damit die Gruppenregeln.

„Ich will die Münze nicht, Owen. Ich habe sie gemäß den AA-Prinzipien nicht verdient."

„Vielleicht nicht. Aber ich weiß, dass du nichts getrunken hast. Ich weiß, dass du seit deiner Rückkehr aus Vegas trocken geblieben bist."

„Ja. Aber dafür bekommt man die Münze nicht. Man bekommt die Münze, wenn man zu den Treffen geht. Nicht dafür, dass man rumsitzt und nichts trinkt."

„Hast du denn rumgesessen? Oder hast du dir eine andere Art von Programm erarbeitet?"

Will hat jetzt keine Lust auf verbale Spielchen. Er will mit Patrick *Sense8* gucken. „Worauf willst du hinaus, Owen?"

„Nimm sie einfach. Nimm schon." Er nickt in Richtung der Münze in seiner Hand.

Will möchte das eigentlich nicht. Er weiß nicht, was Owen im Gegenzug von ihm erwartet. „Ich komm nicht mehr zu den Treffen, Owen."

„Ich weiß."

„Also, warum dann?"

„Weil du jetzt besser zurechtkommst als jemals zu der Zeit, als du noch hingegangen bist."

Will wirft den Kopf zurück. „Ich dachte, du glaubst daran, dass die AA der ultimative Weg zur Genesung sind. Deshalb bist doch Sponsor. Deshalb bist du mein Sponsor."

„Sie waren der ultimative Weg zu *meiner* Genesung. Und dass ich dein Sponsor bin, na, das ist ja eine längere Geschichte, und du kennst sie. Du brauchtest einen neuen, und deine Großmutter wusste, dass ich das Programm erfolgreich für mich umgesetzt hatte. Eleanora hat mich gebeten, dein Sponsor zu werden, und der wurde ich." Er lächelt. „Der wurde ich." Erneut fährt er sich über die Glatze. „Aber ich habe im Laufe der Jahre, in denen ich an AA-Treffen teilgenommen habe, viel gelernt."

„Das glaube ich."

„Sowohl dadurch, dass ich selbst gesponsert wurde, als auch durch dein Sponsoring, und auch indem ich Leute beobachtet habe, die das Programm gemacht haben. Ich habe gesehen, wer kommt und wer geht und wer wiederkommt. Eine Sache, die ich dabei gelernt habe, ist, dass manche Menschen in der Nüchternheit härter werden. Dogmatischer. Es muss *genau so* gemacht werden, sonst scheiterst du und stirbst betrunken und einsam in der Gosse." Seine grauen Augen ruhen auf Will. „Du kennst ja solche Leute. Wir kennen sie beide."

„Ich war sogar mit einem zusammen."

„Das stimmt. Aber ich habe festgestellt, dass es noch einen anderen Weg gibt. Statt dogmatisch zu werden, bin ich weicher und flexibler geworden." Er lächelt. „Meiner Meinung nach geht jeder seinen eigenen Weg."

„Sie machen ihre eigenen Schritte."

„Gewissermaßen. Aber ich habe erlebt, dass manche Leute es außerhalb der AA-Dynamik besser hinbekommen. Ich sollte das eigentlich nicht sagen. Wir wissen beide, dass es kein von den AA abgesegneter Kommentar ist, aber es stimmt. Und auch wenn es mich überrascht, so scheint der Weg, auf dem du entlanggestolpert bist, für dich zu funktionieren."

„Ich glaube, man nennt das ganz unten sein, Owen."

„Ja. Da warst du ganz bestimmt." Owen lächelt. Stille erfüllt den Raum, und Will denkt, dass er Owen jetzt vielleicht wegschicken und zu Patrick nach Hause gehen kann.

Aber dann spricht Owen erneut. „Hab ich dir jemals erzählt, wie ich meine Frau kennengelernt habe?"

Offenbar ist Owen in Stimmung, Weisheiten zu verbreiten. *Sense8* und Patrick werden wohl warten müssen. „Rhonda?"

Owen legt die Münze mitten auf Wills Schreibtisch und lehnt sich seufzend in seinem Sessel zurück. „Sie war meine Sekretärin. Als wir uns kennenlernten, war ich mit einer anderen Frau verheiratet."

„Oh."

„Ja. Ich weiß, was du von Untreue hältst, aber lass mich zu Ende erzählen." Owen sieht über Wills Schulter hinweg in die Vergangenheit. „Auf dem Höhepunkt meiner Alkoholabhängigkeit habe ich eine Affäre mit ihr angefangen. Meine Frau verloren, meine Kinder, mein Auto, mein Haus, meine Arbeit.“ Er lacht und blickt hinunter auf seine Schuhe. „Meine Freundin verloren.“

„Ja?“

„Und als ich endlich trocken war, wurde mir klar, dass der Verlust von Rhonda mein absoluter Tiefstpunkt gewesen war. Wäre Rhonda bei mir geblieben, hätte ich ihn vielleicht lange nicht erreicht.“

„Du glaubst also, dass Ryan mich verlassen hat, war mein Tiefpunkt?“

„Nein, ich glaube, einen Fremden zu heiraten war dein Tiefpunkt.“

Will reibt sich mit der Hand über das Gesicht.

„Aber ich glaube auch, dass deine Situation mit Ryan vielleicht so ähnlich ist wie meine Situation mit meiner ersten Frau, Tandy. Sie und ich waren wie Feuer und Wasser. Mit ihr musste man einfach zum Trinker werden.“

„Owen …“ Will schüttelt den Kopf. Er kann das nicht hören. Er weiß nicht mehr, was er für Ryan empfindet. Es wird jeden Tag verwirrender. Aber er weiß, er will nicht, dass Owen Ryan schlechtmacht. „Ich weiß, dass du ihn nie mochtest.“

„Ich mag ihn durchaus. Und du? Tja, du liebst ihn. Ich weiß. Ich habe Tandy auch geliebt. Das heißt aber nicht, dass wir gut füreinander waren.“

„Danke“, sagt Will und erhebt sich. Er steckt sich die silberne Münze in die Tasche. „Dass du die Münze vorbeigebracht hast. Vielleicht schaffe ich diesmal die sechs Monate.“

Owen steht auf und gibt Will die Hand. „Denk mal darüber nach, was ich dir gesagt habe."

„Mach ich."

„Mein Geld gehört dir." Owen geht um den Schreibtisch herum und zieht ihn an sich. „Mein Geld gehört jederzeit dir, mein Junge. Und jetzt nichts wie los. Geh nach Hause zu deinem Mann."

Kapitel siebzehn

Weihnachten mit den Pattersons verläuft ziemlich genau so wie erwartet. Die ganze Familie ist auf der Farm versammelt, einer mittelgroßen Pferderanch am Rande des Reservats. Patrick hat genug gehört, um zu wissen, dass Will hier einen Großteil seiner Kindheit verbracht hat. Er ist geritten, hat Ställe ausgemistet und war fast schon ein Bauernkind. Patrick ist zu seinem eigenen Erstaunen gespannt auf die Farm.

Das Gelände ist mit weißen Zäunen gesprenkelt, und Pferde rennen über den harten Boden. Von so einem Ort hat Patrick in Büchern gelesen und als Kind manchmal als Zufluchtsort geträumt, wenn es mit seinem Vater besonders schlecht lief. Es macht ihn ein bisschen schwindlig, dass er nun tatsächlich dorthin kommen wird.

Am Tag zuvor hat es zu schneien begonnen, und der Schnee wird schnell mehr. Weiß und schön. Patrick ist ein bisschen überwältigt davon. Wie er sich über Wiesen und Bäume legt, das hat eine hypnotische Wirkung auf ihn, und den Großteil der knapp einen Kilometer langen Zufahrt von der Hauptstraße zum Haus schweigt er. Obwohl er seine Universitätszeit im Nordosten verlebt hat, ist er tief im Inneren immer noch ein kleiner Südstaatenjunge, der von Schnee nie genug bekommt.

Als sie sich dem weiß getünchten Haus nähern, sieht er eine einschüchternde Zahl von fremden Autos entlang der Auffahrt parken. Will hält hinter dem letzten in der Reihe, und ehe er den Motor abstellen kann, parkt bereits ein Lkw hinter ihnen.

„Wie viele Cousins hast du noch mal?“

Will zwinkert ihm zu. „Ich habe null Cousins ersten Grades auf dieser Seite der Familie. Das sind alles Cousins und Cousinen zweiten und dritten Grades. Und davon gibt es eine Menge.“

„Super.“

Will legt die Hand auf Patricks Nacken und reibt ihn leicht. Eine Welle von Hitze und Wünschen durchflutet Patrick. „Bist du soweit?“, fragt Will mit leiser, aufmunternder Stimme.

„Das sollte ich ja wohl, nachdem ich so viel geübt habe.“

Fast die gesamte letzte Woche hat Will ihn willkürlich gepiesackt mit Sachen wie: „Ich bin meine Großtante Polly, und du bist du. Ich schüttele dir die Hand und sage: ‚Oh, mein Bester, Sie sind ein reizender Junge!‘“

Offenbar lautet die richtige Antwort darauf nicht: „Gute Frau, ich bin kein Junge, ich bin Neurochirurg.“ Wer hätte das wissen können? Nun, Patrick weiß es jetzt.

Während sie durch den Pulverschnee zum Haus gehen, dringt Rauch aus dem Kamin, und aus den Ställen ist das Wiehern von Pferden zu hören. Patrick ist höllisch nervös. Als wäre dies ein ganz großes Ding. Als wären diese Leute die Familie seines tatsächlichen Ehemannes, und er müsste einen guten Eindruck auf sie machen.

Verdammt, er glaubt schon selbst daran.

„Du machst das schon.“ Will drückt die Hand auf Patricks Kreuz, ehe er ihm denselben Arm um die Schulter legt und ihn ein bisschen schüttelt. „Du wirst schon sehen. Guck nicht so ängstlich.“

„Ich bin nicht ängstlich, ich bin …“ Ihm fällt nichts Plausibles ein, das er sein könnte. Ihm fehlen die Worte. Das ist ein erschreckendes und sehr schlechtes Zeichen. Wer weiß, was er vom Stapel lässt, um die Stille zu füllen?

Will küsst ihn auf die Wange, und Patricks Haut prickelt dort, wo seine Lippen sie berührt haben. Warum können sie nicht einfach zurück ins Hotel fahren und diesen Tag mit einem Orgasmus beenden? Denn das wünscht sich Patrick. Nicht Zeit mit irgendeiner falschen Familie zu verbringen, nicht so zu tun, als wären sie verliebt, sich nicht von Leuten beurteilen und für mangelhaft befinden zu lassen. Nein, er will allein sein mit Will, nackt und ohne Heuchelei. So wie in Vegas.

Will küsst ihn wieder auf die Wange, diesmal etwas zarter. Sein Blick begegnet Patricks, und seine Mundwinkel heben sich zu einem süßen Lächeln. Patrick schluckt. „Ich versprech dir, es läuft alles gut."

Das anhaltende Kribbeln lenkt ihn ab, als sie das Haus betreten und ihre Mäntel zu einer Flut von weihnachtlichen Begrüßungen ablegen. Er kann nicht aufhören, an die Küsse zu denken oder ihren Nachklang auf seiner Haut zu spüren.

Wenigstens die Begegnung mit Oma Betty ist erschreckend einfach. Sie ist eine kugelrunde Frau mit warmen grünen Augen und dunkelbraunem Haar. Nicht hässlich, aber auch nicht großartig aussehend. Patrick hat keine Ahnung, wie sie blonde Wunder wie Kimberly und Kevin hervorbringen konnte. Auch nicht, wie eine Frau, die offenbar ein Herz so groß wie der ganze Staat hat, derart argwöhnische, traurige Gestalten großziehen konnte. Kaum ist er ihr vorgestellt worden, zieht Oma Betty ihn in eine Umarmung und küsst ihn auf die Wange. Überrascht lässt Patrick es einfach geschehen. Als sie ihn loslässt, drückt sie sein Gesicht zusammen, bis er Fischlippen bekommt, und sagt: „Sie sind *willkommen* in dieser Familie, junger Mann."

Na dann. Er nimmt es an. Es ist besser, als wieder als böser, scheußlicher Neurochirurg bezeichnet zu werden. *Pfft.*

Doch schon wenige Augenblicke später ist Patrick wieder hoffnungslos verloren und verwirrt. Er hat keine Chance, Wills ausgedehnte Verwandtschaft auseinanderzuhalten. Es sind einfach zu viele.

Er lächelt matt einem Anwalt mit breiter Nase und einem Gesicht wie ein Hammer zu. Er nickt zum Gejammer einer Frau mit Lesbenhaarschnitt und Katzenaugen-Brille. Da ist ein Kind mit Rotznase, das Patrick meidet wie die Pest. Er schwatzt gedankenlos mit einer brünetten Frau, die ein schwarzes Döschen mit Pfefferminz dabeihat; das weiß er, weil sie jeden ihrer Gesprächspartner fragt, ob er eins möchte. Das Farmhaus ist groß, aber nicht groß genug, und die Räume sind so überfüllt, dass er sich fühlt wie in der Falle. Seine Schläfen hämmern.

Als er sich aus der Gesellschaft der Pfefferminzdame befreit hat, ist er erleichtert, von Will, Eleanora und Reba beiseite genommen zu werden. Doch dann wird Will von Connor und einem kleinen Cousin weggezogen, und Eleanora schickt Reba, noch eine Platte mit Hors d'Oeuvres zu holen. Patrick spürt, wie Eleanora ihn begutachtet, während er seinen Kaffee trinkt und Will beobachtet, der Connor und dem winzigen Cousin dabei hilft, den Baum zu schmücken.

„Also, Dr. McCloud. Nehme ich da eine grundlegende Veränderung bei Ihnen wahr? Und geht mein Enkel ebenfalls durch eine solche?"

Patrick hebt müßig die Schultern. Auf seinem Rücken bricht der Schweiß aus, und er trommelt sich mit der Hand gegen das Bein. „Keine Veränderung. Ich bin derselbe, der ich immer schon war."

Eleonora grinst und nippt an ihrem Wein. „Verstehe. Na schön, dann spielen wir es eben so."

Patrick wirft ihr einen irritierten Blick zu. „Spielen? Was? Ich spiele nicht."

„Wenn Sie das sagen, Herzchen. Aber geben Sie mir hinterher nicht die Schuld, wenn die Scheidung endgültig ist."

„Besteht denn Hoffnung, dass die Scheidung bald durchkommt?" Sein Herz schlägt dumpf und dunkel, und der Magen rutscht ihm bis runter zu den Zehen.

„Hoffnung?" Sie lacht. „Nein. Leider nicht."

Patricks heftiges Einatmen verjagt die Dunkelheit. „Aber Sie arbeiten daran, oder?"

„Ja. Obwohl ich mir vielleicht gar nicht die Mühe machen sollte. Was meinen Sie?"

„Ich meine, Sie sollten."

Wieder lacht sie erheitert.

„Mrs. Molinaro, sind Sie betrunken?"

„Natürlich. *Natürlich.*" Sie verdreht die Augen. „Nein, ich bin nicht betrunken. Ich bin mir bloß nicht sicher, dass Sie wirklich das wollen, was zu wollen Sie behaupten. Sie erkennen, dass mein Enkel tatsächlich ein guter Fang ist, und Sie könnten es schlimmer treffen, als von jemandem wie ihm geliebt zu werden."

Patricks Herz trommelt gegen seine Brust, und er erinnert sich an das Kribbeln auf seiner Wange nach Wills Kuss. „Wie bitte? Wer hat denn hier irgendwas von Liebe gesagt?"

Er merkt, dass er fast gebrüllt hat, denn die Hälfte aller Leute guckt jetzt zu ihm herüber. Will geht auf ihn zu und lässt Connor und den kleinen Cousin zurück.

Patrick flüstert: „Das Letzte, was ich auf der Welt will, ist, mich noch weiter mit Ihrem Enkel abzugeben. Wir haben das Beste daraus gemacht, und damit fertig."

„Ich nehme an, das glauben Sie wirklich." Eleanora sieht hoch zur Decke. „Gott bewahre. Sie sind auch ein Idiot. Und ich hatte so große Hoffnungen, als wir uns kennengelernt haben. Oh, da kommt er ja. Mach ein unschuldiges Gesicht, Schatz."

Sie küsst Will auf die Wange, als er nahe genug ist. „Ich gehe mal Reba suchen und mein Glas auffüllen. Dein Mann ist *bezaubernd*, wie immer."

Will sieht ihr nach und wendet sich dann Patrick zu. „Was sollte das denn jetzt?"

„Nichts. Deine Großmutter ist verrückt."

Will lächelt sanft, lehnt sich gegen die Wand und betrachtet seine Familie und dann Patrick mit Zuneigung. „Ja. Ich weiß."

Patrick schüttelt den Kopf. Die gesamte Molinaro-Patterson-Familie ist verrückt. Will auch, was das angeht.

Aber das Essen – das Essen ist *fantastisch*.

In der Küche herrscht Betriebsamkeit, aber man hat mehr Raum zum Atmen. Er hockt sich auf eine kleine Einbautheke an der Stirnwand und sieht den Frauen zu, die herumwirbeln, um köstlich riechende Dinge zu machen. Oma Betty verteilt gerade den Belag. Patrick läuft beim bloßen Anblick das Wasser im Mund zusammen, aber jedes Mal, wenn er die Hand auszustrecken wagt, um sich etwas wegzuschnappen, schlägt Betty sie weg.

„Das Essen wird noch nicht serviert, junger Mann", sagt sie streng, aber dann grinst sie und steckt ihm einen Keks zu.

Alles in allem denkt Patrick, dass beide Großmütter von Will ihn mögen. Eleanora ist bei all ihren merkwürdigen Anspielungen immer erfreut, ihn zu sehen, und er findet das irgendwie cool, da sie ja weiß, dass er nicht Wills große Liebe ist. Oma Betty, die die Wahrheit nicht kennt, scheint ihn ausschließlich auf Grundlage dessen akzeptiert zu haben, dass sie ihn ebenfalls liebt, wenn Will es tut.

Patrick findet das herzzerreißend wunderbar. Er hat nie eine so vertrauensvolle Frau kennengelernt. Er hasst den Gedanken, dass dies sie vermutlich dumm macht, besonders weil er sie schon so sehr ins Herz geschlossen hat.

Obwohl Betty so geschäftig durch die Küche wirbelt, scheint es ihr zu gefallen, dass er fast sabbert bei jedem Gericht, das sie aus dem Ofen zieht oder auf der Arbeitsplatte zubereitet. Patrick stellt sich daneben und bewundert die Kuchen – die vielen, vielfältigen *Kuchen* –, bis Betty ihm schließlich ein Stück von der Kürbistorte abschneidet. Patrick hofft, sich den ganzen Tag den Mund mit Essen vollstopfen zu können, so dass er keine Gelegenheit hat, irgendetwas Beleidigendes zu ihr zu sagen. Er will nicht, dass sie erfährt, mit was für einem furchtbaren Mann ihr Enkel verheiratet ist. Er will, dass sie ihn auf alle Zeiten mit ihrem warmen Lächeln beschenkt.

Nachdem Patrick den ganzen Nachmittag lang so getan hat, als wäre er total verliebt in Will, und dabei gleichzeitig jedes Gespräch mit der Familie vermieden hat, landet er schließlich in dem unordentlichen Spielzimmer der Kinder im hinteren Teil des Hauses, wo er wieder mit Connor und einigen der Cousins Lego spielt.

„Da bist du.“ Will lehnt im Türrahmen und sieht zu, wie Patrick letzte Hand an etwas legt, was er den Turm der Verdammnis genannt hat. „Ich hab dich vermisst.“

Patrick lächelt ihm zu. „Du hast mich ja gefunden.“

„Komm mal mit mir zum Stall.“ Er schiebt sich die Hände in die Taschen und lächelt. „Ich will dir was zeigen.“

„Zeigst du ihm Manny?“, fragt Connor.

„Vielleicht.“ Will zwinkert seinem Bruder zu.

Patricks Herz macht einen Hüpfer bei der leichten Andeutung in Wills Stimme. Er weiß, dass sie nichts zu bedeuten hat, aber er lässt die Kinder ohne weitere Fragen zurück und folgt Will. Sie holen sich die Mäntel, ehe sie in die eisige Kälte hinausgehen.

„Ist das irgendeine Überraschung?“, fragt er, als Will die Stalltür öffnet. Der Geruch von Heu, Schmutz, Dung und Tierkörpern dringt warm in die kalte Luft hinaus.

„Komm rein und guck es dir an.“ Will schließt die Tür hinter ihnen.

Im Halbdunkel tanzt der Staub. Das Geräusch stampfender und leise wiehernder Pferde ist zu hören, und Will zieht ihn weiter in den Stallgang hinein.

Wills Finger legen sich warm um sein Handgelenk. „Hattest du Spaß mit Connor?“

„Klar. Ich hab ihm und den anderen Kindern eine Geschichte vom Tödlichen Gehirnwurm erzählt. Hat ihnen gefallen.“

„Ach ja?“ Will kommt vor der Box eines riesigen schwarzen Pferdes zum Stehen. Patrick hält Abstand. „Ist es eine gute Geschichte?“

„Die beste überhaupt. Es geht um einen Jungen, der mit Gehirnwürmern infiziert wird. Sie fressen ihm den Schädel leer. Es ist grausig und vermeidbar. Er müsste nur seine

Milch trinken und sein Gemüse essen. Gemüse und Milch sind Gehirnwürmern zuwider."

„Toll. Sie werden an Weihnachten alle Albträume haben."

„Das sind Kinder", sagt Patrick und saugt den Duft von Heu ein. Es reicht beinahe aus, dass seine Nase zu jucken beginnt, aber nicht ganz. „Die finden das toll."

Will tätschelt das Maul des gewaltigen Tieres vor ihnen und greift dann nach einer Mohrrübe in dem Eimer an der Wand. „Tja, wenn meine Mutter Connor zu uns ins Tallgrass schickt, weil du derjenige bist, der ihm Albträume verursacht hat, wirst du anders darüber denken."

„Ah, noch so eine herausragende Erziehungsmethode von Ms. Patterson."

Will gibt Manny die Mohrrübe, und Patrick betrachtet die riesigen weißen Zähne des Pferdes. „Meine Mutter ist nicht perfekt, aber sie liebt uns."

Patrick zuckt die Achseln und streckt vorsichtig die Hand aus, um ebenfalls Mannys Nase zu berühren. Sie ist samtig und weich, aber als sich die Lippen des Pferdes kräuseln, um erneut diese Zähne zu enthüllen, zieht er seine Hand hastig zurück. „Und dieses ganze Hin und Her zwischen ihr und deinem Vater? Und die ganzen Männer, die kommen und gehen? Diese ganzen Schuld- und Angstgefühle, die sie dir eingeflößt hat, weil du schwul bist? Wenn das Mutterliebe ist, dann bin ich froh, dass ich keine hatte."

Will seufzt leise und wendet Patrick das Gesicht zu. Die leuchtenden Staubwirbel und das von hinten durch ein Fenster einfallende Licht des Sonnenuntergangs lassen ihn beinahe engelhaft aussehen. „Komm schon, das meinst du gar nicht so."

„Nein, wahrscheinlich nicht." Patrick denkt an Dinah und was für eine wunderbare Mutter sie ist – die Art

Mutter, von der er immer gehofft hat, dass seine eigene auch so gewesen wäre, wenn sie noch gelebt hätte. „Ich hätte meine Mutter egal wie genommen, als ich noch klein war."

Will rückt näher an ihn heran. Patrick spürt die Hitze in ihm, die von seinem warmen Mantel abstrahlt. „Es ist in Ordnung, etwas zu wollen, das man nie hatte, weißt du. Es wäre komisch, wenn du das nicht tätest."

Ein langer Augenblick vergeht, und die Wölkchen ihres Atems wirbeln zwischen ihnen herum. Ihre Blicke begegnen sich. Will leckt sich die Lippen, und Patrick betrachtet ihren Glanz.

Manny schnaubt. Feuchte, kühle Luft trifft die beiden. Will lacht, und Patrick macht einen Satz nach hinten.

„Oh, hey", sagt Patrick, nachdem Will Manny ein weiteres Leckerchen gefüttert hat. Die Stille zwischen ihnen scheint sich mit Bedeutung aufzuladen, bis Patrick sie durchbrechen muss. „Das hier ist für dich." Er greift in seine Manteltasche und zieht ein kleines, rechteckiges Päckchen hervor. Er reicht es Will.

„Für mich?"

Patrick zuckt die Achseln. „Frohe Weihnachten."

Will betrachtet das Geschenk in seiner Hand und wirft Patrick dann unter seinen goldenen Wimpern hervor einen Blick zu. Patricks Herz gerät ins Stolpern, und der Rest von ihm scheint hinterherzutaumeln. „Patrick, das ist so lieb von dir."

„Es ist nur eine Kleinigkeit."

„Ich hab deins im Haus unter den Baum gelegt."

Patrick runzelt die Stirn. „Also, mach schon auf."

„Es ist bloß …" Er streicht über das Papier. „Hast du das selbst eingepackt?"

„Ja. Und ich warne dich, es könnte sein, dass es dir nicht gefällt.“

Wills Augen leuchten. „Mir gefällt, dass du mir etwas schenken willst.“

Patrick ist etwas schwindelig, und er möchte Will packen und ihn küssen. Stattdessen schnappt er Will das Geschenk aus der Hand und reißt das rot-weiße Papier ab. „Hier.“ Er hält ihm die ausgepackte Schachtel wieder hin. „Mach auf.“

Will lacht. „Okay. Meine Güte, hab doch mal ein bisschen Geduld.“ Er lässt den Deckel aufklappen und lacht leise. „Echt? Das ist für mich?“

Patrick nimmt das dicke, klobige und absolut unmissverständliche Notfallarmband aus der Schachtel. „Allerdings. Das ist zu deinem eigenen Schutz. Falls du jemals total besoffen in Vegas bist und kurz davor stehst, irgendeinen bekloppten Arzt zu heiraten, weiß der wenigstens, worauf er sich einlässt.“

Will schmunzelt, und sein Hals und seine Wangen erröten. Mit leiser und zärtlicher Stimme sagt er: „Du bist so ein Idiot.“

Patrick rauscht das Blut so heftig durch die Adern, dass seine Haut bebt. Um Konzentration bemüht schließt er das Armband um Wills Handgelenk und schiebt das modische zurück, um mehr Platz dafür zu schaffen. „Und wenn du mal irgendwo ins Koma fällst, wo die Leute dich nicht kennen, kommt es nicht zu Verwirrung und Verzögerungen, bis du Hilfe bekommst.“ Er tippt auf das goldfarbene, schicke Design des alten Armbands. „Das hier ist bloß ein uneingelöstes Ticket ins Reich der Toten.“

Will schluckt und sieht Patrick mit so weichem Blick an, dass es ihn innerlich schmerzt. „Du sorgst dich wirklich um mich.“

Patricks Eingeweide ziehen sich zusammen. Er kann kaum noch atmen.

„Oder, Patrick?“

Er kann das nicht. Er rümpft die Nase. „Hat dieses Pferd einen Haufen gelegt? Hier drin stinkt es wie Schweinescheiße.“

Will verdreht die Augen und schiebt die jetzt leere Schachtel in seine Manteltasche. „Du kannst ein echter Blödmann sein, wenn du willst, aber ich hab dich durchschaut. Du sorgst dich um mich.“

Patricks Knie zittern, und er gräbt die Fersen in den Boden, um sich zu stabilisieren. „Ich bin Arzt. Ich sorge mich um die Gesundheit von Menschen.“

Will beugt sich näher zu ihm und trällert ihm ins Ohr: „Du sorgst dich um mich, jawohl, das tust du!“

Ein Schauder durchfährt Patrick, und sein Schwanz beginnt sich zu regen. Er steht ganz kurz davor, Will bei der Schulter zu packen und ihn zu küssen, und zwar aus Gründen, die nichts mit seinem Aussehen zu tun haben. Er kratzt sich an der Nase und schaut weg. „Na schön. Wenn dich die Vorstellung glücklich macht, dann glaub ruhig daran.“

Will lacht. „Siehst du? Du machst dir Gedanken darum, was mich glücklich macht.“

Patrick verdreht die Augen und wendet sich wieder dem Pferd zu, das zu sehen sie hierhergekommen sind. Manny ist gewaltig, dunkel und groß. Patrick wird ihn auf keinen Fall jemals reiten.

„Jetzt komm ich mir vor wie ein Idiot. Ich hab gar nichts Besonderes für dich besorgt.“

Patrick zuckt die Achseln. „Na, wenn das kein Scheidungsgrund ist, dann weiß ich auch nicht.“ Er wirft Will ein flüchtiges Lächeln zu. „Sieh zu, dass diese Ehe aufgelöst wird, Schnuckiputz, und wir sind quitt."

Will legt den Arm um Patricks Hals und umarmt ihn. Der warme Duft von Wills Haut erfüllt ihn, und er kämpft gegen den Drang, sich an ihn zu kuscheln und ihm noch näher zu kommen. Er will die pulsierende Stelle an Wills Hals küssen. Er will die Finger durch Wills Haar fahren lassen. Er will es so sehr, aber er weiß, dass Will es überhaupt nicht will.

Er weicht zurück und klopft Wills Berührung von seinem Mantel. „Benimm dich nicht so lächerlich. Es ist bloß ein Notfallarmband."

„Stimmt", flüstert Will. „Keine große Sache."

„Stellt deine Großmutter nicht bald das Essen auf den Tisch?"

Will schiebt die Hände in die Taschen. Eine kleine Falte erscheint zwischen seinen Augenbrauen. „Willst du Manny wirklich nicht erst noch ein Leckerchen geben? Damit er dein bester Freund wird?"

Widerstrebend nimmt Patrick eine Mohrrübe aus dem Eimer und lächelt ein bisschen, als Mannys weiche Lippen an seiner Handfläche kitzeln. Es ist irgendwie süß, und einen Moment lang sieht er sich selbst mit Abstand. Atlanta ist weit weg von dieser stillen Intimität im Stall von Wills Familie.

Auf dem Rückweg zum Haus lässt der winterliche Sonnenuntergang Wills Haare leuchten, und die Kälte lässt seine Lippen dunkler und seine Nase und Wangen rosa werden. Patrick wird vom Ansturm der Gefühle in jeder Faser seines Inneren übermannt. Es ist so gewaltig, und doch kann er es nicht benennen.

Will sieht ihn mit leuchtenden, dunklen Augen an und lächelt. „Wer zuerst da ist!“

Etwas Helles platzt in seinem Inneren, schmerzhaft und perfekt. Er rennt hinter Will her, entschlossen zu gewinnen.

***

Der restliche Spätnachmittag ist erträglich. Geschenke werden zwischen den Familienmitgliedern ausgetauscht, und Patrick erhält eine überraschende Anzahl davon. Er bekommt Pullover, massenhaft Pullover, in allen möglichen Farben, die er niemals tragen wird. Er lächelt und bedankt sich bei jedem, dass sie an ihn gedacht haben. Die Tatsache, dass sie das getan haben, berührt ihn vage. Er ist schließlich ein Fremder.

Will schenkt ihm zwei dunkelblaue Hemden und eine neue Brieftasche. Er ist seltsam enttäuscht, aber lächelt Will an und dankt ihm trotzdem.

Will errötet und beugt sich vor, um zu flüstern: „Tut mir leid. Nächstes Jahr lass ich mir was Besseres einfallen.“ Und dann errötet er noch mehr, als würde er merken, dass es hoffentlich kein nächstes Jahr geben wird.

Bettys Essen ist gut, und es sind zu viele Zeugen anwesend, um es alles platzen zu lassen wie an Thanksgiving. Als er den letzten Bissen seines letzten Stücks Kuchen herunterschluckt, verbucht Patrick den Tag als Gewinn.

Wenigstens bis Ryan kommt, um Geschenke für die Kinder abzuliefern. Da wird alles, was an dem Tag halbwegs gut war, in die loderndste aller lodernden Gruben geschleudert und zu schwarzer Asche verbrannt.

Ryan betritt den Raum zu einem Konzert der Begrüßungen aus der gesamten erweiterten Familie. Natürlich ist er vor den Pattersons ganz Nettigkeit und Lächeln, küsst Betty auf die Wange, lacht mit den Kindern und entlockt sogar Caitlin ein Lächeln, die aus irgendwelchen Teenagergründen den ganzen Tag schlecht gelaunt gewesen war.

Und dann landet Ryans Blick auf Will. Die Art, wie Will zurückschaut, könnte ebenso gut ein Fausthieb sein. Sofort wird Ryan nervös und angespannt, als wäre es irgendwie Wills Fehler, dass Ryan ihm hier begegnet, bei der Weihnachtsfeier seiner eigenen Familie.

Patrick presst die Zähne aufeinander und beobachtet alles genau. Ryan wendet sich ohne ein Wort des Grußes von Will ab, umarmt Kimberly und wuschelt Connor durchs Haar. „Ohne euch ist es einfach kein Weihnachten. Ich hab euch vermisst."

„Na, wenigstens ist er alleine gekommen." Eleanora taucht plötzlich an Patricks Seite auf. Ihr Blick signalisiert sehr deutlich, wo Ryan Whitehead in ihrer Wertschätzung steht.

„Ein echtes Geschenk", stimmt Patrick zu.

Eleanora schnaubt und erklärt dann jedem deutlich hörbar, dass sie und Reba wirklich losmüssen.

Auf dem Weg zu ihrem Mantel mit Reba im Schlepptau sieht Patrick, wie sie Will etwas ins Ohr flüstert. Will ringt sich für seine Großmutter ein Lächeln ab, doch dann verlässt er das Wohnzimmer und geht durch den Flur in Richtung Schlafzimmer. Patrick sollte ihm nachgehen, aber er hat wirklich keine Lust auf Wills Liebeskummer wegen Ryan. Er seufzt, reibt sich über die Augen und folgt Will trotzdem.

Er findet ihn in einem Gästezimmer, wo er im Dunkeln am Fenster steht und in den glitzernden Schnee hinausblickt, die Arme verschränkt und das Gesicht angespannt und blass.

Patrick bleibt in der Tür stehen. „Ich geh raus, ein bisschen frische Luft schnappen."

Will schweigt, er dreht nicht mal den Kopf.

„Okay. Also, ich bin draußen."

Patrick verspürt einen seltsamen Drang, bei Will zu bleiben, ignoriert ihn jedoch. Er geht an der kleinen Gruppe verräterischer Ryan-Anhänger vorbei in die Küche und durch die Hintertür auf die überdachte Veranda. Mit fest um sich gezogenem Mantel setzt er sich auf einen Schaukelstuhl neben einem großen Holzstapel. Ein Holzofen erwärmt diesen Bereich, und es ist warm genug, obwohl kalte Luft durch die Fliegentür pfeift. Draußen in der frühen winterlichen Dunkelheit ist der Himmel von Sternen durchsetzt.

Er holt sein Handy heraus und findet noch weitere Bilder vom Weihnachtsmorgen, die Dinah geschickt hat. Genügend Lächeln und aufgeklappte Münder, um ihn zufriedenzustellen. Er verweilt bei dem von Eric mit der Nähmaschine und dem von Jane mit ihren Rollschuhen. Er schreibt ein schlichtes *Frohe Weihnachten* zurück und lässt das Telefon wieder in die Tasche gleiten.

Gesättigt vom Abendessen fällt er in einen Zustand behaglichen Dösens, bis er das Knirschen von Schritten hört, die sich von der Seite des Hauses nähern. Die automatische Beleuchtung an den Ecken des Farmhauses schaltet sich ein, und Will erscheint in ihrem Licht, sieht sich um und scheint in Richtung des Stalls zu gehen. Er ist erst ein paar Meter weg, als Ryan mit dem Arm voller Geschenke um dieselbe Ecke gebogen kommt. Das müssen die sein, die er von der Familie erhalten hat, erkennt Patrick. Ryan hält auf halbem Wege an und starrt Will an.

„Ryan“, sagt Will schließlich. „Willst du gehen, ohne dich zu verabschieden?“

Er hat ja nicht mal Hallo gesagt.

Ryan schnaubt. „Tja. Du hast mir nicht das Gefühl gegeben, hier besonders willkommen zu sein.“ Er wendet sich von Will ab und geht.

Patricks Magen verknotet sich, als Will ihm folgt.

„Ryan, bitte, mach das nicht. Lass es nicht so zu Ende gehen.“

Das kommt Patrick bekannt vor, und er erinnert sich, dass Will genau dieselben Worte in der Bar in Vegas am Telefon gesagt hat.

„Wie soll es denn deiner Meinung nach zu Ende gehen, Will? Mit einer Umarmung und einem Kuss und einem ‚Vielleicht irgendwann mal‘? Denn selbst wenn wir Hartley aus der Gleichung rausnehmen, hast du alles, was ich bei einem Partner nicht gebrauchen kann.“

„Ryan …“ Will schluckt.

Seine Lippen verziehen sich zu einem spöttischen Lächeln. „Soll ich es dir noch mal buchstabieren?“

„Nein.“

„Erinnerst du dich, worum du mich gebeten hast, bevor du gefahren bist? Wie du wolltest, dass ich …“ Ryan bricht ab und schüttelt den Kopf. „Deine sexuellen Wünsche sind wirklich krank.“

„Es war nur eine Frage, nur ein Gedanke …“

„Du weißt, was ich über die Analsexperiode denke, und trotzdem hast du gefragt.“

„Nur ein Mal. Ich habe nur ein Mal gefragt.“

„Vorher auch schon. Ich habe es sogar ein paar Mal für dich getan.“ Ryan erschaudert.

„Okay. Tut mir leid.“ Wills Stimme zittert, und Patrick möchte Ryan dafür verprügeln, dass Will sich seinetwegen so anhört. „Ich glaube nach wie vor nicht, dass der Wunsch nach ein oder zwei Mal Sex im Jahr zu viel ist, Ryan. Ich brauche Zuneigung.“

„Sex ist keine Zuneigung.“

„Ich weiß. Aber du hältst mich nicht mal fest, oder umarmst mich, oder hältst meine Hand. Du willst mich überhaupt nicht anfassen!“

„Hör einfach auf“, sagt Ryan. Sein Gesicht ist düster, seine Augenbrauen sind zusammengezogen. Patricks Magen krampft sich zusammen, und er ist fast so weit, da rauszugehen, um Will zu beschützen. Er traut Ryan zu, dass er zuschlägt. „Es ist vorbei. Du bist ein ekelhafter, perverser Säufer, und solange du dich nicht selbst so siehst, wie ich dich sehe, und dauerhafte Veränderungen vornimmst, von oben bis unten und innen wie außen, wirst du auf jeden Fall mit einer Flasche in der Hand enden, und du wirst alleine sterben. Ungeliebt. Unerwünscht.“

„Das stimmt nicht.“ Aber Wills Stimme zittert, und er klingt keineswegs sicher. Patricks Blut kocht.

„Es stimmt, Will, und ich bin ohne dich besser dran.“

„Ach ja? Das sagst du zwar, aber du kommst immer wieder zurück.“ Will scheint sich mit einem geringen Maß an Selbstvertrauen aufzuplustern, und Patrick erkennt, dass alles Fröhliche und Starke an Will aus ihm herausgeströmt ist wie aus einem Ballon, sobald Ryan erschienen ist. „Warum gibst du nicht zu, warum du wirklich hier bist, Ryan?“, fragt Will und zeigt mit dem Finger auf ihn. „Das ist nicht wegen der Geschenke oder wegen der Kinder. Sondern weil du mich vermisst."

„Ich vermisse dich nicht, Will." Ryan klingt mitleidig. „Und ich möchte wetten, dass du mich auch nicht wirklich vermisst."

Will sieht aus, als könne er gleich weinen oder Ryan packen oder ihn anspucken.

„Sieh mal, ich bin heute hierhergekommen, weil deine Mutter sagte, sie und die Kinder hätten Geschenke für mich. Sie hat mich gebeten zu kommen, und ich war einverstanden. Aber lass dich nicht von der Zuneigung täuschen, die ich für deine Familie empfinde. Sie ändert nichts. Ich werde nicht mehr hierher zurückkommen." Ryan lässt Will stehen und steuert auf sein Auto zu. Erst jetzt sieht Patrick Hartleys Gestalt auf dem Beifahrersitz.

Will wendet sich mit verzerrtem Gesicht von ihnen ab und presst den Handrücken gegen seinen Mund.

Nachdem Ryans und Hartleys Auto die Auffahrt hinuntergefahren ist, geht Patrick in den schneebedeckten Garten. Die Sterne werden vom gelben Flutlicht der Hausbeleuchtung aufgesaugt. Als Will ihn sieht, glühen seine Wangen noch stärker, und das kommt nicht von der Kälte.

„Hast du das alles mitgehört?" Sein Kinn mit dem Grübchen zittert. Patrick will, dass das aufhört.

Patrick nickt. „Glaub ihm kein Wort. Er ist ein Lügner, und er ist es nicht wert."

„Das verstehst du nicht."

„Nein. Tu ich nicht."

„Er will mich nicht mehr."

„Ein Glück für dich."

Will schüttelt den Kopf und blickt hinunter auf seine Schuhe. „Ich dachte, wir würden den Rest unseres Lebens zusammen verbringen."

Patrick wirft die Hände in die Luft. „Du möchtest auch nur eine einzige Minute deines Lebens mit ihm verbringen? Du nennst das, was er in dir auslöst, Liebe?" Patricks Blut gerät vor Zorn in Wallung. Will verdient wirklich etwas Besseres. Jeder tut das.

Aber Will ganz besonders.

Will öffnet den Mund, um etwas zu erwidern, aber Patrick schneidet ihm das Wort ab, indem er die Hand durch die Luft sausen lässt. „Dein tief verwurzelter Masochismus ist lächerlich und beleidigend, und ich will kein Wort mehr davon hören!"

Wills Kinn wackelt, und er starrt Patrick mit brennenden, tränenfeuchten Augen an. Sein Mund wird zu einer harten, sturen Linie.

Die Seitentür klappert, und Kevin ruft: „Alles okay da draußen, Will?"

Will wendet seinen Blick nicht von Patrick ab, während er antwortet: „Ja, alles in Ordnung, Onkel Kevin. Patrick und ich fahren nach Hause. Sag allen frohe Weihnachten. Ich rufe Mama später an."

Kevin will protestieren, aber Will dreht ihm den Rücken zu und geht zum Auto.

Patrick findet, er sollte wieder reingehen, Betty für das Essen danken, sich bei der Familie verabschieden und ihre Geschenke einsammeln. So macht das jemand mit anständigen Manieren. Aber er ist angepisst, und Will ist angepisst, und keiner von beiden benimmt sich gerade besonders wie ein anständiger Mensch.

Also folgt Patrick Will zum Auto, und sie fahren schweigend zum Tallgrass zurück.

Kapitel achtzehn

Will spritzt sich seine Nachtdosis Insulin und hinterlässt Patrick eine Nachricht auf dem Bett, während der unter der Dusche ist.

Gehe noch joggen. Vielleicht nachher in den Fitnessraum. Warte nicht auf mich.

Patrick hat morgen früh eine Operation, und in Anbetracht des eisigen Schweigens, in dem sie nach Hause gefahren sind, glaubt Will sowieso nicht, dass er seine Gesellschaft wünscht. Die Fahrt im Aufzug nach unten dauert viel zu lang und ist gleichzeitig viel zu kurz. Wird er es wirklich machen? Er kennt die Antwort.

Die Bar des Tallgrass ist gut besucht und voller Pflegekräfte und Ärzte, die über Weihnachten nicht nach Hause fahren, wo immer das auch ist, aber auch derzeit nicht im Dienst sind. Will schafft es, ihren Blicken auszuweichen, und sucht sich einen leeren Platz an der Theke. Die Atmosphäre ist behaglich, mit Sitznischen und weichen Sesseln. Das Licht ist gedämpft, und der aufgehängte Weihnachtsschmuck glitzert und blinkt einladend. Das ist ein Raum, der nach Intimität verlangt.

Zu dumm, dass Will niemanden hat, mit dem er diesen speziellen menschlichen Aspekt teilen kann. Egal. Er wird ihn mit sich selbst teilen.

„Was darf ich Ihnen bringen?“, fragt die Barkeeperin. Will erkennt sie aus dem Reservat wieder, aber ihren Namen kennt er nicht. Er schickt ein Dankgebet ab, dass sie ihn nicht kennt und nicht aufhalten wird. Das ist ein Zeichen.

„Einen Wodka. Ach, sagen wir, zwei. Und ein Heineken vom Fass.“

Das Mädchen zieht die Augenbrauen hoch. „Sie haben wohl Sorgen zu ertränken, was? Oder wollen Sie heute Abend einfach mal einen draufmachen?“

„Ist doch Weihnachten.“

Sie grinst. „Da ist was dran. Zahlen Sie sofort, oder geht das aufs Zimmer?“

„Aufs Zimmer.“ Er nennt ihr die Nummer. Als sie den Wodka eingießt, sagt sie: „Ich heiße übrigens Ella.“

„Will.“

„Ich bring Ihnen gleich Ihr Bier, Will.“ Sie grinst ihm flüchtig zu, und er nickt knapp.

Er starrt die beiden Schnapsgläser an, die bis zum Rand mit Wodka gefüllt sind. Es wird beim Herunterspülen brennen, aber innerhalb von Sekunden wird das Brennen sich zu einem lockeren, warmen, Alles-ist-besser-Gefühl in seinem Körper verwandeln, das seine Gedanken zur Ruhe bringen wird. Wie ein Liebhaber hält der Alkohol ihn und wiegt ihn in seinen vertrauten Armen.

Nicht, dass er je einen Liebhaber gehabt hätte, der das für ihn getan hätte. Und warum auch? Was hat er je getan, um diese Art von Hingabe von einem menschlichen Wesen zu verdienen? Er hat Glück, dass ihn wenigstens der Alkohol nimmt.

„Oh, du hast schon für mich bestellt. Danke, Schnuckiputz.“

Will zuckt zusammen, als Patricks Stimme sein Rückgrat hinaufrutscht. Patrick greift um Will herum, um eins der Schnapsgläser zu klauen. Brennende, heftige Hitze durchströmt ihn – Scham, Demütigung und die Wut des Ertapptwerdens, alles gleichzeitig. „Scheiße, was willst du denn hier?“, zischt er und versucht, sich das Schnapsglas zurückzuholen. Aber Patrick kippt es rasch mit einem Keuchen und einem Schielen.

„Mit dir saufen offensichtlich“, flüstert er heiser, während seine Augen vom Brennen der Flüssigkeit tränen. „Verdammt, das ist … *verdammt*.“ Er lässt sich auf den Platz neben Will fallen und nickt in Richtung des verbleibenden Glases. „Und jetzt du.“

„Glaubst du, ich mach’s nicht?“

Patrick zuckt die Schultern. „Du wärst ja wohl nicht hier, wenn du es nicht tätest, also lass es uns zusammen tun. Mal sehen, wohin diese schlechte Entscheidung führt. Es ist jedenfalls ein Abenteuer.“ Er schlägt mit der Hand auf den Tresen. „Bedienung!“, ruft er, grob und aufmerksamkeitsstark. Will kann geradezu hören, wie sich im Raum die Köpfe drehen. „Noch zwei Runden Shots für mich und meinen Mann.“

„Patrick …“

„Ja?“ Patrick stützt den Ellbogen auf den Tresen und das Kinn mit der Hand. Seine blauen Augen sind von rötlichbraunen Wimpern umrahmt, die glitzern wie die Weihnachtslämpchen ringsum. „Sag nicht, du hast jetzt schon Zweifel an unserem nächsten großen Abenteuer.“

„Du solltest im Bett sein.“

„Und du solltest joggen sein. Scheint so, als hätten wir beide aufregendere Ideen für den Abend.“ Patrick nickt Ella zu, während sie vier weitere Gläser eingießt und Wills Bier bringt. „Ah, Schnaps und Bier, ja? Gehen wir noch in einen Club? Hat Healing überhaupt einen Club?“

„Du hast morgen Operationen.“

„Ach, ist doch wurscht. Ich verschieb sie.“ Patrick wedelt mit der Hand und kippt einen weiteren Wodka. Er klatscht auf den Tresen und verzieht den Mund, als er schluckt.

„Anregend! Ich könnte mich dran gewöhnen." Er nimmt den zweiten, und dann schnappt er sich einen von Wills Shots und kippt ihn ebenfalls herunter.

„Hör auf."

Patrick schiebt schmollend die Unterlippe vor. „Warum denn? Hab ich nicht ein bisschen Spaß verdient? Was hab ich dir getan, dass ich dich nicht bei deiner selbstzerstörerischen Reise in den Schlund der Hölle begleiten darf?"

Patricks Worte sind bereits ein bisschen undeutlich.

„Du wirst morgen einen furchtbaren Kater haben. Du setzt Menschenleben aufs Spiel."

„Du doch auch."

„Ich bin …"

„Hier, um dich abzuschießen und vielleicht Dr. Johansson da hinten in der Ecke zu heiraten – das ist der heiße Typ mit dem Schnäuzer, ich weiß, wie sehr du Gesichtspelze magst –, und um dieses Ehefiasko noch ein bisschen weiter zu treiben, indem du zum Bigamisten wirst. Und was machst du dann? Ich habe die Absicht, das mit anzusehen. Und sei es nur wegen des sexy Teils, wenn du und Dr. Johansson bumsen geht." Patrick schwankt auf seinem Stuhl und zieht die Augenbrauen zusammen. „Also, warum gefällt mir der Gedanke nicht? Ich sollte den Gedanken doch mögen!" Er presst die Lippen aufeinander und schüttelt den Kopf. „Du hast mich kaputtgemacht, Will Patterson. Ich funktioniere nicht mehr richtig."

„Patrick, geh einfach wieder rauf und ins Bett, okay?"

„Nein."

„Wieso nicht?"

„Hab ich dir doch schon gesagt. Vielleicht kannst du mir erzählen, warum wir auf dieses Abenteuer gehen?"

„Du warst doch heute dabei. Ryan …"

„Oh! Lass uns ein Trinkspiel draus machen. Jedes Mal, wenn du ‚Ryan' sagst, trinken wir einen Schnaps." Er nickt in Richtung der beiden verbleibenden Gläser vor Will. „Willst du? Oder soll ich?"

Will seufzt. „Du bist ein Arschloch."

„So nett von dir. Das gibt mir das Gefühl …" Patrick legt die Hand aufs Herz und schüttelt bedeutsam den Kopf. „Verstanden zu werden. Du verstehst mich, Will. Du verstehst mich wirklich."

„Verdammt, Patrick."

„Was?"

„Ich bin hierhergekommen, um mich zu betrinken, und jetzt muss ich mich stattdessen um dich kümmern."

„Also kann ich das haben?" Er nimmt einen Shot und kippt den letzten in Patricks Bier, und dann stößt er mit einer Handbewegung das Bierglas um. „Ups! Bedienung! Kommen Sie mal den Arschlochplatz sauber machen!"

Will möchte ihn erwürgen. Er möchte wütend auf ihn sein, dass er hier heruntergekommen ist und seinem Fest des Schmerzes und des Selbstmitleids ein Ende gesetzt hat. Aber er möchte ihn auch küssen und eine Hand um seinen Hals legen, um seinen Puls zu spüren. Er möchte ihm dafür danken, dass er ihm keine selbstgerechte Standpauke gehalten hat, und ihn dann dafür treten, dass er es Will vollkommen unmöglich gemacht hat, sich heute Abend zu betrinken.

Am meisten jedoch möchte er ihn umarmen, bis er diesen ganzen höhnischen Scheiß aus ihm herausgequetscht hat. Bis sie beide einen Orgasmus haben und es aus ihnen heraussprudelt. Patrick lässt ihn alles Mögliche empfinden. Das meiste davon ist kompliziert, und es ist alles gleichzeitig. Es macht ihm schwer zu schaffen, dass einige dieser

Dinge momentan unmöglich sind, aber keines davon tatsächlich *schlecht*.

Ella wischt die Pfütze auf und beäugt sie beide. „Ich bring Ihnen ein neues."

„Nee, der hatte genug", sagt Patrick, steht auf und fasst nach Wills Schulter, um das Gleichgewicht zu halten. „Wow, der Boden hier ist ja schräg. Das sollten Sie mal reparieren lassen."

Will schließt die Augen und schüttelt den Kopf. „Danke, Ella." Er zieht ein paar Scheine aus dem Portemonnaie, um ein großzügiges Trinkgeld zu geben. „Lass uns wieder hochgehen."

Patrick geht voraus in die Lobby, und Will verlässt die intime Atmosphäre der Bar mit einer Mischung aus Erleichterung und Verärgerung. Als sie am Stutzflügel vorbeikommen, wird Patrick langsamer und bleibt stehen, nimmt Wills Hand und zieht ihn um die Bank herum. Die Lobby ist leer bis auf Mike Livermont an der Rezeption, der aus einem riesigen Eimer Popcorn isst und auf seinem Kindle ein Buch liest.

„Setz dich zu mir." Patrick nötigt Will neben sich auf die Klavierbank und legt die langen, eleganten Finger auf die Tasten. „Ryan gibt dir das Gefühl, wertlos zu sein." Er schlägt einen Mollakkord an. „Ich weiß, wie das ist. Wie sich das anfühlt."

„Lass uns nicht über Ryan reden." Ihre Schultern berühren sich.

Patrick spielt einen weiteren Akkord. „Mein Vater war so ähnlich. Er konnte gut reden, und wenn er seinen Charme versprühte, haben die Leute ihm geglaubt."

Will hält sehr still.

„Mein Vater hatte ein tolles Lächeln.“ Patricks eigenes Lächeln leuchtet dabei, und Will hat ein flaues Gefühl im Magen, weil es das erste Mal ist, dass Patrick beinahe liebevoll über seinen Vater spricht. „Und er wusste auch ganz genau, was er sagen musste, damit man sich wie ein Nichts fühlte, als wäre man die Hundekacke unter seiner Schuhsohle.“

Ein weiterer Akkord, der diesmal die Tastatur hinuntergleitet zu einem feierlichen Bass und Wills Herz erbeben lässt.

„Mein Vater hat mich nie geliebt.“

Er nimmt die Hände von der Tastatur und sieht Will ins Gesicht. „Und Ryan hat dich auch nie geliebt. Vielleicht dachte er, er würde. Oder vielleicht fühlt es sich so gut an, dir wehzutun, dass er es irrtümlich für Liebe gehalten hat, aber er liebt dich nicht und hat das auch nie getan.“

„Du weißt doch gar nicht über uns.“

„Hör auf, dir was vorzumachen, Will. Ich kann nicht immer da sein, um deine Shots für dich zu trinken.“

Patrick steht auf, blickt über die Schulter, um zu sehen, ob Will ihm folgt, und geht überraschend aufrecht dafür, wie sehr er in der Bar noch geschwankt hat. Will lässt ihn vorangehen. Sein Herz ist schwer und fühlt sich an wie Blei. Zurück in die Bar zu gehen ist keine Option, aber ebenso wenig kann er all die gemeinsamen Jahre mit Ryan vergessen. Wenn er die wegwirft, was hat er dann noch?

Eine falsche Ehe und einen Koffer voll Schamgefühle. Und Gute Taten. Das darf er nicht vergessen. Das ist alles, worauf es wirklich ankommt. Er hat alles andere kaputtgemacht.

***

Patrick geht direkt ins Bad, steckt sich zwei Finger in den Hals und kotzt den Alkohol aus, den er zu sich genommen hat. Will starrt ihn mit vor Schuld geweiteten Augen vom Flur aus an. Nachdem er sich die Zähne geputzt hat, zieht Patrick Sweatpants und ein T-Shirt an und wirft sich aufs Bett. Ihm ist schwindlig vom Alkohol, und er ist erschöpft. Die Wut, die er beim Anblick von Will mit Ryan empfunden hat, ist längst einer bleiernen Müdigkeit gewichen. Die Situation unten in der Bar hat ihn nur noch mehr ausgelaugt.

Er hat morgen Operationen. Er sollte ein bisschen Schlaf bekommen.

Aber er darf seine Wachsamkeit nicht aufgeben. Stattdessen beobachtet er Will aus dem Augenwinkel und fragt sich, ob er wieder runter in die Bar geht, wenn Patrick eingeschlafen ist. Wieso hat er bloß das Pech, sich so sehr auf einen Mann eingelassen zu haben, der mehr Verrücktheit in seinem Leben hat als eine alte Jungfer Katzen? Wie konnte er ihn so nah an sich heranlassen?

Will sitzt in Anzughemd und Hose auf dem Sofa, den Kopf in beide Hände gestützt. Sein Rücken ist gerade und starr vor Anspannung, und er reibt sich immer wieder eine Seite des Halses. Patricks Herz windet sich vor Schuldgefühlen deshalb. Er hat angeboten zu tauschen, aber Will hat immer abgelehnt und gesagt, Patrick muss für seine Operationen ausgeschlafen sein. Selbstsüchtigerweise hat Patrick das als Entschuldigung gelten lassen, das Bett für sich zu behalten.

Jetzt, wo er schwankt und betrunken ist, ist alles so klar: Er kann nicht zulassen, dass Will sich weiterhin selbst bestraft. Er steigt aus dem Bett und stellt sich hinter das Sofa. „Komm, ich helf dir mit deinem Hals."

Will blickt über die Schulter. „Das musst du nicht."

„Ich weiß. Aber du hast mir auch mit meinem Rücken geholfen. Eine Hand wäscht die andere, oder?" Patrick übt Druck auf Wills Schultern auf, wobei der Baumwollstoff seines Hemds hinderlich ist. „Zieh mal dein Hemd aus. Das macht es einfacher."

Will beugt sich vor und befreit sich damit von Patricks Händen. „Ist schon gut. Ich fühl mich so … Patrick, können wir über das reden, was du unten am Klavier gesagt hast?"

„Nein, können wir nicht. Ich versuch dir zu helfen."

Will sagt leise: „So dass du sagen kannst, was du willst, aber ich darf nicht antworten?"

„So ungefähr."

„Was immer mit deinem Vater los war, es ist nicht deine Schuld."

„Weiß ich."

„Wirklich?"

Patrick seufzt und wünscht, er wäre nicht so betrunken. Er wird vermutlich bereuen, Will irgendetwas von seinem Vater erzählt zu haben. Aber gerade im Moment ist es ihm wirklich egal, außer dass er nicht mehr darüber reden will. Das ist Jahre her, und solange er nicht Klavier spielt, kommt er prima zurecht. Normalerweise.

„Du warst doch bloß ein Kind."

„Ich weiß, verdammt. Hör jetzt auf, darüber zu sprechen. Lass mich einfach deinen Nacken massieren, okay? Das ist alles, was ich von dir will."

Will starrt ihn mit offenem Mund an.

Na schön. Wenn er unbedingt stur sein will.

Patrick presst sich die Finger auf die Augen. „Schau mal, ich hab nachgedacht. Warum nimmst du nicht heute mal das Bett? Ich schlafe auf der Couch."

„Nein, das kann ich nicht machen. Die ist wirklich unbequem, und du brauchst deine Ruhe. Besonders jetzt."

Patrick schnaubt. „Eine Nacht betrunkener Tiefschlaf ist nicht das Ende der Welt. Ich bin Arzt. Ich bin es gewohnt, in unbequemen Sesseln zu schlafen." Er wirft die Hände hoch. „Meine Güte, ich bin es gewohnt, *überhaupt* nicht zu schlafen. Ich war mal neunundfünzig Stunden am Stück auf den Beinen, als ich mein Praktikum gemacht habe. Also, wenn du willst, dass ich aufhöre zu bedauern, dass ich dir was über meine Vergangenheit erzählt habe, dann hör auf zu reden und nimm das Bett. Dein Nacken tut dir weh."

Will zögert. „Das Bett ist groß genug für uns beide, und es ist ja nicht so, als wenn irgendwas passieren würde."

„Nein", stimmt Patrick zu. Sein Blut rauscht schneller. Erinnerungen an das letzte Mal Betrunkensein steigen willkürlich an die Oberfläche. „Es wird nichts passieren."

„Okay. Dann teilen wir es uns." Will steht auf und beginnt sein Hemd aufzuknöpfen.

Patricks Schwanz lässt sich für den „Es-wird-nichts-passieren"-Plan überhaupt nicht begeistern. „Ja, wir teilen es uns."

Nachdem sie sich beide Schlafanzüge angezogen und die Zähne geputzt haben, wartet Patrick, dass Will im Badezimmer fertig wird. Er lässt sich in die Kissen sinken, starrt zur Decke hoch und hofft, dass seine Erregung bald nachlässt. Warum sagt er nichts? Warum erklärt er nicht, wie lächerlich es ist, sich wie Jungfrauen in einem Liebesroman zu benehmen, wenn sie es bereits auf alle nur vorstellbaren

Arten miteinander getrieben haben? Er hat diese Shots getrunken. Er kann auf Trunkenheit plädieren.

Aber als Will mit schüchterner, unsicherer Miene auf das Bett zugeht, wirft Patrick bloß die Decke auf der leeren Seite zurück. „Steig ein. Ich rühr dich nicht an, du Idiot."

Nach kurzem Zögern klettert Will ins Bett, und sie drehen einander den Rücken zu.

„Danke, dass du mir von deinem Vater erzählt hast, Patrick", flüstert Will. „Es bedeutet mir eine Menge, dass du mir vertraust."

„Sollte aber nicht auf *The Hurting Times* veröffentlicht werden."

Will schnaubt und drückt seinen Rücken gegen Patricks. „Du kannst bei mir ganz sicher sein."

„Und du bei mir. Also hör jetzt auf, dir Sorgen zu machen, und schlaf."

Trotz seiner knappen Anweisung an Will braucht Patrick lange, um einzuschlafen. Er verbringt eine duselige Stunde damit, sich des Körpers neben ihm höchst bewusst zu sein, des Raschelns der Bettdecke, wenn Will sich bewegt, und des leisen Geräuschs von Wills Atem.

Am Morgen erwacht Patrick mit auf Wills Brust gebettetem Kopf und einem vom Alkohol pelzigen Mund, genau wie an ihrem ersten gemeinsamen Morgen. Aber diesmal ist sein Gesicht nicht in Wills Brusthaar geschmiegt, sondern ruht auf dem weichen Baumwollstoff von Wills altem T-Shirt. Wills Arme halten ihn fest und warm. Patrick will sich nicht bewegen.

Dann erwacht Will und zuckt zurück, wodurch Patrick umstandslos auf den Rücken befördert wird. „Äh, ich geh duschen." Will flüchtet ins Bad.

Patrick ruft im Krankenhaus an und verschiebt seine morgendliche Operation. Sein Kopf schmerzt, und er trinkt ein Selterswasser und nimmt ein Aspirin, als Will in ein Handtuch gehüllt aus dem dampfenden Bad kommt. Er zieht sich in einer Stille an, die Patrick nicht bricht.

Endlich, als auch Patrick geduscht hat, kommt Will ins Badezimmer, während er sich rasiert, und lehnt sich gegen das Waschbecken.

„Ich muss dir danken."

„Ja." Patrick schabt eine Spur Rasierschaum weg und spült sie im halb gefüllten Waschbecken ab. „Musst du."

„Ich bin dankbar dafür, dass du gestern Abend eingegriffen hast. Wenn du das nicht getan hättest, dann … na ja, dann hätte ich wieder verbockt."

Patrick zuckt die Achseln. „Vielleicht. Oder vielleicht hättest du es dir auch von allein noch mal anders überlegt."

„Hätte ich nicht, das weißt du. Nicht an diesem Punkt." Er schließt die Augen und scheint sich zu erinnern, wie er an der Bar saß. „Ich hätte meine trockene Phase weggeworfen."

Patrick rasiert sich sorgfältig das Kinn. „Und für was?"

„Für nichts. Es bringt nichts. Nur ein momentanes Auslöschen meiner …"

„Deiner was?"

„Gefühle."

„Deines Selbsthasses", korrigiert Patrick. „Ich halte nicht viel von Therapien. Über Dinge zu reden, scheint immer so eine Zeitverschwendung zu sein. Aber hat dir schon mal jemand gesagt, dass du eine ganze Menge mehr wert bist, als du dir selbst zugestehst?"

„Gute Taten …"

„Ich rede nicht von Geld. Ich rede von dir. Will Patterson." Er ist jetzt genervt, und seine Hand rutscht aus, so dass er sich am Kiefer verletzt. Zischend greift er nach einem Handtuch und drückt es sich ins Gesicht. „Der pummelige Teenie Will und der durchtrainierte erwachsene Will und all die anderen Wills. Hör auf, sie wegzuwerfen." Patrick runzelt die Stirn und wirft das Handtuch auf den Boden. Er beendet die Rasur, während Will ihn mit geröteten Wangen und nachdenklichem Ausdruck beobachtet.

„Hast du Frühstück bestellt?", fragt Patrick, als es an der Tür klopft.

„Ja, ich geh aufmachen." Will geht ins Zimmer, und Patrick macht sich fertig. Er zieht sich saubere Boxershorts an und setzt sich an den Tisch, um zu essen, was immer Will ihm bestellt hat. Eier und Kartoffelpuffer. Keine Donuts, aber er wird auf dem Weg zur Klinik im Brown Gargle Halt machen.

„Ich weiß, dass du nicht alle meine Shots für mich trinken kannst", sagt Will nach seinem üblichen Test-Insulin-Ritual und isst seine Eier.

„Genau."

„Danke, dass du das gemacht hast."

„Sollte ich jetzt sagen ‚Immer gerne'? Weil es mir nämlich ehrlich gesagt lieber wäre, wenn es kein nächstes Mal gäbe."

Wills Mundwinkel heben sich. „Mir auch."

Ein paar Minuten lang essen sie schweigend, dann fragt Will: „Woher wusstest du, dass ich in der Bar war?"

Patrick verdreht die Augen und nickt in Richtung Couch. „Normalerweise ziehen Leute, die joggen gehen, ihre Laufschuhe an. Deine standen noch unter der Couch. Echt genial, Schnuckiputz. Du bist kein besonders guter Lügner."

Will lacht. „Also, nächstes Mal nehme ich die Schuhe mit in die Bar."

„Ich dachte, wir hätten uns darauf geeinigt, dass es kein nächstes Mal gibt." Patricks Magen verkrampft sich bei der Vorstellung, dass Will ohne ihn in der Bar sitzen und was dann passieren könnte. Diabetes und Alkohol können eine tödliche Mischung sein. Er will sich das bei Will nicht ausmalen.

„Stimmt. Kein nächstes Mal." Will nickt. „Und danke, dass du mich im Bett hast schlafen lassen. Mein Nacken fühlt sich heute Morgen schon viel besser an."

Patrick lächelt. „Du bezahlst ja schließlich das Zimmer. Fair ist fair. Wie hast du geschlafen?"

Will errötet und sieht auf die Eier herunter, die er auf dem Teller hin und her schiebt. „Das ist echt eine bequeme Matratze."

„Ja, und die Kissen sind weich und dick."

Während der restlichen Mahlzeit sprechen sie über die Vorzüge des Bettes, dann gehen sie zur Arbeit. Keiner von beiden erwähnt das Kuscheln.

Kapitel neunzehn

Zwei Tage später erhebt sich Will von seinem Schreibtisch bei Gute Taten, reckt sich und beschließt, dass ein Spaziergang und ein Kaffee ihm guttun könnten. Er hat schon viel zu lange auf diese Tabellen gestarrt und ist schon seit Stunden nicht mehr konzentriert bei der Sache. Er winkt der Empfangsdame Hillary zu und geht durch die Vordertür hinaus, wobei er erneut über das nachdenkt, was er für sich als „die Bettsache" bezeichnet.

Es ist nichts *Falsches* daran, ein Bett mit Patrick zu teilen. Das weiß er, und doch kann er nicht aufhören, sich zu fragen, ob er lieber bei der Couch hätte bleiben sollen. Vorher hat sich alles viel eindeutiger angefühlt. *Jetzt dagegen.* Will seufzt auf dem Weg zum Brown Gargle. *Fühlt es sich anders an.*

Sie haben nicht mehr über den Abend an der Hotelbar gesprochen und alles, was danach war. Früher, wenn Ryan rausgefunden hat, dass Will in Versuchung war zu trinken … Also, erstens hätte er niemals nach ihm gesehen. Zweitens hat Ryan ihm, nachdem Will um Verzeihung flehend nach Hause gestolpert ist, stundenlang – tagelang – die Leviten gelesen und ihm nahegelegt, eine Weile wieder bei Kimberly und den Kindern einzuziehen.

Es ist so anders, wie Patrick damit umgegangen ist. Es überrascht Will, dass jemand, der ihn nicht mal liebt, sich einmischt, auf seine eigene sturköpfige Art die Kontrolle übernimmt und Will aus der Bar heraus und in Sicherheit bringt. Und als es vorbei war, hat er ihm keine Vorträge gehalten oder ihn gemieden. Nein, er hat sich Will weiter geöffnet. Hat ihm von der mangelnden Liebe seines Vaters erzählt und Will dann aufgefordert, das Bett mit ihm zu teilen. Patrick hat ihn im Schlaf festgehalten, und er hat Will auch niemals deswegen Beschämung verspüren lassen.

Das *Kuscheln*. Das ist noch etwas, wovon sie nicht sprechen. Wenn abends die Schlafenszeit gekommen ist, zieht Patrick bloß ostentativ die Decke auf der anderen Bettseite weg und sieht Will an, während er hineinklettert. Und egal wie oft Will sich sagt, dass er auf seiner eigenen Seite bleibt, wachen sie immer eng umschlungen auf. Das war bei Ryan nie so gewesen.

Ryan brauchte Platz zum Schlafen. Meistens stand er nachts auf und zog auf das sehr große Sofa um, weil Will zu warm, zu schwer, zu erstickend war. Aber bei Patrick ist das ganz natürlich. Sie sind wie zwei Teile, die zueinanderpassen. Will findet nachts in Patricks Arme, mühelos und ohne Bemühung.

Das ist, weil wir beide einsam sind.

Will berührt sein neues, klobiges Notfallarmband. Patrick will immer so wirken, als brauche er nichts und niemanden, aber Will weiß es besser.

Er ist so einsam. Er will bloß nicht, dass es jemand merkt

Und da sie beide einsam sind, was schadet es, dass sie zusammen schlafen und sich in den Armen des anderen wiederfinden? Sie betrügen niemanden, und sie kennen beide ihren Platz. Es ist tröstlich. Es ist menschlich.

Es ist real.

Bei all den Täuschungen in ihren Leben ist diese eine stille Sache, die nachts geschieht, *real*.

Will begegnet seinem alten Highschool-Lehrer auf der Straße und grüßt ihn freundlich, dann biegt er um die Ecke und sieht sein Ziel vor sich.

Er ist angenehm überrascht, Patrick im Brown Gargle zu treffen, der mit Jenny Burger an einem Tisch sitzt. Er weiß, dass sie sich fast täglich treffen, aber er hat sie bis jetzt noch nie zusammen gesehen. Patrick lümmelt bequem auf seinem Stuhl und trägt eine dunkle Hose und eins der blauen Hemden, die Will ihm zu Weihnachten geschenkt hat. Die Farbe steht ihm und betont, genau wie Will vermutet hatte, seine Augen.

Während er wartet, dass Jax ihm seine Bestellung bringt, sieht Will erstaunt zu, wie Patrick den kleinen Dylan aus seinem Kinderwagen hebt, ihn unter dem Kinn kitzelt und ihn auf die Wange küsst. Dylan kräht vor Vergnügen, und Patrick tut so, als würde er Dylans Hand auffressen.

Wills Herz macht etwas ganz Komisches. *Du liebe Zeit. Was war das denn?*

„Will!“ Jenny winkt ihn herbei. Ihre Haare sind zum Pferdeschwanz zusammengebunden, und sie trägt einen weichen roten Pullover und dunkelblaue Jeans.

Will nimmt Jax den Kaffee aus der Hand und wischt das beiseite, was vermutlich ein unglaublich dummer Gesichtsausdruck ist. Schweiß sammelt sich in seinem Nacken, während er etwas aufsetzt, das hoffentlich ein normales Lächeln ist, nicht so ein O-mein-Gott-ich-hab-*komische-Gefühle*-Lächeln.

„Hey, Jenny!“, sagt Will und beugt sich herunter, um sie auf die Wange zu küssen. „Wie geht's dir?“

„Prima.“ Sie strahlt ihn glücklich an. „Ich quatsche gerade ein bisschen mit deinem attraktiven Ehemann.“

Patrick zwinkert Jenny zu und sie kichert.

Will nimmt sich einen Stuhl vom Nachbartisch und setzt sich neben Patrick. „Ähm, hi.“ Will fühlt sich wie ein Fremder, der uneingeladen in eine Party hineinplatzt, aber nicht unwillkommen. Jenny und Patrick haben es eindeutig nett miteinander, und er spürt ein inneres Ziehen, wenn er darüber nachdenkt. Ist das Neid? Eifersucht?

Vielleicht ist Patrick am Ende doch nicht so einsam?

Patrick lässt Dylan auf seinen Knien hüpfen, und das Baby sabbert ihm aufs Hosenbein. Erneut küsst er Dylans dicke Backe. „Jenny, putz mal hinter deiner Sabbermaschine her."

Sie verdreht die Augen. „Dein Mann ist so eine Prinzessin." Sie greift nach einer Serviette auf dem Tisch, um Patricks Bein und Dylans nassen Mund abzuwischen.

Will nickt rasch wie ein Idiot. Er weiß nicht, was er sagen soll. Er versteht die Gefühle nicht, die in seinen Adern rauschen und in seinen Ohren klingeln. Bis jetzt hat er nicht mal gewusst, dass Gefühle so was überhaupt *können*.

„Du kannst meinen Donut haben", sagt Jenny und schiebt ihm den Teller hinüber. „Ich brauch die Kalorien nicht. Ich sollte noch ein paar Pfund abnehmen, ehe ich über die Feiertage die üblichen zehn zunehme."

„Vielleicht brauchst du die Kalorien nicht, aber er braucht den Zucker nicht", sagt Patrick.

Jenny verdreht die Augen. „Och, sag jetzt nicht, du bist einer von *diesen* Ehemännern."

„So einer, der nicht will, dass sein Mann ins Koma fällt und stirbt? Doch, ich bin da echt schrecklich."

Sie errötet und schiebt den Donut wieder von Will weg. „Hab ich vergessen. Sorry."

„Kein Problem." Will klopft mit dem Fuß auf den Boden. „Normalerweise könnte ich schon einen Donut essen, aber Patrick hat Recht. Mein Zucker war heute total durcheinander. Ich hatte heute Morgen Probleme mit meinem neuen Insulin-Pen. Ich bin nicht sicher, ob ich die richtige Dosis hatte, und ich hab mein Zeug nicht dabei. Ich wollte eigentlich nur einen Kaffee trinken."

Patrick runzelt darüber die Stirn und küsst Dylan auf die Stirn.

Will versucht, in seinem Körper ein bisschen Platz zu schaffen für all die Gefühle, die hochkommen. Erst „die Bettsache" und jetzt „die Babysache". Er windet sich und hofft, dass er nicht grundlos zu lachen anfängt. Das könnte durchaus passieren, und es wäre peinlich.

„Aber vor dem Mittagessen waren die Werte gut?", fragt Patrick.

„Ja. Mir geht's prima. Mach dir keine Sorgen um mich."

„Ich mach mir Sorgen um dich, wann ich will." Patrick beugt sich herüber, um Will auf die Wange zu küssen, was alles noch viel schlimmer macht. Will errötet, als würde er in Flammen aufgehen. Verdammt, er glaubt, er schwitzt auf der Innenseite seiner Schenkel.

Dylan blökt, und Patrick hebt ihn hoch und drückt ihm auf die Nase.

O mein Gott, hör auf.

Patrick lächelt Will an. „Und warum bist du hier? Hast du mich vermisst oder so?"

Will hat nicht geglaubt, dass er noch stärker erröten kann, aber Patricks verführerisch-herausfordernder Blick bringt es fertig. „Ein bisschen."

Jenny schlägt die Hände zusammen. „Aaaaw! Ihr beiden seid so anbetungswürdig!"

„Oh, bitte." Patrick wendet seine Aufmerksamkeit wieder dem Kind zu. „Ich bin sexy, brillant und begabt. Aber ich bin nicht anbetungswürdig." Er verzieht das Gesicht und streckt die Zunge heraus, was Jenny ziemlich anbetungswürdig zu finden scheint, wenn man ihr Grinsen richtig interpretiert.

„Mich kannst du nicht verarschen“, sagt sie, und er schnaubt.

„Also, welches Gespräch hab ich unterbrochen?“, fragt Will.

Jenny seufzt. „Wir haben gerade über meinen bevorstehenden Krankenhausaufenthalt geredet.“

„Was?“ Will schaut von einem zum anderen. „Ist alles okay mit dir, Jenny? Ich wusste gar nichts davon.“

Jenny wedelt seine Bedenken weg wie eine Fliege. „Es ist irgendwie nicht in den allgemeinen Klatsch geraten, aber das wird nicht mehr lange dauern. Zumal ich es gestern Andy erzählt habe.“

„Und was hat Sicko gesagt?“, fragt Patrick. „Lass mich raten: Das kannst du nicht machen, Buttercup! Das ist zu riskant!“

Jenny verdreht die Augen. „Du bist so ein Idiot. Musst du immer seinen Nachnamen benutzen, wenn du von ihm sprichst? Aber ja, das ist genau das, was *Andy* gesagt hat. Und ich hab ihm gesagt, wenn ich in der Situation wäre, würde ich hoffen, dass jemand das Risiko eingeht.“

„Jetzt versteh ich gar nichts mehr“, sagt Will. „Um was geht es denn?“

Sie wirft Patrick einen schnellen Blick zu. „Ich spende Radar eine Niere. Also, wenn er sie annimmt, heißt das. Er ist unglaublich stur für einen Mann, der alles zu verlieren hat.“

„Ja, zum Beispiel sein Leben. Aber ich bin sicher, du kriegst ihn klein. Stimmt’s, alter Junge?“, sagt Patrick zu Dylan. „Deine Mama kennt keine Grenzen. O nein! Absolut keine!“

Dylan gluckst glücklich und klatscht Patrick eine speichelbedeckte Hand gegen das Kinn. Jenny lächelt sie beide an.

Wills Magen überschlägt sich. Er zwingt sich zur Konzentration. „Du willst Radar Blackburn eine Niere spenden?“

„Na ja, ich *will* natürlich nicht. Ich hab total Angst! Aber es ist das Richtige.“

Patrick nickt.

Es ist deutlich, dass Patrick und Jenny einander gut kennen, und Will fühlt sich plötzlich ausgeschlossen. Hat Patrick Jenny Dinge erzählt, die er Will nicht gesagt hat? Dinge über seine Vergangenheit und seine Familie? Weiß sie, warum er nicht mehr Klavier spielen kann?

„Hast du es ihm wirklich nicht erzählt?“, fragt Jenny Patrick, und einen Moment lang fragt Will sich, ob er seine Fragen laut gestellt hat.

Patrick zuckt die Achseln.

„O mein Gott, ich fühle mich wie dein schmutziges kleines Geheimnis!“ Sie lacht. „Du erzählst deinem Mann nichts von unseren Gesprächen?“

„Ich lasse mich nicht über die Angelegenheiten anderer Leute aus. Außerdem sind wir immer noch in den Flitterwochen. Will und ich reden nicht besonders viel, wenn du verstehst, was ich meine.“ Patrick wackelt mit den Augenbrauen.

„Patrick.“ Wieder steigt eine heiße Woge in Will auf. „Ich glaube nicht, dass Jenny so was hören möchte.“

„Au contraire, mon chéri“, erwidert Patrick affektiert. „Es hat sie ziemlich angetörnt, als ich ihr erzählt habe, wie wir uns kennengelernt haben.“

Wills Augen weiten sich.

„Patrick!“ Jenny schlägt ihm auf den Arm. „Du bringst ihn in Verlegenheit!“ Sie wendet sich an Will. „Ist schon okay, Herzchen. Kein Grund, sich zu schämen. Hört sich an, als wäre es eine tolle Nacht gewesen!“

„O mein Gott“, flüstert Will.

Patrick schnaubt, und Jenny schlägt ihn erneut.

„Hey!“, protestiert Patrick. „Pass auf meine Arme auf! Ich bin Chirurg, weißt du.“

Jenny verdreht die Augen, nimmt Patrick Dylan ab und legt ihn zurück in den Kinderwagen. „Ich weiß, Dr. McCloud. Sie sind der größte Gehirnchirurg der Welt. Hab ich alles schon gehört.“

„Und ob ich das bin.“

Will hebt die Hand. „Aber Moment mal, ich hab das immer noch nicht kapiert. Du spendest Radar eine Niere? Wann denn?“

„Nie, wenn es nach ihm geht“, sagt Patrick. „Und wenn er sich nicht entschließt, ihr sehr großzügiges und schmerzhaftes Angebot anzuehmen …“

Jenny macht Anstalten, ihn erneut zu schlagen, aber Patrick weicht aus. „Er könnte zu lange warten. Jenny, sag ihm einfach, er soll zu Potte kommen.“

„Ja, das wird ihn überzeugen.“ Sie wirft einen Blick auf ihr Handy und macht große Augen. „Wow, ich hab total die Zeit vergessen. Ich muss nach Hause und tippen wie besessen, um meine Deadline einzuhalten.“ Jenny steht auf und nimmt den Mantel von der Stuhllehne. „Will, Glückwunsch.“ Sie küsst ihn auf die Wange und drückt einen Moment lang seine Hände. „Ich kann verstehen, warum du ihn geheiratet hast.“

„Wirklich?“

Jenny kichert. „Ja, er ist so ein Schatz.“

„Sprich leise“, sagt Patrick. „Du ruinierst meinen Ruf.“

„Ich muss wieder an die Arbeit. Seid nett zueinander, ihr zwei.“ Sie schiebt Dylans Wagen davon und winkt.

Sobald sie weg ist, wendet Will sich in Patricks Richtung.

„Was?“, fragt Patrick.

„Ich nehme mal an, Jenny und du, ihr seid – was? Beste Freunde?“

Patrick hebt die Schultern. „Klar. Ich mag sie; sie ist witzig.“

„Ja, Jenny ist toll. Es ist nur komisch, dich so dicke mit jemandem zu erleben.“

„Tut mir leid. Ich wusste nicht, dass ich nicht nur hier in diesem Höllenloch eingesperrt bin, sondern auch keine Freundschaften schließen darf.“

„Nein, das meine ich nicht. Es ist nur … du scheinst …“ Will seufzt. Er weiß es selbst nicht genau. Er wünscht sich, Patrick würde diese Vertrautheit und Verbundenheit mit ihm teilen. Aber das ist falsch. Er sollte sich das überhaupt nicht wünschen. „Vergiss es. Ich geh zurück zu Gute Taten.“

Als Will aufsteht, greift Patrick nach seinem Handgelenk. „Mach dir keine Sorgen, Schnuckiputz. Du bist mein bester Freund, okay?“

Wills Hals wird trocken. „Ja?“

„Natürlich. Ich würde nie das Bett mit Jenny teilen. Sie müsste für immer und ewig auf der Couch schlafen.“

Will kann darüber nicht reden. Er würde ausrasten, wenn er mit Patrick über „die Bettsache“ spräche.

Patrick lässt seinen Arm los und kratzt sich an der Nase. „Ich trink noch den Latte hier aus und geh dann wieder in die Klinik.“

Will schluckt. Das Gefühl von Patricks Griff hält an. „Okay, schön. Bis später. Wir können heute Abend wieder *House of Cards* gucken, wenn du willst."

Patrick nickt, und Will erinnert sich daran, dass sie total verliebt sein sollen. Er drückt Patrick einen raschen Kuss auf die Lippen. Er lässt ihn nicht lange andauern, aber Patricks Wimpern flattern, sein Mund wird weich, und seine Stimme ist heiser, als er sagt: „Bis später, Will."

Im Wissen, dass er sich erniedrigen wird, wenn er jetzt nicht die Flucht ergreift, schafft Will es kaum, zu gehen statt zu rennen.

***

Später im Tallgrass zieht Will einen Stapel Papiere aus seiner Umhängetasche und breitet sie auf dem Tisch aus, während Patrick den Zimmerservice anruft. Sie wollen ein paar Einzelheiten bezüglich der Verbesserungen für die Abteilung besprechen, aber Will kann nicht aufhören, über den Anblick von Patrick und Dylan nachzudenken. Es war wunderschön und unerwartet, so wie King Kong, der Ann Darrow festhält.

Patrick legt den Hörer auf und knöpft sich das Hemd auf. „Ich geh mal schnell duschen." Er deutet über die Schulter, während er zum Badezimmer geht. „Die Broschüren für die Gamma Knives sind in meiner Ärztetasche. Kannst du dir ansehen."

„Klar." Will wendet den Blick von dem Streifen heller Haut ab, denn Patricks Finger freilegen. Er konzentriert sich darauf, einen Stift in seiner Tasche zu finden. Ein paar Sekunden später geht die Dusche an, und er gibt die Suche auf.

Er langt über das Sofa nach Patricks Tasche und findet verschiedene Krankenhausverwaltungsakten, ein paar Werbebroschüren für neurochirurgische Ausstattung und Material von Pharmareferenten. Nichts über die Gamma Knives, an denen Patrick interessiert ist.

Er öffnet ein Seitenfach und greift hinein, doch darin befindet sich nur eine Hand voll Farbfotos. Nach einem Blick auf die geschlossene Badezimmertür blättert er sie durch.

Manche sind schon alt, andere noch recht neu.

Das erste zeigt eine brünette Frau im Badeanzug mit Schlapphut. Sie zeigt auf einen herrlichen Sonnenuntergang, der ihr Gesicht und ihre Schultern in Licht badet. Will sieht erneut zur Badezimmertür hinüber und fragt sich, ob diese Frau Patrick etwas bedeutet. Muss sie ja wohl, wenn er ihr Bild mit sich herumträgt. Es ist noch zu neu, als dass sie Patricks Mutter sein könnte, aber der Schnitt des Badeanzugs und der Zustand des Fotos lassen vermuten, dass es um die zehn Jahre alt sein dürfte. Die Kanten sind abgegriffen, und es ist im Laufe der Zeit ein bisschen verblasst.

Er betrachtet das nächste Bild. Es zeigt ein kleines braunhaariges Mädchen mit einem pinkfarbenen Hut und einem breiten Lächeln. Will guckt sich noch mehr Fotos an. Sie zeigen alle dieselbe Familie, soweit er das beurteilen kann. Die Frau auf dem ersten Bild ist oft mit dabei, aber meistens sind es Fotos von sechs Kindern vom Kleinkind- bis zum frühen Teenageralter. Es gibt Bilder von Geburtstagen, Weihnachtsfeiern und Halloween-Kostümen, und eines zeigt die gesamte Gruppe einschließlich der Frau. Alle halten ein Poster mit einem riesigen Herzen und den Worten: *WIR LIEBEN DICH.*

Will runzelt die Stirn. *Wer sind diese Leute? Warum trägt Patrick diese Bilder mit sich herum?*

Er sieht sich noch eins an, und dann findet er etwas, das ihn innehalten lässt.

Da ist Patrick in einem weißen T-Shirt, der auf dem Boden neben einem kleinen Mädchen kniet. Sie sitzt auf einem offensichtlich neuen Fahrrad und grinst breit und zahnlückig. Patrick lächelt ebenfalls, ein seltenes, aufrichtiges Lächeln, das Wills Herz zum Flattern bringt.

Das kleine Mädchen sieht so glücklich aus. Eine ihrer kleinen Hände umklammert den Lenker, die andere Patricks Finger, während sie in die Kamera lächelt. Er weiß nicht, ob es die Haltung ihres Kinns ist oder das schiefe Lächeln, aber etwas an ihr löst die Frage in ihm aus, ob sie Patricks Tochter ist.

Will sieht zum Bad hinüber; er hört immer noch die Dusche laufen und blättert die Fotos erneut durch. Das sind Familienfotos. Patricks Familie.

Aber Patrick hat doch keine Familie.

Er blättert zum letzten Bild und schnappt nach Luft, denn es ist das von Will als Teenager, das in seinem Kinderzimmer bei seiner Mutter an der Pinnwand gehangen hat. Patrick hat es mit diesen anderen Fotos von Leuten aufbewahrt, an denen ihm offensichtlich etwas liegt.

Will atmet langsam aus, betrachtet noch mal das kleine Mädchen auf dem Fahrrad, starrt sie intensiv an und versucht zu begreifen. Patrick wirkte so losgelöst von der Welt, als Will ihn in Las Vegas nach seinen Verpflichtungen gefragt hat. Er hat den Eindruck vermittelt, dass es niemand in seinem Leben gibt, den er bei seinen Plänen berücksichtigen musste. Er muss arbeiten, und das war's.

Aber diese Bilder sagen etwas anderes. Sie sagen, dass es Menschen in Patricks Leben gibt, die ihm mehr bedeuten, als er zeigt. Aber sind es Menschen, die er verlassen hat? Bedeuten sie ihm etwas, aber er kümmert sich nicht um sie? Läuft er vor der Verantwortung für sie davon?

Will studiert erneut das Gesicht des Mädchens. Vielleicht bildet er sich die Ähnlichkeit nur ein. Vielleicht täuscht er sich.

Er hört, wie das Wasser abgestellt wird, und schiebt die Fotos hastig in Patricks Tasche zurück, dann wühlt er nach der Broschüre über das Gamma Knife. Endlich findet er sie eingeklemmt zwischen anderen Papieren und zieht sie heraus, gerade als Patrick aus dem Bad kommt mit nichts als einem Paar Sweatpants, die ihm tief auf den Hüften sitzen.

Wills Herz hämmert heftig. Das Zimmer schwankt, als er zusieht, wie Patrick sich das feuchte Haar mit einem Handtuch abrubbelt und es sich anschließend um die nackten Schultern legt. Es gibt so viel, was er über Patrick nicht weiß. Er weiß nicht mal die wichtigsten Dinge.

„Was hältst du davon?“, fragt Patrick mit einem Nicken zu den Broschüren. Seine Haut glitzert feucht, seine Nippel ragen in die kühle Zimmerluft. Wills Blicke werden von dem schmalen, abwärts führenden Haarstreifen angezogen.

Mit schwirrendem Kopf sagt er: „Sieht gut aus.“

Während Patrick sich ein T-Shirt überzieht, räuspert Will sich und setzt sich an den Tisch. Er versucht, sich auf seine Aufgabe zu konzentrieren. Er will nicht darüber nachdenken, was diese Bilder bedeuten. Er will nicht, dass Patrick ein Mann ist, der die verlässt, die ihm nahestehen. Und er kann es sich nicht leisten, ihn als einen Mann zu betrachten, der gut aussieht, wenn er nass ist, der sich um

Wills Blutzuckerspiegel sorgt und Babys auf die Wange küsst.

Patrick setzt sich neben ihn, frisch und nach Seife duftend. „Raus damit."

„Was?"

„Warum siehst du aus, als hätte dir jemand einen riesigen Regenschirm in den Arsch geschoben und dich gezwungen, dir eine Compilation der traurigsten Szenen der schlimmsten Tränendrüsenfilme aller Zeiten anzusehen?"

Will schluckt und lässt sein Knie hüpfen. Er reibt sich über das Gesicht und seufzt, als Patrick sein Kinn anhebt und aufmerksam seinen Mund und seine Augen betrachtet.

„Dein Blutzucker ist in Ordnung. Es ist was anderes. Wo ist das Problem?"

Will lacht nervös und schüttelt den Kopf.

„Bist du heute rückfällig geworden? Hast du was getrunken?"

„Was? Nein! Das ist es nicht. Mir geht's gut."

„Okay. Dann sag mir, was los ist."

„Ich hab die Fotos gesehen." Wills Knie hüpft noch stärker. „In deiner Tasche."

Es dauert einen Moment, dann steigt Röte an Patricks Hals auf und bis in sein Gesicht. Will starrt ihn fasziniert an. „Ach ja?"

„Ja."

„Okay." Patrick trommelt mit den Fingern auf den Tisch. „Ich kann wohl nicht sagen, dass du rumgeschnüffelt hast, wenn ich dir die Erlaubnis gegeben habe, in meinen Sachen nachzusehen."

„Ich wollte nicht rumschnüffeln …"

„Wie auch immer. Du hast sie gefunden. In Ordnung." Aber es sieht nicht so aus, als wäre es das. Er trommelt heftig, und sein Körper bebt. „Du wirst danach fragen. Nichts wird dich daran hindern. Bringen wir es hinter uns."

„Wer sind sie?"

„Ernsthaft? Du kannst nicht so tun, als hättest du sie nicht gesehen?"

Will wirft die Hände hoch. „Das hab ich doch getan, ehe du darauf bestanden hast, dass ich dir sage, was los ist."

Patrick presst die Lippen aufeinander und betrachtet Will einen Moment lang. „Was glaubst du denn, wer sie sind? So, wie du guckst, weiß ich, dass du eine Theorie hast."

Will reibt die feuchten Handflächen an seiner Hose ab. „Ich nehme an, wenigstens eins davon, vielleicht alle, sind … deine Kinder."

Patrick schnaubt. „Ich bin älter als du, ja, aber ich bin nicht alt genug, um der Vater von Teenagern zu sein."

„Technisch gesehen schon."

„Außerdem bin ich schwul."

„Das schon. Aber …"

„Aber was?"

„Das kleine Mädchen."

„Rebecca."

„Sie sieht dir ähnlich."

Patrick schnalzt mit der Zunge. „Nicht die Bohne. Sie ist Halbiranerin. Ich bin durch und durch Schotte."

„Ich verstehe nicht, was das damit zu tun hat."

Patrick schüttelt den Kopf und greift nach einer der Gamma-Knife-Broschüren. „Sie ist nicht meine Tochter. Ich habe keine Kinder."

„Also ist die Frau auf den Bildern nicht deine Frau … oder Exfrau?"

Patricks Gesicht verzieht sich auf eine Weise, die sich nur als absolut angewidert beschreiben lässt. „O Gott, nein.

Dinah ist meine … sie ist …“ Er scheint nicht zu wissen, wie er es erklären soll. Er drückt die Finger auf seinen Nasenrücken und schweigt lange. Als er Will schließlich wieder ansieht, spricht er sehr ruhig. „Sie war meine Pflegemutter. Sie und ihr Mann Phil haben mich aufgenommen, nachdem …“ Die Broschüre knittert in seiner Hand. „Nach … dem Ende.“

Wills Herz schlägt ihm bis zum Hals. „Ist in Ordnung. Ich glaube, ich verstehe jetzt.“

Patricks Augen nageln Will an den Stuhl. „Du verstehst überhaupt nichts.“

„Dann sag es mir.“

Einen Herzschlag lang füllt Stille das Zimmer, ehe Patrick redet. „Du weißt, dass mein Vater Alkoholiker war und ich unseren Lebensunterhalt verdient habe, indem ich unter seiner Aufsicht in Bars gespielt habe.“ Patrick biegt die Finger. „Im Laufe der Zeit wurde es bei ihm immer schlimmer mit dem Saufen. Dann fing er an zu zocken. Er hat mehr verloren als gewonnen. Was nicht sehr überraschend ist. Er war ein Idiot. Eines Nachts hat sich die ganze Sache zugespitzt.“ Seine Stimme ist rau und lässt Will erschaudern. „Ich wusste, dass wir am nächsten Tag vor die Tür gesetzt werden würden, wenn wir die Miete nicht zahlen konnten. Es war der dritte Monat in Folge.“ Er starrt über Wills Schulter hinweg ins Leere. „Ich hab getan, was ich tun musste.“

„Hast du in dieser Nacht wieder in Bars gespielt?“

Patricks Blick kehrt zu Wills Augen zurück, sein Gesicht ist blass, und seine Augen werden dunkel wie eine Sturmwolke. „Nein.“

„Sondern?“

Patrick schaut auf den Tisch und zuckt die Achseln. „Ich habe eine Entscheidung getroffen, mit der kein Teenager konfrontiert werden sollte. Nachdem – nachdem alles passiert ist …“ Er verzieht den Mund, als würden die Worte dort feststecken. „Bin ich zum Kinderschutzdienst gegangen und habe meinen Vater angezeigt. Sie haben mich ein paar Tage später bei Dinah untergebracht.“

Will weiß, dass er etwas ausgelassen hat. „Hast du Schuldgefühle deshalb? Weil du deinen Vater angeschwärzt hast?“

„Nein.“

Will schweigt. Patrick ist jetzt so total still. Das erschüttert ihn bis ins Mark. „Du musst es mir nicht erzählen“, flüstert er. „Es reicht mir zu wissen, dass da noch mehr war. Ist okay. Ich verstehe. Alles ist gut.“ Er berührt Patricks Hand.

Patrick zieht sie weg. „Ich habe es noch nie jemandem erzählt … Nicht dem Kinderschutzdienst. Nicht mal Dinah.“

Will schluckt. Er ist versucht zu drängen. Er will es wissen. Aber er kann die Vorstellung nicht ertragen, Patrick durch seine Fragen wehzutun. Lieber würde er es Patrick erleichtern, ihm alles zu erzählen, aber er weiß nicht wie. „Dinah hat sich gut um dich gekümmert, was?“

Patrick nickt, aber seine Augen sind dunkel, und seine Gedanken hängen sichtbar in der Vergangenheit fest.

„Ist sie immer noch Teil deines Lebens? Dinah, meine ich? Das Bild von dem kleinen Mädchen sieht neu aus.“

Patrick kehrt in die Gegenwart zurück. Erleichterung macht sich in Will breit wie kühles Wasser. „Vor acht Jahren. Da wurde das Foto gemacht. Rebecca ist jetzt auf dem College. Sie schreibt Einsen und hat einen Freund.“

Patricks Mundwinkel heben sich. „Sie ist Dinahs fünfzehntes Pflegekind. Das neueste ist ein Junge namens Eric. Er ist ihr achtzehntes. Sie hat ihn jetzt ungefähr fünf Monate, und er ist schwierig." Patrick grinst dabei, doch immer noch hängt der Schatten wie ein Leichentuch über seiner Freude. „Ich hab ihn noch nicht persönlich kennengelernt, aber Dinah sagt, er ist eine Nervensäge. Erinnert mich an mich selbst, als ich zu ihr kam. Ich war ihr drittes Pflegekind."

„Und du hast die Fotos von den Kindern, um ihnen nahe zu bleiben? Nahe bei Dinah und … entschuldige, wie hieß noch mal ihr Mann?"

„Phil. Ja. Und ich …" Er errötet wieder. Will spürt den Drang, seine Wangen und die roten Ränder seiner Ohren zu küssen. „Ich schicke ihnen Geld. Geschenke. Ich helfe ihnen."

„Wow, das ist echt nett." *Nett? Großartig. Großzügig. Liebevoll.*

Patrick scheint ihn nicht ansehen zu können. „Ich will nicht, dass andere das erfahren."

„Ich kann ein Geheimnis für mich behalten." Will sieht, dass Patrick zittert, und streckt die Hand nach ihm aus. „Hey, tut mir leid. Es war blöd von mir, dich so wegen deiner Vergangenheit zu bedrängen."

Patrick schüttelt den Kopf, sein Blick klebt am Teppich. „Dafür sind beste Freunde doch da, oder?" Seine Lippen verziehen sich zu einem kleinen Schmunzeln. „Jetzt hast du einen Vorsprung vor Jenny, okay? Zufrieden?"

„Kannst du mich mal ansehen?"

Patrick ist unruhig und nervös, aber er erwidert Wills Blick, und wenigstens zappelt er wieder. „Mach ich doch."

„Ich verspreche dir, niemals irgendetwas von dem, was du sagst, gegen dich zu verwenden. In Ordnung?"

Patrick leckt sich die Lippen. „Schneidest du dir auch in den Finger und machst einen Blutschwur daraus?"

„Wenn du willst."

„Nee, ist schon okay. Lass uns einfach wieder an die Arbeit gehen. Du kannst mir deine blöden Ideen erzählen, wie du Geld für die Laboreinrichtung sparen und die Gehälter der Pflegekräfte kürzen willst, und ich sag nein." Er fährt sich mit der Hand durch die feuchten Haare. „Wir können uns wieder zanken, und das alles verschwindet einfach. Puff."

„Okay, wenn du das willst."

Patrick lächelt grimmig. „Jetzt ist Schluss mit der Gefühlsduselei, Will. Du musst lernen loszulassen."

Aber als Will erneut seine Hand berührt, ehe er die Broschüren aufschlägt, zieht Patrick sie nicht zurück.

***

Als Will am nächsten Abend den Pizzaboten bezahlt, bemerkt Patrick, dass er sein neues Notfallarmband trägt. Es ist selbst aus der Entfernung offensichtlich, was es ist, und es an Wills Handgelenk zu sehen, während der dem Lieferanten einen Zwanziger und einen Fünfer in die Hand drückt, lässt ein seltsames Gefühl von Besitzerstolz in ihm hochkommen.

Das ist meiner. Er gehört mir. Und er trägt meinen Talisman, der ihn beschützt.

Will lässt sich auf die Couch fallen und schiebt die Pizzakartons auf den Couchtisch, ehe er sein übliches Testen und Spritzen vornimmt. Dann reißt er die Schachtel auf, nimmt ein Stück heraus und stopft es sich in den Mund, als wäre er am Verhungern.

Patrick setzt sich neben ihn, schaltet den Fernseher ein und entscheidet sich für *Jeopardy*. Er liebt es, wie Wills Gesichtsausdruck bei den Antworten der Kandidaten immer erstaunter wird. Bis Patrick sich ein Stück Pizza genommen hat, ist Will schon bei seinem zweiten.

„Finger weg“, sagt Patrick. „Du isst ja noch das ganze Ding auf.“

„Sorry“, murmelt Will. „War ein langer Tag. Hab nicht zu Mittag gegessen. Und du? Irgendwelche guten Gehirne heute?“

Patrick ignoriert die Frage. „Du darfst keine Mahlzeiten auslassen. Ich will nicht, dass Owen mich anruft, weil ich mich nicht gut genug um dich kümmere. Der Mann soll sich wenigstens seinen Unterhalt verdienen.“

Will zuckt die Achseln und antwortet mit vollem Mund: „Er ist ein sehr guter Anwalt.“

„Und ein anständiger Sponsor und ein furchtbarer Freund.“

„Nein, er ist ein guter Freund. Es ist nicht sein Job, dafür zu sorgen, dass ich was esse.“

„Ich könnte seinen Job machen.“

Will grinst. „Patrick, morgen mach ich es besser. Erzähl mir von deinem Tag.“

Patrick seufzt und lässt locker. „Wir hatten einen Jungen in der Notfallambulanz, der sich das halbe Gesicht weggeschossen hatte. Das war cool.“

Will macht ein angewidertes Geräusch und lässt sein Stück Pizza wieder in die Schachtel fallen. „Danke für das gedankliche Bild. Ich *esse* gerade.“

Patrick grinst und nimmt einen großen Bissen. „Du hast doch gefragt."

„Und was ist mit ihm passiert?"

„Er hat gesoffen und dabei mit ein paar Freunden draußen im Reservat Feuerwerk angezündet. Er hat beschlossen, die Abschussrampe als Hut zu verwenden. Erstaunlich eigentlich, dass er nicht tot ist."

„Ist er Lakota?" Wills Augenbrauen ziehen sich besorgt zusammen.

„Nein."

„Und wie heißt er?"

„Das kann ich dir nicht sagen. Schweigepflicht."

„Morgen weiß es sowieso jeder."

„Stimmt. Na gut. Sean? Shane? Keine Ahnung, hat mich nicht interessiert."

Will blickt noch besorgter drein. Patrick findet, dass Will sich besser abgrenzen muss. Er kümmert sich zu viel um jeden außer sich selbst.

„Shane Hammond?"

„Ja, das ist er", sagt Patrick und nimmt noch einen großen Bissen Pizza.

„Wird er wieder gesund?"

„Ich weiß nicht. Wahrscheinlich nicht, um ehrlich zu sein. Er könnte überleben, aber gesund? Das bezweifle ich. Das Gehirn ist stark angeschwollen, und es gibt erhebliche Schädigungen. Er ist noch nicht stabil genug für einen Scan, aber ich weiß schon, was ich finden werde: große Bereiche ohne neurale Aktivitäten."

„Aber er ist echt ein netter Junge", sagt Will und weist auf das lächerlich Offensichtliche hin. „Er hat letzten Herbst geheiratet. Seine Frau erwartet ein Baby."

„Ja. Ätzend für ihn. Noch ätzender für seine Frau."

„Wie kannst du dich bloß so kalt stellen, Patrick?“

„Wieso stellen?“

„Ich kenne dich. Ich weiß, dass du dir um andere Gedanken machst.“

„Ich dachte, du wolltest diese Information nicht gegen mich verwenden.“

„Davon rede ich nicht. Ich rede davon, dass du Arzt bist. Ich weiß, dass du dich um deine Patienten sorgst.“

Patrick zuckt ungeduldig die Achseln. „Klar bin ich Arzt. Aber ich habe nicht genügend Macht, um die Zeit zurückzudrehen und ihn davon abzuhalten, ein Vollidiot zu sein. Tut mir leid, wenn dich das enttäuscht.“

„Ich weiß. Es ist bloß …“

Er seufzt. „Ich hab getan, was ich konnte.“

„Was ist mit dieser Behandlung, die du in Atlanta durchgeführt hast? Diese superexperimentelle? Könnte die ihm helfen?“

Patrick hebt überrascht die Augenbrauen. „Woher weißt du denn davon?“

Will schaut weg. „Ich hab davon gelesen, als ich dich gegoogelt habe.“ Er runzelt die Stirn. „Ich hab nicht viel verstanden. Nur dass es helfen könnte, neurale Aktivitäten in irgendwelchen beschädigten Zellen wiederherzustellen.“

„Dazu brauche ich Personal und eine Ausrüstung, die ich hier noch nicht habe. Ganz zu schweigen davon, dass seine Verbrennungen und anderen Verletzungen jetzt fast genauso große Priorität haben. Eine Infektion ist ein echtes Risiko. Wenn wir die Schwellung unter Kontrolle kriegen können und es schaffen, dass er keine Sepsis bekommt, können wir später über experimentelle Behandlungen nachdenken“, sagt er wegwerfend.

Will verschränkt die Arme vor der Brust und starrt ihn so intensiv an, dass es sich anfühlt, als würde er Patrick ein Loch in die Haut brennen.

„Was?“, fragt Patrick und rutscht unbehaglich zur Seite.

„Sobald es möglich ist, diese Behandlung in Betracht zu ziehen, fragst du Don, wie man das richtige Team und die richtige Ausrüstung zusammenstellen kann, um es auszuprobieren.“

„Ach ja?“

Wills Augen verengen sich, und er verschränkt die Arme noch fester. Patrick kann nur bewundern, wie Wills Schultern dadurch noch breiter wirken und sein Bizeps hervortritt. Er räuspert sich. „Okay, mach ich.“ Er hätte es sowieso gemacht. Diese Art von riskanten, hochinnovativen Eingriffen ist genau sein Ding. Aber das muss Will nicht wissen. Es macht mehr Spaß, wenn er ihn glauben lässt, er habe ihn überzeugt.

„Gut.“ Will nickt zum Fernseher herüber. „Stell den Ton an. Überwältige mich mit deiner Brillanz.“

Patrick tut wie befohlen.

Er schnaubt und fragt sich, wann er zu einem Mann geworden ist, der *so was* tut. Es begann in einer Bar in Vegas, und seither hat es sich lawinenartig entwickelt. Wenn die Scheidung nicht bald über die Bühne gegangen ist, hat Patrick keine Ahnung, wo das noch enden wird.

Und die Sache ist, es gefällt ihm, Will zufriedenzustellen, ihn zum Lächeln zu bringen und ihn zu beruhigen. Was ihn an etwas anderes erinnert, das sich ebenfalls gut anfühlt.

Er und Will schlafen jetzt seit fünf Tagen im selben Bett, und es wird immer schwerer, so zu tun, als ginge es dabei ausschließlich um die Bequemlichkeit. Jeden Abend gehen sie ins Bett und jeder legt sich auf seine Seite, doch morgens haben ihre Körper wie durch Schwerkraft zueinander gefunden. Wenn Patrick nicht mit dem Kopf auf Wills Brust erwacht, machen sie stattdessen das Löffelchen. Meistens ist es Patrick, der sich an Wills Rücken drückt, aber heute Morgen ist er mit Will hinter sich erwacht, dessen beachtliche Morgenerektion sich behaglich gegen Patricks Hintern drückte. Will hat sich langsam an ihm gerieben und im Schlaf leise gestöhnt.

Und war *das* nicht peinlich, als Will schließlich wach wurde?

Er fragt sich, ob Wills Körper etwas weiß, das sein Bewusstsein nicht zuzugeben bereit ist. Etwas darüber, was sie einander bedeuten könnten. Patricks Ohren brennen, und sein Brustkorb kribbelt vom raschen Einatmen. Aber das ist einfach zu verrückt, um darüber nachzudenken, genau wie alles andere, was diese Ehe-plus-Freundschaft mit Will angeht.

Deshalb sagt er „Was ist ein iPhone“ vor irgendeinem der Idioten in dem Quiz und konzentriert sich auf Geschichte für achthundert.

Kapitel zwanzig

Patrick versucht, der Silvesterparty im Tallgrass zu entkommen. Er versucht es wirklich. Aber er wird an jeder Ecke ausgebremst.

Zuerst von Will: *„Du musst da mit hingehen, Patrick! Wir sollen doch frisch verheiratet sein, wie können wir denn da nicht gemeinsam das neue Jahr einläuten?"*

Dann von Don: *„O nein, Dr. McCloud, Sie haben heute Abend keinen Dienst. Ich bestehe darauf, dass Sie mit Ihrem Mann ausgehen und feiern."*

Und schließlich von Jenny: *„Ach komm schon, Dr. Grummel. Einen Abend mal mit den normalen Sterblichen dieser Stadt zu verbringen, wird dich schon nicht umbringen."*

Also ist Patrick jetzt im dekorierten Festsaal des Tallgrass und hängt am Büfett herum, während viel zu viele Bürger von Healing essen, trinken und um ihn herum fröhlich sind. Kimberly ist mit einem Typen da. Will schüttelt ihm die Hand und nennt ihn Mark. Die kleineren Kinder sind mit einem Babysitter zu Hause, aber Caitlin ist da mit Scott vom Tate's-Sportgeschäft, und Kevin scheint als Caitlins Anstandsdame mitgekommen zu sein.

Ryan und Hartley sind auch da. Und obwohl Ryan sich an Weihnachten klar ausgedrückt hat, wenigstens Patricks Meinung nach, dass er sich anders orientiert hat und nicht mehr an Will interessiert ist, wirft er Patrick und Will doch finstere Blicke zu, als würden sie etwas Falsches tun, indem sie gemeinsam auf der Party sind.

Patrick ignoriert die beiden, aber der Pulsschlag an Wills Hals beweist, dass es ihm nahegeht. Patrick wendet sich wieder dem Büfett zu und legt sich noch ein paar gefüllte Oliven auf den Teller.

„Hast du irgendwelche Silvestertraditionen?“, fragt Will mutig und wischt sich zum dritten Mal innerhalb von wenigen Minuten die Handflächen an der Hose ab. „Irgendwas, das du mit deinen Freunden in Atlanta immer gemacht hast?“

Patrick starrt ihn nur an.

„Was?“

„Du machst dir viel zu viele Gedanken über diesen Scheißkerl.“

Will stößt die Luft aus. „Ich weiß. Und ich weiß auch, dass du nicht über ihn reden willst.“

„Du denn?“

Will zuckt die Achseln und schüttelt den Kopf. „Nein. Es ist nur so, dass er ja ein wichtiger Teil meines Lebens war und …“

„*Chrchrchr*. Tut mir leid. Hab ich alles schon mal gehört. Erzähl mir was Neues oder gar nichts.“

Will verdreht die Augen. Sie essen ein paar Minuten lang schweigend, während *1999* von Prince wie ein Echo der Vergangenheit läuft. „Ryan und ich hatten nicht ein einziges Mal ein glückliches Silvester.“

„Sieh mal einer an. Ich bin so überrascht, dass ich mich gar nicht einkriegen kann. Schweine können fliegen. Die Hölle ist kalt. Du und Ryan hattet miese Silvesterpartys miteinander. Was passt nicht in die Reihe?“

Will grinst tatsächlich, und Patrick lächelt. Er legt den Arm um Wills Schultern und zieht ihn so nah an sich, dass sie einander an der Stirn berühren. Er kann das Schimmern von Wills Wimpern sehen.

„Was machst du denn da?“, fragt Will in dem feuchten Zwischenraum ihrer Lippen.

„Ich verarsche die Molinaro-Spione.“ *Ich bin dir nahe.* „Und ärgere deinen Freund.“

„Ich sag es dir nur ungern, aber er ist nicht mein Freund.“

„Dann bist du also zu haben?“

„Nein. Ich bin verheiratet.“

Wills Lippen schmecken süß nach Schokolade, und ihre Zungen berühren einander, das kribbelnde Wispern eines Versprechens. Will beendet den Kuss und flüstert: „Meine Mutter guckt rüber.“

„Lass sie doch.“

Will schüttelt den Kopf mit erhitzten Wangen und einem schüchternen Lächeln.

Mit einem Blick sieht Patrick, wie Ryan sie von der anderen Seite des Festsaals anstarrt. Er verdreht die Augen, das genügt. „Komm.“ Er geht auf die Tanzfläche, als ein langsamer Song anfängt, und streckt die Hand aus. „Wir tanzen.“

„Echt jetzt?“ Will grinst. „Ich dachte, du hasst Tanzen.“

Patrick hatte diese kleine Halbwahrheit vor ein paar Tagen erwähnt bei einem seiner gescheiterten Versuche, sich vor der Teilnahme an dieser Party zu drücken. „Tu ich ja auch. Aber ich hab es satt zuzusehen, wie du diesem Arschloch hinterherjammerst.“

„Patrick“, flüstert Will, die Augen voller Zärtlichkeit. Patricks Herz hämmert.

Will nimmt Patricks ausgestreckte Hand und lässt sich von ihm auf die Tanzfläche ziehen. Eng aneinandergeschmiegt passen ihre Körper perfekt zusammen, und mit an Patricks Brust verschränkten Händen muss er zugeben, dass es besser ist als nur ganz nett.

Ein paar von Wills Freunden gleiten an ihnen vorbei und lächeln. Will lächelt zurück. Jenny ist da und tanzt mit Andy und dessen Frau. Sie hat ihren OP-Termin in der zweiten Januarwoche und hat dies zu ihrer letzten wilden Nacht erklärt, ehe sie eine Weile aus dem Verkehr gezogen wird. Andy und seine Frau machen den Abend für sie zu etwas Besonderem: Sie ist die Schönheit ihres kleinen Drei-Personen-Balls.

Andere wirbeln an ihnen vorbei, manchmal erkennt er sie wieder, manchmal nicht. Doch nach einiger Zeit ist er so unter dem Bann der Luftballons, der blinkenden Lichter und der langsamen Musik, dass er niemand anderen mehr sieht. Da sind nur noch er und Will mit seinen leuchtenden braunen Augen. Etwas Wunderschönes und Fremdes setzt sich in Patricks Kehle fest: ein erschreckendes geflügeltes Ding namens Hoffnung.

„Ich hab die Tabellen gesehen mit deinen Gehaltsvorschlägen fürs Pflegepersonal", sagt Will.

„Und?"

„Du verlangst ganz schön viel. Erklär mir noch mal, warum wir so viel mehr bieten müssen als den Durchschnittslohn?"

Patrick lächelt über die Frage und spürt, wie die Aufregung in ihm hochsteigt. Er weiß, wie das mit Will funktioniert. Über ihre gemeinsame Arbeit diskutieren, das Krankenhaus besser machen – es großartig machen. Darüber streiten, die Röte auf Wills Wangen, das Blitzen seiner Augen, und wie Wills Brust sich hebt, wenn er verärgert ist. Es macht Spaß, es ist sexy, und Patrick liebt es.

„Also, abgesehen von der Tatsache, dass du sie irgendwie in diesen gottverlassenen Ort hier locken musst, ist es deswegen, weil sich die Pfleger um die Patienten kümmern, nicht die Ärzte. Sie sind diejenigen, die sie überwachen und beurteilen und ihnen bei allen Bedürfnissen zur Seite stehen. Sie sagen mir, was sie von mir brauchen, nicht umgekehrt. Die Stationsschwestern kümmern sich um jedes Detail jedes einzelnen Patienten. Sie überwachen seine Ernährung, wie viel er pinkelt und welche Medikamente er braucht. Sie kümmern sich um die Wunderversorgung und helfen ihm ins Bad. Sie prüfen die Vitalwerte, haben die Laborergebnisse im Blick, die Zuckerwerte, den Blutsauerstoff, die Medikamenteneinnahme und -ausgabe. Sie nehmen für unzählige Tests Blut ab und reden mit den Angehörigen. Sie informieren und beantworten Fragen, so dass ich das nicht machen muss. Sie heulen, wenn ihre Patienten sterben, und sie gehen mit Arztärschen wie mir um. Die Wahrheit ist, dass ein Patient mich nur einen Bruchteil seines Klinikaufenthalts zu Gesicht bekommt. Die echten Helden, die im Schützengraben, sind die Pflegekräfte. Ganz zu schweigen …"

„Okay, okay. Ich hab's verstanden. Sie haben eine Gehaltserhöhung verdient. Aber warum willst du nicht, dass sie wissen, wie du dich für sie einsetzt?"

„Es ist einfacher, wenn sie mich hassen."

„Wieso das denn?"

„Weil ich nicht gut mit den Pflegeleuten klarkomme. Immer, wenn ich es versuche, werden sie mir gegenüber total emotional. Besonders die männlichen Pfleger. Das sind die Schlimmsten. Emotionen. Überall." Er erschaudert.

Wills Augen leuchten, und plötzlich schnaubt er und lacht. Patrick grinst zurück.

„Du bist echt so ein Arsch." Aber in seiner Stimme ist keine Bosheit, und er drückt fest Patricks Hand.

„Wenn du es sagst." Patrick zieht Will von der Tanzfläche.

An der Bar bestellt Patrick eine Cola und Will ein Clubsoda mit einem Spritzer Zitrone. Er schiebt die Hände in die Taschen und wiegt sich leicht vor und zurück. Als Will Patrick angrinst, *machen* seine Augen irgendwas mit ihm. Patrick wird schwindlig, und eine überströmende Freude erfüllt ihn, als ob er fliegen könnte.

Will leckt sich die Lippen. Sie glänzen im schummrigen Licht.

Patrick könnte sich ein paar Zentimeter vorbeugen, und sie könnten sich wieder küssen. Er hat den Verdacht, dass Will es diesmal nicht so rasch beenden würde.

„Sorry, wenn ich störe." Ryans scharfe Stimme reißt sie beide aus dem Moment heraus.

Will blinzelt benommen, und Patrick räuspert sich.

„Tun Sie wirklich." Patrick lächelt, doch es fühlt sich mehr an wie ein Zähnefletschen.

Will legt den Arm um Patricks Taille. „Hi Ryan, hi Hartley." Er schaudert etwas und setzt dann ein nervöses Lächeln auf. „Amüsiert ihr euch?"

„Tun wir", sagt Ryan. „Und ihr?"

Hartley verlagert unbehaglich das Gewicht und wirft Ryan einen düsteren Blick zu.

„Total!", sagt Will mit falscher Begeisterung. „Wir haben auch einen ganz tollen Abend."

Ryan nickt, und Hartley sieht mit fest zusammengepressten Lippen an ihnen vorbei.

Es gibt nichts zu sagen. Sie stehen da und sehen einander linkisch an oder, in Hartleys Fall, aneinander vorbei. Patrick lässt den Arm über Wills Schulter streifen, und Ryans Augen verengen sich, als er ihre Umarmung bemerkt.

„Also, äh, habt ihr Pläne für das neue Jahr?“, fragt Will und richtet seine Frage an Hartley, der erschrocken zu sein scheint, dass er angesprochen wird.

„Ja“, antwortet Ryan an seiner Stelle. „Hartley fängt mit der Schule an. Wir ziehen zurück nach Vermillion.“

„Ich belege Kurse in Beratung und Indigener Ethnologie.“ Hartley lächelt Will entschuldigend an. „Ich freu mich drauf.“

„Oh.“ Will lehnt sich ein bisschen an Patrick an, und der stützt ihn.

„Ja.“ Ryan starrt sie herausfordernd an. „Ich bin auch schon ganz aufgeregt. Ich bin bereit für einen Neuanfang.“

Will wird still, aber seine Stimme schwankt nicht. „Tja, freut mich für euch.“ Er lächelt Hartley zu, und es ist ein guter Versuch, auch wenn ein bisschen brüchig. „Viel Glück auf der Schule. Du machst das bestimmt großartig. Ich weiß das.“

„Danke, Will. Das ist nett von dir.“ Hartley zieht Ryan am Arm. „Jetzt komm, wir gehen.“

„Ich bin hier noch nicht fertig.“

„Doch, bist du.“ Hartley wirft Ryan einen Blick zu.

Wills Gesicht ist bleich. Das helle Leuchten, das nur wenige Augenblicke dort zu sehen war, ehe Patrick ihn beinahe geküsst hätte, ist verschwunden. Patrick knirscht mit den Zähnen.

„Nein, bin ich nicht.“

„Ich glaube doch“, sagt Will schließlich. Seine Stimme klingt, als würde er auf dem Boden ausbluten. „Wiedersehen, Ryan.“

Ryan starrt ihn an und nickt dann. „Bis dann, Will.“ Er wirft Patrick einen raschen Blick zu. „Dr. McCloud.“

Erneut nickt Hartley Will entschuldigend zu, der wegsieht, aber Patrick sagt: „Viel Glück, Kleiner. Und ich meine nicht in der Schule."

Hartleys Augen weiten sich, und er öffnet den Mund, als er nach Ryans Arm packt, und Patrick hört Will keuchen, ehe er den Schmerz einer gegen seine Schläfe krachenden Faust verspürt.

Patrick kracht zu Boden, sein Hintern schmerzt, und in seinen Ohren klingelt es. Er berührt die Schläfe und betrachtet seine Finger. Kein Blut. Ihm dreht sich der Kopf.

Will kniet sich mit weit aufgerissenen Augen neben ihn und legt sanft die Hand auf Patricks Gesicht. Eine kleine Menge versammelt sich, und etwas verzerrt sieht er Hartley Ryan in Richtung Ausgang schieben. Rufende Fremde blockieren ihm die Sicht.

Will hilft Patrick, sich aufzusetzen. „O mein Gott, geht es wieder?"

„Bin ja nicht bewusstlos geworden. Mir geht's gut."

Wills Kehlkopf ruckt, und er klingt atemlos. „Soll ich die Polizei rufen?"

„Das ist der nicht wert", murmelt Patrick. „Hilf mir einfach mal vom Boden auf."

Will stützt ihn beim Aufstehen und schlingt ihm den Arm um die Taille. Patrick sackt gegen ihn, in seinem Kopf dreht sich alles. Sie stehen einer Wand von Menschen gegenüber. Patrick kann Jennys verängstigte Stimme auf der anderen Seite der Menge hören.

„Weg. Hört auf zu gaffen", ordnet Patrick an, in dem Wut darüber aufsteigt, zum Showereignis des Abends geworden zu sein. Die ganze Stadt wird tagelang darüber reden. Die *Hurting Times* wird voll davon sein, wie Dr.

Arschloch niedergeschlagen wurde und nicht mal zurückgeschlagen hat. Will schiebt ihn durch die sich teilende Menge und steuert ihn zur Herrentoilette.

Der Spiegel zeigt eine rote Schwellung an seiner Schläfe, nichts Besorgniserregendes, aber sein Abbild ist nicht das hübscheste, das er je gesehen hat. Bis morgen hat er wahrscheinlich einen violetten Fleck und wird noch bestimmt eine Woche lang aussehen, als hätte er eine Schlägerei gehabt, aber ansonsten geht es ihm gut.

Will steht hinter ihm mit einem Eisbeutel, den jemand ihm in die Hand gedrückt haben muss.

„Ich dachte, er würde mir aufs Kinn schlagen. Er hat echt miserabel gezielt."

Will schnaubt leise, aber er ist offensichtlich noch zu besorgt, um sich zu amüsieren.

Patrick nimmt ihm das Eis ab und drückt es sich gegen den Kopf. „Ich hab schon schlimmere Schläge erlebt. Hartley hat den Schlag umgelenkt und eine Menge Geschwindigkeit rausgenommen. Ärger dich nicht."

Will nimmt Patricks Kinn in die Hand und dreht seinen Kopf, um sich die Schläfe näher anzusehen. „Ich weiß nicht, wieso er das getan hat." Er ringt um Worte. „Es spielt aber keine Rolle. Ich kann nicht glauben, dass er dich geschlagen hat. Es tut mir so leid, Patrick."

Patrick ist froh, dass Will keine Rechtfertigung für Ryans schlechtes Benehmen vorbringt. Aber die Entschuldigung gefällt ihm weniger.

Er wendet sich von Will ab und wieder dem Spiegel zu. „Es ist nicht alles immer deine Schuld, Will."

„Ich weiß."

„Hat er *dich* jemals geschlagen?" Patrick drückt sich wieder den Eisbeutel gegen den Kopf. Er betrachtet seine

Augen im Spiegel. Beide Pupillen haben dieselbe Größe. Es geht ihm gut.

„Was? Nein. Natürlich nicht. So ist Ryan nicht.“ Will hält inne und erbleicht, als er Patrick und den sehr offensichtlichen Beweis dafür ansieht, dass Ryan *doch* so ist. „Nein, er hat *mich* nie geschlagen.“

„Und andere?“

Will schluckt. „Ein Mal. Walker James, einen Typen vom College, mit dem ich rumgehangen habe, als Ryan und ich mal eine Beziehungspause hatten. Er dachte, ich würde mit Walker schlafen. War aber nicht so. Nachdem Ryan ihn geschlagen hat, hat Walker den Campus-Sicherheitsdienst gerufen. Meine Mutter musste Ryan einen Anwalt besorgen. Es war furchtbar.“

„Ah. Ich erkenne ein Muster.“ Er wendet sich vom Spiegel ab.

„Das …“ Wills Finger auf Patricks Kinn sind sanft, und er sucht Patricks Blick. Patrick hat keine Ahnung, wonach er Ausschau hält, bis Will sagt: „Das tut mir echt leid.“

„Tja, na ja, ich verzeihe dir.“

Wills Augen verdunkeln sich vor Schmerz.

„Weil du mich nicht geschlagen hast. Du hast überhaupt nichts Schlechtes getan. Hast du es nicht satt, dich immer schlecht zu fühlen wegen ihm? Als wäre irgendwas nicht in Ordnung mit dir? Also, ich schon, und ich hab nur die Spitze des Eisbergs gesehen.“

„Du kennst mich nicht so gut wie er. Du weißt nicht, wie ich wirklich bin.“

Patrick wirft den Eisbeutel in den Mülleimer und errötet vor Ärger. „Was zum Teufel soll das denn heißen? Du bist Will Patterson, der gute Junge mit einem großen, dummen Herzen auf deinem wohltätigen Ärmel, und wenn er nicht in der Nähe ist, dann weißt du das auch. Hör auf, ihn dir das wegnehmen zu lassen."

Will blinzelt ihn mit fleckigem Gesicht und den Tränen nahe an. Patrick verabscheut es immer noch, dass er Will so sexy findet, wenn er kurz vor dem Weinen steht. Das unterminiert seine rechtschaffene Wut.

„Ich sag es dir nur noch dieses eine Mal. Du bist ein guter Mensch. Du hast es nicht verdient, dass man dich etwas anderes glauben lässt. Du bist der letzte Mensch auf der Welt, der sich jemals so fühlen sollte. Und ich hab davon absolut die Schnauze voll, ob es dir nun genauso geht oder nicht."

Patrick stolziert zur Badezimmertür. Er blickt zurück. Will ist über dem Waschbecken zusammengesunken und starrt in den Abfluss. Er wartet, ob Will irgendetwas zu sagen hat, aber es herrscht nur Stille.

„Ich hol mir was zu trinken. Wir sehen uns draußen." Er drückt gegen die Tür, hält jedoch in letzter Sekunde inne. „Warum zum Geier bedeutet dir dieses Arschloch immer noch etwas?"

Will sieht nur zu ihm herüber und blinzelt die Tränen weg.

Patrick schiebt sich an Wills Mutter vorbei, die draußen vor der Herrentoilette wartet. „Ms. Patterson."

„Dr. McCloud, geht es Ihnen gut?"

„Nichts, was ein Glas Whiskey nicht in Ordnung bringen könnte."

Er steuert die Bar an und bestellt einen weiteren Eisbeutel für seinen Kopf sowie einen Whiskey für seinen Stolz. Als er sich umdreht, sieht er, wie Will außerhalb der Toilette von seiner Mutter angesprochen wird.

Alle starren ihn an.

„Ach, um Himmels willen, habt ihr kein eigenes Leben?"

Er behält Will im Auge, der in die Umarmung seiner Mutter eingehüllt ist. Er kippt das Glas und schluckt.

***

„Schatz, was war denn da los? Warum hat Ryan Patrick geschlagen?"

Will seufzt. „Ich glaube, es fällt Ryan einfach schwer, meine Heirat zu akzeptieren."

Seine Mutter schürzt die Lippen. „Na ja, das kann man ihm nicht wirklich zum Vorwurf machen, oder?"

Kann man nicht? Ryan hat mit ihm Schluss gemacht und eine Beziehung mit Hartley angefangen, ehe er überhaupt von Patrick wusste. Will schaut hinüber zur Bar und sieht, dass Patrick ihn beobachtet.

„Ich weiß nicht. Es lief schon lange nicht mehr so gut mit Ryan und mir."

„Aber nein, Liebling! Das ist nur eine vorübergehende Krise. Das wird sich alles bald wieder aufklären, und dann kannst du das mit Ryan bestimmt wieder regeln."

„Weißt du was, Mama? Er ist jetzt mit Hartley zusammen. Er hat *wegen* Hartley mit mir Schluss gemacht. Und nach dem, was er gesagt hat und was er Patrick gerade angetan hat, glaube ich auch nicht, dass er noch der Typ ist, in den ich mich verlieben würde."

„Oh, Will." Trauer füllt ihre Augen. „Das kannst du doch nicht ernst meinen."

„Doch. Tu ich." Er drückt ihre Hände. „Das ist mein Leben, Mama. Und ich lebe es auf meine Art."

„Will …"

„Hör mal, warum gehst du nicht und unterhältst dich mit Onkel Kevin? Er winkt dir gerade. Ich bin sicher, er möchte wissen, was passiert ist.“

„Schatz, bist du sicher, dass alles in Ordnung ist mit dir?“

Will lächelt beruhigend. „Ja, ich bin sicher. Im Übrigen muss ich nach Patrick sehen.“

Seine Mutter nickt unsicher, lässt ihn jedoch allein, und das ist es, was er am meisten wollte.

Während er den Raum durchquert, spielt sich der Schlag in seinen Gedanken erneut ab. Ryans Arm holt aus, seine Augen werden stählern und kalt, die Gewalt bricht ohne Vorwarnung aus ihm heraus. Er schlägt Patrick ohne Zögern. Und wofür? Dafür, dass er zu Will hält und Ryan nicht?

Und mein Gott, Patricks Gesicht, als er zu Boden ging! Geschockt, verletzlich. Wills erster Impuls war es gewesen, Patrick zu beschützen, ihm nach unten zu folgen und sich über ihn zu werfen. Und der nächste, einer, der ihn in seiner Intensität fast geblendet hat, war, wie ein Wahnsinniger auf Ryan einzuschlagen, weil er diesem Mann wehgetan hat.

Jetzt lässt es sich nicht mehr leugnen: Es gibt mehr als eine Möglichkeit, einen Menschen niederzuschlagen. Vielleicht hat Ryan Will gegenüber nie seine Fäuste benutzt, aber er hat ihn trotzdem geschlagen. Will atmet tief durch. Sein Magen fühlt sich an wie verknotet, und er hat Verlangen nach einem Drink. Nein, nach Dutzenden Drinks. Erneut atmet er tief durch und beherrscht den Drang.

„Hier“, sagt Patrick, als Will bei ihm ist. Er drückt ihm ein Glas Selterswasser in die Hand.

„Danke.“ Will nimmt einen großen Schluck und stellt es auf den Tresen.

„Alles okay?“

Ist es das? Eigentlich nicht. „Mir geht’s gut. Ich mach mir nur Sorgen um dich.“

„Mir geht’s auch gut.“ Patrick betrachtet stirnrunzelnd etwas auf der anderen Seite des Raums. Will folgt seinem Blick und sieht Kimberly mit einer kleinen Schar von Leuten sprechen: Kevin, Scott, Caitlin, Jenny, Andy und seine Frau Martina. Offensichtlich reden sie über Ryans Schlag. Die ganze Gruppe wirft immer wieder lange, viel zu interessierte und, im Falle von Caitlin, etwas schadenfrohe Blicke zu ihnen herüber. Jenny löst sich von ihnen, als wolle sie herkommen, aber Patrick schüttelt den Kopf, und mit einem leichten Stirnrunzeln fügt sie sich wieder in die Gruppe ein.

„Geht es dir gut?“, formt sie mit den Lippen.

Patrick zwinkert ihr zu und macht mit den Fingern das O.K.-Zeichen.

„Wenigstens bleiben sie auf ihrer Seite des Raums“, sagt Will.

„Willst du gehen?“ Patrick drückt sich den Eisbeutel gegen die Schläfe.

Will stößt den Atem aus. „Ja, das will ich wirklich. Wie spät ist es?“

Patrick sieht auf die Uhr. „Nur noch ein paar Sekunden bis Mitternacht. So lange können wir auch noch bleiben.“

„Den Schein wahren“, sagen sie beide gleichzeitig.

Patrick legt den Eisbeutel weg und schlingt die Arme um Will. Das blaue Feuer seiner Augen brennt die Scham und die Sorge in Wills Innerem weg. Womit verdient er diesen Gesichtsausdruck? Wie kann Patrick ihn noch wollen? Nach alldem?

Patrick lässt die Finger durch die Haare an Wills Hinterkopf gleiten und lässt ihn erschaudern. „Alles wird gut, Schnuckiputz", murmelt er beruhigend.

„Zehn!"

„Neun!"

„Acht!"

Der Countdown geht weiter. Will sieht sich um, wie seine Freunde und seine Familie sich auf das Begrüßen des neuen Jahrs vorbereiten. Luftballons zittern ringsum, und die blinkenden Lichter leuchten in Patricks kastanienbraunem Haar.

„Wegen vorhin, ob ich die Schnauze voll davon habe? Du hast Recht. Hab ich." Will schmiegt sich in Patricks Umarmung.

„Natürlich hast du. Ich hab immer Recht."

Patrick schiebt Wills Kinn hoch. Seine Augen ruhen auf Wills Mund.

„Zwei!"

„Eins!"

„Frohes neues Jahr!"

Tröten quäken los, und der Saal ist erfüllt vom Rufen der Menschen. Doch mitten in all diesem ausgelassenen Lärm hämmert Wills Herz, und plötzlich ist dies das einzige Geräusch, das er hört. *Bum, bum, bum.*

Patricks Kuss ist weich und zart, aber Will verlangt nach mehr. Er zieht Patrick eng an sich und leckt über den Rand seines Mundes. Als er ihn öffnet, stürzt Will kopfüber in heiße, hungrige Begierde. Patrick stöhnt leise in seinen Mund hinein. Seine Finger krallen sich in Wills Haare, während ihre Köpfe sich neigen und der Kuss heftiger wird. Erschaudernd packt Will Patricks Arme. Sein Puls rast, und sein Schwanz schwillt an, als Patrick drängend wimmert, und sie klammern sich aneinander.

Patrick zieht den Kopf zurück. Ihre Blicke begegnen sich. Der Raum wirbelt um sie herum, unscharf und dröhnend von Musik, Gelächter und lauten Rufen. Will lächelt trottelig, sein Herz hämmert wie wild, sein ganzer Körper summt. Patrick streicht über das Grübchen in Wills Kinn. Sie starren einander in die Augen.

„Bring mich nach oben", flüstert Will.

„Ich muss wohl doch eine Gehirnerschütterung haben. Ich höre komische Sachen."

„Ich mein's ernst. Ich will dich."

„Tja, verflucht. Ich hab ein frohes neues Jahr."

Will küsst ihn rasch und nimmt ihn dann bei der Hand, um den sprachlosen Patrick von der Party wegzulotsen.

Kapitel einundzwanzig

Auf der Fahrt zum Zimmer reden sie nicht. Sobald sich die Tür hinter ihnen geschlossen hat, fallen ihre Klamotten zu Boden, und Patrick übernimmt die Kontrolle, was das Blut in Wills Schwanz schießen lässt.

Patrick drückt Will aufs Bett, steigt auf ihn und küsst ihn heftig. Will strampelt auf dem Rücken herum, spürt glatte Haut unter seinen Händen und die straffe Bewegung der Muskeln. Patrick stöhnt, drückt seinen harten Schwanz gegen Wills, und die heiße Feuchtigkeit seines Lusttropfens nimmt Will den Atem.

„Warte", keucht Will. „Halt."

„Was?" Patrick hört auf, mit den Hüften zu kreisen. „Warum?"

„Das geht ein bisschen schnell. Lass uns langsamer machen."

Patrick lacht und vergräbt das Gesicht an Wills Hals.

„Was?" Will lässt die Hand an Patricks Rücken hinauf- und hinuntergleiten, wobei sein Herz wie verrückt hämmert.

„Schnuckiputz, wir sind seit über einem Monat verheiratet. Ich fürchte, ich kenne deine Definition von langsam."

Will lacht ebenfalls, und als Patrick den Kopf hebt, um warm auf ihn herabzuschauen, kann Will sich nicht von einem weiteren Kuss zurückhalten. Er ist schmerzhaft erregend, und Patricks Mund ist wunderbar heiß, glitschig und fest.

„Ich will in dir sein", flüstert Patrick. Seine Stimme ist heiser und rau, verzweifelt und wild.

Will küsst ihn erneut, saugt an seiner Zunge, sehnt sich nach noch mehr Nähe. Er nimmt Patricks Gesicht zwischen seine Hände, und sie bewegen sich gemeinsam. Ein harter Schwanz drückt gegen einen anderen harten Schwanz. Will hat das Gefühl, dass er alleine davon fast kommt.

„Oder“, sagt Patrick, „du fickst mich. Mir ist es egal, wer wen fickt, Will. Ich will nur bei dir sein.“

Wills Schwanz zuckt, und er umklammert Patricks Haar mit den Fäusten und stöhnt, als Patrick sich seinen Hals heruntersaugt und wieder hoch bis zu seinem Mund. Noch ein glühender Kuss, und Will zittert heftig und mit brennender Lunge. Das Gleiten von Patricks Haut auf seiner, das Aneinanderreiben ihrer Schwänze, die sich in die Höhlung ihrer sich hebenden Magengruben bohren, und das Kratzen ihrer Bartstoppeln, während sie einander küssen und lecken und sich aneinander reiben, fasziniert ihn und bringt ihn an den Rand des Orgasmus.

„Machst du's?“ Patrick küsst ihn auf den Mund. „Machst du's bitte?“

„Mach ich was?“, fragt Will töricht.

Patrick hebt den Kopf. Sein Gesicht ist so offen, so bedürftig, das Wills Hände zu Patricks Hintern hinuntergleiten, um ihn wieder nach unten zu drücken.

„Mich ficken.“ Patricks Augen werden groß. „Oder hast du noch nie …“

„Doch. Hab ich.“

Ein Mal. Aber Ryan mochte das genauso wenig wie selbst oben zu sein, und er hat sich Will ganz bestimmt nie so bereitwillig angeboten, wie Patrick es gerade getan hat.

„Also?“, sagt Patrick atemlos und bewegt sich immer noch auf Will auf eine betäubend gute Art. „Machen wir's jetzt oder was?“

Will blinzelt.

Patrick ist hart, und er ist geil, und er begehrt Will. Er *begehrt* Will. Und Will begehrt ihn auch.

So fühlt sich Ehrlichkeit an.

Will spreizt die Beine, so dass ihre Schwänze sich noch enger aneinanderdrücken. Sie stöhnen beide, als Patrick Wills Handgelenke umfasst und sie neben Wills Kopf auf das Bett drückt.

„M-mh", flüstert Will, der so scharf ist, dass es ihn überrascht, überhaupt sprechen zu können. „Jetzt bin ich dran."

Patrick hebt eine Augenbraue und grinst. „Dann beweis es."

Will wirft Patrick mühelos herum und schiebt ihm die Handgelenke hoch über den Kopf. Patricks Augen glänzen.

Will stößt heftig gegen Patrick und keucht. „Gefällt dir das?"

Patrick windet sich und grinst. „Das weißt du doch."

„Ja?"

„Scheiße, ja."

Will beugt sich vor, immer noch Patricks Handgelenke umklammernd, und presst erneut ihre Lippen aufeinander. Als der Kuss heftig wird, lässt er Patrick los und krallt stattdessen die Fäuste in sein Haar. Ihre Körper rollen eng umschlungen über das Bett, während sie saugen, lecken und sanft beißen. Patrick krabbelt an Wills Rücken, und Will unterbricht den Kuss lang genug, um sich aufrecht hinzusetzen und auf den unter ihm liegenden Mann herabzublicken. Rosa Brustwarzen, ein geröteter Brustkorb und ein vom Küssen blutroter Mund.

„Wunderschön."

Patricks Hand streicht an Wills Brustbein entlang über die Haarbüschel und die Nippel. „Wer? Du?"

„Du.“ Will streichelt Patricks Körper und grinst, als die Bauchmuskeln unter seiner Berührung erbeben.

Patrick packt Wills Nacken und zieht ihn für einen weiteren Kuss zu sich herunter. Als ihre Lippen sich öffnen, stöhnt Will und keucht an Patricks Mund, und Patrick schluckt seine Laute, liegt biegsam unter ihm und lässt ihn die Geschwindigkeit bestimmen.

Bei einer erneuten Unterbrechung stöhnt Patrick. „Sag mir, was du jetzt willst. Alles. Ich geb dir alles.“

In Wills Kopf dreht sich alles, und er berührt Patricks wund geküssten Mund. „Ich will, dass du mich in den Mund nimmst.“ Dann fällt es ihm wieder ein. „Ach, nein. Du bist am Kopf verletzt …“

„Ich kann es trotzdem machen.“

„Bist du sicher?“

Patrick nickt rasch. „Ich will es.“

„Sagst du mir, wenn du deine Meinung änderst?“

„Schaff deinen dicken Schwanz hier rauf, Schnuckiputz“, ächzt Patrick und dreht sich ein bisschen, bis er die perfekte Lage zwischen den Kissen gefunden hat.

Will hockt sich über Patricks Gesicht.

Als Patrick nickt und den Mund weit öffnet, packt Will seinen Schwanz und schiebt ihn langsam hinein. Patrick saugt heftig daran. Will beißt sich auf die Lippe und stößt zu, bis er spürt, wie Patricks hinterer Rachenbereich sich um ihn schließt. Er zittert am ganzen Körper. Langsam zieht er sich wieder zurück und kostet das Lustgefühl aus, das mit dem gleitenden Widerstand der Saugkraft verbunden ist. „O Gott“, flüstert er. „Ich komme jetzt schon fast.“

„Ist okay“, murmelt Patrick. Dann schließt er den Mund wieder um Wills Schwanz, und es ist zu gut, um die Augen offen zu lassen. Will umfasst das Kopfteil des Bettes und fickt Patrick langsam in den Mund.

Patricks heiße Hände gleiten überallhin, reiben den Ansatz von Wills Schwanz, drücken sanft seine Eier, wandern über seinen Damm und liebkosen sein Arschloch. Will wirft den Kopf nach hinten und stöhnt.

„O Gott", keucht er, umklammert fest das Kopfteil und öffnet die Augen, um zu sehen, wie Patricks Lippen straff um ihn gespannt sind. „Ich komme!"

Patrick gleitet an seinem Schaft zurück und lässt seine Zunge ein paar Mal um die Spitze herumwirbeln, ehe er den Mund wieder um ihn schließt.

„Oh!", stöhnt Will mit kribbelnden Brustwarzen und zuckenden Hoden. Einen Augenblick später zuckt er mehrfach, schreit vor Lust und spritzt auf Patricks Zunge.

Patrick schluckt und saugt gierig im Bemühen, jeden Stoß und Schwall seines Spermas aufzufangen.

Als er zwischen Patricks spermafeuchten Lippen herausgleitet, fühlt sich die Luft auf Wills immer noch zuckendem Schwanz kalt an. Er wirft sich auf den Rücken und ringt nach Atem. Patrick rollt sich neben ihn und kuschelt sich in seine Arme. Mit der Zungenspitze berührt er Wills Mund, und als Will sich für ihn öffnet, schmeckt er sich selbst in Patricks Kuss.

Es ist fantastisch. Warmes, pures Glück strömt durch seine Adern. Das ist besser als alles andere, besser als Kuchen, besser als Alkohol. Besser als betrunken sein. Er rollt sich auf die Seite und sieht, wie Patrick sich einen Rest Sperma aus dem Mundwinkel leckt. Sein Blut erhitzt sich wieder. Er will mehr. Noch viel mehr.

„Lass mich …", sagt Will und greift nach Patricks feuchtem Schwanz.

„Lass es uns langsam angehen", murmelt Patrick, der sich wieder zu Wills Mund herüberbeugt. „Wir können uns Zeit lassen."

Sie machen rum wie Teenager und kugeln über das Bett. Patrick Schwanz verteilt Liebestropfen über Wills gesamten Bauch und seine Hüften. Während sie einander streicheln und reiben, lecken und küssen, erwacht Wills Schwanz wieder zum Leben.

„Gleitcreme?", fragt Will und zieht sich widerwillig von Patricks Mund zurück. „Kondom?"

Patrick blinzelt und räuspert sich. „Nachttischschublade", sagt er und dreht sich auf die Seite, um sie zu öffnen. Will nutzt die Gelegenheit, um die langen Linien von Patricks Körper zu bewundern. Seinen schmalen Rücken, die schlanken Beine und den festen, straffen Hintern. „Ich hatte ja gehofft, dass mein Mann mich mal ranlassen würde. Wunschdenken, hab ich mir gesagt, aber hey, wer nicht kämpft, hat schon verloren, und echte Sieger geben niemals auf oder so, und verdammt noch mal, wo sind die Dinger? Ah, gut, ich hab sie."

Patrick nimmt das Gewünschte heraus und legt sich auf den Rücken.

„Bist du sicher?"

„Ich bin keine Jungfrau, und das ist hier kein Liebesroman." Patricks Stimme ist sanft, während seine Finger zu Wills Mund hinaufwandern und ehrfurchtsvoll seine Lippen berühren. „Will, ich möchte, dass du mich fickst. Das ist es, was ich *will.*"

Will schluckt schwer und nickt. Er kann kaum atmen, als er seine Finger einschmiert und einen gegen Patricks Pospalte drückt. Patrick spreizt weit die Beine, drückt die

Fersen auf die Matratze und drückt sie herunter, so dass sein Loch sich für Wills Finger öffnet.

„Oh, wow“, murmelt Will. Patrick ist eng, aber er macht ermutigende Laute, als Will sich weiter vorwagt. „Fühlt sich das gut an?“ Patrick nickt, Schweiß auf seiner Stirn. „Gefällt dir das?“

„Es ist toll.“ Sein Schwanz hüpft, als Will seine Eichel berührt, und seine Augen werden dunkel und groß. Er starrt zu Will hoch, während er sich ihm entgegenpresst, und als er Wills Finger fest umschließt, kommt ein Stöhnen über seine roten Lippen.

Will grinst und drückt einen flüchtigen Kuss auf Patricks Mund.

„Mach schon“, flüstert Patrick. „Lass mich nicht betteln.“

„Der große Dr. McCloud bettelt?“

„Um das hier?“ Er reibt mit seinen heißen Händen über Wills Schultern. „Unbedingt.“

Will zieht seine bebenden Finger zurück und muss sich sehr konzentrieren, um sein Zittern genügend in den Griff zu kriegen, dass er sich ein Kondom über seinen eigenen aufgerichteten Schwanz ziehen kann. „Wie sollen wir … das denn machen?“

Patrick zögert eine Sekunde, dann rollt er sich auf Ellbogen und Knie.

Wills Schenkel zucken und beben beim Anblick Patricks, wie er sich selbst darbietet: verletzliches Fleisch und Muskeln, die schmale Arschritze zwischen den gespreizten Hinterbacken. Will erschaudert und gibt noch mehr Gleitcreme auf seinen Schwanz, dann kniet er sich dahinter und presst, um Einlass in Patricks Körper zu bekommen. Der anfängliche Widerstand jagt eine Flut überwältigender Empfindungen durch sein Innerstes, und er hält inne, verlagert das

Gewicht von einem Knie aufs andere und zieht sich zurück.

Patrick guckt über die Schulter und lässt sich auf die Ellbogen fallen, die Unterarme auf die Matratze gelegt. Er spreizt die Beine noch weiter. „Komm schon, Schnuckiputz. Ich bin bereit. Besorg's mir."

Will stöhnt und stößt nach vorne, schiebt sich mit einem langen, festen Stoß in Patrick hinein.

„Ja!", ruft Patrick.

Will sieht ehrfürchtig zu, wie er tief hineingleitet, wie seine Eier gegen Patricks Hintern klatschen und wie sich der dickste Teil von ihm in Patricks engen Körper drückt. Die Wonne ist blind und allumfassend. Er umklammert Patricks Hüften, um sich festzuhalten – und um nicht das Bewusstsein zu verlieren.

„So gut", presst er hervor wie ein halbes Schluchzen. „Das ist so gut."

Patrick atmet heftig, die Wange gegen das Bett gepresst, Augen und Mund weit geöffnet, während er sich um Will zusammenzieht und die Muskulatur in seinem Rücken spielt. Will streicht über Patricks Kreuz und versucht durch den Schleier der Lust zu sehen, die ihn im Griff hält. Patricks Arsch ist so eng wie ein Schraubstock um Wills Schwanz, und es fühlt sich an, als würde er jetzt sofort seine Ladung verschießen, wenn er sich nicht heftig und bald bewegt.

„Verdammt", keucht Patrick. Er greift nach hinten und umklammert Wills Schenkel. „Warte."

Trotz seines heftigen Drangs, Patrick herunterzudrücken und ihn auf der Matratze festzunageln, atmet Will tief und beruhigend durch und streicht weiter über Patricks Rücken und an seinen zitternden Schenkeln hinunter.

„Du bist ganz schön groß“, flüstert Patrick und atmet stockend.

„Ich mach langsam.“

Patrick bewegt die Knie, und Will beißt sich auf die Lippe, während kleine, ungewollte Laute aus Patricks Mund dringen, ein kurzes Wimmern der Wonne.

„Okay?“, fragt Will.

Patrick erschaudert, Gänsehaut läuft ihm über Hintern und Rücken, und Will bewegt seine Hand darüber und reibt sie weg.

„Noch nicht“, murmelt Patrick. „Ich brauche noch eine Sekunde.“

Will müht sich, ihm Folge zu leisten, und starrt auf Patricks Arschloch, das sich um den dicksten Bereich seines Schwanzes dehnt. „O Gott“, murmelt Will.

Patricks Laute, während er darum kämpft, sich für Will zu öffnen, sind so anders, so wehrlos. Will empfindet Besitzerstolz für sie. Er will sie haben und sie irgendwo aufbewahren, wo ihnen nichts geschehen kann. Er spürt, wie Patricks Körper sich entspannt, aber er wartet auf ein Zeichen.

„Mach langsam.“ Patrick klopft auf Wills Bein.

Will zieht sich fast vollständig zurück, ehe er wieder in ihn hineingleitet und einen Rhythmus aufbaut, in dem sich dann auch Patrick bewegt, Wills Stößen mit seinen eigenen begegnend.

„O ja“, ächzt Patrick. Sein Rücken biegt sich, er umfasst und zieht mit seinem Loch, er reitet Wills Schwanz. „Gib es mir. Fick mich, ja.“

Will sinkt hinunter auf Patricks Rücken, atmet den süßen Duft seines verschwitzten Nackens ein und verliert sich selbst in diesem Fick. Es ist wunderschön und ehrlich, und er nimmt alles gierig in sich auf: die heiße, enge Umklammerung von Patricks Arsch um seinen Schwanz, die perfekten, gnadenlosen Stöße, die Schreie der Lust und die Litanei der Grunzlaute. Er bewegt sich ein bisschen, verändert den Winkel, sucht nach jenem Punkt in Patrick, der ihn kommen lassen wird, und als er ihn trifft, zappelt Patrick auf dem Bett und schreit.

Will packt seine Hüften, zielt mit jedem Stoß darauf, und Patrick beißt ins Kissen, umklammert die Laken mit beiden Händen, bis er die Kontrolle verliert und schreiend den Kopf zurückwirft. Seine Rückenmuskulatur spannt sich an, straff und drahtig, und an seinem Hals treten seitlich die Sehnen hervor durch die Anstrengung seiner heiseren Schreie.

„Ich werd dafür sorgen, dass du kommst", grunzt Will. „Ich will spüren, wie du meinen Schwanz drückst."

„Ja. Mach, dass ich komme."

Will knurrt und bohrt sich tiefer hinein, schneller, stößt zu, bis das Zimmer von Klängen der Lust gefüllt ist. Er fühlt sich, als würde er fliegen, er ist stark und glücklicher als je zuvor. Patrick zu ficken ist Freude; es ist Wahrheit. Es ist das Zurücklassen des Schreckens, den er sein Leben lang empfunden hat, weil er schwul ist.

„Ja!" Patricks Arschloch krampft sich zusammen. „Fick mich, Will! Härter!"

Will umklammert Patricks Hüften und saugt begierig den Anblick seines Schwanzes in sich auf, der in Patricks engen Arsch hineinstößt und wieder herauskommt. Unter ihm rubbelt Patrick an sich herum. Sein Arm bewegt sich im Rhythmus von Wills Hüften, und seine Laute sind jetzt andere, ein Grunzen und tiefes Knurren, er nähert sich dem Höhepunkt.

Will drückt die Brust auf Patricks schweißnassen Rücken, und sie bewegen sich gemeinsam. Er saugt an Patricks Nacken, gräbt die Zähne in die Haut, will ein Zeichen hinterlassen, will morgen den Beweis sehen.

Patrick stöhnt. „Du …" Die Hand an seinem Schwanz bewegt sich schneller. „Machst mich …" Und er kommt, erschaudernd, krampft sich zusammen und bellt mit tiefer sexy Stimme: „Ah – Gott!" Wills Rhythmus stockt für einen Augenblick, aber er legt die Hände stützend auf Patricks zitternde Schultern und stößt hart in Patricks Arsch, immer und immer wieder, bis er es keine Sekunde mehr aushält.

„Patrick!", schreit er, spritzt heftig ab und gräbt sich tief in ihn hinein. Er zuckt krampfartig und bricht zusammen, hilflos zuckend unter den Stößen der Glückseligkeit.

Nachdem er ihn widerstrebend herausgezogen hat, zieht Will das Kondom aus und wirft es in den Papierkorb neben dem Bett. Dann lässt er sich neben Patrick auf den Rücken fallen. Das Zimmer füllt sich mit ihrem keuchenden Atem und dem Geruch von Sex.

Will sieht Patrick an. Seine Augen sind geschlossen, und er liegt auf dem Bauch, sein Körper ist befriedigt und entspannt. *Ich war das. Ich hab dafür gesorgt, dass er so aussieht.*

Seine Augen öffnen sich. „Was ist?"

Will schüttelt den Kopf. „Nichts." Er grinst. „Ich fühl mich einfach gut."

Patrick schnaubt. „Ja, diesmal werde *ich* wohl durch die Stadt humpeln."

„Es … hat dir doch gefallen, oder?"

Patrick hebt die Augenbrauen. „Hast du das nicht gemerkt?"

Will zuckt die Schultern, ein paar der alten Selbstzweifel machen sich wieder breit, jetzt, wo die Endorphine des Orgasmus auf dem Rückzug sind. „Ich meine, es sah schon so aus, aber …"

„Es hat mir gefallen", sagt Patrick schlicht.

Will lächelt wieder, sein Selbstbewusstsein ist wiederhergestellt. „Mir auch."

„Gut."

Will dreht sich auf die Seite und lässt die Finger über Patricks Rücken streichen. „Aber weißt du, was ich noch mehr mag?"

„Was denn?" Patrick öffnet ein Auge.

„Wenn du mich fickst."

Patrick grinst und rutscht über die Laken. Er beugt sich nahe heran und flüstert in Wills Ohr: „Dreh dich um. Ich weiß, was du am liebsten hast."

„Ach ja?"

„Ja."

Will tut wie befohlen, und sobald er auf dem Bauch liegt, spreizt Patrick seine Arschbacken auseinander.

„Bereit?"

Will windet sich und spreizt seine Beine noch weiter. „Bereit", keucht er.

Patrick lässt die Zunge an Wills Ritze hinunterwandern, spannt sie dann an und stößt sie gegen Wills Arschloch. Es dauert lange, aber am Ende kommt Will durch Patricks Hand auf seinem Schwanz und seinen Mund an seinem Arsch, und damit hat er bewiesen, dass er Recht hat.

Kapitel zweiundzwanzig

Am nächsten Morgen erwachen sie ineinander verschlungen wie immer. Aber diesmal ist es wie ihr allererster Morgen, sie sind nackt und mit den Überresten von Sex bedeckt. Will gleitet aus Patricks Armen und geht ins Bad, um zu pinkeln und seinen Blutzucker zu testen. Als er zurückkommt, hat Patrick sich hingesetzt, ruft ihn zu sich und zieht ihn wieder ins Bett.

„Komm her", murmelt er in Wills Haar. „Wozu die Eile? Wir haben doch Zeit."

Will entspannt sich in Patricks Armen. Seine Eier kribbeln, und sein Schwanz erhebt sich. Patricks Hand gleitet abwärts und bedeckt seine Erektion. „Unersättlich. Was soll ich da bloß machen?"

Will drängt sich Patricks Berührung entgegen und sehnt sich bereits nach der süßen Vergessenheit des Orgasmus durch Patricks kundige Hand. Doch ein bohrender Gedanke gewinnt die Oberhand, ehe er sich komplett fallenlässt. „Musst du heute nicht rein?"

„In dich? Gerne, wenn du magst."

„Ins Krankenhaus." Obwohl Patricks Vorschlag sich viel besser anhört.

„Ach so, ja. Das Krankenhaus." Patrick saugt an seinem Hals und fährt mit dem Daumen über den Lusttropfen in der Spalte von Wills pochendem Schwanz. „Ja, aber nicht vor acht."

Will wirft einen Blick auf die Uhr. „Es ist neun."

Patrick zuckt hoch und umklammert Wills Schwanz beinahe schmerzhaft. Seine Augen sind weit aufgerissen, und all die genüssliche Wärme, die er zuvor ausgestrahlt hat, ist mit einem Schlag verschwunden. „Was? Wieso denn das?"

„Ich glaube, wir waren ein bisschen abgelenkt.“ Will stößt die Hüften hoch und drückt seinen Schwanz gegen Patricks Handfläche. „Wir haben vergessen, den Wecker zu stellen.“

Patricks Blick flitzt von Wills hartem, pulsierendem Schwanz in seiner Hand zur Uhr und wieder zurück. „Dann machen wir eben schnell, Schnuckiputz. Ich will, dass du für mich kommst, verstanden? Jetzt. Nicht in zehn Minuten. *Jetzt.*“

Will erschaudert. „Diktatorisch.“

„Ich hab Dienst. Und ich bin spät dran.“ Patricks Hand bewegt sich rasch und gibt einen unbestreitbaren und gnadenlosen Rhythmus vor. Wills Hüften kreisen unter dem festen Griff, aber er scheint den Gipfel nicht erreichen zu können. Zitternd schiebt er eine Hand hoch, um an seinen Nippeln zu spielen, und die andere nach unten, um Patricks Bemühungen zu unterstützen.

„Ja“, murmelt Patrick. „So ist gut. Hol dir einen runter für mich.“ Er lässt Wills Schwanz los und krabbelt zwischen seine Beine, steckt sich zwei Finger in den Mund und lässt sie über Wills Damm bis in seine Poritze gleiten. „Spreiz die Beine. So. Gut.“

Hitze steigt Will ins Gesicht, als Patrick zusieht, wie er sich selbst bearbeitet. „Gefällt dir das?“

Patrick grinst wölfisch. „Total.“ Er schiebt eines von Wills Knien hoch, um sein Loch freizulegen. „Mmm. Verdammt geil.“ Mit seinen nassen Fingern reibt er über Wills Arschloch und massiert und kitzelt seinen Damm mit dem Daumen. „Und jetzt komm für mich. Zeig mir, was ich sehen will.“

Will stöhnt, seine Hoden spannen sich an, und er zuckt krampfhaft. „Ich bin kurz davor.“

„Sieh mich an.“

Will löst den Blick von seiner Hand, die über seinen Schwanz rast, und sieht in Patricks drängende blaue Augen. „Komm“, stößt Patrick hervor. „Ich will dich abspritzen sehen.“

Will gräbt die Fersen in die Matratze und wirft den Kopf zurück, als ein weißglühender Orgasmus durch ihn hindurchpulst. Spermafäden landen auf seiner Brust und seinem Hals. „Oh! Gott!“ Er zittert, bäumt sich auf und bebt, fühlt sich wie aus der Welt hinauskatapultiert, während sein Körper sich in Zuckungen windet, die lange Zeit anhalten.

Als er zu zittern aufgehört hat, kniet Patrick sich an seine Seite. Mit einer Hand umfasst er Wills Kiefer, die andere rast über seinen Schwanz. Will blinzelt zu ihm auf. „Ich will in deinem Mund kommen“, murmelt Patrick. „Ist das okay?“

Will nickt, und Patricks Griff um seinen Kiefer wird fester, bis Wills Mund offen gehalten wird. „Fuck!“ Patricks Kopf kippt nach hinten, legt seine Kehle und den Pulsschlag an seinem Hals frei. „Ja. Hier. Jetzt.“

Will beugt sich vor und befreit sich aus Patricks Griff, um an seiner Eichel zu saugen und die salzigen Stöße von Sperma zu schlucken, während Patricks Hand sich in sein Haar gräbt und seine Schenkel unter Wills Händen beben.

Patrick zieht den Schwanz aus Wills Mund heraus und setzt sich auf die Fersen. Seine Augen sind glasig, er atmet schnell.

„Drei Minuten. Nicht schlecht. Echt nicht schlecht.“ Er küsst Will schnell auf den Mund und rollt sich dann vom Bett herunter.

Will sinkt zurück ins Kissen und bewundert Patricks nackten Hintern, während der ohne einen Blick zurück ins

Bad schlendert. Die Dusche wird aufgedreht. Will greift nach dem Telefon und bestellt etwas beim Zimmerservice, wobei er ankündigt, dass er ein Extra-Trinkgeld gibt, wenn sie innerhalb der nächsten zehn Minuten liefern.

Er wartet, bis die Dusche abgestellt wird, und geht dann selbst ins Bad.

„Gib dem Burschen einen Fünfer extra für die Eile, wenn unser Frühstück kommt", sagt Will, als er in die nasse Duschtasse steigt.

Patrick rasiert sich so rasch, dass Will besorgt ist, er könne sich schneiden. „Hast du schon dein Blut getestet?"

„Natürlich."

„Vergiss heute Morgen nicht dein Insulin."

„Das vergess ich nie, Patrick."

Patrick schiebt den Duschvorhang beiseite, mustert Will von oben bis unten und sagt dann knapp: „Hör auf, so heiß zu sein."

„Was soll ich denn machen? Ich dusche doch bloß."

Patrick lässt den Finger an Wills weichem Schwanz herabwandern. „Verdammt. Na ja, egal. Ich muss mich anziehen." Er dreht sich um und lässt Will sich alleine waschen.

Als Will sauber geschrubbt aus dem Bad kommt und sich nach seiner Insulininjektion wie ein Nadelkissen fühlt, schlingt Patrick gerade das letzte Stück eines Bagels mit Erdnussbutter herunter und packt seine Arzttasche. Die Schwellung auf Patricks Schläfe ist zurückgegangen, aber der Fleck ist jetzt lila.

„Dein Frühstück steht da drüben", sagt Patrick, während er jemandem eine Nachricht schreibt. Vermutlich seinem neuen Assistenten Stan. „Versprich mir, dass du ordentlich isst und deinen Blutzuckerwert heute genau im Auge behältst. Sex hat Auswirkungen auf so was. Äh, auf deinen Körper, meine ich."

„Mir geht's gut, Patrick."

Er nickt und tippt eine weitere Nachricht. „Man sollte annehmen, ich wäre der Chefarzt. Ohne mich kriegen die überhaupt nichts geregelt."

Will lächelt sanft, isst sein Frühstück und zieht sich an, während Patrick Stan anruft, um ihm zu sagen, wenn er seine Arbeit nicht mache, müsse er eine Möglichkeit finden, um Hunter aus seinem alten Büro in Atlanta zu rauben.

„Reizend", sagt Will, als Patrick auflegt.

„Ich hab keine Zeit, mich mit ihm auseinanderzusetzen, wenn ich sowieso schon spät dran bin." Patrick zieht Stiefel und Mantel an. Er hält inne und sieht zu Will hoch, der sich gegen die Garderobe lehnt. „Aber ich muss Zeit haben, mich mit dir auseinanderzusetzen."

„Brauche ich eine Auseinandersetzung?"

Patrick lächelt mit weichem Blick. „Was meinst du?"

„Ich werde jetzt nicht ausflippen wegen letzter Nacht, falls es das ist, worum du dir Sorgen machst."

Patrick nickt brüsk und nimmt sich einen Arm voll Snacks und eine Wasserflasche aus der Minibar. „Gute Taten ist an Neujahr geschlossen, richtig? Hast du irgendwelche anderen Pläne?"

Wills Blick wandert von Patricks Stiefeln hoch zu seinem Hals. Er erinnert sich, wie Patricks Kopf heute Morgen nach hinten kippte und seine Hand über seinen Schwanz flog. Schamlos. Wie es ihm gefallen hat, was Will ihm gegeben hat. Wie er für Will gekommen ist.

Patricks Augen flackern ein bisschen, eine subtile Veränderung, die Will für ein Aufblitzen von Besorgnis hält, doch dann ist es vorbei. „Schnuckiputz? Pläne? Hast du?"

„Ach so, äh, ja. Ich besuche meinen Onkel auf der Farm, um ihm heute mit den Kindern zu helfen. Wir lassen sie reiten."

Patrick greift nach seiner Tasche. „Ah, gut, sie sollen alle Helme tragen. Ich will nicht, dass irgendjemand aus deiner idiotischen Familie mein Neujahrs-Schädeltrauma wird." Er bleibt vor Will stehen und berührt sein Kinn. „Oder du."

Wills Herz zieht sich zusammen.

Patrick hebt sich auf die Zehenspitzen und lässt die Hände über Wills Schultern streichen. „Ist alles gut?"

„Ja, alles ist gut. Frohes neues Jahr, Patrick."

Der Kuss dauert nicht lange, aber Patrick löst sich mit einem verträumten Lächeln auf dem Gesicht. „Ich bin schon zu spät. Ich könnte diese Operation absagen. Und wieder mit dir ins Bett gehen."

„Ich bin ziemlich sicher, dass jemand mit einem Gehirntumor darauf wartet, dass du ein Neujahrswunder an ihm vollbringst. So nett es sich auch anhört, wieder mit dir zurück ins Bett zu gehen."

Patrick lässt die Hand über Wills Hintern gleiten, drückt ihn und gibt ihm einen weiteren raschen Kuss. „Okay. Wenn du dir sicher bist. Ich muss los. Bin eh schon viel zu spät."

Will beißt sich auf die Lippe, als Patrick das Zimmer durchquert, beim Laufen offensichtlich beeinträchtigt durch ihre Aktivitäten der letzten Nacht. Will rückt seinen plötzlich hart gewordenen Schwanz in eine bequemere Position.

Patrick bleibt bei der Tür stehen und klopft sich auf den Oberschenkel. „Wir sehen uns heute Nachmittag."

„Gut."

„Vielleicht können wir noch mal auf deine Anfrage von gestern zurückkommen?“

„Welche denn?“

Patricks Lächeln leuchtet. „Dass ich dich ficke natürlich.“

Will schluckt schwer. „Ich kann es kaum erwarten.“

Patrick wirft sich die Tasche über die Schulter und sucht einen Augenblick nach Worten. Dann sagt er: „War toll letzte Nacht, findest du nicht?“

Will lächelt. „Ich glaub, du kommst zu spät.“

Patrick nickt und schließt fest die Tür hinter sich.

Will schmeißt sich aufs Bett, drückt das Gesicht ins Laken und saugt ihren gemeinsamen Geruch ein. Er rollt sich auf den Rücken, starrt zur Decke hoch und lächelt selig.

***

Die Temperaturen sind unter null gesunken, und es geht ein peitschender Wind, was die Reitpläne der Familie durchkreuzt. Stattdessen nimmt Onkel Kevin sie alle mit in den Stall, um die Boxen auszumisten und überhaupt ein bisschen Ordnung zu schaffen. Als Caitlin, Olivia und Connor stöhnen und klagen, hält Onkel Kevin eine aufmunternde Rede darüber, dass man das neue Jahr so beginnen soll, wie man es fortsetzen will.

„Lasst uns alles schön machen für die Pferde. Das ist unser Versprechen an sie, dass es ihnen den Rest des Jahres genauso gut geht. Klingt das nicht gut?“

Will schnaubt und verschränkt die Arme vor der Brust. Caitlin verdreht die Augen und stampft davon zur Box ihrer Lieblingsstute Ginger. Will weiß, dass sie dort wahrscheinlich nur in einer Ecke kauern und ihrem neuen

Freund lange, weinerliche Nachrichten schreiben wird, wie superunfair das Leben ist.

Olivia dagegen geht direkt an die Arbeit, schnappt sich eine Schaufel und macht sich auf den Weg zur Box ihres Ponys Blimp. Ihre Bereitschaft zur Pflichterfüllung ist unerwartet, und Connor, der noch jung genug ist, um zu glauben, dass Boxenausmisten vielleicht Spaß machen könnte, trottet hinterher, um ihr zu helfen.

Onkel Kevin holt das Zaumzeug und die Sättel herunter und legt alles auf eine Decke am Boden. „Connor kann das hier einfetten und sauber machen. Caitlin lassen wir hinten bei Ginger schmollen, und Olivia kann sich um Blimp kümmern. Wir beide übernehmen dann das Ausmisten. Ist das für dich in Ordnung?"

„Klar." Will hilft ihm, das Zaumzeug auszulegen, und betastet das geschmeidige Leder eines besonders schönen Stücks. Er war in letzter Zeit nicht viel auf der Farm und hat den Duft von Heu vermisst. Ein Blick zu Mannys Box erinnert ihn an Weihnachten und das Leuchten in Patricks Augen, als er Will angesehen hat.

Er berührt das Notfallarmband und spürt, wie ihm Hitze den Rücken hochsteigt. Er schließt die Augen und leckt sich über die Lippen, während er an Patricks Gesichtsausdruck denkt, als er heute Morgen für Will gekommen ist: befehlend, aber verletzlich und wild. Und die Nacht davor! Wie sein Körper so stark und heiß unter Will gewesen war, und innerlich ein richtiger Schmelzofen. Hatte er Patrick jemals kalt genannt? Was für ein Idiot er gewesen war. Nein, Patrick brannte regelrecht, und Will kann die Hitze immer noch spüren.

„Das war ja was gestern Abend", sagt Onkel Kevin und nimmt Will das Zaumzeug aus der Hand.

Will reißt die Augen auf und errötet so sehr, dass er zu schwitzen beginnt. „Was?“

Onkel Kevins Augenbrauen heben sich. „Wie Ryan Dr. McCloud geschlagen hat.“

„Ach so, das. Ja.“ Er räuspert sich. „Das war was. Ja.“ Er kann jetzt nicht an Ryan denken. Nicht solange sein Herz hämmert und seine Hände feucht sind bei der Erinnerung an das, was er mit Patrick gemacht hat. Was der ihm bereitwillig angeboten hat.

Onkel Kevin scheint es nicht zu bemerken. „Ich weiß, dass ihr beiden zurzeit nicht zusammen seid.“

„Nein, sind wir nicht.“ Will wartet auf den zerstörerischen Schmerz. Er kommt nicht. Stattdessen fühlt er sich, als habe ihm jemand über Nacht Flügel angenäht und er könnte aus dem Stall hinausrennen und in die Luft aufsteigen, in den weiten blauen Winterhimmel, der ihn in das neue Jahr trägt.

Onkel Kevin sieht Will ernst an und drückt ihm aufmunternd den Arm. „Ich glaube, er empfindet immer noch was für dich, wenn er so weit geht. Eifersucht kann einen Mann zur Gewalttätigkeit verleiten. Glaub mir, ich erinnere mich nur zu gut an solche Gefühle.“

Will möchte nicht über Roys Seitensprünge nachdenken und wie die zu seinem Tod geführt haben. Er tritt nicht in Roys Fußstapfen. Egal was er mit Patrick gemacht hat, er ist meilenweit entfernt von Roys gewohnheitsmäßiger Untreue. Und er tritt auch nicht in Kevins Fußstapfen. Will wird Ryan nicht weiter Treue schwören, egal was Ryan tut oder sagt, nicht mal wenn sie wieder zusammen wären.

Er liebt Ryan – oder hat ihn geliebt, aber er kann eine andere Entscheidung treffen. Er kann genießen, was immer das mit Patrick auch ist, solange es auch dauert, und er schuldet niemandem deswegen eine Erklärung.

„Eifersucht ist keine Entschuldigung für Gewalt." Will streckt die Hand aus, um weitere Zaumzeuge von der Wand zu nehmen, und lässt seine Finger über das glatte, beruhigende Leder gleiten. „Ryan kann froh sein, dass Patrick ihn nicht wegen Körperverletzung anzeigt."

„Vielleicht. Aber du und Ryan, ihr hattet etwas Besonderes miteinander. Er wird merken, dass dieser junge Mann kein Vergleich mit dir ist, und er wird zu dir zurückkommen. Er liebt dich."

Will findet, er sollte so etwas nicht sagen, wenn Caitlin, Olivia oder Connor zuhören können. „Ich weiß nicht, was Ryan für mich empfindet. Die Anonymen Alkoholiker sagen, dass mich seine Meinung über mich nicht mal was angeht. Aber so viel kann ich sagen: Ich bin mir nicht sicher, ob er mich je geliebt hat."

Onkel Kevin legt Will die Hand auf die Schulter. „So was darfst du nicht denken. Ryan hat immer auf dich aufgepasst und dich vor deinen niedrigen Instinkten bewahrt. Ihr werdet schon zueinander zurückfinden. Wenn es so sein soll, dann wird es das auch."

Will verzieht das Gesicht. „Das ist es ja. Ich glaube nicht mehr, dass es so sein soll. Sollte es wohl nie."

„Aber ihr habt euch doch geliebt."

Will verzieht spöttisch das Gesicht. „Kaum."

Kevin neigt den Kopf. „Ihr habt doch zusammen gelebt."

Will räuspert sich, als Olivia mit einer Pferdedecke im Arm vorbeistampft. „Schon. Aber das ist vorbei."

„Das kann nicht sein. Du wirst das nicht zulassen", sagt Kevin zuversichtlich. „Du brauchst ihn."

„Tu ich das?"

Connor kommt aus dem hinteren Teil des Stalles gerannt. Olivias Lieblingsfarmhund Rupert galoppiert hinter ihm her.

„Um auf dich …“

„Sag nicht aufzupassen. Ich kann selbst auf mich aufpassen.“

Kevin starrt ihn mit einem Gesichtsausdruck an, der Will das Herz zerreißt. Er kann sich vorstellen, wie es Roy niedergeschmettert haben muss, ihn so zu sehen und zu wissen, dass er die Ursache dafür war. Will fragt sich, was es braucht, damit dieser Schmerz jemals vergeht.

„Ist schon in Ordnung, Onkel Kevin. Mir wird nichts passieren.“

Olivia ruft vom Heuboden herunter, auf den sie gestiegen ist, um ein paar Decken einzulagern. „Connor, nicht! Onkel Kevin, Connor versucht, hier raufzuklettern!“

Onkel Kevin wendet die Augen von Will ab. „Connor, runter da. Du weißt genau, dass du ohne einen Erwachsenen nicht hoch darfst.“

Will achtet darauf, dass Connor wieder nach unten klettert und zurück zu Gingers Box flitzt, um Caitlin zu nerven, Rupert dicht auf den Fersen. „Onkel Kevin, nicht jede Beziehung funktioniert. Sieh dir nur Mama an.“

„Ja, sieh dir deine Mutter an.“

Will schluckt das Schamgefühl herunter, das ihm auf den Kehlkopf drückt. „Und diese ganze Sache mit Patrick ist kompliziert.“

Onkel Kevin lächelt schmallippig, dann geht er hinüber zu seinem Arbeitsraum und holt Lappen und Lederpolitur für Connor heraus. „Tja, mit etwas Glück kann deine Großmutter das für dich regeln.“

Will nickt und kratzt sich am Ohr. Er erinnert sich an die Laute, die Patrick ausgestoßen hat, als er sich bemühte, Wills Schwanz in sich aufzunehmen, und an den Ausdruck auf Patricks lädiertem Gesicht heute Morgen, als er Wills Kinn berührt hat. Es ist einiges zu verarbeiten. Er ist immer noch so voller Verlangen, als wäre er nicht gestern Nacht drei Mal gekommen und heute Morgen noch mal. Er räuspert sich, seine Wangen sind gerötet, und er spürt den Blick seines Onkels.

„Will, was läuft denn da zwischen dir und Dr. McCloud?" Onkel Kevin schaut nach, ob die Kinder auch nicht zuhören. „Hat Ryan Grund zur Eifersucht? Hat Patrick diesen Schlag verdient?"

„Patrick ist ein großartiger Typ, und ich weiß, dass du und Mama total verwirrt von ihm seid und davon, wie das alles zustande gekommen ist, und das verstehe ich auch. Aber Ryan hat *mich* verlassen, und was immer ich mit Patrick tue, geht ihn nichts an. Und noch eine Sache: Patrick hat es ganz bestimmt nicht verdient, geschlagen zu werden. Egal was Ryan für mich empfindet oder über mich denkt oder was Patrick und ich miteinander gemacht haben."

Onkel Kevin hakt beim letzten Satz ein. „Du und Patrick habt was miteinander gemacht? Seit du mit ihm nach Healing zurückgekehrt bist?"

Will stößt den Atem aus. „Darüber werde ich nicht mit dir reden."

Onkel Kevin sieht ihn aufmerksam ein und räumt dann ein: „In einer Sache hast du Recht, niemand verdient es, geschlagen zu werden. Aber wenn sich zwischen dir und Patrick etwas verändert hat ..."

„Nein, nein, es ist nichts anders."

Kevin beäugt ihn. „Ich habe das Gefühl, du bist nicht vollkommen ehrlich zu mir, Will."

Wills Handy signalisiert den Eingang einer Nachricht. Er zieht es hervor und ist erleichtert, der Inquisition seines Onkels für einen Augenblick zu entkommen. Er blinzelt. Die Nachricht ist von Patrick. Sein Magen macht einen nervösen Überschlag, dann klickt er sie an und liest.

Wegen meines lädierten Gesichts und meines arschschmerzbedingten Humpelns werde ich heute häufig angestarrt. Ein Patient hat gefragt, ob meine Frau mich verprügelt hat. Hab ihm gesagt, es war der Freund meines Mannes. Liebe Grüße.

Will schmunzelt.

„Gute Nachrichten?", fragt Onkel Kevin.

Will zuckt die Achseln und schüttelt den Kopf. „Nur von einem Freund."

Onkel Kevin sieht nicht überzeugt aus. Als Olivia vom Heuboden herunterklettert, beschließt Will, die Sache abzuwürgen. Er nickt in Richtung von Mannys Box. „Hör mal, ich weiß, dass du mich liebst, aber ich krieg mein Leben schon selbst in den Griff."

„Das weiß ich."

Er spürt, dass Onkel Kevin ihn beobachtet, während er eine Mistgabel nimmt und Mannys Boxentür öffnet.

„Connor!", ruft Kevin. „Komm mal her! Ich brauch deine Hilfe mit den Sätteln und dem Zaumzeug, Kumpel!"

Will tätschelt dem Hengst die Nase und spricht so leise mit ihm, dass es keiner hören kann. „Hey, mein Junge." Er lehnt die Heugabel an die Wand und nimmt sich eine Bürste, weil er beschlossen hat, Manny ein bisschen zu verwöhnen, ehe er ihn rausbringt, um die Box auszumisten. „Also, Be Your Own Manny", flüstert er. „Hast du irgendwelche Ratschläge für mich?"

Das Pferd schmiegt sich in die Bürstenstriche, die Will über seine Flanken zieht. „Tja, ich arbeite daran, weißt du. Meinen Mann zu stehen. Für mich selbst einzustehen. Zu tun, was ich will, aus meiner eigenen Überzeugung. Das ist irgendwie schwer. Ich weiß nicht, ob ich gut darin bin."

Manny sieht ihn ernst an und wirft dann den Kopf hoch.

„Ja, ich hab verstanden. Abschütteln." Er seufzt. „Will ich ja."

Will bürstet Manny gründlich und führt ihn dann nach draußen in den Paddock, wo er ein bisschen im frischen Schnee herumlaufen kann, während Will seine Box saubermacht. Er hat erst eine Schubkarre rausgefahren, als sein Telefon erneut piept. Noch eine Nachricht von Patrick.

Don hat gefragt, ob ich mir in der Apotheke Schmerzmittel geholt hätte, weil ich ‚glücklich' aussähe. Hab ihm gesagt, ich wäre ‚im Arsch'.

Wills Herz macht einen Satz, und sein Gesicht kribbelt vor Hitze. Wie kann er gleichzeitig glücklich und peinlich berührt und voller Stolz sein? Er versucht noch immer, diese Gefühle zu sortieren, als er eine weitere Nachricht erhält.

Donny meinte: „Ich kann mich erinnern, wie das war. Am Anfang gehen die Flitterwochen immer und immer weiter." Ich will mir nicht vorstellen, wie er in den Flitterwochen ist. Don nackt. Igitt. Da wär ich lieber tot.

Will lacht und versucht das zu unterdrücken, als Onkel Kevin um die Ecke biegt, um zu sehen, wie weit er ist. Plötzlich fühlt er sich wieder wie mit sechzehn, als er sich mit Jack Lintons Schwanz in seinem Mund in einer leeren Pferdebox versteckt hat.

„Alles okay bei dir?", fragt Kevin.

„Ja, prima. Brauchst du noch Hilfe bei den Boxen von Summer Solstice oder Pennsylvania?“

Kevin lächelt ihm zu, als wolle er Wills Gedanken lesen und schaffe es nicht. „Wenn du hier fertig bist, gerne.“

„Okay.“ Will schiebt noch ein paar Schaufeln Einstreu zur Seite und nutzt die Zinken der Heugabel, um den Dung für die Schubkarre zu entfernen.

Was machst du gerade?, lautet Patricks nächste Nachricht.

Ställe ausmisten. Zu kalt zum Reiten.

Darauf kommt keine Antwort, und Will steckt das Handy weg, nachdem er ein paar Minuten gewartet hat. Er schaut hoch und sieht, dass Onkel Kevin am Tor lehnt und ihn beobachtet.

„Sicher, dass du keine Hilfe brauchst?“, fragt Kevin.

„Sicher.“ Will lächelt, aber es fühlt sich komisch an, und er mistet weiter.

Später beim Familienessen verkündet Kimberly, dass sie zwar die Silvesterparty mit Mark Walton besucht habe, sich aber schon seit einem Monat heimlich mit Jason Kirkpatrick treffe, ihrem Angestellten im Reitsportgeschäft. „Wir haben niemandem davon erzählt. Er ist ein wirklich guter Mann. Sehr nett zu mir.“

„Deshalb bleibst du in letzter Zeit immer so lange auf der Arbeit“, sagt Olivia.

Kimberly lächelt. „Ihr kennt und mögt ihn ja alle. Ich bin ganz sicher, dass ihr sehen werdet, warum er …“

„Ich schwöre bei Gott, wenn du ihn heiratest, ziehe ich zu Oma Betty und Onkel Kevin. Nein, ich ziehe hier auf die Farm, wenn du ihn auch nur mit nach Hause bringst“, verkündet Caitlin.

Will berührt Olivias Haar und lächelt sie zuversichtlich an, als das Theater losgeht. Es dauert eine weitere Stunde, ehe alle sich wieder genügend beruhigt haben, dass Will verschwinden kann. Kimberly ist zum Stall hinausgerauscht, Caitlin ist in das Gästezimmer gestampft, das Oma Betty für sie reserviert, und Olivia ist wieder mit Rufus im Zelt. Nachdem Will sich überzeugt hat, dass Connor friedlich eine Sendung auf Nickelodeon ansieht, geht Will zurück in die Küche, um seiner Großmutter einen Abschiedskuss zu geben und ein paar Reste für Patrick einzupacken.

Onkel Kevin zieht ihn beiseite. „Will, in einer Sache hast du Recht. Du bist jetzt erwachsen und kannst deine eigenen Entscheidungen treffen. Aber ich will dir nur sagen … also, ich hoffe, du triffst gute. Ich glaube, du solltest dir wirklich überlegen, was du mit diesem Arzt machst."

Will beißt sich auf die Wange, um ruhig zu bleiben.

„Es spricht ja nichts gegen … na ja, das Ganze", fährt Onkel Kevin fort und sieht bei seiner Anspielung auf Sex aus, als hätte er Verstopfung. „Aber sorg dafür, dass ihr beide dasselbe Ziel vor Augen habt." Er drückt Wills Schulter. „Fang so an, wie du auch weitermachen willst. Und wenn du nicht mit ihm weitermachen willst, dann sollte es vielleicht gar nicht erst anfangen."

Will denkt immer wieder über Onkel Kevins Worte nach, während er zum Tallgrass zurückfährt. Wie oft hat er seine Eltern etwas anfangen sehen, das sie nicht zu beenden beabsichtigten – mit einander, mit Partnern? Wie oft hat er sich selbst gesagt, dass er nicht so ein Mensch ist? Und jetzt kann er gar nicht erwarten, wieder zum Tallgrass zurückzukommen, um Patrick nackt zu sehen und seinen Schwanz zu lutschen, bis salzig-herbes Sperma seinen Mund füllt. Er will nichts weiter, als Patrick auf das Bett zu drücken, seine Beine anzuheben und … *Herrgott.*

Will presst sich den Handballen auf das rechte Auge, um die Begierde abzuschütteln. Aber er kann an nichts anderes denken als an Patricks Gesichtsausdruck, wenn er kommt.

Als er die Tür zu ihrem Hotelzimmer öffnet, ist Patrick schon da, zieht seine Jacke aus und begrüßt ihn. Wills Blick fällt auf die Verletzung an Patricks Schläfe, die sich lila von seinem kastanienbraunen Haar und der hellen Haut abhebt. Will lehnt sich mit dem Rücken an die Tür und versucht, nicht die Hand nach ihm auszustrecken.

„Hey", sagt Patrick. „Du siehst aber sauber aus für jemanden, der den ganzen Tag Mist geschaufelt hat."

„Hab auf der Farm geduscht", stößt Will mit vor Lust schwerer Zunge hervor.

Patrick öffnet die Knöpfe seines Hemdes und enthüllt dabei einen langen Streifen nackter Haut. „Schließ die Tür ab. Zieh dich aus."

Will atmet zittrig ein. *Fang so an, wie du weitermachen willst.* „Wegen letzter Nacht", sagt er.

Patricks Gesicht verändert sich und bebt ein bisschen.

Will zwingt sich, den Rest zu sagen. „Vielleicht sollte es nicht noch mal passieren?"

Patrick lässt die Hände herabfallen und starrt Will intensiv und durchdringend an. Will atmet in kurzen, tiefen Zügen, und sein Schwanz ist so hart, dass er in seine Jeans eingezwängt schmerzt, und er zittert am ganzen Körper vor Beherrschung. Er hört ein hohes, zerbrechliches Geräusch und erkennt, dass es aus seiner eigenen Kehle kommt, und Patricks Blick wird weich und sehr, sehr sexy.

Will stößt sich von der Tür ab und schiebt die Hand unter Patricks Hemd, findet Haut, packt fest zu und wimmert unter einem hungrigen Kuss, der in ihm brennt.

Er gibt ihm nach, und wie in der Nacht zuvor ist es besser als Alkohol, besser als eine Flasche Whiskey. Es ist stärkend und gut, und er ist stark, so stark, als er Patricks Schwanz in sich aufnimmt und sich dabei selbst einen runterholt und sich auf den Rücken dreht, um es noch mal zu machen.

„Dieses neue Jahr fängt echt gut an", erklärt Patrick.

„Allerdings."

Patrick greift in Wills Brusthaar, und Will biegt bei jedem Stoß den Rücken durch.

Trotz allem und egal wie dumm das sein mag, Will ist glücklich, und Patrick ebenfalls. Will kann es sehen, und alles Weitere ist ihm egal. Es spielt keine Rolle, wie er weitermachen will, denn das hier will er jetzt.

Die Konsequenzen können warten.

Danksagung

Die Autorinnen danken Vanessa North für ihre Anregungen und Ratschläge und Keira Andrews für ihre schnellen, aber gründlichen Korrekturen. Danke an Jenn für die Informationen über Diabetes. Leta möchte ihren Freunden und ihrer Familie für deren uneingeschränkte Unterstützung danken. Alice möchte Leta dafür danken, dass sie eine wunderbare und bereichernde Co-Autorin ist, und für die vielen Lacher. Leta möchte Alice für dasselbe danken. Es war ein Mordsvergnügen!

Über die Autorin

Leta Blake, die Autorin des Bestsellers *Smoky Mountain Dreams* und des beliebten Romans *Training Season*, hat einen beruflichen Hintergrund im Psychologie- und im Finanzbereich. Ihre Leidenschaft galt jedoch immer dem Schreiben. Sie verfasst gerne Liebesgeschichten und erkundet die Psyche von ausgedachten Personen. Zu Hause in den südlichen USA bemüht sich Leta intensiv, ein Gleichgewicht zwischen ihrer täglichen Arbeit, dem Schreiben und der Familie herzustellen.

Mehr Informationen über sie:

Homepage: http://letablake.wordpress.com

Facebook: https://www.facebook.com/letablake

Twitter: https://twitter.com/LetaBlake

Alice Griffiths

Alice Griffiths liest schon seit langem Liebesromane und hat nun endlich auch den Sprung ins Schreiben gewagt, indem sie sich mit der Bestseller-Autorin Leta Blake für die Unterhaltungsserie *Wake up Married* zusammengeschlossen hat. Alice liebt bildliche Beschreibungen sowie das Ausgraben alter Ideen, denen sie eine neue, witzige Wendung verleiht. Die Kunstkuratorin hat früher in der Zeitungsbranche gearbeitet. Sie lebt in Sydney.

Mehr über sie unter:

Twitter: https://twitter.com/Alice_Author

Facebook: https://www.facebook.com/alice.griffiths.71